陈华清 著

南方出版传媒
花城出版社
中国·广州

图书在版编目（CIP）数据

竹魂 / 陈华清著. -- 广州：花城出版社，2021.6
ISBN 978-7-5360-9366-9

Ⅰ．①竹… Ⅱ．①陈… Ⅲ．①长篇小说－中国－当代 Ⅳ．①I247.5

中国版本图书馆CIP数据核字(2021)第066053号

出 版 人：肖延兵
责任编辑：郑秋清
技术编辑：凌春梅
封面题字：南 亭
封面设计：尚世视觉

书　　名	竹魂 ZHU HUN
出版发行	花城出版社 （广州市环市东路水荫路11号）
经　　销	全国新华书店
印　　刷	佛山市浩文彩色印刷有限公司 （广东省佛山市南海区狮山科技工业园A区）
开　　本	787毫米×1092毫米 16开
印　　张	20.25　1插页
字　　数	320,000字
版　　次	2021年6月第1版　2021年6月第1次印刷
定　　价	46.80元

如发现印装质量问题，请直接与印刷厂联系调换。
购书热线：020-37604658　37602954
花城出版社网站：http://www.fcph.com.cn

序言：永远的丰碑

南 亭

小时候，每到清明节学校都组织全校少先队员去祭奠烈士墓，并邀请革命前辈，或革命先烈的后人讲革命先烈的英勇事迹，进行爱国主义教育。从那时起，我对家乡的革命先烈就产生了由衷的敬意，但在朦胧的意识中，也只是感觉他们的崇高、伟大，对他们追求理想信念，并为之做出牺牲的革命精神，并没有很多感悟。之后，青春年华就在读书考试中逝去。参加工作后，正赶上二十世纪九十年代改革开放的大潮，全国上下都投入到热火朝天的经济建设大潮中。以经济建设为中心，财富成为人们心中的价值观、人生观的标杆，财富成功人士与歌星影星成为年轻人的追逐梦想。

2017年，在党的十九大胜利闭幕一周之际，习近平总书记带领中共中央政治局常委专程赶赴上海瞻仰中共一大会址、赴浙江嘉兴瞻仰南湖红船，沿着早期共产党人的足迹，探寻我们党的精神密码。"不能忘记红色政权是怎么来的、新中国是怎么来的、今天的幸福生活是怎么来的""把红色基因传承好，确保红色江山永不变色。"习近平总书记反复告诫全党同志，一再叮嘱，向全党全社会注入铭记历史、缅怀先烈、传承红色基因的不朽信念。社会主义事业波澜壮阔的实践表明，红色基因永远是激励我们砥砺前行的强大正能量。新时代更好地传承好红色基因，为我们进一步汇聚起进行伟大斗争、建设伟大工程、推进伟大事业、实现伟大梦想的磅礴伟力，具有重要意义。

钟竹筠是广东南路妇女解放运动的先驱，中国共产党早期优秀女党员之一，中共防城县第一个支部——中共东兴支部的创建者、第一任支部书记。1903年，她出生于广东省遂溪县一个贫苦农民家庭。1921年秋，进入北海贞德女子学校读书，接触进步书刊，受马克思主义著作和五四青年运动的影响，走上革命道路。1925年5月，她被广东农民运动四大领袖人物之一黄学增推荐到广州，参加第四期农民运动讲习所学习。在农讲所学习中，她得到周恩来、彭湃、恽代英、阮啸仙等共产党人的教导，并加入中国共产党，成为广东南路地区最早的女共产党员。同年，她与中共南路早期领导人之一、中共遂溪县部委的创建者韩盈结为伴侣。1927年9月，钟竹筠被敌人逮捕。面对敌人威胁利诱和酷刑折磨，她始终坚贞不屈；1929年7月，钟竹筠在北海炮台英勇就义，年仅26岁。

钟竹筠短暂的一生，是为党为人民的一生。在她身上浓缩了为人民谋幸福、为民族谋复兴的伟大革命情怀，对党的革命事业坚定不移、勇于献身的大无畏精神，以及对爱情忠贞不渝，对儿子的舐犊之情。通过党史研究去挖掘展示钟竹筠的伟大革命精神，通过文学创作去展现她的绝代风华，是我们党史研究者、作家、艺术家的历史责任。广东作家陈华清义不容辞地肩负起这一历史责任。陈华清参与了中共遂溪县委党校《南路革命妇女解放运动先驱钟竹筠的革命事迹及其当代启示》《韩盈与南路党团组织建设对当代基层党建的启示》的课题研究，并为课题主笔之一。她不止一次和我说，作为一个共产党员作家，一定宣传好革命先烈的英雄事迹，为他们树碑立传，传承好他们身上的红色基因。陈华清是一个勤奋而正气的作家，已创作出版了长篇小说、散文集10多部。多部作品入选教育部"全国中小学图书馆（室）推荐书目"、国家新闻出版署"农家书屋重点出版物推荐书目"等，其中有红色题材长篇小说《地火》《琼花》。如今，陈华清创作以钟竹筠、韩盈烈士为主人公的纪实小说，再次肩负起真正良心作家的责无旁贷的历史责任。

对历史人物进行文学创作，非常重要的一点是尊重历史事实，人物形象的塑造也是要基于基本的历史事实。陈华清为了创作好这部小说，到钟竹筠、韩盈两位烈士生前生活、学习、工作过的广州、北海、东兴、防城港，湛江的赤坎，遂溪的遂城、杨柑、河头、乐民，越南的芒街等地进行实地考察采访。阅读大量关于大革命时代南路革命的历史资料以及当年各地风情人文资料，对钟竹筠的革命历程和短暂的人生轨迹有了深度掌握，可以说因为课题研究和文学创作，陈华清成了钟竹筠、韩盈研究专家。陈华清的《竹魂》以史实为依托，重现了大革命时期南路的革命风云，展示了钟竹筠从一个善良懵懂的少女成长为革命志士、优秀共产党员的光辉人生历程。

钟竹筠与丈夫韩盈英勇就义时都是26岁，正是风华正茂之时，在他们身上既有为民族谋复兴的革命理想主义情怀，又有对党的事业忠诚不渝、勇于献身的革命大无畏精神。既有对爱情的忠贞不渝、儿女情长，又有对儿子父爱如山、母爱如海、舐犊情深。陈华清用女作家特有的感情细腻的笔触，记述了钟竹筠短暂而又伟大的人生历程，塑造了一个情感丰满、有血有肉的年轻女革命家形象。作品还成功展现了韩盈、黄学增、黄广渊、颜卓、黄凌氏等革命烈士的壮丽人生和英勇无畏精神。

陈华清是一位小说家更是一位散文大家，大量散文式诗意语言被她运用到小说中，给读者展示了二十世纪二十年代广州、雷州半岛、环北部湾地区的风土人情、民俗文化，大大地增强了小说的艺术性，使这部小说有别于其他纪实小说，充满了艺术魅力。

陈华清的《竹魂》故事性、艺术性都非常高，可读性很强，比较全面地展示了大革命时期南路革命先烈们的英勇事迹和勇于献身的革命大无畏精神，是一部不可多得的优秀爱国主义教材，是一部献礼中国共产党建党100周年的优秀文学作品。我相信这部小说一定深受广大读者的欢迎和喜爱，并将成为优秀红色文学经典。

目 录

第一章　从海到海　/ 001

第二章　受罚　/ 009

第三章　心灯　/ 016

第四章　相约广州湾　/ 022

第五章　春天里　/ 030

第六章　吕医生　/ 036

第七章　干女儿　/ 045

第八章　爱如潮水　/ 052

第九章　风波　/ 059

第十章　广州广州　/ 065

第十一章　东皋大道　/ 074

第十二章　重返雷州半岛　/ 084

第十三章　六月的杨柑　/ 092

第十四章　乐民的翠琅玕　/ 104

第十五章　雷鸣半岛　/ 113

第十六章　新生　/ 121

第十七章　界炮怒潮　/ 128

第十八章　请愿　/ 134

第十九章　战神父　/ 143

第二十章　钟校长　/ 155

第二十一章　南路办事处　/ 169

第二十二章　麻章事件　/ 177

第二十三章　离别　/ 186

第二十四章　初到东兴　/ 192

第二十五章　解放天乳运动　/ 201

第二十六章　解救青楼女　/ 210

第二十七章　防城宣传讲习所　/ 223

第二十八章　北仑河畔　/ 233

第二十九章　白色恐怖下的遂溪　/ 239

第三十章　血染竹行岭　/ 247

第三十一章　海山举事　/ 259

第三十二章　北部湾的枪声　/ 267

第三十三章　乌云密布　/ 276

第三十四章　又见北海　/ 283

第三十五章　归来　/ 294

第三十六章　永远的贞筠　/ 301

附录　钟竹筠、韩盈生平简历　/ 309

后记　追寻先烈足迹，书写红色传奇　/ 313

第一章　从海到海

一

初秋，天地灰蒙蒙，波涛正汹涌。住在海边的少女钟秀贞与往常一样起得早，帮妈妈烧火做早餐，煮一锅番薯粥、煎几条晒干的小海鱼。但这天早上，她没像以前那样干糊火柴盒等活儿，因为她要坐船去远方。吃过早餐，她提上用竹篾编织的行李箱上路了。

妈妈送她去广州湾赤坎码头坐船。钟秀贞穿着广州湾男女老少常穿的木屐，走在青砖铺成的路上，发出的"嗒嗒"声，像拍打在秋天之晨的拍子。

广州湾的早晨醒得早，天色还灰蒙蒙，街上已有很多行色匆匆的人。秀贞这么早赶去码头，是想遇到小哥。他今天要坐船去南洋。

卖早点的吆喝声此起彼落："油条、白粥，吃过返寻味！""卖猪肠粉、豆浆！"一个穿着人字拖鞋的小贩见到母女，忙过来用招牌式的微笑打招呼："吃碗番薯粥再走吧？要不吃一个木叶搭饼？"钟秀贞摆摆手说已在家吃了。"人字拖"转去招呼一个蓝眼珠、白皮肤的外国人。

"吱！"一声，一个拉人力车的老人见她们走得急促，以为有生意了，忙拉着车停到她们面前，问她们去哪里，坐车不？妈妈摇头摆手说："不坐！"

"抢劫！"钟秀贞听到喊声，回头一看，只见几个蒙面人从一家商行跑出来，向她的方向跑来。她赶紧拉着妈妈，想跑进一条巷子。"呼呼"子弹从她耳边呼啸而过。她拉着妈妈跑到路边的一棵法国梧桐树后，望见警察正在追赶几个蒙面人。一个蒙面大汉跑到梧桐树前的早餐档，抓住一个卖油条的女人，用枪指着她的脑袋，对追赶的警察说："放下枪，要不我一枪打死她！"警察停下，与蒙面大汉对视。

在蒙面大汉的掩护下，其他蒙面人趁机逃跑。一个悄悄拐到梧桐树旁边的警察扣动枪，打中大汉的脑袋。大汉倒在钟秀贞的旁边。"啊！"她惊叫起来。被当作人质的女人吓得晕死了。"呼呼"，警察与其他蒙面人短兵相接，枪声大作，鲜血喷溅，各有死伤。受伤的蒙面人被抓走。

清晨的激战终于结束了，留下几具尸体。警察清理战场，用脚踢蒙面人的尸体，骂道："这些人胆子真够肥的，大清早敢在法租界抢劫！"很多人围观、议论。

"这些蒙面人是什么人？土匪？军阀？盗贼？以为推翻腐败的清政府，有了民国，我们的日子会好了，谁知道又是这种光景！"

"这乱世，土匪太多了！还有法帝国主义、土豪劣绅压迫我们，老百姓真是苦啊！""你们不要乱议论，小心脑袋！"

"我们走吧！"惊魂未定的钟秀贞搀扶着妈妈。母女几乎是一路小跑到了码头。这时，海天茫茫，海浪一阵阵涌上来，拍打着海堤，发出阵阵"哗哗"声。有的船停泊在海港，有的则在海上来来往往。那些商船、走私船，从外面运洋货过来广州湾，又把本地货从广州湾运到外面卖。码头工人赤裸着上身，穿着肥大的短裤，肩膀上搭一条擦汗的毛巾，装货、卸货，忙个不停。

赤坎码头有很多通往各地的船只，往梅箓的小汽船，往海口的火船，往香港或者澳门的小轮及往江门的汽船，等等。最多的是运货兼载客的帆船。去北海的船，有拖轮，有帆船等。火船和汽船速度比较快，但是费用很高。帆船运费很便宜，船行六七十里路，一个搭客只需要船费两毛，可速度很慢。

一群男人被人带上一条船，他们中有的人愁眉苦脸，有的似乎很激动，有的面无表情。为他们送行的人多是女人，她们是母亲、女儿、妻子，哭着，喊着，叫着。

钟秀贞在人群中寻找着,终于找到一张熟悉的面孔。那是她的小哥,失联很久才找回来的小哥。他听人说南洋容易赚钱,便报名了。昨晚,小哥跟其他将一起去南洋的人住在大盛商行,准备一大早就坐船去南洋。她昨天送小哥到大盛,暗暗祈祷兄妹第二天能在码头见最后一面。上天有眼,让她的愿望实现了。"哥哥!"钟秀贞泪花闪闪。她听人说,这些去南洋的人其实是被"卖猪仔"到南洋做苦工,并非像宣传说的那样好。但是,哥哥要活命,明知山有虎,还是要向虎山行。这就是穷人的命。"妹妹,你去北海要好好读书!"哥哥用手擦去钟秀贞脸上的泪花,向她和妈妈挥手告别,登上去南洋的轮船。

"嘟嘟"汽笛响了,钟秀贞也要上船了。她为能去北海读书而激动,又为独自去远方而惶恐。但是,没有退路了,只能勇敢前行。

"秀贞,莲姑是你的贵人,一定听她和姑丈的话,要打要骂由他们。"妈妈反复叮嘱。这些话,她在家里唠唠叨叨不知讲过多少回了。她没文化,也讲不出什么道理来。

钟秀贞又是一阵心酸,抱着妈妈哭了。"走吧,船要开了!"一个皮肤黑得像炭的船工拉开她和妈妈,推钟秀贞上船。那是一条不大的货船,船顶铺着帆布。为了省钱,她只能坐这种便宜的帆船,还是妈妈托人找船家才肯让她搭乘。

"妈妈!"钟秀贞站在船上,右手提着行李箱,左手向妈妈挥动,泪水哗哗往下流。"秀贞,你要听莲姑、姑丈的话……"妈妈拼命挥手,老泪纵横。"嘟嘟"船开动了,妈妈的声音被抛在后面,被汽笛声、海浪声、送行人的叫喊声淹没了。

船里堆满货物,逼仄,肮脏,散发出种种怪味。有些味道,钟秀贞感到很恶心。她被那个像炭一样的船工塞进货物与货物中间,几乎是侧着身子,动不得。船很慢,行了大概半个钟头,遇到大风浪,船摇摆个不停。她想吐,最终忍不住,吐个不停,把在家吃的番薯粥都吐光了。吐到虚脱,加上空气流通不畅,她窒息晕倒,被船工救醒了。

不知过了多久,海浪又大起来,她有点难受,靠在一个麻袋边,闭上眼睛,用手捂住鼻子。她感觉被推了一下,两下……麻袋会动!一个人头从麻袋里伸出来。妈呀!她惊得叫起来。那人头说:"不要叫!"她捂住嘴巴,眼睛瞪得大大的。

"你……你是?"钟秀贞惊魂未定。"不要害怕。"那人告诉她,他在码头干活,帮船主把货物搬到船上。他想回北海看生病的母亲,要搭顺风船,船主一定要他交钱。他哪里有钱啊?于是,他趁人不注意,躲进麻袋里。

"不要告诉船主!"那人央求。钟秀贞点点头,叫他出来喘口气。他不同意,说给船主抓住就惨了!叫她站在麻袋边,帮他挡一挡,不让人看见!钟秀贞照办。一会,她尿急,叫那人躲好,她要去解手。从厕所出来,她刚好看到船主在骂人,那人不断哀求。船主不依,命令船工把他拖出去。

"多一个人坐船,就要多耗点油。你要我发慈悲,谁又对我发慈悲?谁补钱给我?把这个穷鬼推进海里喂鲨鱼!""咚!"那人被推进海里,在波涛中挣扎,很快被海浪吞没了。钟秀贞完全惊呆了。

二

终于到了北海。它位于北部湾东北岸,地处中国南疆,属于广东省钦廉四属的区域。钟秀贞睁大漂亮的眼睛看着陌生的北海。她没想到,自己这一生跟这个地方结下不解之缘。

莲姑来接钟秀贞。她是爸爸的表妹,嫁给北海一个商人。前些日子,她回广州湾给父亲做生日,见到钟秀贞。得知她很想继续读书,但像她这样的贫民子弟根本读不起广州湾的法华学校,莲姑怜爱她,想带她去北海读书。但嫌贫爱富的张姑丈怕拖累,不同意,莲姑便偷偷给她钱,让她自己坐船去北海。秀贞妈忙表示,她去北海就算不读书,找份工做,找个好人家嫁也行。

莲姑说:"你先去我家住下,我再带你去学校。"钟秀贞不肯。莲姑知道她不想见到姑丈,便不再要求。

跟在莲姑的后面,钟秀贞内心是欢喜的,但习惯性地露出怯生生的神情。她们走进北海普仁医院。她很是纳闷,不是说带我来读书吗,怎么进了医院?莲姑在医院里面的一栋楼前停下,说就是这里。钟秀贞抬头望,这是一座两层的洋楼。她在广州湾时见过这种西式建筑,是"番鬼佬"(外国人)建的洋楼。

她随莲姑走进一间房，见到里面坐着一个四十岁左右的女人，戴着一副眼镜，看起来很严肃。"张校长，她就是我早前跟您提过的钟秀贞。"莲姑把站在她后面的钟秀贞拉到前面，"快叫张校长好！"钟秀贞怯怯地叫了一声"张校长好"。

张校长打量着眼前这个少女。她上穿白衫下穿黑裤，宽大，不合身，且都比较旧了，但干净。一对黑色的圆头布鞋，这是莲姑刚给她换上的。梳着两条辫子，肤色白皙，脸盘清秀。眼睛又圆又黑像龙眼核，鼻子挺秀。真是一个好看的姑娘。只是脸容有点憔悴，整个人看起来比较清瘦、单薄，应该是营养不良造成的。

没见过什么世面的钟秀贞被校长看得不好意思起来，头更低了，一只手不安地搓着衣角。张校长马上醒悟过来，走到她身边，拍拍她瘦瘦的肩膀，问她一些问题。比如，她多大了，哪里人，家里有什么人，读过什么书等。钟秀贞小声地一一回答。校长又出了一些题让她作答，她又小心翼翼地回答，怕答错了，学校不收。"这孩子，我要了！"张校长脸露喜色。

"谢天谢地！快说声谢谢校长！"莲姑双手合十，用手肘碰一下欢喜得不知所措的钟秀贞。她马上按莲姑事前教的礼节，向张校长鞠躬、道谢。莲姑帮钟秀贞办好入学手续，安顿好住宿等。临走，她又叮嘱钟秀贞，要听校长老师的话，要好好读书，照顾好自己。有事就去找她。

钟秀贞成了北海女子学校的一名学生，听到的第一课就是对这间学校的简介。给她们上课的是玛丽老师，一个高大秀美的英国人。玛丽老师能说一口流利的中国话。她告诉学生，这间学校是英国安立间教会在北海开办的第一间女子学校，学校的老师有外国人，也有中国人。学校开设的课程有经书、语文、算术、天文、地理、信札、伦理、体操、外语、女红等。

在学校开设的课程中，钟秀贞最喜欢上女红课，老师教她们织蕾丝花边，她很快学会。她喜欢刺绣和编织。这些都是中国传统手艺，在广州湾时，她跟人学过一些。

她们白天上课，晚上做女红活。在昏暗的煤油灯下，秀贞绣呀，织啊。除了织蕾丝花边，她做得最多的是在手帕上绣花花草草，编织毛衣物。学校让这些穷人家的孩子学做手工艺品，是想让她们勤工俭学，换取一些费用。她们卖自己做的手工艺品换的钱一般都能交三分之二以上的伙食费。

在这些女孩中，钟秀贞最勤快，也最聪明。她靠干女红活赚钱养活自己，卖的钱基本上可以交伙食费了。钟秀贞年纪比其他同学大，加上她善良、好学，像大姐姐一样肯帮人，学校里的女孩了都叫她钟姐或是秀贞姐。

"秀贞姐，教我绣花。"沈静慧最喜欢跟钟秀贞在一起。

沈静慧出身贫苦家庭，还没出世，父亲就去南洋做苦工了。她很小就随母亲到了北海，租住在一姓张人家的房屋，母亲当张家的厨房工。父亲死后，祸不单行，母亲在她九岁那年也随父亲走了，留下孤苦伶仃的沈静慧。张家见她可怜，收养她。后来送她到北海女子学校读书。沈静慧食宿都在学校，极少回张家。

钟秀贞也告诉沈静慧自己的身世。"贞姐，没想到你跟我一样惨！"沈静慧唏嘘不已。"是啊，我们都是在苦水中泡大的孩子！"两人惺惺相惜，无话不谈，成了好姐妹。

三

不少人家的小姐喜欢钟秀贞的刺绣，专门定制，叫她绣梅花、竹子，甚至绣鸳鸯。刺绣虽然换了一点钱，但也影响她的学习。她不怕辛苦，因为苦惯了。她最怕的是影响学习。

快进入冬天，订制毛线编织的人越来越多。钟秀贞原来只会织毛上衣、毛背心，现跟老师学会了织裙子、帽子了。她聪明，悟性高，一教就会。有些同学来到这间学校读书才学编织毛衣，钟秀贞就当她们的小老师。

这天早上，钟秀贞和沈静慧去给一户人家送毛衣。她们衣着单薄，虽说整天织毛衣，可她们却舍不得织一件厚实的给自己。她们把毛衣放进一个袋子里，手提着。在必经的街道，两旁种着大榕树。树干粗大，枝叶浓密，像撑开的大伞。褐色的气根，很长，从树枝上垂下来，一根根，密密层层，像褐色的帘子。钟秀贞情不自禁伸手去抚摸这些"帘子"。

在这条街，最大最浓密的就是这棵大榕树。榕树后面有一家书店，里面卖书，也卖一些纸笔墨水之类的用具。钟秀贞每次经过这里都情不自禁停下来，看看榕树，瞧瞧书店。书店卖得最多的是占卜、风水之类的书，她只是翻翻就放下了。她没钱，也对这类书不感兴趣。

榕树中有几只鸟儿在叽叽喳喳唱歌，唱得真好听。钟秀贞想起家乡，老家门前种有很多竹子，成了竹林了。竹林里，经常有鸟儿在唱歌。从这棵竹子飞到另一棵，逍遥自在极了。饿了就去找虫子吃。她想，如果人也像鸟儿一样无忧无愁，自由自在，那有多好啊。

"快走吧，安娜小姐在等我们哪！送完毛衣，咱们还得赶快回学校做功课！"沈静慧催促在大榕树下发呆的钟秀贞。

她们继续赶路。路上行人多，车马喧。一个拉货车的老人弓着腰，驼着背，奋力往前拉。他每走一步都很艰难。老人穿的衣服破旧，脸色灰黑，骨瘦如柴。钟秀贞想起自己的爷爷。他早就去世了，而眼前这个拉车的老人跟爷爷很相似。

一辆小车飞奔过来，那车不知道怎么回事，突然偏向老人撞过来。老人躲闪不及，被撞飞起来，摔倒在地上。"汽车撞人了！"钟秀贞目睹这一幕，失声叫起来。她和沈静慧跑过去看老人。他躺在地上，血不断涌出来，痛苦地呻吟着。行人围过来看热闹。小车车主很气愤地打开车门，是两个男人。一个是蓝眼珠、鹰钩鼻子、白皮肤的年轻人；另一个是黑眼睛、黑头发、矮胖墩的中年人。

胖墩男人扶着比他高大威猛的鹰钩鼻，像老太监服侍着小皇帝，问他有没有吓着，哪里受伤了。鹰钩鼻没有说话，竖起右手食指连连做"不"的动作。"幸好！"胖墩男点头哈腰，掏出手绢擦擦额头，然后把手绢往口袋里一塞，咬牙切齿地说，"我去收拾那个冒失鬼，给您报仇！"鹰钩鼻还是昂着头，但开口说话了："Pig猪！"

"你找死啊！这是史密斯先生的车，你赔得起吗？你知道他是谁吗？"矮胖墩男骂骂咧咧，用脚猛踢躺在地上的老人。

明明是他们的车撞了老人，不但不道歉，还恶人先告状，太可恶了！钟秀贞狠狠地白了胖墩男一眼。围观的人越来越多，他们麻木地看着，似乎在看一场与自己无关的街头闹剧。

胖墩男还在骂，老人的呻吟声越来越大。一个理着平头的壮年人从人群冲出来，扶起地上的老人，对胖墩男吼道："救人要紧！"听他口音，不是北海本地人。"对，快叫救护车！"人群里有人附和，但不见有人走出来。

"算我倒霉，不要他赔了！"胖墩男又掏出手绢。这回不是擦汗，是捂住像两个洞的鼻孔。老人的血味道太浓了，他受不了。胖墩男和鹰钩鼻钻进车子，扬长而去。

"医院在哪里？"壮年人一边问，一边把老人的货车扶起，抱起老人放进去。"我知道！"钟秀贞脱口而出。北海女子学校就在普仁医院里面，她每天看到这家医院的医生、护士进进出出。"我也去！"沈静慧说。救人要紧，毛衣以后再送了。沈静慧走在前面带路，中年男子拉车。钟秀贞看见老人额头上的血还在流，便掏出那条绣有竹子的手绢，试图捂住。

沈静慧的表侄子吕适就在北海普仁医院当医生。她的奶奶和吕适的妈妈是表姐妹，奶奶早已过世，她家跟吕家没什么来往，只知道吕家在北海有头有面，有钱有势。沈静慧比吕适小十岁，但按辈分排，他是表侄子，应该叫她表姨。这个辈分让她觉得不好意思，加上吕适是有钱人家的儿子，而她只是他的穷亲戚，她很少跟人提起他。但为了这个可怜的老人，她不得不去找吕适。他是有名的骨科医生，连成了碎片的骨头，经过他也能妙手回春。所以，他有"神医吕"的美誉。

这天，吕适恰好上班。有他出面，老人住院手续很快办好。壮年人掏尽身上的钱，放在老人的床头，离开了。吕医生亲自给老人做手术，很成功，但要继续住院治疗。

第二章　受罚

一

老人姓钟，六十多岁，老家在雷州半岛一条渔村。他有两个儿子，但都在辛亥革命中牺牲了，老伴受刺激，精神失神，一病不起，也走了。远嫁的女儿不知是活着还是死了，孤独的老人流落到北海。他在北海没有什么亲人，孤苦伶仃，帮人拉货车做些粗重活。

了解老人的身世后，钟秀贞和沈静慧都很怜悯他。尤其是钟秀贞，对这个跟自己同姓、年纪跟自己爷爷差不多的老人，还有一种亲切感。

她们都叫老人"钟爷爷"。他身上多处骨折，驳回来后，用石膏固定，不敢动弹。钟秀贞和沈静慧一有空就去探望他，用做女红赚的钱买些营养品给他吃。

听说喝猪骨汤对老人恢复健康有帮助，她们打算买猪骨熬汤给他喝。可她们食宿都在学校，到哪里熬骨头汤呢？钟秀贞在北海只有莲姑这个亲人。去莲姑家？不可能。姑丈肯定不同意，再说钟秀贞也不想见到他。沈静慧是张家的养女，也不想去麻烦他们。

学校有妇女查经班房、查经妇女宿舍、厨房、女生宿舍、护士长与女舍监办公室、女校班房等。钟秀贞想到学校的厨房。

管厨房的是谢英恩，一个高大又严厉的女人。没读过什么书，是一个粗俗的英国女人。她原来是玛丽医生的佣人，给她带孩子。玛丽夫妇从英国到北海普仁医院当医生，把孩子和她带到北海，给她取了一个中文名字谢英恩。孩子上学了，玛丽医生就在女子学校找了一份厨房工给她。谢英恩仗着自己是白种人，总觉得自己比黄皮肤的中国人高一等，仿佛她就是北海的主人，而中国人是她的奴仆。尽管她也出身低微，但看不起穷人家出身的孩子。学校里的女孩子都有点怕她，也不喜欢她。张校长见她年纪比较大，总叫她谢嬷嬷。谢英恩也喜欢自称谢嬷嬷，但学生背地里叫她谢魔魔，魔鬼的魔。

"怕不怕？"钟秀贞问沈静慧。去厨房熬骨头汤要是给谢嬷嬷逮住，那可不是好玩的事，说不定会被学校开除。"有贞姐在，不怕！"沈静慧想了想问，"你……怕不？"说不怕是假的，除了严厉的谢嬷嬷，还有厨房里的老鼠。可是钟秀贞太想帮钟爷爷了，而且不能在沈静慧面前露怯。"不怕！"钟秀贞是给沈静慧鼓励，也是给自己鼓气。

二

下午放学后，她们借口送毛衣到李太太家，拐去市场买猪骨。然后赶快回学校，把骨头藏在床底。

天黑了，她们去厨房。厨房的门没锁上，两人轻轻推开门，蹑手蹑脚进去厨房。钟秀贞走在前面用手电筒照明，沈静慧提着猪骨跟在后面。"吱吱"，钟秀贞听到叫声，有东西撞到她脚下。她穿着拖鞋，没穿袜子，感觉那东西滑滑的。她低头一看，在微弱的灯光下，那东西像她的脚掌那么大，长长的胡须一翘一翘的。

"啊，老鼠！"沈静慧惊叫起来，情不自禁抱住钟秀贞。"不怕，有贞姐呢！"钟秀贞最怕老鼠，一见到老鼠就想起十岁那年在安铺发生的鼠疫。那场瘟疫死了好多人，很恐怖。很多人因此逃荒，四处流浪。她和妈妈逃到广州湾避难。从此，她一见老鼠就条件反射，恶心、恐惧。

老鼠逃走了，两人回过神来。沈静慧问："贞姐，老鼠还会来吗？敢在厨房煮汤吗？"钟秀贞说："敢！老鼠再来了，咱们就打死它！"

"对，打死它！"沈静慧也勇敢起来。两个女孩在昏暗的厨房里互相鼓励，把对谢嬷嬷和老鼠的害怕都丢到太平洋了，只想着快点煮汤。

两人都是穷人家的孩子，干厨房活都是轻车熟路。沈静慧起灶火，钟秀贞洗干净猪骨，与清水一起放进锅里，盖上盖子，开始熬汤。沈静慧看见厨房有一些蘑菇，顺手拿来洗干净，放进锅里一起煮。

她们把熬好的骨头汤带到医院，推开虚掩的病房，看见钟爷爷正躺在床上。病房里其他病人，或躺在床，或睡觉。"钟爷爷，喝汤吧。"钟秀贞扶着刚睡醒的老人起床，把碗端到他的嘴边，用勺子喂他。老人连夸骨头汤好喝。钟秀贞和沈静慧相视而笑，觉得自己做了一件大好事。

"你喝什么？"吕适进病房，见到老人正有滋有味地喝东西。这晚他值夜班，过来查房。"骨头汤！"钟秀贞见老人有点难堪的样子抢先回答了。"谁熬的汤？"吕医生拿过来看。"是我熬的！"沈静慧担心吕适为难钟秀贞，赶快说。

"不经过医生同意，不要乱给伤者吃东西。否则，会好心办坏事。"吕医生看看沈静慧，又瞅瞅钟秀贞。她们都显得很慌张。"不过，他渴骨头汤有益。"吕医生说完，叫她们出到病房外，大概是不想让老人听到。

"他是你们什么人？"吕医生问。"我们以前都不认识他。"钟秀贞说。"哦，你们都很有爱心，很善良。"吕医生停了一下问她们在哪熬的汤？沈静慧说："在……"钟秀贞紧拉她的手，意思是不要讲。学生偷偷到学校的厨房煮东西可是违反学校规律。

"在……在能熬汤的地方熬的。"钟秀贞说。"你真逗，汤当然是在能熬汤的地方熬的，难道是在海水里熬吗？"吕医生笑道，"你们不想讲，我也不追问。不过，你们是学生没有钱，以后就不要再熬汤了。"

三

为了能挣多些钱，钟秀贞和沈静慧拼命地接女红活，累得上课都直想打瞌睡，功课落下不少。为此，她们没少被老师批评。张校长叫钟秀贞去她的办公室，问原因。钟秀贞勤奋好学，人长得又漂亮，校长很喜欢她，还特意免收她部分费用。现在成绩居然下降了。

钟秀贞不敢说出老人的事，只说这段时间做女红多了，影响了学习，以后一定改正。

"学习才是你们的重要任务，女红只是辅助，不要本末颠倒。明白吗？"

"明白，谢谢张校长！"钟秀贞走出校长室，沈静慧也被叫去问话。她担心沈静慧会泄了密，毕竟她年纪小些。等她被校长问话回来，钟秀贞忙问她怎么样。

"还好。"沈静慧说。"以后还敢去熬骨头汤吗？"钟秀贞最关心这个。他还没出院，大概是年纪大，加上伤势重，身体恢复不快。"你敢吗？"沈静慧反问道。"敢！"钟秀贞给自己鼓气。"你敢，我也敢！"沈静慧露出笑容。

冬天到了。北海的冬天没有大雪，没有冰雹，但也有寒风。钟秀贞的毛衣旧了、短了。短到肚脐眼的位置，让她感觉冷风总是往肚脐眼里钻。她原想拆下来重新编织，可实在是没有时间，更没有钱去买新毛线。她衣着单薄，都是旧衣。莲姑偶尔来探望一下，问她需要什么，她总是说，什么都不缺，学校很好。她不想给莲姑添麻烦。

夜晚，天空黑得像锅底。钟秀贞和沈静慧吃完晚饭，找个借口，又偷偷去厨房煮汤。怕被人知道，她们几乎是摸黑干活。

"砰"，厨房的门突然打开了，一束灯光射到钟秀贞的身上，移到她的脸上。她的眼睛被灯光射痛了。她用手挡住眼睛。灯光移到沈静慧的脸上，她别过脸。

"原来是你们两个！居然敢到厨房偷东西！"是谢嬷嬷的声音。真是怕谁就遇到谁。"我们没有偷东西！"钟秀贞申辩。

"给我逮个正着，还敢说没有偷！"谢嬷嬷走到钟秀贞的跟前，用手电筒射向她的眼睛。钟秀贞闭上眼睛。"你们中国人有句古话说：人赃并获！现在不就是吗？我说这段时间怎么老是少了油盐，原来是你们！"谢嬷嬷看见正在煮的骨头汤，厉声问道，"居然偷猪骨煮汤？！好大的胆子！"

"冤枉！不是偷的，是我们自己买的！"沈静慧说。"做错事了，还不承认！"谢嬷嬷觉得沈静慧冒犯了她的尊严，扬起手要打她，钟秀贞不知哪来的勇气，冲上来抓住她的手，"不准打人！"

"反了！敢这样对我！我今晚要惩罚你们，明天再交给校长！"谢嬷嬷一把推开钟秀贞。她浑身横肉，就像一堵墙。瘦弱的钟秀贞跌倒在地，沈静慧伸手去拉她。谢嬷嬷趁她们不注意，拿出一把大锁，"咣啷"一声，迅速把厨房的门锁上。

"放我们出去！"她们敲门，呼喊。"哼，叫破嗓子也没有人来救你！你们就跟老鼠、蟑螂做伴吧！晚安！"谢嬷嬷的声音阴森森的，就像她那张脸。

"贞姐，怎么办？"

"看看哪个地方可以逃出去！"

厨房只有一扇大门，一个小窗子，其他地方都是密封的。她们找遍厨房的每个角落，都找不到能逃出去的地方，倒是又惊动了几只老鼠，她们吓得跳来跳去。找累了，钟秀贞搂住沈静慧，坐在地上，各自讲自己的童年故事。

这个寒冬夜，两个衣着单薄的少女互相取暖，彼此鼓励。她们做梦都没想到，多年以后，这间教会学校会因为她们而扬名，改名为贞德女子学校。

四

第二天，谢嬷嬷来到厨房，看见钟秀贞和沈静慧蜷缩成一团，睡在冰冷的地板上，心生一点怜悯。但一想到她们昨晚的态度，瞬间的怜悯之心立马飞回英格兰了。她拿起棍子敲打钟秀贞的大腿，敲打沈静慧的身子。刚睡着不久的两人从梦中惊醒了。

"昨晚睡得好吧？老鼠、蟑螂好玩吧？"谢嬷嬷阴阳怪气。"托你的福，我们睡得很香！老鼠、蟑螂都来拜访，还给我们讲故事呢。"钟秀贞压住心头的怒气说。

"老鼠、蟑螂还来给你们讲故事？啧啧，真是新鲜事。它们有没有告诉你们，做错事，没礼貌的孩子，上天是要惩罚的？"

"它们告诉我们，乱打骂人、没有仁慈心的人，上天会惩罚她的！"钟秀贞不甘示弱。"还说，会让她下地狱的！"沈静慧补充。

"不知悔改，我让校长开除你们！"谢嬷嬷气势汹汹，"跟我去见校长！"

她左手抓住钟秀贞，右手抓住沈静慧，像老鹰抓小鸡一样把她们提到校长室。一见到校长，她张口就嚷道："马上开除她们！"

"大家先坐下来，慢慢讲。"张校长和气地说。谢嬷嬷抢先说了，添油加醋了好多内容。钟秀贞和沈静慧几次想打断，都被张校长阻止了。最后，才轮到她们解释。校长听完各人的解释，想了一下说："一个关键问题是，煮汤的猪骨是厨房的还是钟秀贞去市场买的？你们各执一词，我马上派人去调查清楚。秀贞，你们先去上课吧。"

"不准去上课！"谢嬷嬷喝道。

"谢嬷嬷，事情还没弄清楚之前，先让她们去上课。这件事大家都不要张扬出去。"

"张校长，我不赞成你这样处理！"谢嬷嬷拍拍桌子，"我会向董事会反映！"

下午放学后，张校长叫谢嬷嬷和钟秀贞、沈静慧三人到她的办公室。她说："根据调查结果，钟秀贞和沈静慧煮汤的猪骨，的确是她们用自己的钱买的，也的确是煮给钟姓老人喝的。这么用心照顾一个非亲非故的老人，你们真是有仁爱之心的孩子，这点值得表扬。"钟秀贞和沈静慧对视一下，微笑，用眼角斜一下谢嬷嬷，看到她的老脸拉得好长。"但是，"张校长停了一下说，"你们不经同意擅自到厨房煮猪骨汤，是不对的。谢嬷嬷提出批评，你们不接受，也是不对的。"谢嬷嬷拉长的驴脸，马上缩短了一些。

"是谢嬷嬷先冤枉我们！"钟秀贞不服气。"谢嬷嬷是应该了解清楚再批评。"张校长说。"偷偷到厨房煮东西就是不对，我批评她们没错！"谢嬷嬷对张校长的话颇为不满，语气生硬。她根本不把校长放在眼里。

"根据校董会的意见，钟秀贞和沈静慧擅自到厨房煮东西、顶撞谢嬷嬷要严厉批评。现在，你们先向她道歉。"张校长一说完，谢嬷嬷的嘴角马上一撇，斜着眼看她们。钟秀贞和沈静慧，你看看我，我看看你。钟秀贞向沈静慧使个眼色。"擅自到厨房煮猪骨汤，我们错了！"说完，她们就不再说话了。

"你们还没向我道歉！"等了半天，谢嬷嬷忍不住大声叫起来。"对，你们快向谢嬷嬷道歉。"张校长说。钟秀贞惊讶地望着张校长，以为她会公平地处理。"谢嬷嬷是长辈，你们的态度不恭，应该说声对不起。"张校长补充。

钟秀贞想，今天要是不道歉，谁都下不了台。她们只好违心地道歉了。"哼，不敢当！"谢嬷嬷扭过头。她的态度惹毛了钟秀贞："谢嬷嬷不应该把我们关在黑厨房里。"

"校长，她也应该向我们道歉！"沈静慧附和。张校长看着谢嬷嬷。"你们做错事就应该惩罚，我代表上天惩罚你们，没有错！"谢嬷嬷态度蛮横，"一定要开除这两个人！"

张校长本来想批评一下钟秀贞和沈静慧，让她们吸取教训，保证以后不经批准不得到厨房煮东西，但谢嬷嬷不依不饶。张校长只好用折中的方法，罚她们写检讨书，打扫校园一个月。这个结果，谢嬷嬷非常不满，钟秀贞和沈静慧也不高兴。

第三章　心灯

一

学校放寒假了，有些学生回家，有些还没有回。钟秀贞和沈静慧都留在学校。她们还要赶活，要织李家大小姐的毛衣毛裙，还有毛围巾。李小姐是刁蛮小姐，对毛织品要求很高，稍微不满意，就不收货，要拆掉重新编织，把她们折腾得够呛。

这天，钟秀贞和沈静慧送毛衣物到李府，又被李小姐退货。两人垂头丧气，经过张家店的时候，不由自主地走进去。这其实是一家杂货店，隔成两部分。西面卖日常用的和吃的东西，东面卖文具和书籍，算是小型的书店。买杂货的人络绎不绝，而书店却冷冷清清。

她们进去的时候，看见只有一个人在看书。他穿一套黑色的学生装，低着头，看不清他的脸。他看得很入神，完全没有注意到店里进来两名女学生。不久，男生放下手头的书，又翻看其他书，每本书翻看的时间都不长。他不断从书架拿下其他书看，好像在寻找什么。

"请问，这里有《光明》杂志吗？"男生问。"没有，"店小二杨小华说，"这里卖的都是算命、看风水、言情小说之类的书。"

"噢，"男生显得有点失落，不甘心，又问道，"有《新青年》？"杨小华又是摇头，好奇地问："《新青年》是什么书？"

这个男生说话的口音，像是熟悉的遂溪口音。钟秀贞惊喜，想问他是不是遂溪人，但马上打断这种想法。自己一个女生，怎么好意思问一个萍水相逢的男生？当听到他说《新青年》的时候，她忍不住又朝他望过去。杨小华提的问题，也是她正想知道的。

"《新青年》是一本杂志。"男生告诉杨小华，它原名叫《青年杂志》，1915年在上海创刊，第二年才改名为《新青年》，由陈独秀主编。它发起新文化运动，宣传倡导科学、民主和新文学。在五四运动期间起到重要作用，是很有影响力的革命杂志。

钟秀贞侧耳倾听。新青年、科学、民主、革命……她觉得很新奇。什么反帝反封建，打倒土豪劣绅，更是说到她的心坎上。她不由多看他一眼。他应是20岁左右。浓眉大眼，目光有神，鼻梁挺拔，棱角分明，看起来沉稳成熟。她很想知道他在哪里读的《新青年》，可不可以借给她们读读，但又不好意思问。

"佩服！你知道的东西真多。你在哪里读到《新青年》？你是学生吧？在哪里读书呢？听你的口音不像是北海人哦。"当男生讲完稍停下来的时候，杨小华急切地问个不停。

男生说，他叫韩盈，遂溪人，在广州读书时接触到《新青年》等书刊，深受影响。他这次来北海探亲，进书店逛逛。"秀贞姐也是遂溪人，是你老乡呢！"沈静慧把钟秀贞拉到韩盈面前。

"幸运！"韩盈望着钟秀贞，看她年轻纯真，像学生模样，便问她是不是在北海读书。"是的，我在北海女子学校读书。"钟秀贞指着沈静慧说，"她也是。"

"你们学校有《新潮》吗？"韩盈问。"没有，你刚才说的那些，我们都是第一次听呢。"沈静慧说。"你讲得真好，再给我们讲讲吧！"钟秀贞说。

"今天不行，我有点事要先走了。"韩盈说，"明天这个时候吧，我带些书刊给你们看。你们多带些人来听。"

二

第二天，钟秀贞、沈静慧等女子学校的学生，还有她们的朋友，早早就到了书店，等待韩盈的到来。小小的书店挤满了人，杨小华拿出所有的凳子也不够坐，来迟的人只好席地而坐。

韩盈带来一些书和杂志，有他们听说过的《新青年》，还有第一次见到的《每周评论》《中国青年》等。"给我！""我也要！"大家争着要，拿到手的喜滋滋地看起来，没有拿到的贴在别人身边、伸长脖子看。

大家互相传阅一会后，韩盈开始讲广州的学生运动，讲五四运动主力陈独秀1916年为《新青年》写的发刊词。

"陈先生在《新青年》里号召我们青年要做'新青年'。他说，'青年如初春。如朝日。如百卉之萌动。如利刃之新发于硎。人生最可宝贵之时期也。青年之于社会，犹新鲜活泼细胞之在人身新陈代谢……'他认为新青年应当是……"韩盈讲到这里，稍稍停下来。"应当是什么？"一个叫李强的男生迫不及待地问。他个子很高，戴一副黑边框的近视眼镜。

"新青年当是以下几方面：自主的而非奴隶的、进步的而非保守的、进取的而非退隐的、世界的而非锁国的、实利的而非虚文的、科学的而非想象的。"韩盈详细解释这六方面。

韩盈讲的"新青年"，大家感觉很新奇，听得热血沸腾，交头接耳谈论自己对"新青年"的认识。钟秀贞被吸引了，想听多些，便说："老乡，你在广州读书见识多，再讲一些给我们听听。"其他人马上附和，叫韩盈继续讲。"行！我给你们讲1919年在我国爆发的五四青年运动，还有1917年发生的俄国十月革命吧！"韩盈爽快地答应。

三

韩盈演讲结束后，其他人离开了。钟秀贞意犹未尽，壮起胆子，问韩盈还有没有其他进步书刊。韩盈说有，放在妹妹家里，迟点送到学校给她。

很快，韩盈到女子学校找钟秀贞，带来《新青年》杂志。这期的主要内容有：胡适的《"新思潮"的意义》，陈独秀的《实行民主的基础》，王星拱的《科学的起源和效果》，张松年的《精神独立宣言》，杨宝三写的短剧《一个村庄的妇人》,等等。

拿到韩盈带给她的刊物,钟秀贞放下手头的女红活,如饥似渴地捧读起来,以前有些迷糊的东西,她明白了;有些还是不明白。沈静慧也一起看。可是两人还要赶李小姐的活。钟秀贞建议轮流读《新青年》。一人朗读,一人边听边织毛衣物,一举两得。沈静慧说这个办法好。于是,两个女孩从白天读到夜晚。在昏暗的灯光下,在寒冷的冬夜,她们读出光亮,读出温暖,读得浑身热乎乎,浑身充满了力量。如同在黑夜行走的人,看见了前方的光明。

韩盈按约定的时间来找钟秀贞,又带来其他书刊。钟秀贞把看完的书刊还给他。韩盈每次来,都是在楼下等她,不敢进她的宿舍。他们也都是交换书,做些简单的交流。

韩盈又来学校送书给钟秀贞,恰好给谢嬷嬷看见了。等他一走开,谢嬷嬷马上盘问钟秀贞:"刚才那个男子是谁?来干吗?"

"我的一个老乡,给我捎口信。"钟秀贞冷冷地说。谢嬷嬷像猎人般"嗅"钟秀贞,没"嗅"出什么,扔下一句话:"这是女子学校,不要随便让不相干的人进来!"

"是。"钟秀贞摸摸衣服,幸好早点把韩盈送来的书放进里面。之后,他们不敢在女子学校见面,改为在张家店。有一次,韩盈建议到海边散步。书店离海只有几百米远。钟秀贞有很多不明白的地方正想向他请教呢,于是马上答应。

他们边走边聊,来到海边。这时,天空蔚蓝、大海碧蓝、海天苍茫。远处有几只海鸟快活地在海边觅食。海边的防护林带种着椰子树、木黄麻等,这些树把海风挡住,使透过树林吹来的海风变得轻柔、温和。高高的椰子树下有几张木凳子,他们走累了,就坐在凳子上。跟韩盈在一起,她感到非常开心。

他们用遂溪话交谈,多是韩盈讲,钟秀贞听。主要讲身世、追求。

韩盈出生于遂溪县南门圩。南门圩就在县城旁边。他家境本来就贫寒,十岁那年,父亲和哥哥先后死了,更是雪上加霜。为了活命,母亲送韩盈到在遂溪城经营药材的舅舅郑赞聊家,让他跟随舅舅生活、读书,她则带一个女儿改嫁到东兴。韩盈很懂事,读书成绩很好。舅舅很疼爱这个家境凄凉的外甥,把他当儿子一样疼爱。1920年秋,他以优异的成绩考上广州铁路工程专科学校。十多岁的韩盈，带着梦想，带着憧憬，从小县城独自来到人生地不熟的广州读书。

广州是民主革命的策源地，各种进步书刊在这里传阅。进步的革命思想，革命真理也在广州传播，各种爱国运动风起云涌。韩盈如鱼得水。他跟同学杨石魂最要好，两人形影不离，一起阅读《新青年》等进步书刊，一起学习研究马列主义，一起参加校内外的各种活动，成了学生队伍中的积极分子。

在参加进步活动的过程中，韩盈认识了彭湃、谭平山、张太雷等人，倾听了陈独秀、邓中夏等人的演讲，或是讲课。这些人以及各种进步活动，对韩盈的影响很大，他不再是那个"两耳不闻窗外事，一心只读圣贤书"的少年，他的知识丰富了，眼界开阔了，胸怀国家民族，思想发生质的飞跃。

"今年3月，我在广州加入社会主义青年团了。"韩盈高兴地说，本来就炯炯有神的眼睛显得更亮了。

"老乡，祝贺你！也很羡慕你！"钟秀贞真诚地说。她原本不知道什么叫社会主义青年团，是从韩盈送给她的书中了解的，这是一个进步的群众性组织，由信仰共产主义的中国青年组成。

"谢谢！你不用羡慕我，只要你追求进步，表现得好，将来也可以加入社会主义青年团的。"

"老乡，我行吗？"

"行！期待你加入我们的组织！"韩盈向钟秀贞伸出手。她羞涩，没有伸出手，只是说："老乡，你多指导我。"

"秀贞，我们都是学生，你可以叫我韩盈同学。我比你大，按我们遂溪人的叫法，你可以叫我阿盈，或者韩盈哥，也可以叫我的笔名寒萤，不要叫我老乡，好吗？"

"行，老乡！"钟秀贞答应道，发现自己又说"老乡"了，捂嘴偷笑。韩盈觉得她那偷笑的样子更可爱。"对了，快过年了，你怎么还留在北海？不回遂溪过年吗？家里还有什么人？"他问。

"我……"刚才还有点俏皮的钟秀贞马上黯然伤神。她向韩盈讲自己的身世。她是遂溪县杨柑志忐塘村人，那是一个离海不远的乡村。家里没田没地，一贫如洗，父亲租地主的田地种。她才几岁就学会种田、割草、放牛、砍柴等，随父亲在北坡圩生活，学会编织鱼灯。她8岁那年，家乡发生灾荒，父亲带着哥哥，母亲带着她，分别逃到不同的地方。不久，父亲死了，哥哥下落不明。母亲带着她去安铺镇给有钱人当用人。看见同龄人大都读书，她很羡慕，也要读书，母亲吃尽没文化的苦，见她天资聪明，就省吃俭用，让她在安铺读小学。没多久，安铺发生鼠疫，母亲带她投奔在广州湾的亲戚。

"现在，妈妈跟一个伯伯生活在一起，伯伯家有很多孩子，妈妈不容易。她叫我没事就不要回广州湾，省点钱。"钟秀贞很伤感。韩盈静静地听着，不时怜爱地看着她。"我的童年是逃难中度过，颠沛流离，吃尽苦头，没过过一天舒心的日子。我痛恨这个黑暗的社会！"钟秀贞的泪水不禁涌出来。她不好意思让韩盈看见，转过身，掏出手绢擦眼泪。

"秀贞，我们的身世很相似，都是家境贫寒，父亲早逝，母亲改嫁。我们都是苦命的孩子……"韩盈的声音哽咽，"我们要推翻这个黑暗的世界，建立一个光明的社会！"

"我……我只是一个女学生，行吗？"

"行！男女平等，男女都可以追求真理。"韩盈热切地说。

钟秀贞的心欢畅着。韩盈讲的进步思想、革命理念，点亮了她的心灯，像火焰一样照亮了她的心田。

韩盈这次来北海，一是来探望刚刚嫁在北海的妹妹；二是了解北海学生运动情况。当年妈妈带着小妹改嫁到东兴，兄妹俩好多年没见过面了，转眼间小妹嫁作他人妇。他本来想探望小妹后，马上去东兴探望妈妈，然后回遂溪舅舅家过年。现在，韩盈改变主意，打算在北海多待几天。这跟钟秀贞有一定的关系。他喜欢上这个追求进步，善良美丽的老乡。当然，最重要的是想多了解一下北海学运状况。

第四章　相约广州湾

一

韩盈带去北海的书刊不多,有些放在遂溪的家里。遂溪县位于广东第一大半岛雷州半岛的中北部。这个半岛东临南海,西靠北部湾,北依岭南丘陵,南隔琼州海峡与琼岛(海南岛)相望。

钟秀贞本来不打算回广州湾过年。为了早日读到韩盈放在遂溪的进步书刊,她改变计划回家。他和她约定在广州湾见面的时间、地点。

韩盈回到遂溪,带着书刊去广州湾找钟秀贞。此外,他还带去舅妈做的大饼、木叶搭饼。遂溪人过年习惯做大饼。为了省钱,韩盈步行到离遂溪城三十多里远的广州湾,来到他们约定的法租界河赤坎河,在河边的一丛竹林下等钟秀贞。

钟秀贞怕妈妈知道,借口出去找活干,偷偷出来见韩盈。一见面,她叫了一声"韩盈同学",便迫不及待地问带了什么书。他递给她一个蒲草编织的袋子,里面装着借给她看的书报。

韩盈拿出用田艾叶混着糯米粉做的木叶搭饼叫钟秀贞趁热吃。她最喜欢吃艾叶饼了,两人聊天时,她无意间讲起喜欢吃这种艾叶饼,他就记住了,还大老远送来给她吃。他真是一个有心人。她的心里暖融融的。吃着艾叶饼,她顺手从蒲草袋里抽出一张《广东群报》,满心欢喜地看起来。"《收还广州湾期成会成立了,我们应表示如何态度》,是你写的?"钟秀贞惊喜地问韩盈。

"是的。今年三四月，我们在广州组织'交还广州湾期成会''收还广州湾讨论会'，策划收回广州湾。我写了这篇时评，投给广东党组织机关报《广东群报》。"

"你真厉害！"钟秀贞的眼神写满了敬佩，"你知道广州湾很多故事吧？"

"知道一些，"韩盈指着赤坎河说，"这是一条有故事的河。"钟秀贞不由注视着赤坎河，河水潺潺，虽是冬天，但河两岸依然是芳草萋萋，花树杂生。"你讲给我听。"钟秀贞说。

鸦片战争失败后，西方列强掀起瓜分中国的狂潮，烧杀抢掠，无恶不作。1898年，法帝国主义提出将遂溪县东部沿海划为广州湾租借地。无能的清政府只好答应其无理要求，可遂溪人民不答应，海头、南柳等三十多条村庄，四五百青壮年，在吴邦泽、吴大隆的带领下，歃血为盟，誓死反抗法帝国主义的侵略，保卫家乡。

1899年2月，李钟珏担任遂溪知县。他颇有民族气节，痛恨法帝国主义的侵略，以县政府的名义筹款，办武装组织，购买枪支弹药。团练总部设在黄略村潜移书院，下设六个营。遂溪抗法团练作战骁勇，得到各界爱国人士的支持，把法帝国主义打得落花流水，但损失也很惨重。在抗法斗争中，遂溪的群众编了不少抗法雷州歌，鼓舞人心。

讲到这里，韩盈念起一首在民间广为流传的雷州歌：

"七月初四上战地，义勇写明在军衣；歃血誓师抗到底，决心去扫除番夷；四邻各地人众起，壮丁报名由自己；日夜练兵学武艺，黄略案前竖战旗。"念完，韩盈问钟秀贞以前有没有听过。"没有。后来的情况怎么样？快点讲。"钟秀贞催促。

"1899年11月，清政府与法国签订了不平等的《广州湾租界条约》，把原属遂溪、吴川两县的部分陆地、岛屿，还有麻斜海湾，划为其租界，租期九十九年。法国侵略者曾扬言要把租借地划到离遂溪城不远的万年桥，遭到遂溪人民的奋力抗击后，不得不把租借地后退三十华里，退到赤坎河为界。"韩盈指着赤坎河说，"我们面前这条河成了广州湾法租界河。你住的赤坎原属遂溪县管辖，现在成了法租界。你住在租界内，我在租界外。"

"你知道的东西真多!"钟秀贞赞叹。她听人讲过抗法的故事,但是没有韩盈讲得这详细,这么声情并茂,引人入胜。她问他以前是不是常来广州湾。韩盈说:"不是。因为策划收回广州湾的讨论,我看了很多资料,对这里的人文历史地理等了解很多。比如,广州湾地理位置优越,是一个水深浪静港阔的优良海港,水路交通四通八达。成为法国租界后,行政区域被重新划分,广州湾分为赤坎区、坡头区、东海区、硇州区四大行政区域。形成于宋朝的赤坎最繁华。在广州湾,法国人实行'以华制华'的政策,最高行政机关是公使署(俗称公使堂),对广州湾实行殖民统治。"

"你们还会讨论收回广州湾吗?"

"会的。"

"好,赶快赶走法帝国!"钟秀贞说,"你比我熟悉广州湾的历史,可这里的街道,我比你熟悉。我带你走走,了解清楚又可以写文章啦。"韩盈很高兴:"正合我意!"

二

钟秀贞先带韩盈去赤坎最热闹的商业街。这条商业街多是骑楼,一楼做生意,二楼住人。这里有好多家烟馆,来吸食鸦片的络绎不绝。有的人骨瘦如柴,条条肋骨清晰可见,像鬼一样。不少人因吸食鸦片而家破人亡。

他们走进一家鸦片烟馆,看见里面有人躺在烟床上吸鸦片。一个瘦得像猴子的男人见他们进来,马上从嘴里拔出烟枪,笑眯眯地招呼他们,热情地介绍鸦片烟,问他们想抽哪种。韩盈连连摆手,拉着钟秀贞就走。瘦猴子似的男人在后面骂,没钱就离远点,别影响做生意。

钟秀贞指着一家烟馆说:"这是梁老板开的。我妈妈给他打工。他跟法国人关系好,在广州湾开航运、开鸦片馆,贩卖鸦片和'卖猪仔'到南洋,做走私生意,跟军阀勾结。跟我的姑丈也有生意来往。就是这么财大气粗的老板,也克扣我妈妈的工钱,我恨透了奸商!我妈妈是一个很可怜的人,她带我逃难到广州湾后,先后在火柴厂、渔船干活,也在法国人家里当过保姆,后经莲姑介绍才到梁财老板家做工。"

两人走了大半天,几乎走遍了赤坎的每个角落。饿了,钟秀贞带韩盈去吃赤坎有名的簸箕炊、油条,然后继续走。经过一家商行,他们见到陆续有人走进去。都是男人,面黄肌瘦,衣着破旧,看起来是贫苦人家。钟秀贞说,这家商行表面为商行,其实是贩卖人口(卖猪仔)。在广州湾的赤坎、西营都开设好多间贩卖人口的商行,这些人被卖到南洋当苦工。被拐卖到南洋的华工,每年都有几千人。

"我哥就是在这里被骗卖猪仔到南洋当苦工。听说他们还买卖军火,后台老板很厉害!"

韩盈想进去商行看看,叫她在外面等他。钟秀贞叫他不要进去,说里面有很多坏人。"没事的,我会保护好自己。"韩盈说完,跟着一群男人进去。这些即将被卖猪仔到南洋的男人要审查、体检。在一间房,他们被问话,然后当场脱光衣服,称体量,看肥瘦。他们赤条条冷得发抖。"啪!"韩盈的后背被人重重打了一下。"进去!"一个黑脸膛的汉子用力推韩盈进房间,要他脱衣服检查。韩盈大声道,"我不是去南洋的!"

"你不去南洋来这里看什么?谁派你来的?"黑脸膛不由分说把韩盈抓到另一个房间审问,要他老实交代是哪里的探子,后台老板是谁。广州湾除了法帝的殖民统治,官商勾结,各路黑势力也很厉害,互相抢生意,拆台,火拼也时有发生。韩盈想,黑脸膛一定是把我当作间谍了,这些人心狠手辣什么事都做得出,还可能把我杀掉。

钟秀贞在外面久不见韩盈出来,很着急,走到门口叫他的名字。韩盈听到她的叫声,突然想起她刚才讲过她哥,便对黑脸膛说:"我和妹妹来看看我哥钟安有没有来信。去年,你们把他送去南洋了!"

"想骗我们!妹妹在哪里?"

"在外面等我,"韩盈说,"不信你到外面看看。"黑脸庞对旁边的一个马仔交代一番。一会,马仔回来,拉黑脸庞在一边说:"是有钟安这个人!"

"叫你妹妹进来!"黑脸庞说。韩盈走到门口,见到焦急万方的钟秀贞,对她使了个眼色说:"妹妹,他们说钟安哥没有来信!"钟秀贞心领神会:"那就算了。哥,我们赶快回家吧!"她上前挽着韩盈的手赶紧逃离。又一群被卖猪仔到南洋的男人拥进来。黑脸膛见韩盈说的基本属实,没有去追他们。

三

韩盈看时间不早了,想送秀贞回家。她不同意,反而要送他到赤坎河。到了赤坎河后,他不放心她自己回家,悄悄跟在她的后面。快到家了,钟秀贞才发现韩盈跟着她,暗中保护她。她很感动,想跟韩盈多待一会,一直送他到赤坎河。两人依依不舍,不说话。她掏出手帕抚弄着,韩盈看到白色为底的手帕上,绣着一簇青色的竹子。

"真漂亮,是你绣的吧?"韩盈问。钟秀贞点头。"真是心灵手巧的姑娘。"被韩盈这么一夸,钟秀贞脸红了。

"你喜欢竹子?"韩盈觉得她羞涩的样子更好看。

"是的。我老家门前种有好多竹子,青色的竹叶,笔直的枝节。一年四季颜色都不变,腰杆挺直,真好看呢。"

"我也喜欢竹子。我老家南门圩的旧屋前前后后都有青竹,有些还是我亲手种的呢。有一次,我和小伙伴阿东在竹林里捉迷藏。他藏,我捉。我找了好一会都不见他,正纳闷呢。突然听到阿东的哭喊声,'妈呀,有蛇!'他连滚带爬冲出竹林,鞋子掉了,裤子也掉了,光着屁股冲出来。我壮起胆子走过去一看,哪是什么青蛇呀?不过是一根竹枝,就把他吓得屁滚尿流。以后大家叫他胆小鬼。哈哈!"

钟秀贞抿嘴一笑,没想到韩盈也喜欢青竹,童年有这么多趣事。她感觉两个人共鸣的地方又多了。

"竹和梅兰菊,被古人称为'四君子'。宋代大文豪苏东坡被贬到琼崖,途经我们遂溪,逗留在遂溪好多天。他画过竹子,写过'竹子诗':'宁可食无肉,不可居无竹。无肉令人瘦,无竹令人俗。人瘦尚可肥,士俗不可医……'你读过这首诗吗?"韩盈问。

"以前没读过。"钟秀贞摇头。她明白这首诗的意思,有情韵,有哲理,有灵魂，但自己又表述不出来。

"这首诗通过物质与精神、美食与美德的对比，强调精神品质与美德操行的重要。表面写的是竹，实际上借竹寓意：人要像竹那样正直，有节操。青竹不只是青竹，还有灵魂。"

钟秀贞认真地听着。韩盈的每句话像山间的清泉，流淌在她的心间；像青竹的清芬，沁入她心肺。跟他相比，自己的知识太贫乏了。钟秀贞又自卑起来。韩盈见她在沉思，便问她在想什么。她说："你懂的东西真多，可我什么都不懂！"

"谁说你什么都不懂啊？你的刺绣绣得多好啊！尤其是青竹，绣得就像真的一样。我很喜欢！"韩盈看着她手上的手帕说。

"我喜欢青竹，但没想到它是有灵魂的，有精神境界的。"

"物跟人一样都是有'品'，有'格'的。'咬定青山不放松，立根原在破岩中；千磨万击还坚劲，任尔东西南北风。'这是清人郑板桥写的《竹石》。前面两句写竹子抓住青山一点也不放松，根牢牢地扎在岩石的缝隙中。后面两句说，经历了无数磨难和打击，竹子的身骨依然坚劲，任凭你东南风，还是西北风。郑板桥借竹子的顽强，寄寓自己的不屈风骨。人们常用这首诗歌颂在革命斗争中，革命者经受敌人打击，坚定不动摇的高尚品格。"

他的知识真渊博！钟秀贞越听越敬佩。不只是喜欢听他说话，更喜欢从他嘴里念出的古诗，声声入耳，句句动听。

"秀贞，你喜欢《竹石》吗？"

"非常喜欢！我也要像说的那样：不管经受什么样的磨难，都不动摇，做像青竹一样的君子。"钟秀贞说。

"很好！古有梅兰竹菊四君子，今有爱竹之钟秀贞，竹君。"韩盈说。钟秀贞眼前一亮，脱口而出："竹君？我喜欢这名字！韩盈哥，我改名钟竹君，好不？"钟秀贞突然改口叫他韩盈哥，而且叫得那么自然，连她自己都没想到。

韩盈望着钟秀贞微笑："好，我也喜欢这名字。"他想了一下说，"筠跟君同音。筠字一般用于人名。"

"钟竹君？钟竹筠？用哪个做名字好呢？"钟秀贞自言自语，"我看还是钟竹筠好。韩盈哥，你觉得怎么样？"

"英雄所见略同。"

"好，我以后就叫钟—竹—筠！"

"我以后就改叫你竹—筠！"韩盈托着下巴，想了一下说，"秀贞、竹筠，清人王夫之《连珠》有句诗：'天籁无假于宫商，贞筠不争于柯叶。'诗中的'贞筠'是指竹，用来比喻坚贞不屈的节操。希望你做一个具有'贞筠'精神的人！"

"我记住你的话！"

"我也要做具有'贞筠'精神的人！"韩盈说，"我们一起努力！"

四

春节过后不久，韩盈就要回广州读书了。他如约来广州湾跟钟秀贞告别，在老地方赤坎河等她。他刚到，她也赶来了。他温情地叫她的名字。钟秀贞叫一声"韩盈哥"，想到以后不知什么时候才能再见到他，不免有些伤感。没见到他之前，心里有很多话想跟他说，很多疑问想问，可是见到他却不知说什么好。

韩盈默默注视着钟秀贞。两人沉默了一会，韩盈说："我回到广州会寄些书刊给你。你要多看进步书刊，了解外面的世界，探索革命真理，做一个追求进步的新女性。记住我们的约定！"

"嗯，我会记住你的话，做一个追求进步的新女性！"

两人默默走着，走到赤坎埠。这里很热闹，海上有来来往往的各式船。船一靠岸，码头工人就把货物卸下船，再把当地的特产装上船。这些工人面黄肌瘦，虽是冬天且衣着单薄，但还是汗流浃背。两人继续走，脚步缓慢，把所有的不舍融在行走中。他们走到一个海湾。这里很清静，有绵长的海滩，有洁白的海沙。沙滩上有一块黑色的大礁石，刻着"海魂"二字。

"韩盈哥，你再给我讲讲你在广州读书的故事吧。"

"遵命！"韩盈想用俏皮的话说，却说不出这样的话。但是一讲起他读过的进步书刊，他对革命真理的理解，便侃侃而谈。

钟秀贞静静地听着。跟他在一起，她心似莲花开，无比快乐，忘记了少女的羞涩，忘记了重重的忧愁，忘记了时光的流逝。她时不时抬头看他的脸。当两人的目光相遇的时候，她赶快把目光移开，假装看海，看天，看椰林。

　　韩盈也是。他本是少年持重，沉默寡言，爱读书，爱思考。就算内心炽热，表面也是很冷静。但在她的面前，他变得滔滔不绝，恨不得把自己所知道的告诉眼前这个纯美的少女，恨不得把她从苦闷中拯救出来，把她引上光明大道。他从她羞答答的眼神里读到欢喜、敬佩、爱慕。他何尝不是这样呢？他感觉他们的心是相通的。就这样，一个缓缓地讲，一个静静地听。时间过去多久了，他们浑然不知。她甚至希望时间能够停止，能够多些时间听韩盈讲故事。

　　累了，他们坐在一块刻有"海魂"的礁石上。韩盈从口袋里拿出一支钢笔，递给钟秀贞："这是我最喜欢的钢笔，送给你！"

　　"谢谢韩盈哥！"钟秀贞双手接过钢笔，端详钢笔上刻着的"贞筠"二字，心里涌起一阵阵暖流。她抚摸着"贞筠"，从裤袋里掏出一方手帕，递给韩盈，"我给你绣的。"

　　韩盈接过尚存有秀贞体温的手帕，摩挲着手帕里绣着的"青竹"。这青竹长在岩石间，不屈不挠，傲然挺立，卓尔不凡。他曾跟她讲过，他最喜欢郑板桥的画和竹子诗，她真聪明，不但领会这首的意境、精髓，还能绣出来。

　　"你绣得真好！我们都做那'千磨万击还坚劲'的青竹吧！"

　　"好！韩盈哥，我会记住的！"

　　韩盈伸出手想握钟秀贞的手。她本能地羞涩一下，很快迎着韩盈热切的目光，也伸出手。春寒料峭中，两双年轻的手握在一起，两颗年轻的心热血沸腾。他们身后的海浪"哗哗"喧哗着，一浪追逐一浪，一波高于一波。

第五章　春天里

一

韩盈去广州读书了，钟秀贞也回到北海上学。她开始叫钟竹筠，而沈静慧也改名为沈卓青。她要像钟姐一样做一名卓越的新青年。

春天，是万物生长、生机勃勃的季节。北海的春天跟家乡遂溪的春天差不多，两地气候基本相同。所以，钟竹筠知道北海的春天会有什么。

钟竹筠跟许多少女一样有爱美之心，喜欢花花草草。礼拜天，她和沈卓青、劳瑞芳等姑娘，都穿上自己最漂亮的衣服，戴上最好看的帽子，相约去郊外踏青。

迎青花、桃花、樱花、风信子等在她们面前争奇斗艳，好像跟这些少女相比，看谁更美丽动人。一阵阵花香扑进她们的鼻子，钟竹筠用力吸着鼻子。在花间、草上、树间，蜜蜂在忘我地采蜜。她们走近它的身旁，蜜蜂也浑然不知。蝴蝶停歇又飞走，来来回回。一只美丽的大蝴蝶停在迎春花中，张小妹悄悄地靠近，想捉住那只蝴蝶。蝴蝶待在花上，不知有人想捉它。等张小妹一伸手，它后面却像长了眼睛，瞬间飞走了，又故意在她的头顶盘旋。她跳起来捉，总是差那么一点点，仿佛唾手可得，却又难以成功。蝴蝶跟她捉迷藏呢。众人见此，笑个不停。张三妹笑得肚子疼，在草地上打滚。少女们的笑声、倩影，也成了春天一道美丽的风景。

钟竹筠受到感染，也开心起来。美好的东西总是让人心情舒畅，精神愉悦，会让人暂时忘记生活的苦难，诸多的不如意。这一年的春天，在钟竹筠的记忆是最美，最快乐的。

从这一年的春天开始，广州成了钟竹筠最想念、最牵挂的地方。她在学校教材《地理》书上看广东地图，找出广州的位置。广州在北海之北，她面朝北，期待韩盈早点寄来自己渴望的精神食粮。一直以来，她像在黑暗中行走，而韩盈就如一束光，一盏灯，照亮了她前行的道路。她相信正如韩盈说的，只要坚持，梦想总有一天会开花。

钟竹筠陆续收到韩盈从广州寄来的进步书刊，如《马克思主义》等，其中有她就早想读的《共产党宣言》。有些杂志是往年的，有些是最近的。在广东团机关刊物《青年周刊》、新学生刊物《新学生》、广州《民国日报》等，都有韩盈用笔名寒萤发表的文章。这些进步书刊，她看了一遍又一遍，思想触动非常大，十分向往革命。广州是革命前沿阵地，是她心爱的韩盈哥读书、在革命中成长的地方。所以，在她的心目中，广州是革命圣地，是神圣的。对广州的无限向往，成了她内心深处温暖的所在。她暗暗下决心，等攒够了路费，就去广州看看，感受一下那里的革命气氛，接受革命的洗礼。

随书刊寄来的，还有韩盈的亲笔信。信中，除了鼓励她，他还简单地介绍自己的近况。从他寄来的报刊和书信中，钟竹筠陆续了解他在广州的一些情况。每次收到韩盈寄来的报刊以及书信，钟竹筠都如获珍宝，躲在被窝里偷偷看，然后把信藏起来。而把寄来的进步书刊分给沈卓青等思想要求进步的同学看。

二

看了韩盈寄回来的书刊，钟竹筠对现实有了思考。北海跟广州湾情况差不多。1876年，清政府签订《中英烟台条约》后，北海被强行开辟为通商口岸，英、法、美等西方国家，在北海设领事馆、洋行，建教堂、学校、医院等。跟在广州湾一样，在北海，洋人比中国人高一等，像女子学校的谢嬷嬷，只不过是一个厨房工，却很高傲，把自己凌驾于中国人之上，不就是欺负中国贫穷落后吗？如果中国强大了，这些外国人就不敢欺负中国人了。钟竹筠想。

一次，宿舍里的女生讨论起社会问题时，争论起来。

"北海有很多教堂，尤其是天主教堂最多。这些外国人不但建教堂，还占有好多土地，而有些中国人连一片瓦都没有，这太不公平了！"钟竹筠说。

"对，太不公平了，要他们把霸占的土地还给中国人！"沈卓青赞同。

"你们怎么没看到，外国人为北海做的好事？"杨安妮说。她原来叫杨小英，嫌名字土气，改名为杨安妮。

"他们真是做了'好事'！这些西方列强在中国实行殖民统治，奴役中国人民，把鸦片引进中国，麻醉中国人。很多人因为吸食鸦片，倾家荡产，家破人亡。如果不是他们，也不会爆发鸦片战争，中国人就不会被人嘲笑为'东亚病夫'！"钟竹筠马上反驳。

"我不同意你的观点，"杨安妮说，"你老是看到不好的地方，怎么看不到西方国家给中国带好的好处？"

"什么好处？"钟竹筠和沈卓青异口同声问。

"远的不说，就说我们学校吧。你们也知道，它是英国安立间教会在1890在北海开办的第一间女子学校。收的都是穷苦人家的女孩，以前还是全部免费，现在收的费用也不多。如果不是英国人创办这间学校，你们有机会进学堂读书吗？"杨安妮说到这里停下来，看钟竹筠、沈卓青的反应。

"所以，他们是菩萨，你们应该跪地叩头感恩戴德！你们到厨房煮骨头汤本来就不对，还不接受谢嬷嬷的批评，太不应该了。我本来不想说你们，看你们开口批判西方国家，闭口骂殖民统治，我看不过眼，忍不住才说你们！"杨安妮双手抱在胸前，一副打抱不平的样子。

"安妮，我们没有像你说的那样开口闭口骂外国人，我们只是就事论事。西方国家在北海开办学校、医院，的确是为北海老百姓提供了方便，但也不像你说的那样全是好，他们没那么好心，我们不能没有尊严地跪地叩头。还有……"卓青也反驳。还没等沈卓青说完，牙尖嘴利的杨安妮马上反问："还有什么？"沈卓青挠挠头一时想不出反驳的话，望望钟竹筠。

"还有……我赞成卓青的意见。"钟竹筠缓缓气，边想边慢慢说，"西方列强建教堂、学校，目的是把资本主义思想、殖民文化在北海传播，占领文化领域，培养为殖民者效忠的人。他们开设医院，是为了方便自己，也是为殖民统治提供服务。他们并不是菩萨……"

"他们就是上天派来的菩萨！你们强词夺理，我懒得跟你们争辩！"杨安妮面色发青，扬长而去。

"筠姐，你啥时变得这么厉害了？"沈卓青向钟竹筠竖起拇指，"你是怎么想到反驳安妮的话的？"

"我看韩盈哥寄给我的书，受到启发想到的。"钟竹筠很开心。"是哪本书？筠姐，快拿来给我看。"

"卓青，你说，安妮为什么会有那种思想？"

"我也不清楚。筠姐，问谁好呢？"沈卓青调皮地眨眨眼。

"问韩盈哥呗！"钟竹筠不假思索地说。

"哈哈，我就知道你会这样说！"沈卓青捂嘴笑，学着她的口气，"我要写信问问韩盈哥！"

"你这个坏丫头！捉弄姐姐！"钟竹筠被卓青逗趣，面红耳赤，扑上去胳肢她。"好姐姐，饶过我吧！"沈卓青最怕人胳肢，痒。钟竹筠一停止胳肢，沈卓青又逗她，"我告诉韩盈哥！"边说边往宿舍外走。钟竹筠没有追出去，对着她的背影说"坏丫头！"

宿舍里只有钟竹筠一个人了。她又想起杨安妮的话：如果不是女子学校接收，她就没有书读；她应该感恩英国人，而不是认为他们奴役中国人。杨安妮有些观点，她绝对不赞成，但有些不是完全没道理。比如，不是他们建了这间女子学校，她很可能没书读。钟竹筠被这些矛盾的想法纠缠着，老想不通。还是写信问韩盈哥吧，他懂得多。

三

韩盈哥来信了，对钟竹筠提出的问题做了解答。他说，帝国主义从军事、经济等方面野蛮入侵中国后，又从文化方面渗透，建医院、学校、教堂等。表面上是为老百姓做了实事，实际上，是想培植为他们服务的势力，从精神上奴化中国人。最毒的是伪善的宗教，从精神上麻痹、愚弄，甚至是毒害中国人民。韩盈又鼓励她积极学习革命理念，追求革命真理。要敢于同封建思想做斗争，做新时代的女性。

钟竹筠想，韩盈哥说得对，妇女要革命首先从自身开始。她和卓青都是天足，没有裹脚。她非常庆幸当初不裹脚，要不就不方便到外面了，更没机会讲北海女子学校读书。因为女子学校反对女子缠足，不收小脚女生。

五四青年运动，追求男女平等，很多女青年都剪掉长发，剪成短发，看起来清爽、利索。妇女解放要从"头"到"脚"，钟竹筠的脚已解放了，现在还有"头"。她摸摸长到腰际的头发。这头乌黑的头发，浓密、细柔，好多人都夸她发质好。她也很喜欢自己的长发，以前常干活，热得浑身是汗，头发湿漉漉的，都舍不得剪掉。

钟竹筠想起韩盈哥跟她讲的"女侠"秋瑾的故事。秋瑾是辛亥女杰、民主革命斗士，倡导中国女权和女学思想，为推翻几千年的封建统治，1907年被杀害于绍兴轩亭口。

为了革命，秋瑾连命都付出了，我这头长发又算什么？剪掉长发是革命的第一步，要赶快行动赶来。想到这里，钟竹筠喊沈卓青过来，把自己的想法告诉她。沈卓青非常赞成："我要跟筠姐起来革命！我喊大张过来。"大张进宿舍，听了她们的想法，便大声嚷道："好啊，筠姐剪掉长发，我也要剪掉，一起革命！"

钟竹筠用手指放在嘴唇上，做了"嘘"的动作，压低声音说："不要那么大声，别让谢校长听见！韩盈哥说过，干革命既要胆大，也要心细，要懂得保护自己，不要轻易暴露给敌人。"

"筠姐说得对，新来的谢校长很严厉，不像张校长那么善良。我们小心为妙。"沈卓青学谢校长板着面孔、凶巴巴的样子。"才不怕她！"大张说。

"我们不是怕她，只是要谨慎一点。"钟竹筠说。她从抽屉里拿出剪刀，问沈卓青、大张想清楚没有。

"想清楚了，剪吧！"

"女子学校的剪短发运动，妇女解放运动，就从我们'北海三女侠'开始！"钟竹筠把自己的长发撩到胸前，对着镜子，右手用剪刀"咔嚓"一声剪掉一把头发，接着两下、三下……一开始，每剪下一把头发，她的心既欢畅，又有一点留恋。到最后，全是欢愉了。接下来，钟竹筠帮卓青、大张剪掉长发。

三人看着镜子中短发的自己，一个全新形象的自己，很兴奋。三人颇为默契地各伸出一只手，叠在一起，做一个表示"胜利"的手势。

三人迎着春风，手挽手排成队一起走出宿舍。那些女生看见她们惊讶得嘴巴张成O形。也有的女生，如大张的大妹、二妹拍手称赞她们，说她们是革命青年。

谢校长看见她们，喊她们过来，训道："你们干吗剪掉长发？"

"头发太长了，没时间打理，剪掉方便。"钟竹筠故意扬起头，装作好清爽的样子。沈卓青和大张也附和说，剪掉长发好。谢校长抓不出什么把柄，没好气地说："以后别自己剪，像狗啃，难看！"

第六章　吕医生

一

一个自称姓李的男学生串联到女子学校，说有事找钟竹筠商量。她出来了，看着这个高个子，觉得很面熟，好像在哪见过面。

"我还认得你，你却不记得我了。"男生说，"我们在张家店，一起听过韩盈演讲。"钟竹筠想起来了："李强！"

"是我！"李强说，"北海学生要支持北海海员，抵制日货，你愿不愿意去？"

"愿意！我还要叫女校的姐妹们一起去！"钟竹筠毫不犹豫地说。她曾经听韩盈讲过香港海员罢工的故事。去年，香港海员6000多人，在中华海员工业联合会的领导下，举行同盟大罢工，反抗帝国主义的殖民统治、资本家的残酷剥削，要求提高工人待遇，增加工资。中共广东支部马上回应，表示大力支持香港海员罢工，发出"团结一致，坚持到底"的号召；中国劳动组合书记部也号召全国工人声援。全国各地纷纷响应。北海海员和码头工人，拒绝装卸"洋鬼子"货轮的洋货，组织工人纠察队巡查，封锁主要港口。在全国各地的支持下，香港海员工人大罢工取得胜利。北海学生深受鼓舞，在北海掀起抵制日货的运动，一度取得胜利。

李强向钟竹筠讲述计划："明天十点钟到北海码头前集中，要准备好标语、横幅。你以前参加过这类活动吗？"

"没有。"钟竹筠问,"你呢?"

"也没有。不过,我见过游行示威,工人叔叔帮我们准备好标语、横幅,你们准时去参加就行。"

钟竹筠组织了沈卓青等女生,都穿着学生装去到政府大门前。李强一见钟竹筠就奔过来,把标语、横幅、三角形小旗分给她们。

学生排着队开始游行示威。走在前面的男学生高举写着"抵制日货""打倒帝国主义"的横幅。钟竹筠手拿三角形小旗,十分兴奋,觉得自己做了一件伟大的事情,跟五四青年运动的爱国者一样勇敢。学生游行队伍沿着主要街道游行,高喊口号。街道两旁围着看热闹的群众,有些人匆匆看一眼就漠然地走开,有些人指手画脚像看戏,有些人加入游行队伍,跟着喊口号。

钟竹筠听到围观群众的议论:"日本鬼子太可恨,抵制得对!"

"这些学生不在学校好好读书,跑出来闹事干吗?"

钟竹筠发现有人指着她说:"瞧,那个女学生长得多好看!啧啧,咋跑出来游街?丢脸!以后咋嫁人?要是我家闺女,我打断她的腿,看她以后怎么出来游街!"这些人思想真封建,觉悟真低,难道女子就不能爱国,就不能出来革命吗?她想起鲁迅先生写的"麻木的看客",这些人不就是吗?看来,我们这一代青年,既要抵御外来侵略,还要唤醒民众。

指着钟竹筠和女学生议论的人更多了,一些小混混甚至冲女学生吹口哨,眼神猥琐。要是以前,竹筠准会害羞得恨不得地下凿开一个洞,好让自己钻进去。但是,现在她觉得自己做的是有意义的事,是爱国的事,不好意思的应该是那些麻木不仁的看客。

有人喊:"警察来了!"游行队伍中有些学生怕了,溜出去;有的人面不改色。钟竹筠轻声对左右两旁的同学说:"不要怕,我们坚持到底!"她们说:"我们跟筠姐一起坚持!"

游行队伍按规定路线游一圈后,又回到政府大门前。回来的人比刚出行时少了不少。等了好久,才有一个官员模样的人用喇叭喊道:"请学生代表出来跟我们对话,其他人回去上课!"

李强和另外一个男学生站出来,想跟那个官员走,官员叫他们先劝其他学生回去。"同学们先回去吧！迟点我再跟你们联系。胜利是属于我们的！"李强扬扬手，做一个"胜利"的手势。游行队伍解散，各自回去。钟竹筠和前去游行的女生也回学校。

二

得知钟竹筠带领同学去参加游行，谢校长大发雷霆。她本来就对她们剪短发不满，现在居然不请示就偷偷去游行示威，实在是大胆妄为！她在学校门口堵住她们，满脸怒气。这些女生，一见她情知不妙，胆子小的李春梅躲在众人后面。因为谢校长做了不少压制学生的事，很多学生对她又怕又恨。

"大家不要怕，有我呢！"钟竹筠张开双臂让她们站在她的后面。

"是谁带头去游行的？"谢校长厉声问道。"我！"钟竹筠大声道。"钟竹筠，又是你！"谢校长怒道，"都跟我到校长室！"

"谢校长，不关她们的事。"钟竹筠说。"我也去！"沈卓青站出来，其他人也都说去校长室。"都争着去，有好果子吃吗？"谢校长说，"钟竹筠跟我来，其他人回去上课。"

在校长办公室，钟竹筠坦诚地把去游行的过程一五一十讲出来。"你知道自己错在哪里吗？"谢校长问。"我没有错！"钟竹筠态度坚定。

"你不经学校批准，擅自带人去游行，目无纪律，还说没有错？你的思想需要改造，需要深刻反思、检讨自己的行为！"

"校长，我问您：抵制日货错在哪里？"

"你是学生，你的任务就是学习。其他的不关你的事，你就不要多管！"

"'国家兴亡，匹夫有责。'怎么会不关我的事？"钟竹筠反驳。"国家的大事，哪轮到你去管？你有什么本事管？"谢校长冷笑道。"谢校长，如果谁都不管事，国家还有什么希望？我虽然是一名学生，但也是国家一分子，也要尽我做公民的责任。谢校长，您说是不是？"

谢校长一时语塞。没想到这个原本害羞的乡下女孩，现在变得这么能说会道。她感到自己作为校长的尊严，被这个学生冒犯了，决心给她点颜色看看。

"敢顶撞校长,太放肆了!"她恼羞成怒,从钟竹筠手里抢过纸做的旗子,撕烂,扔在地上,又踩上两脚,呵斥道,"我是校长,哪轮到你来教训我?"

"我哪敢教训校长?我只是就事论事!"钟竹筠觉得谢校长大耍校长淫威的样子像小丑。"你……你只要认错,深刻反思自己的行为,在全校师生面前检讨,今天这件事我就放过你。"谢校长想找一个台阶下。"抵制日货没有错!"钟竹筠毫无怯意。

"你……我要开除你!"

"开除我也不怕!"

"等着瞧!"谢校长厉声道。

三

钟竹筠被谢校长带去问话时,沈卓青和大张偷偷跟着去。门关着,她们听到里面有声音,但是把耳朵贴在门上,还是听不清楚。沈卓青想要敲门进去,跟她一起受罚。"不行,刚才谢校长叫我们回去上课,这样冲进去不是又给她抓住把柄吗?"大张不同意。

"怎么办?谢校长很阴险,筠姐斗不过她,会吃亏的。"沈卓青着急。她突然一喜,想到有一个人能救钟竹筠。

沈卓青去找吕适,他正在查房。一听说钟竹筠出事了,他马上交代其他医生去做,自己去找谢校长。他上到谢校长办公室,敲门。谢校长听说是吕医生才开门。钟竹筠看见他来了,很惊讶。他向她点头算是打招呼了。他向谢校长问好,便拉她到一边,问钟竹筠的情况。谢校长说钟竹筠带其他女生去参加抵制日货游行示威,又拒绝认错,要开除她。

"谢校长,她还是个孩子,不懂事,您给她一个机会,不要开除。"

"吕医生真是仁慈,可她病的不是身体,是这里……"谢校长指指脑袋,"我们不允许学生参加这类游行示威。"

"她是第一次参加。请谢校长给她一个改过自新的机会。"

"吕医生是个文化人,应该知道国家有国家的法律,学校有学校的纪律。如果大家都不遵守规章制度，社会怎么走向文明、进步？我想吕医生也希望生活在一个文明的社会，安全的环境中吧？"谢校长态度傲慢，吕医生心里很不舒服，但他还是压住不快，违心地说："谢校长讲得很有道理。"

"吕医生这么关心她，钟竹筠是您的什么人？"

"我的……远房亲戚。"吕医生编了一个谎言。"亲戚？以前没听您说过。"谢校长用怀疑的口气说。

"您日理万机，不想给您添麻烦啊！"

"现在就不怕给我添麻烦了？"

"嘿嘿！"吕医生有点难堪。

"开个玩笑。吕医生救过我一命，是我的救命恩人，我当然要报恩。这回我就按您说的，念她年幼无知，给她一个机会。"

"感谢谢校长的恩典！"吕医生想向站在角落的钟竹筠走去。"慢点！"谢校长拦住，"我不开除她，但她要写检讨书，深刻反思。"

"谢校长放心，我会叫她写的。"吕医生向钟竹筠走去，刚才他们说话的时候，她站在一个角落。"走吧！"他拉住她的手向门外走去。她回头望望谢校长，又看看吕医生。

"慢点！"已经坐在办公桌前的谢校长突然站起来，大声喊道。吕医生吓了一跳，心想她是不是变卦了？谢校长走到吕医生跟前，面无表情地说："您答应我的事可得记住啊！"

四

吕医生不太关心时事，只专心研究医学，一心想通过医术救人，实现他的人生价值。对自己的婚姻也不上心，快三十岁了，仍然单身。父母多次催婚，他一点都不着急。

他出身富裕之家，见多了人世间的虚伪、尔虞我诈，争名夺利。认识钟竹筠之后，他的心态发生微妙的变化。这个乡下女孩，给他眼前一亮的感觉。她朴实、善良、美丽，没有那些富家小姐、贵妇人的庸俗、矫揉造作。她就像紫薇花，缓缓开放，幽幽独香；如山涧的泉水，默默流淌，静静欢愉。为了帮助老人，她战胜胆怯，偷偷去煮猪骨汤，还亲自喂他，这是很多人都做不到的。对一个陌生的老人都如此用心，可见她的良善与仁爱。她做这一切纯粹发自内心，毫无功利，至纯至性，跟他所崇尚的医者父母心是异曲同工。他觉得在这点上他们有共同语言，是知音。他要好好呵护这个天使。见她每天做女红，很辛苦，也影响学习，他想帮她，给她钱，她不要。他托李太太花高价买下她织的手帕、毛衣物等，再补回差价给李太太。一开始她很高兴，觉得自己的工艺品得到人的肯定，能卖高价。后来，得知是他在暗中帮她，钟竹筠拒绝了。

吕医生请钟竹筠和沈卓青到一家饭店吃晚饭，庆祝他的生日。以前，他也请过钟竹筠去吃饭，但她老不肯去。她不去，沈卓青也不去。这天是个特殊的日子，钟竹筠磨不开情面，加上他帮助过自己，就答应了。

吕医生特意点了好多海鲜。北海的海洋资源十分丰富，海鲜也特别多。但海鲜的价格可不低，穷人家根本吃不起。钟竹筠极少吃到海鲜，因为学校每天的伙食都很简单。吕医生想借这个机会给她们改善一下伙食。

菜陆续上来了，清蒸海鲜小杂烩、蒜蓉花甲粉丝、清蒸海虾、烤帝王蟹等。两个少女是第一次见到这么丰盛的海鲜宴，那菜式、味道，让人胃口大开。"请喝海鲜汤。"服务生按惯例先上汤，给每人的碗装上海鱼煮的汤。吕医生还特意从家里带来一瓶红酒，叫服务生摆上高脚杯，倒上酒。这个生日宴，他不单纯是请她们吃饭。

"祝您生日快乐！"钟竹筠、沈卓青举杯，跟吕医生碰杯。

"谢谢你们赏脸！"

钟竹筠抿了一小口红酒便放下来。她是第一次喝红酒。吕医生给她们夹菜，叫她们趁热快吃。饭吃到一半的时候，沈卓青说上厕所，好久不见回来。

吕医生见钟竹筠心情不错，便小心翼翼地提起写检讨书的事。她放下酒杯说："不写，抵制日货没有错！"吕医生料到她会这样回答，但谢校长那边怎么交差？"抵制日货没有错，但你应该请个假再出去啊！"他又夹两条蒜蓉沙虫放到钟竹筠碗里，叫她吃。她不吃。

"向她请假，我们还能出去吗？吕医生说话的口气跟谢校长很相似啊，是不是她叫你当说客？"

"你是个好妹子，我也不想瞒你，谢校长不开除你，前提是要你写一份检讨书。我做了担保。"

"谢谢你帮了我，但是检讨书……"

吕医生热切地望着钟竹筠。自从谢校长的办公室出来，他一直不敢提写检讨书的事，想找个好机会再说。

钟竹筠感到左右为难。她一百个不愿意写检讨书，不想向谢校长低头。但不写，又令吕医生失信。"检讨书的事，以后再说吧！"钟竹筠不想在这样的时刻说不愉快的话题，举起酒杯说，"今天是您的生日，再次祝您生日快乐！"

"谢谢！"吕医生从不喝酒，两杯红酒下肚，便有点迷糊、飘然的感觉，他平时的严谨、严肃在一点点消失。"你是学生，应以读书为主，以后不要参加这类活动了。"吕医生举起杯子，又喝了一口红酒。钟竹筠跟他碰了一下杯子，但没有喝下。

"吕医生是医生，看见有人病了、受伤了，您会不理吗？"

"那还用说吗？救死扶伤是医生的责任！"

"社会病了，您会救吗？"

"我对政治不感兴趣。我只是医生，只治人的身体，不管人的思想，也管不了。"吕医生淡漠地说。钟竹筠惊愕地看着他。她很奇怪，自己居然有这么大的勇气盯着一个男子看。也许是红酒起的作用吧。

他身材高大，风度翩翩。皮肤白皙，眼睛大而深邃，面貌英俊。金丝眼镜给他增添了几分儒雅。加上家境好，他实在是很多女子仰慕的对象。杨安妮就很喜欢吕医生，痴恋他。但他不喜欢杨安妮。他喜欢的人是她。这点钟竹筠是知道的，但她对他只是尊重。

现在，钟竹筠觉得坐在对面的吕医生很陌生。她想起韩盈哥。他总是充满激情，鼓励她关心社会，追求进步。而吕医生只是要她好好读书，做一个安分守己的人，其他的事不要管，不要理。他们是两个世界的人。如果现在坐在她对面的人是韩盈哥，该有多好！想起韩盈，钟竹筠心里就充满温暖，浑身是力量。

五

虽然吕医生不关心社会,但他是一个医术精湛的名医,人也很善良,是一个很不错的人。

"你看过鲁迅的作品吗?"钟竹筠问吕医生。"我只看医学方面的书。"吕医生见钟竹筠有点不悦,便故意问,"你看过吗?他写了什么作品?能讲给我听听吗?"

"看过。"钟竹筠在《新青年》杂志上看过鲁迅的小说,也听韩盈讲过鲁迅弃医从文的故事。现在,她把鲁迅的故事讲给吕医生听。

鲁迅出生于官僚地主家庭。1902年,他东渡日本留学。后进入日本仙台医学专门学校学习,以实现他通过医学救国的梦想。因为,他的父亲曾被庸医所害,他也看到中国人被讥笑为"东亚病夫"的污辱。他想改变现状。医学成绩很优秀的他,得到藤野先生的赞许,但常受到某些日本人的歧视。他们总以为大和民族是世界上最优秀的,而中国人是"低能儿",不可能考到好成绩。他的解剖学成绩得了59分,居然被怀疑是藤野先生泄题。这些都大大地伤害了鲁迅的自尊心。他深深感受到一个国家不强大,一个民族落后,就会被人看不起,受欺负。

有一次,学校上细菌课后放映纪录片,影片中有一个中国人被日军枪杀了。看着同胞被杀,围观的中国人神情麻木。当时看影片的人中,只有鲁迅是中国人,日本学生拍掌大声叫好。他又一次受到刺激,而且比以往更深更痛。他陷入深思,得出结论:"医学并非一件紧要事,凡是愚弱的国民,即使体格如何健全,如何茁壮,也只能做毫无意义的示众材料和看客……我们的第一要着,是在改变他们的精神。他决定弃医从文,以手中的笔为武器,唤醒麻木的神经,拯救中国人。"

听完钟竹筠讲鲁迅的故事,吕医生说:"我的作文很差,注定不会像鲁迅那样成为作家,只能继续当医生,而且中国也缺医生。我喜欢当医生,能救死扶伤,能给人带来希望,也给我带来成就感,获得社会价值。"

"我并不是要你当作家。我是说,当医生除了救人身体,也可以救人的灵魂,拯救国家、社会。"看着钟竹筠很天真的样子,吕医生笑了笑说:"我能医治人的身体就不错了，没有能力去拯救人的灵魂。我想听你说说，怎样才能拯救人的灵魂和社会？"

钟竹筠一时语塞。她也不知道怎么样才能拯救。她很想吕医生多点关心社会，但是又觉得自己还缺些什么东西，不知道怎么样说服他。她自己对革命的认识还处于朦胧阶段，说不出很多大道理来。她多么希望韩盈哥在身边，给她出主意，教她怎么做人的思想工作，怎么样讲道理。

"竹筠，你有良知，有爱国心，有热情，但是你的知识储备还不丰富，你的经历还有欠缺。所以，你说服不了我。你不能光是有盲目的热情，先读多点书吧！"

钟竹筠的脸红了。她想，他的话很有道理，自己还很幼稚，读的书不够多，认识问题不够深远。看见钟竹筠低着头，一脸尴尬的样子，吕医生心想，刚才的话可能伤了她的自尊，于是便说："我也要多读书提高医术。我计划考公派国外留学，你也考吧，跟我一起到国外。就算考不上公费留学，我也会提供资金给你留学。"

"不！我不想到国外留学。"钟竹筠不想欠吕医生什么，更不想离开中国。她觉得很奇怪，自己平时很憎恨这个吃人的社会，但是要她离开中国，却是不舍。

"谁留学了？"沈卓青蹲了半天厕所终于回来了，对吕医生狡黠地眨眨眼。

"我！"吕医生注视着钟竹筠，柔声地说，"留学的事，你还是好好考虑吧。还有检讨书的事……"

"我会处理检讨书的事，"钟竹筠说，"不为难吕医生！"

第七章　干女儿

一

参加抵制日货的部分学生被抓到警察局。有人告密，钟竹筠也参加了游行示威。警察便到学校找谢校长交涉，要她交出参加游行示威的学生。

谢校长很恼火钟竹筠写的所谓检讨书，正想惩罚她，这时警察找上门了。这正是想睡觉便有人递上枕头！"带头游行示威的是钟竹筠，其他人是受她唆使，要抓就抓她。"谢校长也恼恨沈卓青她们参加，但不想被警察带走太多学生，影响学校的声誉，决定处罚钟竹筠，杀一儆百。她趁学生上课，叫人把钟竹筠叫出来，说是有急事找她。

不知情的钟竹筠被人带到学校外，马上有警察要把她架上警车。她挣扎："你们干什么？光天化日抓人！"她转身望见冷笑的谢校长，马上明白是怎么回事了。"让我自己走！"钟竹筠不再挣扎了，挣扎也没有用。

沈卓青、大张下课后才知道钟竹筠被警察带走了，去找谢校长评理。谢校长傲慢地说："你们跟着钟竹筠去游行示威，我还没惩罚你们，你们倒是找上门来了！回去写好检讨书，再来跟我评理！"大张正要对谢校长说什么，沈卓青拉住她。这个时候跟她说什么都没有用，最重要的是救钟竹筠。

两人从校长室出来，商量找谁才能救钟竹筠。两人不约而同想到吕医生。她们都知道他喜欢她。可是，钟竹筠写检讨书那件事搞得吕医生很不高兴。而且，她也不同意跟他出国留学。他会那么大度帮她吗？两人都觉得不可能，还是别自讨没趣。

沈卓青想起莲姑。在北海，她是钟竹筠唯一的亲人。她听钟竹筠讲过莲姑住在海滨街，姑丈姓张，是一个有钱人。她们很快找到海滨街，不断向人打听姓张的商人住在哪里。"这条街姓张的商人很多，你们找哪个？"一个又瘦又黑的女人说。"他老婆叫什么莲，老家在广州湾。"沈卓青不知道莲姑姓什么。

"什么莲？喂，邹莲，有人找你。"瘦黑女人对着楼下一家麻将档大声叫。"谁找我？"一个胖女人走出来，全身的肉随着脚步弹跳个不停。沈卓青连忙摆手。胖女人很和善，告诉她们，从麻将档往下走到第四家有幢小洋楼，里面也有一个女人叫莲，老公也是做生意的。

沈卓青和大张来到一幢米黄色外墙、欧洲风格的小楼前，仰头张望，不见人。着急的沈卓青顾不上什么礼貌不礼貌了，大声叫道："莲姑！我是钟竹筠的同学。"一连叫了几声，终于有人走到阳台，伸出头往下张望。沈卓青认出，正是莲姑！

莲姑也认出沈卓青了，下楼，请她们进她家。在一楼的会客厅，莲姑叫用人倒茶，叫她们吃点心。走了大半天，实在是又饿又渴。沈卓青喝了一杯茶，便着急地将情况告诉莲姑。"秀贞很听话的，怎么会跟人游行示威？一定是搞错了！"莲姑非常吃惊。

"莲姑，您想办法去救筠姐吧！"

二

莲姑瞒着张姑丈来到警察局，找一个姓廖的副局长。他姓廖单字局。他属牛。据说有一次，他听人家讲这么一个故事：古时，某属鼠的官员生日，祝寿人送他金老鼠。他大喜，告诉对方，其妻属牛。廖局从这个故事得到启发，自称"老牛""牛哥"。也喜欢人家叫他牛哥，觉得自己很"牛"，有时还煞有介事地解释一下，是牛气冲天的那个牛，而不是老黄牛的牛。对他有所求的人，在他生日的时候，送的东西当然就是很"牛"。廖局和张姑丈相识，买副局长的宝座，张姑丈给他提供过资金呢。

廖局叫莲姑进他的办公室，问钟竹筠是她什么人。莲姑说是女儿。他说，张老板只有儿子，没听说有女儿。莲姑就顺口说是干女儿。

"你等一下，我去了解一下情况。"一会，廖局回来了。

"张太太，你这个干女儿长得很漂亮啊，可惜年纪轻轻不好好读书，去搞什么游行示威！别人都认错了，办好手续放回去。就她牛脾气，死都不肯认罪。这样我很难帮她。"

"廖局长，让我见见她，劝劝她。"莲姑说。"现在还不行，"廖局坐在红木太师椅上，抚摸着办公桌上玉石雕刻的貔貅，"张老板最近好吗？很久不见他了。代我问他好，改天一起喝茶。"莲姑心领神会，立即告辞。回到家，见到张姑丈，她不敢说钟竹筠被关在警察局，谎称在街上遇见廖局，把廖局的话转给他。

张姑丈约廖局出来吃饭，在北海最高档的酒店招待他。廖局落座，张姑丈叫人上菜。他点的都是廖局爱吃的高档鲍参鱼翅之类的菜，还有进口洋酒。廖局见到一大桌好酒好菜，心中暗喜，嘴上却说："张老板，咱们是朋友，随意一点嘛，点这么贵的酒菜，你也太见外了。"

"哪里，都是些普通的小菜小酒。"

廖局有几"好"，好财，好色，好酒。满足他这几样，一切都好办。商人追求的是利益，张姑丈这么破费招待他，当然有他的目的。前几天，他的一批走私货被扣下，正想找廖局帮忙疏通疏通呢。廖局跟海关那边的关系好得很。

廖局对张姑丈开出的好处费颇为满意，答应帮忙。他想起钟竹筠。在警察局，他只见过她一面，立即被她的漂亮迷上了。他想到一个一箭双雕的办法。他主动给莲姑夹菜，脸带难色地说："张太太上次说的那事，上头查得紧，不好办。"

张姑丈瞪着莲姑："你背着我给廖局长添什么乱子了？"

"我……"莲姑不敢正视张姑丈。"到底是怎么回事？"张姑丈厉声道，"快说！"莲姑只好把事情的原委告诉他。

"一个穷丫头想翻天了！我早就叫你不要带她来北海，你偏不听！现在惹事了，我看你怎么收拾！"张姑丈对着莲姑吼道，转身换一副笑脸，对廖局表明态度,"您想怎么处理就怎么处理,该坐牢就坐牢,这事我不管。"

"张老板不要生气,咱们这么多年的朋友,你干女儿的事,我再想想办法。张老板有福气啊,认了一个这么漂亮的女儿,嫁出去可以收一大笔彩礼,抵得上你走私几船的货物。"说完,廖局"嘿嘿"两声。

张姑丈也跟着他"嘿嘿"笑,说:"廖局长认识的达官贵人多,就麻烦您给小女介绍介绍。"廖局不接腔,好像没听见似的,放下筷子,用牙签剔牙,从牙缝里剔出一条肉丝,用右拇指对着那肉丝一弹,肉丝飞到他面前的酒杯上。他把牙签扔到地上,用铺在饭桌上的台布擦手。然后端起桌上的酒杯一仰脖子喝下去,故意叹气,说大老婆生病在床,小老婆英子难产死了,别看外面风光,其实自己一个人好凄凉。他一见到钟竹筠,就想见死去的英子。

张姑丈明白廖局的弦外之音。廖局丑是丑点,年纪又比钟竹筠大好多,但人家好歹是一个副局长,有权有势,攀上这门亲戚,官商强强联手,能给他保驾护航。这是一笔非常划得来的生意。想到这里,他试探道:"如果不是小女年纪太小,就让她嫁给你。"廖局马上接腔:"英子也是十多岁就跟了我。你的干女儿跟了我,我的人谁敢不给面子?"他看看张姑丈,又瞅瞅莲姑。

"这真是天上掉下来的好事!"张姑丈不假思索地说,但莲姑说要看看竹筠的态度,她还在读书。张姑丈马上呵斥莲姑,"这是她祖公积的阴德,飞上枝头当凤凰,高兴还来不及,哪能有什么态度?"廖局打了一个圆场,同意莲姑先去问问钟竹筠,别让人觉得他像强抢民女的土鳖似的。

三

莲姑在警察局一个无人的审讯室见到钟竹筠。"我和你张姑丈找了廖局,想保你出去。他说,你的事不好办,除非……你是他的人。"莲姑吞吞吐吐。

钟竹筠见过廖局,头上没几根毛,满脸油光,鼻子发红,腆着像女人怀胎十月一样的啤酒肚。

"莲姑,我要读书,不嫁人!"

"女子始终都要嫁人的,迟嫁不如早嫁。廖局年纪是大点,可他有权有势。"

钟竹筠怔怔地望着莲姑，简直不敢相信这话是从她的嘴里出来。

"莲姑，张姑丈比你大好多，是你愿意嫁给他的吗？你幸福吗？"

"我开始也不愿意。我有一个青梅竹马的强哥，他跟我一样是穷人。他拿不出钱给我爸妈还债，但你张姑丈能。我只有牺牲自己。我跟他生儿育女，渐渐忘记悲伤，忘记强哥。这就是生活。生活由不得我选择。这就是穷人的命。"

"但是，莲姑，我不会像你那样妥协。我不会嫁给廖局，我宁肯饿死，宁肯坐牢，都不会嫁给他！"

"我当初的想法跟你一模一样。我撞墙，死都不肯嫁给你张姑丈。你看我现在不是生活得很好吗？我们出生于穷人家的孩子，在生活面前不得不低头。"

钟竹筠不甘心这样低头："莲姑，你不要再说了。我是不会嫁给他的。我不想连累你，把我送回牢房吧！"

廖局叫手下人偷听她们的对话，自己坐在旁边的房间等候消息。手下过来向他汇报。廖局对钟竹筠的态度很是恼火，这很失他的面子。他想继续把她关起来，直到她妥协为止。他让莲姑过来，钟竹筠则继续留在审讯室。

莲姑出来见到廖局，不敢直说钟竹筠拒绝，只是说她年纪尚小想读书，暂时不想谈婚嫁。廖局瞪着莲姑，说从来没有人敢对他说"不"，她是不是活腻了？莲姑不敢直视廖局瞪得像牛眼的眼睛，更怕他对钟竹筠下毒手。她想到一个缓兵之计："我一定好好管教她。先让她读完书。等她毕业了，再让她嫁给您。"看看四周无人，她把一个牛皮纸包的东西放在廖局身边，说是送给他的生日礼物，是张姑丈的一点心意，望他笑纳。

廖局心领神会，说："我这个人很公道，不会强人所难。看在我和张老板多年朋友的分上，先让她回去读书。你要好好教育她，做通她的思想工作。还有，把她看紧点，别让她再去参加什么游行示威，再添什么乱子！"

四

看见钟竹筠出落得越发漂亮，又见到这么多人喜欢她，张姑丈认为她是一棵摇钱树，将来嫁掉可以得到一笔可观的彩礼，自己白捡了一个女儿，这是一笔不赔本的生意。于是就顺水推舟，正式认她为干女儿。

钟竹筠不喜欢张姑丈，更不想当他的干女儿。可是，莲姑对她有恩。她左右为难。

张姑丈特意摆了两桌酒，请一些社会名流来参加，有意告诉大家，钟竹筠是他的干女儿。他有自己的盘算，像她这种姿色的女孩，只要包装得好，认识多些上层人物，将来就算不嫁廖局，还有马局长、常老板之类的大人物可以嫁。他吩咐莲姑："你叫她回来家里住，买多些漂亮的衣服给她，把她打扮得漂漂亮亮的。你教她上层社会的礼仪，教她跳交谊舞，多和上流社会的富家小姐、官太太、贵妇人打交道，为将来进上流社会打基础。"

钟竹筠对进入上流社会不感兴趣，不愿意跟那些珠光宝气，庸俗粗鄙的官太太富家小姐打交道，更不愿意住在豪华的张府。她坚决要回学校住。张姑丈不同意，她以绝食反抗。莲姑只好向张姑丈求情，他也怕钟竹筠出了什么事，自己鸡飞蛋打，只好做出让步，让她平时住在学校里，礼拜天回张府住。

钟竹筠重新回到女子学校读书，又可以跟沈卓青她们在一起读书、生活了，她感到这时的天空特别蓝，树特别碧。谢校长知道钟竹筠当了张老板的干女儿，对她客气多了。有些同学很羡慕她当了张家小姐，尤其是杨安妮。看见钟竹筠又像以前那样织毛衣，她一把抢走，扔在床上说："筠姐，你现在是张家小姐了，有大把钱，还织这个干吗？你真好命，认了有钱人当干爹。听说，有一个局长想娶你，是不是？你干吗不嫁给他？他要是看上我，我做梦都笑出眼泪呢！你呀，读那些革命的书，把你读傻了。"

"安妮，筠姐一点都不稀罕当富家小姐，更不想嫁什么局长。"沈卓青很反感杨安妮贪图虚荣，讽刺她道，"你这么稀罕嫁什么局长，叫筠姐介绍给你算了。"

"你这个死卓青！"杨安妮脸一红，假装要打她掩饰，又自嘲道，"我长得没筠姐漂亮，人家怎么会看得上我？不过，卓青说的也对，筠姐，你不想嫁的什么局长就介绍给我呗，我吃亏一点。"

钟竹筠拿下杨安妮搭在她肩膀上的手，说："安妮，我们要做新式女性，反抗封建思想，要靠自己的努力改变命运，而不是靠嫁人，靠男人。"她突然想起韩盈，心里顿时无比温馨，羞涩地说，"要嫁就嫁给自己喜欢的人。"

看见钟竹筠脸上的变化，杨安妮用手肘碰她："哎，筠姐想嫁的人是韩盈哥，对吧？"钟竹筠羞得满脸通红，"不告诉你！"她拿起毛衣继续织，"我们现在的任务是读书，不谈嫁人。"

"为什么不可以谈？我告诉你们，我要嫁就嫁有钱人、有权人，老点、丑点都没有关系。同学们都说说自己想嫁什么样的人。"

杨安妮见大家都不搭理她，自觉没趣，又不甘心，又拿钟竹筠开涮："筠姐喜欢韩盈，老说什么'我要问韩盈哥'，对他崇拜得不得了。你肯定想嫁他，是吧？"见钟竹筠还是低头织毛衣，杨安妮一把扯过毛衣，"筠姐，你是不是想嫁给韩盈哥？"

沈卓青看不过眼，骂她发花痴，不好好读书，手工艺品也不做，老爱幻想，想嫁人。杨安妮不依不饶："筠姐，老实说，你是不是想嫁给韩盈？"钟竹筠放下毛衣，抬起头说："我现在只想读书，不谈嫁人！"

其他人都出去了，宿舍里只有钟竹筠和劳瑞芳。劳瑞芳悄悄告诉钟竹筠，她要退学回家嫁人了。钟竹筠见她神情忧伤，问她有没有见过那个男人的，喜不喜欢。她说："见过，我不喜欢。我想读书，不想那么早嫁人。可是家里很穷，妈妈想把我嫁掉，换一笔彩礼给哥哥娶媳妇。筠姐，你说我怎么办？"

"瑞芳，女性要解放，要追求婚姻自由。要嫁就嫁给自己喜欢的人，不要委屈自己。你妈妈思想真封建！"

"筠姐，我也想嫁给自己喜欢的人，也生妈妈的气，把我当商品卖掉！可是哥哥没钱就娶不到媳妇……"

"瑞芳，这是我织毛线换的钱，你拿去给家人吧。我多接点活干，赚多点钱。我叫卓青她们也帮帮你。我找个时间去见见你妈妈，做她的思想工作，叫她不要逼你嫁人。"

"筠姐，你也是穷人，我不能要你的钱！我以后要像你一样多编织东西，多换点钱。"

第八章　爱如潮水

一

钟竹筠又收到了韩盈的信以及革命书刊。她把韩盈寄来的书刊分给沈卓青、劳瑞芳等同学看，杨安妮对这些书不感兴趣，只对时尚名流之类的东西感冒。

晚上，钟竹筠洗干净手，上到自己的床，立刻下了蚊帐，躲在蚊帐里，又迫不及待地展读韩盈的信。他在信中说，广州的革命运动越来越高涨，青年追求进步的热情越来越高。他们经常组织进步青年，一起学习革命理论，分享进步思想，讨论时事，参加革命活动。各种读书会如雨后春笋。他和阮啸仙、周其鉴、刘尔崧、杨石魂等人，在学校发起"读书运动"，公开组织广东新学生社，作为团的外围组织，领导广州地区学生进行反帝反封建斗争，上街游行示威，声讨军阀，广东新学生社成为青年运动的强大力量。

看完韩盈的信，钟竹筠心潮澎湃，恨不得马上插上翅膀，飞到省城广州，跟他们一起学习理论，开展革命活动。信如同磁铁一般吸引她，读完一遍，又读一遍，仿佛每个字都带着光亮，充满温暖和力量。她不时微笑，偶尔紧张。爱像潮水一样涌上来，她把韩盈的来信贴在心口，闭上眼睛回想他的音容笑貌，回味他们在一起的情形。

杨安妮拨开蚊帐，看见钟竹筠正闭眼，微笑。她一把夺过信。钟竹筠惊醒，从床上跳下来，喊道："给我！"杨安妮把信举得高高的，钟竹筠抢不到。她得意地问："筠姐，你老实交代，是不是和韩盈相好？"少女的秘密被同学识破，钟竹筠的脸红得发烫，心里却如同灌了蜜一样甜。这是她的初恋，第一次喜欢一个男生，而且是那么优秀的男生。她不知道怎么回答同学的盘问，不好意思承认，也不能说不是。

"你老是说什么女性解放呀，婚姻自由呀，要大胆追求自己的爱情呀。还教育我们要做思想解放的新女性。你明明喜欢韩盈都不敢说出来，这哪像是新时代的女性？你呀，说别人就像放鞭炮，一到自己就成了哑炮。"杨安妮说完哈哈大笑。钟竹筠的脸更红了。杨安妮说得也有道理，自己明明喜欢韩盈哥，为什么不好意思承认？想到这里，她扬起头，鼓起勇气说："你们要我说，我就说！大家听好，我喜欢韩—盈—哥！"

"筠姐承认了！"大家鼓掌。

"小声点，不要让校长听见！"钟竹筠走到门口张望，又关上门。

"你们郎才女貌，才子佳人，真是绝配！"杨安妮酸酸地说。"什么郎才女貌！那是封建思想的流毒。我们是新女性，讲的是共同的革命理想，不讲什么门当户对。我和韩盈哥都追求进步，追求真理。"

"讲得好！"大家又热烈鼓掌。

"不要鼓掌！这事要是让谢校长知道了，又要开除我。"钟竹筠把右手食指放在嘴唇上，做了一个"嘘"的动作。她虽然大胆地承认了自己跟韩盈的感情，但是不希望传出去。特别是张姑丈、廖局知道的话，那可不得了。以前她们追问她是不是喜欢韩盈哥，她不敢承认，这既是出于少女的害羞，也是出于保密。

女校的学生思想觉悟、知识水平参差不齐，为了提高大家的认识，钟竹筠学韩盈的做法，组织了一个读书会，把韩盈寄来的进步书刊在她们之间传递。怕谢校长知道，她们不敢公开，只是在宿舍里偷偷地传递。

"姐妹们，今天我们学习《共产党宣言》第二部分《无产者和共产党人》。按惯例，一个人负责念读给大家听，一个人坐在宿舍门口以做女红为掩护，一见有可疑的人来，马上假装咳嗽，让里面的人知道。卓青，你先念。"每次的读书会，钟竹筠都安排大家分工合作。为了让大家都有机会读到书，大家轮流读。通过这种读书方式，她们听（读）了不少书刊。读完一本书、杂志，大家就谈自己的读书心得体会。

三

得知钟竹筠当了张家的干女儿，成了富家小姐，吕医生非常震惊。他最看不起爱慕虚荣之人，喜欢正直、善良、有爱心、纯朴、美丽的女子。这些品德钟竹筠都具备。她温柔如水的外表，坚如磐石的个性，深深吸引他。他不嫌弃她出身贫寒，认为这种家庭的女子更纯情，就如荒原上清晨的露珠一样晶莹、剔透。

吕医生知道张老板，一个跟军阀勾结、跟法国人做走私生意的奸商。有一年，张老板摔断手臂，点名要吕医生驳骨，他鄙视这样的奸商，借口外出进修，不愿意给他做手术。他万没想到自己喜欢的女孩居然做了张老板的干女儿！他很失望，一气之下把她织的毛衣拆掉，卷成一团扔掉。好久，他都没有去找她，也不找沈卓青。他发誓忘记钟竹筠，专心学习，争取考上公费留学，离开北海。

这是一个星期五，吕医生出去办事回来，经过女子学校楼前，下意识地停下来张望，希望偶遇钟竹筠，但又不想见到她，刚好看见沈卓青从楼上走下来。她也看见他了，就向他打招呼，走过来。

"吕侄儿，好久不见了，最近好吗？"沈卓青打趣他，叫他"侄儿"。

"我很好，你呢？"吕医生很绅士地回答。沈卓青说："不好，最近发生了很多事。"

"什么事？告诉我，我们到那边坐坐。"

沈卓青跟着吕医生到普仁医院内的涌泉亭里，坐下。她将钟竹筠被警察抓走，她和大张去找莲姑营救，廖局乘人之危想纳妾，钟竹筠不依，被张姑丈认作干女儿的过程全部告诉吕医生。

"发生这么多事，你为什么不找我？找我帮忙，事情肯定不会这么糟糕。"

"你那时生筠姐的气，我哪敢去找你啊？我告诉你，筠姐虽是被认作干女儿，但她不要张姑丈的一分钱，还是像以前那样靠自己织毛衣，做手工艺品赚钱养活自己，有时还寄钱回家给妈妈。她呀，真是打着灯笼也难找的好姑娘！"

吕医生再一次震惊，为自己误解钟竹筠感到惭愧，也庆幸自己没看错人。

"卓青，你能不能叫竹筠织一件毛衣给我？我先给工钱。"

"当然可以！"沈卓青爽快地答应，"告诉我你的肩、胸、腰尺寸。"吕医生叮嘱："我多给工钱,但你千万不要告诉她主家是我。"

三

世上没有不透风的墙,钟竹筠担心的事还是发生了。她跟韩盈哥的事,传到了张姑丈的耳里。他大为震怒,叫莲姑去了解韩盈的情况。

得知韩盈出生于遂溪南门圩一贫寒人家,父亲早逝,母亲改嫁,他本人还是一个在广州读书的穷学生,张姑丈非常不满。他还指望这个干女儿嫁个非富则贵的人家,好让他攀高枝,强强联手把生意做大呢!嫁给穷小子岂不是赔了夫人又折兵?再说,如果让廖局知道还得了?不行,一定不能让他们相爱,要想方设法拆散他们。

周末,张姑丈叫莲姑把钟竹筠带回张府,带到他的烟房。所谓烟房,就是专门吸鸦片的房间,里面摆有烟床、椅子、沙发、食物等。钟竹筠进烟房,看见张姑丈正躺在烟床上吸鸦片。看见她进来了,他不说话,猛吸几口烟,然后张开嘴巴,露出被鸦片烟熏得黑乎乎的牙齿,灰色的烟雾从他的口腔、鼻腔里飘出来。莲姑走过去,接过他的玉镶烟枪,放在烟床边一个长方形的矮桌子上。桌子上除了有玉镶的烟枪,还有象牙做的烟枪以及烟灯。

张姑丈站起来,走到钟竹筠面前,说韩盈是个穷小子,她不能跟他好。"我爱的是他这个人,不管他有钱没钱。我的事我自己做主,谁也管不了!"钟竹筠瞥了他一眼。在一旁的莲姑急了,拉拉她的手,叫她不要这样跟张姑丈说话。

"自古以来,都是父母之命,媒妁之言,哪由得自己做主?你一定要跟韩盈断绝来往!否则……"

"否则什么?"钟竹筠决定豁出去了。

张姑丈本来想说,否则我打断你的腿,或者是不认你这个女儿。但转而一想,打断她的腿,岂不是做亏本生意?前期的投资不都付之流水?她本来就不肯当干女儿,不认她,岂不是遂了她的愿?她高兴还来不及呢。不行!再说,她只不过是跟那穷小子好而已,又不是结婚。先缓一缓,再想办法解决。"否则……别怪我不客气!我的态度很明确,你不能再跟那个穷小子好。"他挥挥手叫她们都出去。

　　从张姑丈的烟房出来后，钟竹筠不理莲姑的挽留，连夜赶回女子学校。那样的家她一分钟都不想待。

　　又一个周末，钟竹筠不按规定回张府。莲姑去学校找她，带来她最爱吃的艾叶木叶搭饼。莲姑剥开包在外面的木菠萝叶，把饼递到竹筠的嘴边，叫她趁热吃。钟竹筠想起在广州湾时，韩盈也是这样叫她吃艾叶饼，她心头一热，接过莲姑手中的饼，吃起来。

　　钟竹筠把艾叶饼分给宿舍的女生。莲姑见她心情不错，又见宿舍人多不方便说话，叫她到外面走走。她们来到离宿舍不远的涌泉亭。莲姑看看四下没人，对钟竹筠说："我告诉你一个不好的消息，你一定要有心理准备。你姑丈派人去遂溪调查过了，韩盈成婚了！我和你姑丈的意思是，既然他是有妻室的人了，你就死了这条心吧！以后不要再跟他来往了。有钱的男人三妻六妾很正常，可他是个穷小子，拿什么养妻妾？"

　　钟竹筠不相信。她想，这是张姑丈想拆散她和韩盈哥而编出来的故事吧？她提醒自己不要上当。

　　"跟我回家吧！我刚买了燕窝，回去我煮给你吃。"

　　"不！莲姑，我心情不好，什么都不想吃，让我静一静。"

四

　　钟竹筠回到宿舍，蒙上被子，任谁叫都不理。她想安静。但是，都没办法静下心来，受欺骗的感觉不时跳出来。她又安慰自己，韩盈哥不会骗她的，他不会结婚了。他要是结婚了，不会说喜欢我的。他不是那种朝三暮四、感情不专一的人，更不会是骗子。可是，这个社会很不公平，男人可以妻妾成群，却要求女人从一而终，当节妇。万一他真的有家室了，我该怎么办？不行，我是新时代的女性，要反封建思想，反封建礼教，不能做人家的小妾。一定要问清楚，如果他真的是有家室了，马上和他断绝关系！想到这里，钟竹筠拿出纸、笔，写信给韩盈，问张姑丈说的是不是真的。

信寄出之后，钟竹筠心神不定，老跑到收发室看有没有自己的信。可是，一直没有回音。她想，他是不是心虚了，不敢回复？她既希望收到他的信，又害怕收到；她既希望知道事情的真相，又害怕知道。她的心慌乱，惴惴不安，备受折磨。少女的爱如潮水，起起伏伏。

　　在广州的韩盈也好久没收到钟竹筠的来信了，他跑到学校的收发室问，得知没有她的信。他想，到底是怎么回事？是不是邮件丢失了？这是常发生的事。难道她遇到什么不测？想到这里，他不安起来，担心自己心爱的姑娘出了什么事。他又写了一封信追问。

　　钟竹筠终于收到韩盈的信了。信很简单，只有一句话：你张姑丈说的是真的！没有称呼，没有落款。也不像以往那样寄进步书刊给她。"这不是真的！"钟竹筠气愤地把信揉成一团，扔掉。她上床，蒙上被子哭。听到压抑的哭声，沈卓青问她是怎么回事？她说是看一本小说伤心哭了。

　　学校放假了，韩盈从广州来北海找钟竹筠，不见她的人影，只见到沈卓青。她告诉韩盈，钟竹筠回广州湾了。韩盈赶忙回雷州半岛。去广州湾，找到钟竹筠家租住的老房子。但他敲门老半天，叫着竹筠的名字，门内却没有回应。倒是路上的行人对他指指点点。

　　听到熟悉又亲切的声音，钟竹筠惊喜交加，走到门边伸手想开门，但想起那封回信，气又涌上来，伸出去的手缩回来。

　　"阿筠，我不知道有什么误会，外面人来人往讲话不方便，你出来，咱们讲清楚。"韩盈在门外说。钟竹筠觉得有道理，打开门，从出租屋里出来。一见到自己朝思暮想的姑娘，韩盈欢喜、激动，想拉她的手。她闪开，与他拉开一段距离。两人一前一后，默默地走到离出租屋不远的海边。面对大海，钟竹筠的心情也像潮水一样起起伏伏。

　　"阿筠，你后来为什么不给我回信？到底发生了什么事？我寄给你的《新学生》收到吗？"韩盈首先打破沉默。

　　"没有！"钟竹筠想起那封只有一句话的信，觉得有些蹊跷，便问他是怎么回事。韩盈惊讶道："我根本没写过那样的信！"钟竹筠心中一喜。按照她对韩盈的了解，他不会那么没礼貌，连称呼都没有。于是，她把张姑丈查他家世的事告诉韩盈。

"我是定过亲……"

"啊,姑丈说的是真的?!"钟竹筠刚才那点欢喜像潮水一样退下去。她转身就走,不想听下去。

"阿筠,你听我讲完再走!"韩盈追上去,张开双臂,拦住她,"舅父很疼爱我,也很迷信,听算命的说,我要订一门娃娃亲才合命。于是,他找了一个大我两岁的女孩。"

钟竹筠的心如波涛汹涌。她闭上眼睛,不想听下去。

"但那个不幸的女孩还没过门就死了,我……"

钟竹筠睁开眼睛,看着韩盈。"阿筠,我说的都是真的。你如果不信,我现在就带你去遂溪城问我舅父。我没有成家,只牵过一个女孩的手。"韩盈说,"她就在我眼前!"

钟竹筠悲喜交加。悲的是,那个女孩这么年轻就死了;喜的是,心爱的韩盈哥没有骗她!

"韩盈哥,对不起,我错怪你了。"

"你呀,太年轻了!"

"你也不老啊!"

"比你老一点。"韩盈点着她的鼻子说。两人相视而笑。韩盈伸过手拉住钟竹筠的手,她没有拒绝,任他拉着,握着,感觉好温暖。韩盈一把搂住她,她热烈回应。两人深情拥抱。她闭上眼睛,嗅着他身上散发出的特有味道。爱情的美妙像海潮一样一浪高于一浪,幸福的感觉如同波浪在她身边涌来奔去,发出"哗啦啦"的声响。

是谁扣下钟竹筠的信,假冒韩盈之名给她写信?两人推测着,决定等钟竹筠回北海再查清楚。

韩盈回到遂溪城,见了舅父和舅母,便又赶回广州,去参加一个革命活动。

第九章　风波

一

廖局要张姑丈兑现诺言，干女儿一毕业就嫁给他。张姑丈派人接钟竹筠回张府，让莲姑做她的思想工作。莲姑还是无法做通。她要么说死都不嫁给廖局，要么说让她回学校读书。张姑丈火了，叫莲姑把钟竹筠带到他的烟房。

见到钟竹筠，张姑丈从烟床上下来，顺手拿起一支象牙烟枪，莲姑马上给他点烟。他走到钟竹筠眼前，上上下下打量她。

"你已经二十岁，不小了。你莲姑像你这么大的时候早就嫁给我了，做富太太，享清福了。女子无才便是德，你读那么多书干什么？你以为读书可以改变命运吗？做梦吧，女人做得好不如嫁得好！嫁一个好老公才是女人最大的本事，最大的功德。别人我不说，就说你莲姑。你看你莲姑现在生活得好吧？吃香喝辣的，有享不完的清福，要什么有什么，下面一大帮下人伺候着，啥都不用她干。出到外面谁不想巴结她？多威风！她当年死活要嫁给一个穷小子，后来想通了嫁给我。你看看，当年她要是嫁给那个穷小子，现在日日挨穷，饿得肚皮贴脊背，早就变成乞丐婆了，能有现在这样的好生活吗？"张姑丈走到莲姑的身边，用烟枪敲了敲她的手臂，把含着烟雾的嘴凑近她的脸，问她是不是。

钟竹筠看见莲姑脸上现出痛苦的表情，又马上挤出一丝笑容："老爷说得对！"

张姑丈搂着莲姑，在她的脸上"叭"一声亲一下："我就喜欢她现在温顺得像只兔子的样子。她仗着读过几天书，当年比你还难驯、傲气呢！生活就是生活，理想个屁！什么有情饮水饱都是放狗屁！是穷光蛋想出来骗无知女人的狗屁话！老婆仔，你说对不对？"莲姑又挤出一点笑容："老爷说的话都是真理！"

张姑丈又走到钟竹筠面前，嘴里喷着烟气说："我读书不如你多，别用什么真理唬我。老子只知道有钱有势才是硬道理！"他走到烟床上，半躺着继续说，"你要像莲姑一样会选择，选择对自己有利的生活。废话少说！一句话：你要做好嫁人的准备！"

"我不嫁！"钟竹筠厌恶地转过头。

"哪由得你说！"张姑丈从烟床上跳下来，把烟枪掷到地上。钟竹筠愤怒地盯着他，毫不让步。莲姑怕他们秤砣碰铁蛋——硬对硬，赶紧拉钟竹筠出去。

二

钟竹筠回到学校，很是苦恼，想写信告诉韩盈哥，让他想想办法。但是现在她不敢再写信了。自从发生信被调包之后，他们几乎不通信了。

她是后来套莲姑的话才了解事情的真相。张姑丈勾结谢校长扣留她的书信。韩盈在信里解释的所谓有"家室"之事，张姑丈叫人仿照他的笔迹，回了一封信。钟竹筠大意，没多想就信了，也不再写信给他。韩盈等待她的回信，但是一直没有等到。

又是一个晚上，月色朦胧，星光无踪。在宿舍的煤油灯下，钟竹筠和沈卓青勾蕾丝花边。钟竹筠把自己的苦恼告诉她。沈卓青说："绝不能嫁给那个红鼻子廖局！你一毕业就逃，逃去广州找韩盈哥，参加革命。"

钟竹筠摇头："张姑丈很凶狠，我要是逃走了，怕他伤害莲姑。我不能伤害她，她是我的恩人。"

"那怎么办？你总不能为了报恩，而嫁给廖红鼻吧？"沈卓青停下手里的活突发奇想说，"如果能够找到一个像你这么漂亮的女子嫁给他，事情可能好办些。"

"学'狸猫换太子'？"钟竹筠突然想起妈妈跟她讲过的这个故事。

"什么'狸猫换太子'？说来听听。"躺在床上看时尚杂志的杨安妮突然插嘴。

听完钟竹筠讲"狸猫换太子"的故事，杨安妮很感兴趣，从床上跳下来，走到钟竹筠的床前，妩媚地看着她问："筠姐，你看我长得怎么样？"

"漂亮吧。"钟竹筠说。杨安妮很得意，很放肆地大笑，然后抽泣："筠姐哄我开心。你才是真正的美女，这么多人喜欢你，追你。我要是长得漂亮，怎么没有一个正经的男人喜欢？"

"谁说没有人喜欢你？那个李宝不是常来找你，要娶你吗？"沈卓青说。

"我呸！那个穷得榨不出一两油的穷光蛋，我就是当尼姑也不嫁给他！我的理想就是嫁有钱人，最起码也像廖局、吕医生这样的人。"

钟竹筠拉过一张椅子，叫杨安妮坐下，说："安妮，我不赞成你这种想法。我们有手有脚，为什么一定要嫁有钱人？为什么一定要依靠男人？我跟你讲过很多次了，女人一定要靠自己，要独立。要嫁也是要嫁给自己喜欢的人，有共同理想的人。就算喝白开水，也一样开心。"

杨安妮打断钟竹筠的话："这些道理你讲过很多次了，不要再讲了！我不会相信什么有情饮水饱，我也不管什么革命理想、信念，我不想那么长远。我是个穷人家的孩子，我穷怕了，我只想嫁个有钱人家，过上好生活。我真不明白你，嫁给廖局有什么不好？他有钱有势，你嫁给他，你就是官太太，谁都不敢欺负你。这是打着灯笼都难找的好男人，你却想逃婚，真是傻！韩盈哥好是好，可他是个穷学生，没钱。我要是你就选廖局，高高兴兴、风风光光地嫁给他！你真是自寻烦恼！你长得漂亮，我也美丽，怎么就没有你的好运气？唉，同人不同命！老天爷啊，你为什么这么偏心眼！"说完，她抽泣起来。钟竹筠很是惊讶，自己害怕嫁的人，她却是十分喜欢。

"安妮，筠姐说了你一句漂亮，你就蹬鼻子上脸了！自己长得怎么样还不知道吗？一会儿笑、一会儿哭，像六月的天气变得真快。"沈卓青没好气地说。

杨安妮才不管沈卓青的讽刺，拉着钟竹筠的手，央求道："你不想嫁他，让给我吧！好姐姐，咱们都是穷人，你帮帮忙吧！"钟竹筠和沈卓青的眼睛瞪圆，嘴巴张大。

"好吧，我找个时间和莲姑商量一下。"钟竹筠说。"你真是我的好姐姐！"杨安妮搂着钟竹筠，在她的脸上猛亲，"事成之后，我做牛做马都不忘你的大恩大德！"

三

莲姑不同意杨安妮想用"狸猫换太子"的方法嫁给廖局。廖局为人凶悍，要是知道自己被人家糊弄，丢了面子，他的枪可不是吃素的。

"莲姑有什么办法？你知道我是不想嫁给他的，你们要是逼我，那我……"

"你可别做傻事！"莲姑知道她性格倔强，逼得太紧，一定会以死相抗。"这可如何是好？"莲姑急得六神无主。钟竹筠拉着她的手说："我想到一个办法，就看你同不同意。第一步，你们先认杨安妮为干女儿……"

莲姑打断她的话："这事我做不了主，要跟老爷子商量。"见钟竹筠起身要回学校，莲姑说，"我叫人做了燕窝炖木瓜，你吃了再走吧。"

第二天，莲姑家的用人去学校找钟竹筠，叫她带杨安妮去见张姑丈。安妮花了一个多小时打扮。她要把自己打扮得漂漂亮亮的，让张姑丈喜欢，认她为干女儿，这样她就有机会认识上流社会的人，嫁给有钱人，从此过上幸福的生活。想到这里，杨安妮的心就像满园怒放的大花小花。

打扮得像孔雀一样漂亮的杨安妮，见了张姑丈和莲姑，嘴巴像涂了蜜一样甜，使尽浑身解数讨好他们。莲姑在女子学校见过安妮，但没什么印象。张姑丈觉得她虽然长相勉强过得去，但俗不可耐，跟钟竹筠没办法比。她清丽脱俗，气质高雅，让人一见动容，二见动心，三见难忘。最后，张姑丈还是认了杨安妮为干女儿。他觉得莲姑说得也有道理，杨安妮是个学生，稍稍包装一下，加上是有钱人家干女儿的身份，她还是容易嫁入上流社会。那么，他就多了一个对他的事业有帮助的女婿。

钟竹筠和杨安妮一起住在张府。"狸猫换太子"计划，张姑丈一点都不知情。看见钟竹筠很配合，他心里挺高兴的。莲姑、钟竹筠、杨安妮三人关在房间里商量具体的细节。莲姑和钟竹筠都很担心，只有杨安妮兴高采烈。

好日子的前一天，钟竹筠呕吐个不停，拉肚子拉得虚脱，走路不稳，要人扶着。张姑丈很是着急，忙叫人请医生给她看病。医生说她的病很严重，一时半刻好不了。张姑丈更着急了，命令医生一定要医好她的病，保证她能顺利出嫁。医生说我只能尽力，不敢打保票。

张姑丈拄着文明杖在家里踱来踱去，想办法怎么解决。这事又不能跟廖局说。莲姑趁机建议："如果阿筠的病明天还没好，就让安妮代嫁吧！反正盖着红头盖，外人也看不清楚是谁。再说了，她们两个都是你的干女儿，妹妹代姐姐出嫁又不是没有先例。"张姑丈骂她："馊主意！你以为是小孩子玩泥沙吗？"

"接新娘子喽！"廖家迎亲的队伍来了，鞭炮声、锣鼓声，钟竹筠听得声声惊心，阵阵烦心。

张姑丈看见钟竹筠的病不见好，反而显得更重了，脸色蜡黄，上吐下泻个不停，急得像热锅上的蚂蚁。"阿筠病成这样怎么行得了结婚礼？跟一个病人结婚，也会给廖家带来晦气，到时他又会怪我们。老爷要是不同意让安妮代嫁，那就请廖局推迟婚礼，等阿筠的病好了再举行。"莲姑说。

"扯淡！定好的结婚日子怎么能推迟？真是头发长见识短。"张姑丈捋着山羊胡子，沉吟片刻说，"唉，现在也想不出什么好办法，那就按照你说的让安妮代嫁行礼吧！等竹筠的病好了就换回来，我以后再向廖局解释。"他叮嘱杨安妮不到洞房，无论什么情况都不能掀开红头盖。

杨安妮穿着中式的结婚衣服，头盖红头巾，脚穿红鞋子，从头到脚，红艳艳的。按风俗，出嫁女要哭嫁。哭得越厉害，表明对父母的感情越深，父母就越有面子。杨安妮兴奋得笑不拢嘴，哪哭得出来？莲姑很生气，狠狠搌了她两巴掌。杨安妮疼了，"呜呜"干号两声，在陪嫁妹的搀扶下上了轿子。

送走杨安妮，莲姑回房看钟竹筠，沈卓青早已来张府陪她。按原计划，杨安妮出门后，钟竹筠就跟沈卓青走。可是，现在她病得实在是太重了，走不动了。

"安妮太不像话了！让她给一点点泻药给你吃，她却加大药量！"莲姑说，"想嫁廖局想得疯了，几乎要你的命，心肠太狠了！阿筠，你现在这个样子也走不了，先送去医院看病，治好病再说吧。"

"不行！我今天一定要离开北海。廖局发现安妮代嫁，肯定会兴师问罪。"

钟竹筠挣扎着从床上起来，吃些药。莲姑觉得她说得有道理。她给钟竹筠一些钱，把医生开的药放进钟竹筠随身的袋子。

沈卓青背钟竹筠下楼，正要出大门口，突然背后传了一声吼叫："你们去哪里？"钟竹筠心里"咯噔"一声，心想：不好！拄着文明杖的张姑丈走到她们跟前，疑惑地看着钟竹筠。莲姑赶忙解释："阿筠病得太重，得送她去医院看医生。"张姑丈看见自家的司机在门口等，这才不怀疑，嘱咐司机"照顾"好她们。

莲姑暗暗佩服钟竹筠的聪明。她原想叫车直接送她们到码头，但竹筠不同意："以防万一，先让张家的司机送我到医院，我再跟卓青偷偷叫人力车到码头。"

司机把她们送到医院，给钟竹筠挂号，让医生给她治疗。他越是细心，越是负责任，钟竹筠和沈卓青越是着急。两人想着怎么甩开他。钟竹筠几次说有卓青照顾她，叫他回去。司机说老爷吩咐了，他要开车送她们回家。

司机去解手，钟竹筠赶快叫沈卓青扶她离开。她们叫了一辆车赶去码头，见到约定的劳瑞芳。她带来钟竹筠放在学校的东西，早已在码头那边等得心急火燎。

钟竹筠登上火轮，就要离开北海，辗转前往广州。她是去追随她的爱人，也是去寻求革命真理。

"再见了，北海！"

第十章　广州广州

一

对韩盈来说，1924年也是一个难忘之年。1月，在廖仲恺等国民党左派和李大钊等共产党员的共同推动下，孙中山在广州主持召开了国民党第一次全国代表大会。大会重新解释三民主义，确定了"联俄、联共、扶助农工"等重大政策。谭平山、毛泽东、瞿秋白等10多名共产党员，当选为国民党中央执行委员或候补执委。国共首次合作后，韩盈和黄学增等共产党员以个人身份加入中国国民党，成了跨党党员。

早在1923年6月，中国共产党在广州召开的第三次全国代表大会，做出了共产党员以个人身份加入国民党、实现国共合作的决定。到了这一年的11月，在成立只有两年的中国共产党的帮助下，中国国民党发表改组宣言。同年冬，韩盈在广州加入中国共产党。

南国广州的夏天像往年一样炎热，长空万里无云。校园的荷塘，田田荷叶，碧绿如盖；朵朵荷花，在太阳的照耀下分外红艳。荷塘旁边的大榕树下，站着三三两两的学子。他们刚开完毕业典礼出来。韩盈和好友杨石魂背对榕树，面朝荷塘，说着分别的留恋，谈着对未来的期待，互相鼓励。

"石魂兄，当今社会受封建主义、帝国主义压迫，反动军阀割据抢地，为一己私利制造混乱，老百姓痛苦不堪。这个社会就像这塘水一样浑浊不堪。我们既要像荷花一样'出淤泥而不染，濯清涟而不妖'，不与黑暗的社会同流合污，又要做勇士，推翻黑暗的统治。"

杨石魂紧握韩盈的手与之共勉。同窗几年，他们一起参加学生运动，开展革命活动，在学校加入中国共产党，情同手足。

"石魂兄，组织安排我留在广州，如果你也留下来，咱们就能一起革命了。"

"祝贺盈兄！这是组织对你的信任。我也有我的任务，咱们在不同的地方继续革命吧！"

"谢谢石魂兄！也祝贺你！"

两个同窗好友，就此告别，各自带着使命奔赴革命征程。

二

广州濒临南海、处于珠江下游。滨江地带有不少湖泊，有的是天然湖，有的是人工湖。珠江支流淤塞后，市民因地制宜，改造成鱼塘，还用湖泊、鱼塘之名命名附近的街路。对遂溪学子来说，广州长塘街金鱼塘巷周围有没有鱼塘，这个不重要。重要的是，它是遂溪留省学会馆的所在地。韩盈到广州求学后，认识了遂溪老乡黄学增，与他在遂溪留省学会馆一起参加革命活动，知道了会馆的来源及邑人陈景星的故事。

陈景星出生于遂溪县调罗村，是南宋抗金名将陈文龙的后裔。陈家比较富裕，父亲是开明人士。1903年，18岁的陈景星赴日本留学，结识了在日本进行革命活动的孙中山和黄兴，三人志趣相投，遂成为好友。经孙中山和黄兴的推荐，陈景星加入中国同盟会，跟反清斗士一起从事反清的革命活动。回国后，陈景星继续参加革命。1918年，当选广东省第二届参议会议员的陈景星，以议员身份发起建立遂溪留穗同学会馆，以解决雷州三属的同乡在广州就学困难以及集会问题。凡是雷州三县（遂溪、海康、徐闻）的学子，在广州求学都可以到这个会馆免费吃饭、住宿。孙中山建立共和政权后，陈景星被委任为民国政府第一任遂溪县县长。1922年，他暴病而亡，死因成谜。

韩盈很敬佩比他年长一岁的黄学增。1920年，黄学增考上有着"红色甲工"

之称的广东省立甲种工业学校,学校位于广州市郊西村增埗。他常步行到长塘街的遂溪留省同学会馆活动。韩盈和黄学增都成了会馆的常客。黄学增在遂溪县乐民成立的雷州青年同志社,因社员控告反动民团陈河广的劣迹,被其迫害,就带黄广渊、薛文藻等社员转移到广州读书,继续进行革命活动,也常在会馆活动。

1923年,黄学增和韩盈在广州发起雷州留穗同学会,把雷州三属在广州读书的青年学生团结起来。后来,扩大范围,把高州六属、琼崖地区在广州的进步青年都加进来一起学习。会址也设在遂溪留省同学会馆。同乡聚会,学习革命理论,激扬文字。不少遂邑学子把会馆作为通信联络处,信函、物件都是寄到这里,再过来取。

1924年8月,在广州的遂邑学子又聚在遂溪留省同学会馆。韩盈早早就过来长塘街,黄学增也早到。一见到韩盈,黄学增马上高兴地和他握手:"盈兄,我们真是心有灵犀一点通,我前脚刚到,你后脚跟着来。"

"学增兄每次开会都会提前来,所以,我早点来见你,还有点事想跟你谈谈。我毕业之后就没见过你了,最近怎么样?"

"很忙。上个月,我被选派到彭湃同志主办的首届农民运动讲习所学习,要到9月份才毕业。毕业之后不知道会安排到哪里工作。"黄学增叫韩盈坐下继续谈,"你刚才说有点事想跟我谈,是什么事?"

"就是广州湾法帝政府抓捕雷籍学生这件事。本月,我作为广州农工绅商代表,向国民党交提案,请求他们提出交涉。但会议决议、提案转给外交部办理后,但至今不见回复。"

"盈兄说的这件事我会继续跟进。这事又与陈学淡有关,他更加仇恨我们了。还记得今年5月吗?我们呈书给国民党中执委,向国民党政府请求,通缉处理与法帝同穿一条裤子的陈学淡。他得知之后,气急败坏,扬言要给我们好看。现在又结下梁子,盈兄要特别小心。他的爪牙到处都有,尤其是遍布遂溪、广州湾。我们以后回雷州半岛都要特别小心。"

"谢谢学增兄提醒!我不怕什么陈学淡、戴朝恩,我要和他们斗争到底!"

"盈兄说得对!我们决不妥协!"黄学增又紧紧握着韩盈的手。

"学增兄、韩盈兄好!你们刚才聊得好热烈。"黄广渊来了,一见他们就握手、拥抱。他浓眉大眼，声音洪亮，颇像一个豪气万丈的侠士。而黄学增、韩盈斯斯文文，书生气很浓。

开会的人来齐了，黄学增开始主持召开雷州青年同志社会议。这次会议研究审议通过章程，选出黄学增、韩盈、黄广渊、陈荣位、陈荣福、陈遵魁七人为执行委员。韩盈被执委推选为主任。会后，雷州青年同志社把本次会议情况，向国民党中央执行委员会以及省长公署呈报、备案。

三

钟竹筠带病一路奔波，辗转来到广州。广州！广州！这就是自己向往已久的广州，这就是韩盈哥走上革命道路的广州！她十分激动，忘记身体的虚弱。路上人来车往，没有一个人是她认识的。她和韩盈哥很久没见过面，也没有通信了。他在哪里？先去他学校碰碰运气吧。

去到韩盈曾就读的学校，钟竹筠问一个正在搞卫生的中年男人。那人摇头说不认识。她又拉住一个老师模样的人问，还说出韩盈写了什么文章。

"哦，我知道韩盈。他是学校的风云人物。我还教过他呢。"

"他现在在哪里？"钟竹筠一阵欢喜。

老师说韩盈毕业了，不清楚他住在哪里。问钟竹筠是他什么人？她说是遂溪老乡。老师见钟竹筠有点失落，心生怜惜，帮她想办法。"我好像听说广州长塘街有个遂溪会馆，你可以去那里问问。"

韩盈跟她讲过这个地方。钟竹筠转忧为喜，连说谢谢老师。于是，她一路打听，终于找到遂溪会馆。一个50多岁的男人见她走进会馆，东张西望，便问她找谁？

"请问韩盈同学在这里吗？"

"不在。你是他什么人？找他干什么？"

"我是他老乡，想找他在广州读书。您知道他在哪里吗？"

"不知道。我帮你问一问吧。"那人走到一间房前敲门。门开了，一个20多岁的男青年走出来。

"她来找韩盈。你知道他在哪不？"

"真不巧，韩盈兄前几天还在这里开会呢。"男青年转身对钟竹筠说，"我叫黄广渊，也是遂溪人。你叫什么名字？你在广州有没有其他亲人？没有？要不你先在会馆住下来，我帮你找他。"

"好！"钟竹筠一阵欢喜。

"你饿了吧？我让老李做饭给你吃，他是我们这里的厨师。"黄广渊说，"我先帮你安排住宿。"

钟竹筠刚起床就听到有人敲门。她打开门，见到门口站着两个男青年。其中一个正是她朝思暮想的韩盈哥！"韩盈哥！"她激动地叫他的名字。"韩盈哥，你和竹筠妹子好好聊！我去忙点事。"站在一旁的黄广渊向韩盈得意地眨眼。

房间里只有钟竹筠和韩盈。看见自己心爱的姑娘，经过千辛万苦来找自己，一路风尘，一路疲倦，一路期盼，韩盈既心疼又感动，一把将她拥入怀抱，"筠妹，你辛苦了！"韩盈深情地注视着她如秋水般美丽的大眼睛。

"韩盈哥，终于找到你了！"她抚摸着他的脸，深情地注视着他如炬的眼睛，幸福的涟漪一圈圈荡开。能找到自己的爱人，再怎么辛苦都值得。钟竹筠把头靠在韩盈的肩上。纵有千言万语，又不知道从何说起。两人紧紧地拥抱着，不说话，静静地听着彼此的心跳。

钟竹筠依在韩盈的怀里，聊起去年那封信，她说："我误会了你，生你的气。你恼我吗？"

"你恼我，说明你爱我。你有时还真是一个小女子。"韩盈低头亲一下她的头发，告诉她在等待她的信的煎熬中，他也做了很多事情。去年底，中国社会主义青年团广州地区执行委员会改选，他被补充为团广州地委执行委员，兼任会计和出版物经理的工作。钟竹筠为误解他更加愧疚，对他更是爱慕和敬佩。

韩盈有个表妹在广州，离他的住处不远。他安排她暂时跟表妹同住。韩盈的工作非常忙碌，钟竹筠当他的"助手"，抄抄写写，帮他做一些力所能及的工作。他抽空带钟竹筠参加革命活动，让她聆听大师的讲座。有时带她到附近乡村了解农民运动情况。钟竹筠在自己向往已久的革命策源地广州，跟随韩盈参加革命运动，得益匪浅，思想认识更是有质的飞跃。

四

钟竹筠正在抄写一份文件，韩盈兴冲冲地走进来，拉她起来："筠妹，我带你去见一个你早就想见的人！"她问是谁，韩盈神秘兮兮地说一会就知道。不管她怎么问，就是不肯说出名字。

来到韩盈的住处，钟竹筠看见一个年轻人正坐在椅子上看文件。他穿长衫，戴一副厚厚的近视眼镜，有点清瘦，一副文弱书生的样子。

"学增兄，她就是钟竹筠。"韩盈拉她到黄学增面前。黄学增放下文件站起来，握住她的手说："竹筠，你好！我早就听韩盈兄讲过你。你在北海搞学运，提倡妇女解放，婚姻自由。很不错！"

"学增兄好！很高兴认识您！"钟竹筠十分激动。她不止一次听韩盈讲过黄学增的故事。他是遂溪县乐民区敦文村人，在广州深受革命思想影响，参加陈独秀、谭平山于1921年创办的广东省立宣讲员养成所。这所位于广州素波巷的新型学校，其宗旨是宣传和普及马克思主义，造就将来开展群众工作的干部。1922年，黄学增假期从广州回乐民，向家乡的青年传播马克思主义，播下革命的种子，秘密成立雷州青年同志社。还在学生时代，他就在广州郊区花县、广宁等地开展农民运动，有丰富的革命经验。

钟竹筠景仰他，想结识他，现在这个愿望实现了。"学增兄现在还在广州读书吗？"钟竹筠问。

"我离开广州了。"黄学增告诉他们，9月份从农讲所毕业后，被委以中国国民党中央农民部农民运动特派员的重任，再次派到花县指导农民运动。"我这次回广州参加团广东区委代表大会。有事找韩盈兄商量。"

"听说学增兄被选为执行委员，参与领导两广和香港等地方的青年团工作，可喜可贺！"韩盈向黄学增竖直拇指。

"谢谢盈兄！目前我还是以开展农民运动为主。"

"我听韩盈哥说，学增兄在花县搞的农民运动轰轰烈烈，真叫人高兴。我要是能像您一样能开展农民运动，参加农习所的学习就好了。"钟竹筠很是羡慕。

"只要你努力，愿望总有一天会实现的。"黄学增鼓励她。

"竹筠妹,学增兄说得对,功夫不负有心人!"韩盈情不自禁握住钟竹筠的手,给她鼓气。她微笑地望着韩盈。看见韩盈和钟竹筠如此情景,黄学增颇为高兴:"你们有共同的理想,共同的追求,是革命同志,很般配。祝福你们!啥时候结婚呢?"

"她刚到广州,还没定。不过,我们心与心已经结成'盈竹同盟'了!"

"'盈竹同盟'?好啊!革命同志加爱人,你们在革命道路上比翼齐飞!"黄学增给他们鼓励和祝福。

韩盈想请黄学增到外面吃一顿。黄学增不同意,怕他破费,"就在你这里吃吧!我还没试过竹筠的手艺呢!"钟竹筠愉快地说:"好,我露几手!做家乡菜。你们聊事。"

五

黄学增要赶回花县。韩盈、钟竹筠送他一程,尔后他们走在珠江畔。

已是黄昏,落辉满天,映在脉脉的珠江水上,像镀上一层金。韩盈虽然在广州几年,但忙于学习,忙于搞革命活动,无暇欣赏广州的美景。现在,与心爱的姑娘牵手走在珠江边,一起沐浴在金色的霞光中,韩盈有说不出的欢喜。钟竹筠更是如此。自来到广州后,她和韩盈第一次悠然自得地欣赏风景。晚风轻拂,江水微荡,她幸福地依偎在他的身上,共望珠江水。江中有来来往往的船只,有大船,也有小船。有一艘小渔船,只有男女两人。大概是夫妇吧,两人在江中打鱼,抛网,收网,配合密切。

一阵"嗖嗖"的冷风吹过,江水起了涟漪,钟竹筠不由自主地紧了一下身子。韩盈见状,忙脱下外套披在她的身上。见韩盈身上只穿一件白衬衫和毛线背心,她连忙说不要。"筠妹,我不冷,有你编织的爱心牌毛衣呢!"韩盈指指身上的毛背心。

来广州后,钟竹筠发现她在北海时织给韩盈的毛衣已经缩水了,也旧了。而他比较怕冷。于是,她买了新毛线,给他织了两件毛衣,一件长袖,一件毛背心。后又织了一条毛围巾。韩盈说,有了筠妹的温暖牌加持,他的冬天就不会再冷。

这件黑色的外套,两个人谁都不肯独享。韩盈不再推了,披上外套,一把将钟竹筠搂进怀里。一件外套,两颗爱心。幸福的暖流,驱赶了萧萧寒风。

"盈哥,我现在是世界上最幸福的人了!"钟竹筠柔情地贴在爱人的怀里。

"筠妹,我也是!这辈子我只爱你!"韩盈亲吻着她的额头,"我们永远这样幸福下去!"

"盈哥,你是我的人生导师,也是我唯一的爱人。今生我也只爱你!"钟竹筠的脸贴着韩盈的脸。两人的脸都滚烫滚烫的,两颗心像珠江潮一样澎湃。韩盈双手捧着她的脸,热切地说:"筠妹,我们做终身的革命伴侣,你愿意吗?"

"愿意!我们生生世世在一起,做永远的'盈竹同盟'!"钟竹筠深情而坚定地注视着韩盈的眼睛。两人又紧紧相拥。寒风依然劲吹,两人却温暖无比。他们决定等韩盈放假就结婚。

韩盈抽空与钟竹筠在广州一家照相馆拍了结婚照,两人紧紧依偎,手拿一本《新青年》杂志。她在相片后面写道:盈竹同盟,贞筠一心。

六

春节前,钟竹筠和韩盈回到雷州半岛,先到广州湾,去见她的母亲和继父。继父对他们很是冷淡。她逃婚的事,他早从莲姑那里得知了,很是震怒。母亲和继父不死心,把钟竹筠拉到一边劝说:廖局有权有势,能够帮助家庭,比穷书生好。"我再说一次:我的婚姻我做主!"钟竹筠态度坚决,"要嫁只嫁韩盈哥!"

"唉,女大不由娘!"母亲见钟竹筠非嫁韩盈不可,喝冷水吃秤砣——铁了心;又见韩盈斯文有礼,在广州有了工作,除了没钱,其他方面都很优秀,只好同意他们的婚事。继父虽然心里不爽,但钟竹筠不是他的亲生女儿,也不好再说什么。韩盈拿了一些钱给钟竹筠的母亲和继父过年,他们客气一下,高兴地从他手里接过钱。

两人回遂溪城先去见郑舅父。得知韩盈要结婚了,他大喜。韩盈回到南门圩的家，收拾干净屋子，准备他们的新房。

按照遂溪的结婚习俗，男女双方要用生辰八字合命，选择吉日良辰举行婚礼。一旦定下结婚的日子，男方要给女方彩礼，送猪脚和钱给媒婆，女方出嫁前三天不能跟男方见面。出嫁那天，男方要抬轿子来接新娘，没钱的人家就赶着牛车来接。男方要大摆宴席，请亲戚朋友、乡里乡亲喝喜酒。没钱的人家也得打肿脸充胖子，借钱摆喜酒。

钟竹筠和韩盈原想摒弃旧式婚礼的繁文缛节，一切从简。可郑舅父不同意，觉得韩盈太可怜，也很争气，小小年纪父死母改嫁，形同孤儿。他这个当舅父的就算借钱，也得把韩盈的婚事办得体面一点。

郑舅父一手操办，摆了两桌喜酒。韩盈改嫁到东兴的母亲也回来参加儿子的婚礼。她是第一次见到钟竹筠，看见媳妇漂亮又懂事，非常高兴。

对钟竹筠来说，婚礼不过是形式。重要的是，她经过千辛万苦争取了婚姻自由，嫁给自己心爱的韩盈哥，嫁给爱情。从此，她的人生揭开新的一页。

婚后，韩盈带钟竹筠回到广州。

第十一章　东皋大道

一

又一个春天到了。这天韩盈的心情亦像迎春花一般灿烂。"筠妹，有好事！"他兴冲冲地回来，手里拿着一封信。钟竹筠正在做午饭，忙用手擦擦围裙，问韩盈是什么好事。"你不是想到农讲所读书吗？现在机会来了！"韩盈打开信，拿出招生章程，"这是农民部颁布的第四期农讲所招生章程，学增兄说他推荐你。"

钟竹筠接达韩盈递过来的招生章程，看了一遍又一遍。在一旁的韩盈也是满心欢喜。但不像她一样喜形于色，手舞足蹈。他只是脸带微笑，注视着她。

广州农民讲习所是培养农民运动干部的"摇篮"，以中国国民党名义开办，实际上由中国共产党领导。按照招生章程，第四期农讲所4月1日开始招生，4月20日截止报名。考虑到钟竹筠对广州不是很熟悉，韩盈抽出时间带她去办理手续。

暮春时节，广州的天气不冷不热，很舒服。钟竹筠跟随韩盈来到东皋大道。这里有东皋别业，是明代广州四大名园之一，东皋大道因此得名。

他们来到东皋大道一号，见到一座有着宽敞的大院，很气派的别墅。别墅有连成一体、彼此相通的前后楼，外墙都是米黄色。大门前有两个木岗亭，门卫持枪守卫，来人都要接受检查才能进去。前楼有两层，后楼比前楼多一层。两楼中间有一个天井，不大。前楼第一层的大厅内，悬挂着马克思、恩格斯、列宁等革命领袖的画像。钟竹筠恭恭敬敬地站在画像前，瞻仰他们，脑海里回放他们的革命故事和讲的革命理论。大厅内设有可容纳二三百人开会的大课堂兼礼堂，在讲台下面摆着一排排长椅。饭堂在后楼的第一层，学员宿舍在三楼和礼堂的东西两侧。前后楼的二楼，互通，都是办公室、会议室。

"这座别墅原是广州商团副团长陈恭受的产业。1924年，商团叛乱，孙中山率领革命政府镇压。平叛后，这座楼房被没收充公。第一、二期广州农民运动讲习所在越秀南路惠州会馆，从第三期开始，农讲所转移到这里举办。"韩盈告诉钟竹筠。

钟竹筠发现楼后面有一棵木棉树，起码有二十米高，比三层楼还高。铁色的树干显得庄严肃穆，而红色的花朵，绽放在灰褐色的树枝上，像一团团美丽的火焰。她昂首注视着这些灿烂如红霞的木棉花，心被这火红的花儿燃烧起来，感觉到生命的勃发。一阵风吹过，树上的红花微微颤抖。一些花儿随风起舞，然后豪气地冲下来。她拾起掉在地上的一朵像碗一样大的木棉花，递给韩盈看，赞叹道："木棉花擎着的红色花儿，像顶天立地的英雄，就是堕落在地上也那么豪迈。"韩盈接过花欣赏道："所以，木棉花也叫英雄花。我喜欢这有英雄气概的木棉花。""我也喜欢。"钟竹筠捡起几朵木棉花，放进袋子里。

钟竹筠被广州农讲所录取了。她对未来充满期待，取了一个名字叫"祝君"。第四期录取了来自广东、广西、湖南三省的98名合格学员，只有几名女生。钟竹筠看到学员名单中，有一个叫何青魂的女生也是来自雷州半岛。她主动找何青魂交流，说自己是遂溪人，问她是雷州三属哪个县的。

"我是宝安县人，原在广州读书，认识我爱人黄斌。他是我参加革命的引路人。我们结婚后，回到他老家遂溪。黄学增是我爱人的好兄弟，推荐我进农讲所学习的。学增兄也是遂溪人，你认识他吗？"

"认识。真巧，我也是学增兄推荐来这里学习的呢！"钟竹筠欢喜地握着青魂的手，两人虽是首次见面，却以姐妹相称了。何青魂比钟竹筠比小三岁，叫她祝君姐姐。钟竹筠则叫她青魂妹子。

二

农讲所原定1925年5月1日国际劳动节开学，恰巧广东省第一次农民代表大会也在这天召开。参加这次代表大会的有117名代表，都是全省各地富有农民运动经验的杰出代表。而且，此次大会将讨论农民运动的各种问题。作为农讲所的学员参加全省农民代表大会，肯定会受益。因此，所务会议决定，让本期所有的新学员到会旁听。

代表坐在会堂的中间，农讲所的学员作为旁听者坐在两侧或后面。钟竹筠很高兴能参加农民代表大会。她用羡慕、敬佩的目光望着代表们，心想何时能像他们一样成为优秀的代表？在众多的代表中，她远远望见一个熟悉的身影。她目不转睛地看着，是学增兄！学增兄是广东农民运动的领袖人物之一，他也作为代表参加此次大会，那是理所当然的事。

上午的会议结束之后，会议代表和旁听的农讲所学员先后走出会堂。钟竹筠和何青魂在会堂外，看见黄学增正和一个人聊着什么。她们高兴地向他挥手。黄学增也看见她们了，走过来跟她们打招呼，一一握手，问她们在农讲所的情况。

"已经住下来了，这里的一切都很好，很喜欢。谢谢学增兄推荐。"钟竹筠正想有机会亲口感谢他呢。"也感谢学增兄推荐我！"何青魂说。

"不要客气。我只是提供招生信息，是你们靠自己的本事考上农讲所的。祝贺你们！"说话间，一个与会代表跟黄学增打招呼，说有事找他请教呢。黄学增回应他后，对她们说，"这几天我都在这里，我们有空再聊，我先走了。"

钟竹筠和何青魂成了好友。她们一起去大会堂旁听，一起讨论问题，一起回宿舍。晚上，两人交换笔记本，把在大会的记录补充，完善。"祝君姐，你的笔记记得真详细，字也写得漂亮。"每次看钟竹筠的笔记本，何青魂总是赞叹。

"青魂妹子谦虚了。你的笔记比我的更详细，字也写得好。"

"祝君姐，看你把我夸的，我没你说得这么厉害。我们互相学习。"

"说得对，互相学习，共同进步！"钟竹筠向何青魂伸出手，两人互相鼓励。

三

得知黄学增在广州参加省首届农民代表大会，韩盈很高兴。他平时工作特别忙脱不开身，这天抽空特意过来农讲所探望黄学增，也看望妻子。曾经并肩作战的战友久别重逢，高兴地拥抱，有说不完的话。黄学增提议叫上钟竹筠和在农讲所读书的雷州三属老乡，一起到农讲所附近的茶楼聚一聚，聊一聊。"这个建议好！"韩盈十分赞成。

他们要了一间包房。一个服务生走过来，泡上茶，问他们吃点什么，黄学增说："大家喜欢吃什么就点。我比你们年纪大，我做东。"

"不行！我在广州工作，应做东道主。"韩盈不依，"大家随便点，我刚刚领了工资。"

"我一百个赞成刚领了工资的韩盈同志做东！"钟竹筠举起手。"他们占了两票，"陈荣封说，"大家没意见，通过！"

来参加聚会的有遂溪县的钟竹筠（祝君）、苏天春、陈阿隆、余华柱，海康县的何青魂、陈荣封、陈业遵等人。除了何青魂，其余人都是土生土长的雷州三属人。

大家边吃边谈参加省农会的感受。钟竹筠觉得自己开展农民运动的理论和经验都不足，特别想多交流、学习，提高自己。而黄学增有丰富的农运经验。于是，她提议让他讲花县农民运动的故事。

"行！"黄学增爽快地答应，"从去年开始讲起吧。我从农讲所毕业后，再次被派到农运重点县之一的花县工作。一起去花县的还有高恬波等几个农讲所同学。高恬波负责妇女工作。"黄学增转向韩盈，"她跟你一起参加过广州学生运动，还记得她吧？"

"记得。她当时在广州妇孺产科学校读书，1923年，我们在广州组织了广东新学生社，阮啸仙任书记，她是执行委员会常务委员。她曾有过一段封建包办婚姻，后冲破封建枷锁，成为阮啸仙同志的革命伴侣。我和啸仙兄都留在广州工作，偶尔见过她。"

"盈哥和祝君也是革命同志加爱人，青魂和黄斌同志也是。"陈阿隆说，

"红色恋人,真羡慕你们!"

"阿隆,你要是看中哪个女同志,爱在心里口难开的时候,我当'红娘'。"钟竹筠说。陈阿隆的脸红了。

钟竹筠听韩盈说过,学增兄与妻子是父母包办婚姻,没有多少共同语言。钟竹筠不想在这个话题上花时间,便给大家斟茶转移话题,叫黄学增接着讲花县的农运。

"去年,花县的农民运动已进入高潮。我与阮啸仙等人协助当地农运领导王福三,在花县九湖乡成立了花县农民协会和花县农民自卫军,王福三被推选为花县农民协会的副执行委员长。我们还举行授旗仪式,高举犁头旗。参会的6000多名会员和农民自卫军扛锄、荷枪出席,还邀请了几千名贫穷农民到会。参加会议的人高呼口号,热情高涨,声势浩大,场面热烈。农民协会领导全县农民同土豪劣绅等反动势力做斗争,为农民提出很多诉求。比如,实行二五减租,取消给地主送租,送田信鸡、田信鸭等,还把'猪屎会'收入的管理权收归农民协会所有。"讲到这里,黄学增异常兴奋,脸上洋溢着革命的激情。他停下来喝口茶歇歇,缓缓情绪。钟竹筠忙给他的茶杯续上茶。

在座的人无不为花县的农民运动取得的胜利高兴,钟竹筠的心里更是燃烧着革命的火焰,恨不得自己也在场参加这场农民运动。

四

"地主跟农民是利益对立的阶层,是剥削与被剥削的关系。纵观历史上所有的农民运动,当农民取得胜利的时候,地主阶级是不会坐视自己的利益受损。花县的土豪劣绅也是一样,他们仇恨农会,勾结反动县长,成立了地主会和民团局,购买枪支弹药。他们悬赏捉拿农会干部,提出打倒农会的口号,还在民间孤立农会,不准亲戚朋友跟农会会员来往。到了10月底,我们收到消息,民团荷枪准备反扑九湖乡。当时在九湖乡只有60名农民自卫军,而对方有几百号人。"讲到这里,黄学增停下来问,"如果是你们遇到这种情况怎么处理?"

"绝不退缩,跟敌人拼到底!"苏天春说。

"先撤，等时机成熟了再狠狠地打他们。"钟竹筠思考了一会说。

黄学增把目光投向韩盈，看他的态度。"敌众我寡，力量悬殊。这种情况下跟敌人硬拼，无疑是用鸡蛋碰石头。《孙子兵法》说，三十六计，走为上计。"韩盈不急不缓地说。最近，他常看《孙子兵法》。

"对，我当时也是这样想。于是，我提出撤退，率领农军撤到鱼苟庄，并且把农协办事机构也搬到那里。我还提议用'猪屎会'所收的钱购买武器，壮大自卫军力量，这样才有利于保卫农民协会。但是，这个提议却屡次遭到阻挠，没办法定下来。你们说说，购买枪支壮大自己队伍的提议合不合理？"黄学增又停下来把问题抛给大家。他喝口茶，看着大家。

这回，在座的人意见高度一致，都认为提议合情合理，应该购买武器。因为，农民只有拥有自己的武装力量，才能够保护农民协会。

"我觉得反对学增兄的那个人很可疑。明明对农协有利的事，他为什么一再反对？难道……"

"祝君问得好！"黄学增向她竖起拇指，"当今社会阶级构成非常复杂，农村的情况也是这样。所以，我们开展农民运动，一定要多做调研，多思考，多问为什么。后来，我们查清楚了，老是阻挠我们的那个人，大有来头。他叫王锦焦，是地主会安插在我们农协里面的代理人！难怪我们农协的一举一动，地主会都了如指掌！"黄学增情绪有些激动，拍了一下茶桌，"你们猜，我们怎么处置他？"

"绝不饶他！"钟竹筠抢先说，"杀一儆百。"

"对，把他抓起来！"其他人也表态。

"我们了解到王锦焦躲在凤岭村，于是，今年1月，我和王福三带领农军去抓他。不料，在九湖乡庙坳，我们遭到地主江锦堂带领的民团伏击。敌众我寡，力量悬殊，打得相当惨烈！有人建议我们往元田方向退返，王福三反对，因为我方领导机关在那里。他越战越勇，打中江锦棠的左耳，敌人害怕了。但是，他们很快又围攻上来。"讲到这里，黄学增神情肃穆。他解下厚厚的近视眼镜，擦擦眼睛，缓一缓情绪再继续讲。

"王福三同志为了掩护我们，引开敌人，结果身中数枪，倒下了。我背起他，边打边撤。他睁开眼睛，叫我不要理他，带领农军快走！我怎能丢下他逃命？我不肯。他说自己不行了，不要做无谓的牺牲，你们快走吧！以后，多杀几个敌人为他报仇！王福三同志牺牲后，我含泪告别他的遗体，带领农军突出重围，撤到元田。在当地群众的掩护下，我们终于回到了鱼苟庄。我知道地主不会放过我们，于是我迅速调集农军，做好战斗的准备。果然，敌人扑来了。我们狠狠打击他们。我们取得了胜利，保住了农民协会。像这样的跟地主武装真刀真枪的战斗，我在广宁等地方也经历过。"黄学增讲完，在座的人都沉默不言，心情沉痛。

"花县的农运如火如荼，但也相当惨烈。"韩盈首先打破沉默，"学增兄给我们上了一堂非常生动的农民运动课。这样的教学案例，是学增兄他们用血写成的。"

"我以前对农民运动的认识太肤浅了。韩盈哥说得对，我们一定要吸取这些用生命换来的经验教训，将来更好地开展农运。"钟竹筠说，"我提议为王福山等在农民运动中牺牲的同志默哀三分钟！"众人起立，默哀。

五

众人重新坐下后，黄学增见大家情绪有些低落，便讲些农民运动中的趣事以及振奋人心的消息。"王福三同志的妹妹也是第四期农讲所学员，跟你们是同学呢。"黄学增说。

"叫什么名字？"大家不约而同问道。"王旺兴。为了培养她继承兄长的遗志，廖仲恺和彭湃同志把她安排到农讲所学习。"黄学增说。"是她呀，她和我们同一个宿舍呢！"钟竹筠说，"以后我要多和她交流。"

"对，多交流！花县的农运开展得比较早，而且好，有很多经验值得学习。如果农讲所不安排学员到花县开展社会实践，你们有空可以跟她到花县看看。"听了黄学增这番话，钟竹筠和大家一样开心起来，又说又笑。韩盈又点了一些颇具广州特色的小吃让大家尝。

"农讲所前三届结业的学员，大部分回原籍开展农民运动，只有小部分留在广州。"黄学增热切地看着大家说,"你们都来自雷州半岛,毕业后很可能都回原籍。希望你们平时注意多收集农运信息,多了解一下雷州半岛的情况,为将来回去工作做好准备。开设的军事科,你们也要学好,将来开展农民运动会派得上用场,也是保护自己。我在花县遇险,如果不是在农讲所学了军事,恐怕早就没命了。我看了这届的教员名单,有彭湃、阮啸仙等人。这两个人主持省农会,你们都见过了。我和他们一起搞过农民运动,他们开展农民运动的经验比我丰富得多,你们可得好好向他们学习。尤其是彭湃同志,在1922年就开展农民运动,是广东最早开展农民运动的同志。"

"好,我找机会向他们请教!"钟竹筠说。

"你们是他们的学生,机会很多。"黄学增说,"雷州半岛的农民运动跟海陆丰、花县、广宁等地方相比,太沉静了,希望你们好好学习,学成归去把家乡的农民运动搞起来,拯救处于水深火热的父老乡亲。"

"我们谨记学增兄的教导,不辜负您的期望!"大家说。

"盈兄最近的工作如何?"黄学增转向韩盈,"咱们找一个时间拜访周恩来、恽代英等同志。"

"我正有此意,请学增兄安排。"韩盈欣喜。

黄学增到宿舍探望王旺兴,鼓励她和钟竹筠等人好好学习,向党组织靠拢。他也带她们认识恽代英等人。钟竹筠聆听他们的教诲,不由感叹:听君一席言胜读十年书。她喜欢跟这些优秀的革命前辈交流,踏在前人的肩膀上前行,可以少走很多弯路,可以更快地前行。

六

农讲所于5月17日正式上课。谭植棠同志给学员介绍所开的课程,介绍上课的教员,有阮啸仙、彭湃、唐澍、赵自选等人;发放学员手册,要求每个学员严格遵守学员守则。钟竹筠反反复复看学员守则,对所开设的课程充满期待,决心要把每一门功课学好,做一名优秀学员。

学员的编制和管理,全部按照军人生活方式设置。因为农讲所学员毕业后都要派往各地指导农民自卫军，为使学员养成军人习惯，熟悉、练习军事动作，讲习所把全体学员按照准军事编组，编成一个中队，下分三个小队，每个小队分成三个小分队。无论是在所内还是所外，学员一律穿制服。

每天起床和就寝时间、出操上课前，就会响起"滴答答"的号音，或是"铃铃"的铃声。一听到号音，钟竹筠和其他学员马上起床，穿好军装，戴好军帽，打好绑腿，背起步枪，在五分钟内到集合场排队点名，迟到者要受处罚。出操前，小队长、分队长监督，每个学员从军械室取出武器。收操后，武器归回原处。进入食堂、课室要排队，平时轮流站岗放哨。有时夜间还进行紧急集合。

每日的课程排得满满的，白天训练时间为八个小时。上午，专门进行三个小时的军事训练，学习射击、刺杀和各种正式动作及实弹射击。在教练时间，完全按照军事纪律来行事。下午上五个小时课，教授的教学内容，主要有两大方面，一是研究中国农民问题，二是学习革命理论。课程有农民运动问题、共产主义与共产党等近二十门。晚上也不放松，用来练习模拟各级农民协会，如何开展工作。星期日，多到农村实习，有时开辩论会，偶尔开联欢会。

农讲所丰富且紧张的学习生活，钟竹筠很喜欢。她对自己要求高，要样样都做好。她的表现得到教员的表扬。韩盈也鼓励她向中共党组织靠拢。她写了入党申请书给他看过后，再递交给组织。

轮到彭湃来上课了。钟竹筠早就从韩盈和黄学增那里听到他的故事。彭湃出生于地主家庭，留学过日本。1922年，他在海丰组织广东省最早的农会"六人农会"，把自家的田地分给农民；被中共中央领导人瞿秋白称为"中国农民运动第一个战士"。钟竹筠跟其他同学一样用敬佩的目光注视着来给他们上课的彭湃先生。他穿长衫，梳着大背头，眼睛大而明亮，充满睿智。面目俊朗，儒雅。他没有拿讲义讲课，农讲所的教员上课都不拿讲义，教员讲，学员记。

"同学们，我叫彭湃，跟革命浪潮汹涌澎湃的澎湃谐音。今天，我结合自己从事的海陆丰农民运动的一些体会跟各位分享。开展农民运动，首先要站在农民的角度，想农民所想，急农民所急，实现耕者有其田的目标。海丰农民运动之所以受农民欢迎，有很多原因。下面，我详细跟各位学员讲……"彭湃讲课思路清晰，有条有理，学员边认真听边做笔记，整个教室安静得只听到"沙沙"作响的记录声。钟竹筠飞快地记录，生怕听漏哪句话。彭湃讲的"做农民运动的十二个要点"，她觉得特别受益，怕记漏哪点。

钟竹筠最近老是犯困，不想吃东西，浑身无力。她的精神是高昂的，可体力好像跟她作对，不配合。每天上午的军事训练，她克服身体的不适，坚持跟同学们一样把项目训练完。跑步、练打靶等，她每样都尽力做到最好。回到宿舍则整个人昏昏沉沉的。这些日子都是这样，没有食欲，容易疲劳。教练赵自选问她是不是有病了，建议去看一下医生。钟竹筠不同意，怕影响学习，也怕查出什么毛病，要退学休养。她非常珍惜这来之不易的学习时光。

这天，学员到野外进行军事演习，刚好碰到下大雨。"卧倒！"所有的学员马上卧倒在雨中。钟竹筠的头发全湿了，浑身都是泥水。她头晕眼花，摔倒在泥水里。她爬起来后，咬紧牙关，和其他学员一样，继续在雨中演习。最后，通过了演练考核。

第十二章　重返雷州半岛

一

农讲所开学没多久，军阀刘震寰、杨希闵在广州叛乱，时局又紧张起来。所里考虑到当前的形势，经讨论决定，暂时停课让学员回原籍指导农民工作，定于6月4日前全部离开农讲所。

钟竹筠和王旺兴、何青魂等同学正收拾东西，准备离开农讲所时，突然有叛乱的军阀冲进所里，要强行占用农讲所作为驻地。三人互相配合，机智离开农讲所，钟竹筠回到韩盈住处。

恰巧这时，广东区委派遣韩盈回南路开展革命活动。于是，韩盈带着钟竹筠踏上从广州回雷州半岛之路。广州湾是交通枢纽，有车、船直达这里，再转到其他地方。韩盈计划先坐船回广州湾，再回遂溪城。

客轮很拥挤，人声嘈杂。两人坐在船上，想着时局的动荡和不可预测的未来，没有回乡的过分激动，也没有多说话。韩盈闭目养神，脑海里却不断回想起领导跟他的谈话。

省农会结束后不久，广东区委领导找韩盈谈话，讲起全省农民运动的形势，全省已有二十二个县建立了农会组织，会员达21万多人，形势可人。但雷州地区，甚至整个南路，都处于反动军阀邓本殷的黑暗统治下，南路人民苦不堪言，革命活动不敢公开化。除了海康县个别乡秘密组织农民协会外，其他地方的农民运动还处于萌芽状态，这跟海丰等地如火如荼的农民运动形成鲜明的对比。

"经过讨论,组织决定派你回雷州地区,秘密开展革命活动,主要是创建党团组织和开展农民运动。今后还会派人回去协助你。韩盈同志,你回雷州地区充当'拓荒牛',任务相当重要,也很艰巨。有什么困难尽管向组织提出来,我们尽量解决。"

"请组织放心,我一定克服困难!"韩盈说。

"以哪里为落脚点由你决定,用什么方式,如何开展革命活动,由你掌握。革命人才是我党的财富,南路是反动军阀的天下,你一定要做好保密工作,保障安全。还有,保持联系,随时向我们汇报。"

"我一定完成党组织交给我的任务,不负使命!"韩盈握住领导伸过来的手。

想到这里,韩盈睁开眼睛,看见钟竹筠正看着他,欲言又止。"筠妹,这里人太多,太闷,我们到船舱外透透气。"韩盈看了看周围说。

船舱外比舱里舒服多了。他们扶着船栏杆,面朝大海。天空蔚蓝,白云飘荡,大海苍茫,碧波荡漾。一群群海鸟掠过海面,展翅飞翔。海天一色中,它们的身影那么渺小,又那么倔强,如同一个个跳动的音符。钟竹筠目不转睛地看着海面上飞翔的海鸟,大口大口呼吸着带有海味的空气。韩盈怕她摔倒,用手搂着她的腰。

钟竹筠说她想回老家杨柑。"筠妹,我这次回去,打算先以遂溪城为中心,再辐射周围的村庄。"韩盈看看四周没什么人,接着说,"你还要回农讲所学习,来往的邮件都是寄到遂溪城的怡兴号。我看,你还是先跟我留在遂溪城,指导附近村庄的农民。"

二

韩盈、钟竹筠从广州湾转回到遂溪,去遂溪城拜访郑舅父。看到他们回来,他很高兴,也有些担忧。寒暄之后,舅父说:"我一个在县署工作的亲戚叫我转告诉你,不要在遂溪搞什么活动。"韩盈不怕。他这次回来,主要就是要在遂溪活动。他和钟竹筠向舅父告辞,回南门圩。

韩盈要外出了解情况，刚怀孕的钟竹筠反应剧烈，呕吐不已，却强撑着要和他一起去。韩盈叫她先在家休息。"我是回来指导农民工作的，怎能不出去？"钟竹筠说，"盈哥，你让去吧！"

钟竹筠跟韩盈到附近的村庄，了解农村、农民的情况。农民看见他们穿着干净，长得斯文又漂亮，对他们的问话，爱理不理的。她想起彭湃老师在农讲所给他们讲课，说他最初到农村跟农民接触时，由于他的穿着打扮、说话腔调不像农村人，农民冷落他。现在，自己也碰到同样的情况了。第二次再去农村，她借伯娘的破旧衣服，戴旧草帽，打扮得像农妇。

一个满脸沧桑的老农民正坐在一棵杨桃树下休息，钟竹筠忙走过去，用当地的土话跟他打招呼。老农开始不搭理，继续低头"咕噜咕噜"抽水烟筒。"阿伯，我也是农村人，我爸跟你一样爱抽水烟筒。"钟竹筠蹲在他面前，跟他拉家常。"是吗？"老农抬起头打量钟竹筠，伸手想拿烟丝。她帮他把烟丝放进水烟筒眼，然后用火柴点燃烟丝。

"我真是出生在农村，从小受苦，地主很残忍，逼死我爸，我恨地主！"钟竹筠见老农对自己的话感兴趣，就继续讲下去。

钟竹筠讲她小时候，自家没有田地，要租地主家的。按规矩，要有头有脸的人担保才可租田地，否则就要拿房屋或者妻子儿女抵押。钟竹筠的亲人都是穷人，地主钟定富不同意让穷人做担保人，要让钟竹筠和她妈妈做抵押。爸爸实在没办法只好同意。她和妈妈在地主家，每天有干不完的活，累死累活，吃不饱，穿不暖，还要被地主打骂。有一次，她和妈妈干活太累睡着了，被地主发现，用铁锹打她们。

"别打，我们再也不敢了！"妈妈哀求。但是地主的铁锹还是像雨点一样落下来。她家借地主钟定富500文钱，他硬要她家交4升谷抵利息。当时一升谷值180文钱，单是利息就超过本钱了，而且年中要还一半利息。但她家实在是拿不出钱做本，只好接受钟定富的苛刻条件。到了年中，她家没钱还利息，钟定富便利滚利计算。到了年底，钟定富要她家把本钱和利息一起交清。真是屋漏偏逢连夜雨，那一年碰上蝗虫灾害，紧接着大台风又来了。钟竹筠家没钱还债，地主把她的父亲抓起来吊打。

"第二年，村里发生瘟疫，很多人都逃荒，钟定富一家也外逃了。妈妈趁机带着我逃走。好久，我家人都不敢回村里，直到听说钟定富死了，才敢回村。"

听完钟竹筠讲的故事，老农深深叹一口气："唉，哪里的地主老财都不是好鸟！妹仔，你说，农民为什么苦？"

"因为农民受地主劣绅、帝国主义的压迫。农民的苦，有生活的苦，也有精神的苦。老伯，能讲讲你村的情况给我听吗？"钟竹筠给老农的水烟筒装上烟丝，用火柴点燃烟丝。老农低头猛抽两口烟，抬起头，烟从他的鼻腔里逸出，说："我欧村的地主真坏，我讲给你听……"

听完老农讲欧村的情况，钟竹筠感叹道："如果田地都是农民自己的，不用交租给地主，种的东西都归自己那有多好啊。"她给他讲海陆丰、花县等地农民组织起来，建农会，分田地，斗土豪的故事。老农听得津津有味，忘记了抽烟，但又不敢相信："我老头子活了70岁都没听说有这等好事，你是编故事骗我吧？"

钟竹筠说："老伯，这是真的。我不骗你。"看见钟竹筠态度诚恳，不像骗人，老伯拉着她的手说："妹子，我也要打倒地主老财，分田地！"

"会有这天的！"钟竹筠说。

三

钟竹筠去农村调研回来准备做晚饭，韩盈还没有回来。伯娘拿自己种的一点菜过来给她，神秘地说："刚才我看见有两个人在你家周围走来走去，他们一看见我就低着头走了，好奇怪。"

钟竹筠马上联想到郑舅父那天说的话，看来盈哥真的是被人家盯上了，他在外肯定有危险。去找他？去哪里找他？万一我外出找他，他回到家里见不到我，又出去找我，两个人你找我，我找你，像捉迷藏一样，麻烦就大了。不如在家等他。想到这里，她叫伯娘去找韩盈。

过了晚饭时间，韩盈和伯娘一起回来了。钟竹筠将这天的情况告诉他。韩盈叫她不要担心，不会有事的。

夜里，钟竹筠起来解手，听到"汪汪"的狗吠声。奇怪，夜深人静的，狗怎么会叫起来？而且一声比一声急促。她警惕地贴门侧耳倾听，透过木门的门缝看到门外有走动的人影。苍白的月色下，狗正对着人影狂吠。除了伯娘，还没几个人知道他们回到南门圩。

狗的狂吠声停了。钟竹筠从门缝看见有人贴着大门在倾听，听见有人小声说别让韩盈跑了。"不好！"她立即回到房间，叫韩盈爬上院子的墙逃走，她来应付那些人。"不行！我是男人，有什么事让我来对付！"

"盈哥，你肩负重任，不能被他们抓走！你放心，我在农讲所学了一点功夫，能对付他们！"钟竹筠知道韩盈不放心她，便狠狠心把他往外推，迅速撩起自己的上衣，把一件衣服胡乱塞到肚皮上，再把上衣拉下来盖住。

"开门，我们是警察，刚才有小偷跑进你家了。""嘭嘭"，敲门声越来越紧。"他们要抓的人是你，不是我，赶快跑！"钟竹筠拍拍"隆起"的肚子说，"我是孕妇，谅他们不敢怎么样。"韩盈觉得她讲得有道理。

看见韩盈跳墙逃走了，钟竹筠才打开大门。门外站着两个男人，一高一矮。她一手扶门，一手放在"隆起"的肚皮上，装着睡眼惺忪的样子："这三更半夜的吵死人了，你们要干什么？"他们不管钟竹筠，径直往房间冲，但没有见到人。他们翻箱倒柜，连每一个旮旯都不放过。

"韩盈去哪里了？快说！"高个子的男人问。"不知道！"钟竹筠故意用手抚摸着肚子。"你是他什么人？"高个子上下打量钟竹筠，盯着她"隆起"的肚子看。"亲人！"钟竹筠厉声问，"你们是什么人？找他干什么？"高个子男人不回答。

"床上放着两个枕头，被子还是热的。韩盈今晚肯定在家睡！"矮个子男人的声音从房间里传出来，好像发现新大陆。他从房间里冲出来，站在墙边看，指着矮墙说，"韩盈肯定是从这里逃走了！"

"追！"高个子一下子翻过墙去，矮个子正要翻墙，钟竹筠抓起桌上的碗，向他掷去，不偏不倚，正中矮个子的后脑勺。"啊！"他捂着流血的头叫起来。钟竹筠奔过去，抓住他的双手往后扭，"说，是谁派你们来抓韩盈的？"

"是……"矮个子欺负钟竹筠是女的，不想跟她说真话。见对方不肯说，钟竹筠用力扳他的手。他"哎哟哟"叫起来，没想到一个看起来那么柔弱的孕妇居然这么厉害，只好老实交代。

"韩盈得罪了广州湾那帮人，有人看见他从广州湾回遂溪，就叫遂溪这边的人收拾他。"矮个子瑟瑟发抖，"女侠，别杀我！我只是收人钱财帮人办事。"

"回去告诉你主子，如果他们继续作恶，韩盈还会揭露他们的罪行！"钟竹筠说完，放过矮个子，"快滚！"

"谢谢不杀之恩！"矮个子叩头如捣蒜。

四

韩盈从家里逃出来，七拐八拐逃到郑舅父家。他的家前面是药店，后面住人。有一间大房堆放药材，藏人很方便。韩盈装作是病人来买药，敲门。

"深更半夜的，谁呀？"

韩盈听出是郑舅父的声音，便压低声音说："舅父，是我，阿盈！"门打开了。韩盈故意说，"老板，我拉肚子要买药。"他边说边观察四周，确认没人跟踪，才叫郑舅父关上门。他告诉郑舅父，从家逃出来后，他躲在离南门圩不远的甘蔗地里。那里是附近农民的田地，除了种甘蔗，还种大白菜、番薯等农作物。6月的甘蔗林已经高过人头了，挨挨挤挤的，外面的人不容易发现里面有人。他估计这些抓他的人还会打回马枪，一直在甘蔗地里待到凌晨三点钟，才去舅舅家。

再说，韩盈从家里逃走后，钟竹筠老是担心着他的安危，一夜忐忑不安。天还没亮，她就去伯娘家打听消息。伯娘这才知道昨晚的事情。

6月的太阳出来得早，钟竹筠又借伯娘的大草帽和蓝布衣服，扮成农妇出门。那顶大草帽，把她的大半个脸都遮住了，连郑舅父都认不出来了，以为她是来买药的乡下女人，忙招呼她，问她想买什么。

钟竹筠走进门店的内室，看到四周没有可疑的人，这才摘下帽子。舅父马上认出她。"你要是来早点就好了。"他惋惜道，把昨夜韩盈到他家躲避的过程告诉她，"我叫阿盈暂时在我家躲一躲，他怕连累我，一定要走。他叫我转告你暂时住在我家。"

钟竹筠摇摇头。她和韩盈哥的计划已经被变化打乱了。郑舅父说:"南门圩那边很危险,你不要回去了,就住在我家,好歹有个照应。阿盈从小跟我读书,他住过的房间我一直留着。"钟竹筠想,舅舅这个建议可行,以他的店作为落脚点、联络点,也比较方便,"承蒙舅舅不嫌弃,我就在您家住下。"

"阿筠,一家人不说两家话。阿盈从小没了爸,我把他当亲生仔看待,你就是我儿媳妇。你还吃没早饭吧?先吃点东西。"

五

钟竹筠实在是太饿了,抓起舅舅递过来的油条便吃。突然一个人影闪进来,差点跟她撞个满怀。她眼明手快,一把抓住那个人。"盈哥,是你?!"韩盈做了一个叫她不要出声的动作,便闪进存放药物的房子,关上门。

几个穿便衣的男人闯进药店,东张西望。郑舅父出来,不卑不亢地问他们想买什么。一个长官模样的男子问郑舅父有没有见到一个斯文白净,手拿行李袋的青年进来。郑舅父说没见到,进来的客人都在店里买药。长官不死心,又在药店找了一遍,没发现什么,便从柜台上拿了一盒人参放在手里翻来翻去看着。

"喜欢就拿去吧。"郑舅父说。长官拿了两盒人参,挥挥手叫手下的人撤离。"强盗!"郑舅父暗暗骂道。

望见那伙人走远后,钟竹筠去敲门。韩盈开门,让郑舅父和钟竹筠进来。她关上门,拉着盈哥的手问是怎么回事。

"我刚从舅父家出去没多远,突然听到有人叫我的名字,是陌生的声音。我假装没听见,迅速混进人群中,然后拐进巷子里,把'尾巴'甩掉。确认没有人跟踪后,我再拐回舅父家避一避。"

郑舅父说他出去看外面的情况。钟竹筠和韩盈情不自禁拥抱起来,有一种劫后余生的激动。她把矮个子的交代告诉韩盈。

"我就知道法帝和走狗会报复!我不怕他们报复!"韩盈说,"我会继续揭露他们的罪恶!"

韩盈告诉钟竹筠，1921年在华盛顿召开的太平洋会议上，中国提出收回广州湾等租借地，法国以种种借口拖延，直到1922年华盛顿会议结束，交还广州湾之事也没有实质性的进展。法国的态度激怒了具有爱国心的中国人。1922年春天，爱国者在广州成立了交还广州湾期成会，并组织收还广州湾讨论会，策划收回法租界地广州湾。韩盈写了时评表达了一个爱国青年对广州湾的极大关注。

"我后来又写了些批评法帝走狗的时评，发表在《广东群报》上。我还提出交涉案等。凡此种种，我触及法帝国主义及其走狗的利益，被他们视为眼中针，要铲除而后快。"

钟竹筠拉着韩盈的手，对他更是敬佩，但又为他的安全担忧。她说留在遂溪城不安全，要到远离县城的地方。韩盈说他已有这种想法，打算去学增兄的家乡乐民。那里的群众基础比较好。钟竹筠要跟他去乐民，韩盈不同意："乐民太远了，而且恶势力也很强大。我去乐民时间可能比较长，你还要回农讲所上学，就在舅父家里等复学通知吧。"

钟竹筠知道韩盈是心疼她，不想她去那么远的地方。她又提出回老家杨柑看看，了解一下农民的情况。她已经很久没回杨柑，而且杨柑就在遂溪城与乐民之间。然后她回遂溪城，韩盈接着南下去乐民。韩盈觉得有道理。

郑舅父见他们态度坚决一定要走，也只好同意。临走，他给了些银圆，韩盈不肯接，当年自己读书，都是舅父出钱供养，如今自己毕业了工作了，还要花他老人家的钱，他觉得过意不去。郑舅父把钟竹筠拉到一旁，叮嘱她去杨柑一定要注意安全，把银圆塞给她，说她还在读书，没有经济来源，这点钱一定要拿着。还叫她不要告诉韩盈。

第十三章 六月的杨柑

一

赶了一夜的路,天大亮时,两人终于到了钟竹筠的老家杨柑忐塘村。她家的老屋在村子的西南方最尽头处。有几间灰白墙的平房。老屋的旁边种着一丛竹子,浓密高耸,青翠苍绿。钟竹筠小时候最喜欢在竹林玩,用竹篾编织用具,挖竹笋吃。吃不完就腌起来,几天后就成了酸竹笋,用来拌粥吃。

"盈哥,你在竹林里躲一躲,我去婶婆家拿钥匙开门。"

钟竹筠的家人逃难到外地之后,很少回来村子,老屋平时没有什么人住,空着。钥匙放在婶婆家保管。婶婆偶尔过来看看,打理一下。

一会,韩盈从竹林里望见,钟竹筠正搀扶着一个小脚老妇人走过来。她没穿鞋子,赤着脚,走路一颤一颤的;驼腰弓背,身子几乎弯成九十度,拄着一根长长的棍子。到了自家老屋前,钟竹筠看看周围,没发现有可疑的人,便叫韩盈从竹林里出来,偷偷给他一个银圆,说等会给婶婆做见面礼。

钟竹筠把韩盈拉到老妇人的面前说:"婶婆,这是我的郎官。"当地人称丈夫为"郎官"。韩盈听竹筠讲过,婶婆才60多岁,但眼前的她头发全白了,脸上满是皱纹,像龟裂的田地;穿一套黑色、打着好几块补丁的短衣衫。

"婶婆好!"韩盈说着,把钟竹筠刚才给的银圆给婶婆,"我们匆忙回来,没买什么礼物,这个给您老人家。"

"有心!"婶婆接过银圆,放进口袋。她拉着韩盈的手,越看越喜欢,笑得像一朵盛开的菊花，张着没牙的瘪嘴，叫着钟竹筠的小名"秀贞"，夸她有眼光，找了一个长得俊，又懂事的好郎官。

送婶婆回家后，两人简单吃一点郑舅父给他们的干粮，然后打扫一下屋子，打算暂时住几天。

到了下午，婶婆又拄着长棍子过来，叫他们去她家吃饭。钟竹筠不想给她添麻烦。婶婆不高兴了："秀贞啊，你嫌婶婆家穷不想去？"钟竹筠赶忙说："不是！秀贞就是个穷孩子，怎么会嫌弃呢？"婶婆笑了，"这就对啦！你们过来我家吃晚饭。"钟竹筠和韩盈赶紧说"好"。

在去婶婆家路上，钟竹筠碰到不少村民，有的还是她小时候的玩伴。他们衣着破旧，面如菜色。她跟他们打招呼。他们问："秀贞，在哪里生活？啥时候回村的？旁边那个是谁？"

"我还在读书，旁边那个是我的郎官韦哥。学校放假，我带郎官回村看看。"村里人多口杂，钟竹筠不敢说韩盈的真名，灵机一动，给他临时取名"韦哥"。

婶婆正颠着小脚做晚餐。一只刚割了喉的老母鸡还没断气，双脚还在挣扎，脖子上的鸡毛被血染红了。"婶婆太客气了！"钟竹筠知道一只母鸡对婶婆这样的穷人家有多么重要。母鸡生的蛋，或孵的小鸡，拿去杨柑圩卖，能够换几个钱做家用。现在，她居然把生蛋的母鸡杀了，可见他们在婶婆心目中有多重要。

"秀贞，韦哥第一次走亲戚，咱们再穷，都不能失礼啊！"婶婆悄悄对钟竹筠说。

二

婶婆的屋子破落不堪。用红泥土夯的围墙已经崩塌了，没钱修整。不知谁家的鸡、鸭、狗，肆无忌惮地从崩塌的泥墙上进进出出。三间破房子，也是红泥土夯的墙壁，斑斑驳驳，有些地方的泥土掉了，留下一个个窟窿。屋顶用稻草铺着，原来金黄色的稻草被岁月的风雨染成黑色。家里最值钱的就是破旧的锄头、犁等农具。韩盈看得心酸不已。刚才从竹筠的旧屋一路走来，村里基本上都是这样的破茅草屋。农民太苦了！

钟竹筠烧水。破败的厨房堆满了晒干的禾草、树枝树叶。禾草的浓烟从土灶里逸出，呛得她咳嗽不已，眼泪直流。她把烧开的水倒到竹子做的盆里，韩盈则把那只割了脖子的鸡放进盆中，让开水烫母鸡全身的毛，再拎出来拔鸡毛。

"你们歇着吧，这些活给我干。"婶婆颠着小脚从屋里出来。"婶婆，人闲会生虱子，你就让韦哥干呗。"钟竹筠笑道。"对，人闲会生虱子，我会拔鸡毛不生虱。"韩盈接过钟竹筠的话。

"韦哥像戏里的白脸书生，生得俊，又会干活。秀贞真会找郎官呢。"婶婆啧啧称赞。"婶婆，他要是不会拔鸡毛，秀贞才不会嫁给他呢！"钟竹筠又调皮地逗她。"你们真会逗婶婆开心。"婶婆张着没牙的瘪嘴笑了。

"婶婆，我还会翻鸡肠呢！"韩盈拉出鸡内脏，用竹签翻开鸡肠，"我也是穷人家的孩子，累活、脏活都干过。""难得！"婶婆说。她正在用锉子锉番薯。"婶婆有几个孩子？田是自己的还是租人的？村民一般靠干什么活过生活？"韩盈想了解一下情况。

婶婆听不懂韩盈文绉绉的问话，钟竹筠用当地的土话重复一遍。婶婆听懂了，说她生了五个女儿之后才生了一个儿子。对这个"带把"的继承"香火"的孩子，一家人宝贝得很，叫他"狗仔"。钟竹筠叫他"狗仔叔"，大了之后不好意思这样叫他，就叫"九叔"。当地人讲的粤语，"狗"和"九"谐音。

狗仔承受着全家的宠爱，肩负着钟家传宗接代的重任。但是因为贫穷，他的命很苦。几个姐姐都嫁出去了，父亲死了，他成了家里唯一的劳动力。家里原来有一块田，因为欠地主钟定贵的钱，用来抵债了。如今，他家没有田没地，只能租地主的田地种，种甘蔗、种番薯、种花生，种的东西倒是不少，除了交租，一年到头所剩无几，穷得连蚊子都不想飞进他家，30多岁了还娶不上亲，后来捡了一个智力有问题的女人做老婆，前年难产死了。

"唉！"婶婆讲完，重重地叹了一口气。"妈，你又叹什么气！"一个中年男子走进来。"九叔！"钟竹筠连忙迎上去打招呼，指着韩盈说，"他是我的郎官。"

"哦哦，好好。"九叔应答着，但没有正眼看韩盈。"九叔！"韩盈起来打招呼，想接过他挑的一担番薯，九叔不肯。韩盈仔细打量九叔，说是三十多岁，但看起来比实际年龄大，被生活碾压得苍老不堪，胡子拉碴、头发乱得像鸡窝，一副苦逼的样子。

快开饭的时候，九叔出去，带来一个叫阿莲的女子，一个小女孩跟在她的后面。

晚餐全弄好了，一盘鸡肉，一盆鸡杂青菜汤，还有阿莲端过来的一碟酸竹笋和咸鱼。婶婆给钟竹筠和韩盈装米饭，其他人吃稀得能照见人影的番薯粥。"我们喜欢吃番薯粥。"钟竹筠和韩盈说，然后把米饭倒进到锅里，再装上番薯粥。

大家边吃边聊，婶婆比较健谈，而九叔和阿莲一开始比较沉默，只是低头吃番薯粥，也不夹菜。钟竹筠反客为主给他们夹鸡肉，给小女孩夹鸡腿。她有意讲小时候在村里的生活，九叔不时纠正她记错的地方，话渐渐多起来了，她再问九叔和阿莲村里的情况、农民的状况，他们都乐意讲了。韩盈静静地听他们讲，不时插进几句话，引导他们讲下去。钟竹筠和韩盈配合默契，通过交流，了解到当地农民和农村的不少情况。

农民受反动军阀、土豪劣绅、帝国主义者等反动势力的压迫，过着痛苦得说不出话的生活。当地没有农民组织为农民撑腰说话，农民被压迫，只能是哑巴吃黄连，有苦说不出。农民恨地主，想反抗，但是又怕地主，怕地主家凶神恶煞的"狗"，怕地主不租田地给他们种。他们害怕的东西太多了。

区乡的团局都是土豪劣绅掌管，他们收农民的户口捐、猪牛捐、村捐、田亩捐等，用来做团局费用。不交团局费的农民，就会被团董押到警察署，科罚或者监禁。团局名义上是用来保护地方的，实际上只是保护土豪劣绅、保卫局长局董，专门欺压农民。农民受到层层盘剥，没办法生活下去，有些人便去做土匪。所以，雷州半岛有很多土匪。他们就像《水浒传》里梁山泊的绿林好汉一样是逼上梁山的。民局也抓土匪。被抓到的土匪如果有钱贿赂局长，便饶不死；如果没有钱给民团，不死也只剩半条人命。

"我的男人就是因交不起租被逼去当土匪。被民团抓住之后，没钱送给局长，被他们打死了。我被村里人骂做'土匪婆'，抬不起头。只有九叔对我好，平时帮我干农活。"阿莲说着，深情地望了一下九叔。"她也帮我干农活。"九叔苦瓜似的脸上露出一丝笑容。

钟竹筠讲海丰、花县等地开展农民运动的故事。农民分田地，斗地主，扬眉吐气，翻身做主人。九叔和阿莲听得津津有味。"我们也有这样的好事就好了！"阿莲羡慕不已。"人家近省城，命好，能翻身。我们远在海边，哪有这种好事！"九叔显得很沮丧。

"九叔不要叹气，只要我们农民团结起来，组织农民协会，开展农民运动，将来你们也会有自己的田地。"钟竹筠给他们鼓气。九叔和阿莲来了精神，说也把他们组织起来。她马上说好，"九叔，我刚才讲的海丰等地农民运动的故事，你们先跟村里的贫苦人讲，做些宣传，把他们团结起来。行不？"九叔想了一会才说"行吧"。

在一旁默默观察的韩盈试探："九叔，地主和民团手里有枪，怕不怕？"

"这个……"九叔低下头。

"不要怕他们！将来有了农会，我们就组织农军，也有枪有炮……"见钟竹筠还想说什么，韩盈把她拉到一旁，小声说："不要心急，农民的思想工作要慢慢做。"

三

从钟竹筠家的旧屋，穿过一片竹林，就到田地了。村民种的水稻有早晚两造。这一年的气温比往年高好多，田里种的早水稻已成熟，金黄一片，累累的稻穗沉甸甸地低着头。有的早熟水稻已经收割了，大部分还没有收割。

九叔家的水稻也成熟了，要收割。他没钱雇工，请了平时关系比较好的几户人家帮忙。村里的农民基本上都是这样互相帮忙，今天你帮我家收割，明天我帮你家干活。韩盈要去帮九叔收割，钟竹筠也要去。他看着她的肚子，叫她在家歇息。"哪个农妇不是干活干到快生孩子？我才怀孕，外人看不出，不要跟婶婆、九叔说我怀孩子了。"钟竹筠边说边拿农具。"好吧。不过，粗重活让我来干，你做一些轻松的。"韩盈疼惜地看着她说。

钟竹筠拿着镰刀走在前面带路，韩盈挑着箩筐跟在后面。两人都穿着破旧的衣服，戴着大草帽，穿着木屐，肩膀上搭着一条擦汗的毛巾。要不是他们细皮嫩肉的，初看还以为是农民呢。

九叔和阿莲已在稻田割稻，弯腰、翘屁股、挥镰刀，动作熟练，割下的稻很快在他们的身后堆一座座"小山"。钟竹筠和韩盈跟着他们割稻。6月天，太阳特别毒辣，大地像烤箱。割稻的人个个挥汗如雨，汗水湿透了头发、衣服。钟竹筠感觉汗水像蚯蚓一样在身上爬。

在猛烈的阳光下，大家从早上一直收割到中午。钟竹筠累得腰酸背疼。韩盈虽出身贫民家庭，但很少干田地的活，深深体会到农民的不容易。

中午，大家坐在田埂上，吃着婶婆送来的番薯粥。"九叔，今年收成不错。"钟竹筠擦着额头上的汗水，见韩盈也浑身大汗，用毛巾帮他擦汗。"唉，就怕不够交租。"九叔苦笑道。饭后，大家又继续干活，割禾、碾禾、装稻谷……钟竹筠负责把稻谷装进箩筐，九叔和韩盈挑回家，婶婆颠着小脚，把稻谷倒在屋后的空旷地晒。

晚上，钟竹筠、韩盈想早睡，可天气太热，两人在屋子里热得睡不着觉，钟竹筠就想出去外面凉凉风，看看夜色下的庄稼。小时候，她跟爸爸在夜间到田峒捉螃蟹、青蛙，用来改善一下生活，那情形历历在目。

"好，提上煤油灯！"韩盈说，"我也想出去看看乡村夜间情景。"

外面果然比在屋子里凉快。稻田里散发出的稻香老远就钻进他们的鼻子。"好久没闻过稻香了！"钟竹筠吸着稻香。

韩盈怕钟竹筠摔倒，挽着她的手。两人不知不觉走到稻田边。四周静悄悄的，只听见稻田外的水渠里传来"呱呱"的蛙声，那蛙声好像比赛似的，一浪高过一浪。两人走累了，坐在白天割下的稻草堆里。在皎洁的月光下，他们依偎着，吹着凉风，闻着稻香，听着蛙声。

"明月别枝惊鹊，清风半夜鸣蝉。稻花香里说丰年。"韩盈想起一首词，跟这天晚上的情形很吻合，不由自主念起来。"盈哥的文才就是好。我要是有你一半的才华就好了。"钟竹筠把头靠在韩盈的肩膀上。

"这是南宋词人辛弃疾写的《西江月》，不是我写的。"

"盈哥，你也写一首词吧。"

"不写词。我在学写歌谣。我们都要在农村中做宣传工作，要用农民听得懂的语言写东西。诗词文绉绉的，农民听不懂。"

"嗯。你的好朋友阮啸仙先生给我们讲《怎样做农民运动》。他说，'做运动的人都要自己处于农民地位做宣传的态度，是为阶级意义与利益相同之故……'听他们讲开展农运的经验，非常受益。"

"筠妹，这些都是经验之谈，学了可以少走很多弯路。"

"盈哥，现在我们在志忞塘村跟九叔割稻，干农活，也是走近'民心'的土方法。我把这几天了解到的情况都记录下来了。我设想以志忞塘村作为试点，把农民组织起来。"

"你把所学的东西跟实践相结合，非常好。《孙子兵法》里说，'知己知彼，百战不殆。不知彼而知己，一胜一负；不知彼，不知己，每战必殆。'所以，我们继续做调研，了解清楚农民的思想、生活、经济等方面状况。还有，当地民团、地主等反动势力的情况，我们也都要了解清楚，再采取恰当的方法开展革命活动。"

钟竹筠仰望天空，月亮不知什么时候躲起来了，星星跑出来，在漆黑的夜空中闪闪发亮。萤火虫在飞来飞去。"天色不早了，我们回去睡觉吧！"韩盈轻轻把钟竹筠拉起来，拥着她往村子里走。

四

民团来了，挨家挨户抽收。各家要老实报数，如有瞒报，一旦查出，轻则加倍罚，重则挨打，关进牢房。几个民团来到九叔的家，一个账房先生模样的人，笔夹在耳后，手拿算盘和本子，问道："钟狗仔，你家稻谷有多少担？"

"六担。"九叔数了又数才说。"这么少？有没有讲假话？敢瞒报，扒你皮！"民团凶神恶煞地说。过来帮九叔干活的阿莲见他咬着嘴唇，知道他心里肯定窝火，怕他顶撞民团惹事，便说："不敢！"

"一担谷抽四升，六担谷抽二十四升。"账房先生"噼里啪啦"打着算盘。那几个民团立即动手，在谷堆里抽了二十四升。每抽一升都满得鼓起来像座小山。

"你们不能这样抽！"钟竹筠刚好看到这一幕，忍不住说。"你是谁？"一个团丁走到钟竹筠面前。"我侄女，来帮我割稻。"九叔怕钟竹筠吃亏，忙走到团丁和她之间。"老子做事很公正，不用你来多嘴！"团丁指着钟竹筠说，趾高气扬。

团丁走后，钟竹筠还是愤愤不平。"筠妹，先忍忍，总有一天会收拾他们！"在一旁的韩盈安慰她。"盈哥，你胆子怎么也变得这么小了？"钟竹筠余怒未消。"这不是胆子大还是小的问题，要讲策略，讲时机。"韩盈拉钟竹筠到一旁悄声说，"你忘记了，当前的形势，还有我们现在的身份，只能是秘密工作，不能同他们公开对着干，更不能暴露目标！"

钟竹筠恍然大悟。她走到九叔面前，安慰他，又问些关于民团抽收税等问题。在一旁的阿莲抢先说："年年都是这样抽，我们敢怒不敢言。"

"这些民团贪得无厌，蚊子飞过都要揸一条腿，牛拉屎也要抓一把。每月每头牛要交税银二毫到八毫。宰一头猪要抽税银一毫到二毫。担东西到圩卖，每担要抽二仙至二毫。干什么都要抽收。我看过两天，人拉屎拉尿都要抽税了！这班契弟，真是吸人血，吃人命！"九叔越讲越气愤。

"剩下的稻谷还不够交租给地主，这日子怎么过啊！"婶婆坐在地上，捂脸哭起来，哭声凄惨。九叔抓起地上的锄头，对着苦楝树猛打一通，发泄怒气。

又是一个月朗星稀的晚上，九叔带邻居阿宝来钟竹筠的旧屋坐，叫钟竹筠和韩盈再讲其他地方农民运动的故事。钟竹筠把在农讲所听到的农运经验、教训都讲给他们听。看见二人听得十分认真，也颇感兴趣，她联想起前几天九叔的胆怯，故意问："地主和民团手里有枪，怕不怕？"

九叔坚定地说："不怕！秀贞说得对，地主恶霸吃人不吐骨头，不是农民退让就有活路，要组织起来跟他们斗争才有出路。今天的情况你们都看到了，我不是饿死，也会被他们打死。我要活命！谁给我田地种，给我口饭吃，我就跟着谁干！你们把我们组织起来吧！"

"好！"钟竹筠和韩盈紧握九叔和阿宝的手，告诉他们以后怎么样做。九叔和阿宝表示会跟农民讲花县农民运动的故事。韩盈再三叮嘱他们要做好保密工作！不可公开活动。

五

"轰隆隆",一阵雷声滚过,发出骇人的响声。钟竹筠和韩盈被雷声炸醒了,赶紧起床。钟竹筠看了手表,是凌晨一点钟。

"噼里啪啦"一道闪电像发光的长鞭子在抽打,撕开黑色的夜幕。雷电合谋,你抽我炸,电光闪闪,雷声滚滚,炸得人心惶惶。紧接着,风声雨声大作。那风起码是十二级以上的狂风,把地面的沙石卷得沙沙作响;那雨是又急又猛的骤雨,像把大盆的雨水从天上倒下来。

"糟糕,台风来了!"钟竹筠说,"幸好九叔家的稻谷收割了,那些还没有收割的人家可就惨了!还有甘蔗、林木……肯定都遭殃。"韩盈也叹息:"唉,人祸未停,天灾又来!农民真苦!"他们都出生于雷州半岛,对台风非常熟悉。雷州半岛多雷多台风,每年都会刮好多次台风。台风过处,破坏极大。

这场台风一直打到天亮才停歇。外面有哭喊声,传进屋里,钟竹筠打开门,看到有人往田地方向跑。她和韩盈走出门,看到地上树枝树叶杂物一堆堆。好多茅草屋的茅草被台风卷走了,有的泥土墙也被台风推倒了。钟竹筠家有一间茅草屋也没能幸免。

九叔去田地,钟竹筠和韩盈跟着他走。庄稼地里哀鸿遍野。甘蔗、瓜棚等都被打倒。没收割的水稻,全部被台风吹倒在水中。阿莲见状,跳进田里,跪在被台风吹倒的水稻边,把浸在水中的水稻抱在怀中,呼天抢地,涕泪横流:"老天爷啊!你这天杀的老天爷!你怎么不长眼睛?你叫我们怎么活?!"钟竹筠看到这惨状,眼泪吧嗒吧嗒地流。

九叔对阿莲说:"别哭了,能救多少是多少吧!"说着,他也跳进"水田"中,用水盆把里面的水泼往田外。钟竹筠和韩盈也跳下"水田"里,没有工具,他们徒手戽水。然后,大家把倒下的水稻捞起放到田埂上。稻穗上的稻谷被台风刮掉了,没剩下多少。阿莲和孩子边抽泣边捡田里的谷粒。

六

地主钟定贵一大早派家丁来阿莲家收租。这真是屋漏偏逢连夜雨。"我家的庄稼全部被台风打掉了,什么都没有了!我没办法交租,到年底再一起交吧!求求你们了!"阿莲跪下央求。

"不行,一定要年中交一部分!这是当初说好的。"家丁毫无商量余地。他看见阿莲的女儿小美长得漂亮、乖巧,要拉她去他家当婢女做抵押。小美不肯,躲在妈妈的怀里发抖,好像被猎人瞄准的小鸟一样害怕。

"她才6岁,太小了,不行啊!"阿莲把小美抱得紧紧的。家丁动手,把小美从阿莲怀里扯过来。阿莲死死拉着女儿的手不肯放。小美被两个大人拉扯,哭喊声凄厉。很多村民围观,但是没有人敢出面制止。钟竹筠和韩盈听到凄厉的哭喊声,也过来看是怎么回事。阿莲见到她,像跌落水的人见到救命的稻草,跑到她跟前喊"救命"。

"住手!你们不能这样欺负人!"钟竹筠喝道。"你是谁?"家丁指着她的鼻子说,"你嫌命长了?敢多管闲事!"

"我是这个村子的村民。"钟竹筠说,"欺负人的事就是要管!"

"欠债还钱,杀人偿命。她欠我们的钱就得还!"家丁指着阿莲骂。"阿莲婶,这是怎么回事?讲起我听。"钟竹筠说。

听了阿莲的讲述后,钟竹筠怒火胸中烧。韩盈赶紧拉她的手,小声说:"不要冲动!"钟竹筠压住怒火,用商量的口气对家丁说:"她家损失惨重,家里没有男人,孤儿寡母,怪可怜的,你们是大户人家,大家又是乡里乡亲的,你们就宽容一下,到年底再交吧?"

"是啊。"围观的村民附和钟竹筠,"她家有损失,我家也有损失!不还债,就用女儿抵债!"家丁说着又要去拉小美。阿莲死死抱住女儿。"太霸道了!"钟竹筠问家丁,"契约规定是年中交吗?"

"什么契约?老子的话就是契约!"家丁露出无赖的嘴脸。"没有契约,口说无凭,你凭什么说阿莲欠你的债?"钟竹筠厉声道。"欺人太甚,拿出证据!"韩盈也不怕暴露身份了,"要不我们就告你诬陷!"

九叔拿出一把锄头在家丁面前顿一顿，一手叉腰，一手伸向家丁："拿出契约来！"阿宝拿出两把镰刀，挥舞着，发出寒光。有好些农民也围上来。钟竹筠高喊："打倒恶霸地主！"其他人也跟着高呼。这些平时被压迫的农民，终于把压抑的怒火喷出来。他们把家丁围起来，挥舞着拳头。

"你们等着瞧！"家丁从没有见过这种场面，吓得抱头鼠窜，回去向钟定贵报告。"反了！这些吃番薯叶，拉番薯屎的泥腿子造反了！这还得了！"正躺在烟床上抽大麻的钟定贵跃起，用烟枪狠狠地敲着枪床，"马上去民团局，叫钟局长把他们抓起来！我要杀鸡儆猴！"

钟定贵带家丁到区民团局，添油加醋把事情描述一番。钟局长问："秀贞和韦哥是什么人？立即查一下他们的底细！"查到的结果，让钟局、钟定贵们大吃一惊。原来韦哥就是从遂溪城逃出去的韩盈！

"马上去把他们抓起来，重重有赏！就是铲平志忈塘村也要把他们揪出来！"钟局长亲自带领民团兵，加上钟定贵的家丁，每人佩带枪支前去抓人。

在夜色中，他们把钟竹筠的旧屋包围起来。"呼！"团兵踢开屋门，不见人。他们找遍了整个屋子都空无一人。"奶奶的！跑到哪里去了？是谁通风报信了？"钟局长高举手枪，咆哮道。他们搜遍全村也是一无所获，只好骂骂咧咧地收队。

探看情况的阿莲赶快跑到田地里，在禾草堆找钟竹筠和韩盈，十分敬佩地说："秀贞真是诸葛亮再世，料到钟定贵会来抓人。他们走了，你们快回家睡觉吧！"

钟竹筠说："这些人很狡猾，不会轻易放过我们的，说不定就埋伏在村子里。"韩盈认为她分析得对，"秀贞，我们今晚就得离开志忈塘村！"随后赶来的九叔和阿宝叫他们不要回村子收拾东西。九叔说："我和阿宝回去帮你们把东西拿出来，你们就在禾草堆躲，不要出来。阿莲，你继续探看情况。"

过了大概一个时辰，九叔和阿宝来到禾草堆，说有人在钟竹筠旧屋伏击，他们好不容易才拿到东西出来。"事不宜迟，阿宝，你送秀贞姐去遂溪城。九叔，你送我去乐民。"韩盈立即做出安排。

月色下，钟竹筠拉着韩盈的手，依依惜别："韦哥，这一别不知什么时候才能见面！"又叮嘱阿宝和九叔，"我们走后，你们把农民组织起来，巧妙地跟地主做斗争。"韩盈说："大家都保重！"

九叔坚定地说："秀贞，你和韦哥在忐忑塘村播下的火种，我们不会熄灭！"

第十四章　乐民的翠琅玕

一

当晚,九叔连夜护送韩盈去乐民。乐民西临北部湾,南近江洪,东邻河头。他们怕有埋伏,不敢走大路,专抄小路、偏僻路,靠双腿走。这天晚上没有月亮,九叔不敢点燃煤油灯,借助微弱的星光,凭着感觉走。天亮的时候,他们才到达乐民圩,又问了几个人才找到敦文村。

韩盈听黄学增讲过黄尾,说他是一个有觉悟、靠得住的群众,去乐民可找他。在九叔的帮助下,韩盈找到黄尾,在他家暂时住下来,秘密开展工作。九叔回去杨柑。

得知韩盈在敦文村,黄广渊赶紧过来找他。黄广渊是乐民海山村人,第三届广州农民运动讲习所结业后,任国民党中央农民部农民运动特派员,被团广东区委派回雷州地区工作,刚刚回到遂溪。

"韩盈兄,我们又见面了。"黄广渊紧握韩盈的手。"是呀,转眼快一年了。"见到黄广渊,韩盈也很高兴。他接受黄广渊的建议来到海山村。这里离敦文村不远,只有三公里左右,是临北部湾西海岸的一条渔家村寨。

两人走到海边,看见海上有渔船正在捕鱼,几只鸥鸟飞近渔船,在船的上空盘旋,"欧欧"欢叫。韩盈边走边注视那几只鸥鸟,看它们盘旋、欢叫,然后奋力振翅,向更高更远处飞去,消失在茫茫的大海中。

在鸥鸟的欢叫声中,他们走进海山村里。村中到处有又白又细的海沙,韩盈闻到一股股海腥味。黄广渊的家有几间草房子，前方有一个天井，院子用竹篱围起来。院落的左边种一棵波罗蜜树，右边有一棵高高的椰子树。一条大黄狗趴在波罗蜜树下，一见到黄广渊便跑上去亲热地舔他，望见韩盈就狂吠。"阿黄，自己人！"黄广渊的话起作用了，阿黄不吠了，疑惑地望韩盈几眼。

"阿渊回来了！"一个中年妇女从屋里奔出来，欢喜地叫着黄广渊的名字。

"妈，这是韩盈同志！韩盈兄，这是我妈。村里的人叫她凌婶。"

"凌婶好！"韩盈伸出双手想跟她握手，她却缩回手，用上衣擦干净，然后再握住他的手说："韩同志好！我早就听阿渊讲过你。你就在我家住下来。"

"凌婶就叫我阿盈吧。我和广渊同年，辛丑年生，属牛。"

"好，阿盈！"黄凌氏说，"你和阿渊聊，我去做饭给你们吃。走了这么远的路，饿坏了。"

韩盈暂时住在黄广渊的家，了解了他家的基本情况。黄广渊的妈妈是河头水妥村人，姓凌，生有儿子三个，黄广渊、黄仲义、黄广荣。丈夫因交不起租被地主毒打，卧床不起，不久便去世了，她独自把三个儿子拉扯大，供他们读书。

二

天黑了，村里一片寂静，只是偶尔听到几声狗吠声。为了省灯油，村民总是早早熄灯睡觉。韩盈想观察一下夜色中的海山村，加上天气太热，便提议出去走走。黄广渊也有此想法，就递给韩盈一把大葵扇，提着煤油灯出来。

两人很快走遍了全村。黄广渊带韩盈走到村子旁边的海滩上。两人脚踩海沙，面朝大海。月色朦胧，海风轻柔，海波微荡。黄广渊熄灭煤油灯，一屁股坐在海沙上，解下木屐放在身旁；韩盈则解下木屐垫在屁股下坐，双脚伸进海沙里。两人商量今后怎么秘密开展工作。

"乐民有光荣的斗争史，明朝时朱元璋为防御海盗，建起乐民千户防御所城，乐民人抗御海盗的事迹很英勇。"韩盈摇着大葵扇说，"我一直说乐民的群众基础好。"黄广渊说："但反动势力也很强大，当年我和雷州青年同志社的一些同志就是被诬陷，才逃离家乡。也是因为这个原因，同志社停止在雷州地区的活动。"

两人坐久了，站起来在海滩上走。韩盈望望天空，月亮越来越下沉，刚才如银的月光越来越暗淡，大海和天空都是黑漆漆的。韩盈看见黑黝黝的海上，有一艘渔船。月光照在船上，也照在打鱼人的身上。他问："是海山村民吗？除了打鱼，海山村民主要靠什么生活？"

黄广渊说："是的，渔民在照鱼。村里的人，有些以耕海为生，有些靠耕田种地，有些两者兼顾。还有的人有田有地有船，啥都不干，专门收租，靠剥削人过日子。周围渔村的百姓都很穷，他们没有田地，也没有船。靠帮地主种田，或是帮渔船老板做工，连夜晚也要出来照鱼。他们捕的鱼都要交给渔霸。就是这样，他们还是穷得叮当响。"

韩盈感慨道："不只是乐民的百姓穷啊，遂溪乃至整个南路的老百姓都穷。越是穷的地方，老百姓就越朴素，要求闹革命的愿望就越强烈。就像当年学增兄在乐民宣传马克思主义，组织雷州青年同志社。我想，只要我们组织发动好，就能在乐民顺利开展革命活动。"

"有道理。我记得1922年，学增兄放暑假回到乐民敦文村。他找了我，还有黄宗寿、薛文藻等人，有时候在敦文村，有时候在乐民城等，他给我们讲俄国十月革命、马克思主义、共产主义思想，讲五四运动，还有广州青年学生的革命活动等，我们听了很新奇、很兴奋，也想着去革命。他提出组织雷州青年同志社，把雷州地区的进步青年团结起来，跟封建主义、地主劣绅、带枪老爷做斗争。我们被压迫怕了，早就想造反。学增兄一发出号召，我们个个心潮澎湃，同意成立雷州青年同志社。我们秘密串联了乐民一带要求进步的青年参加，由学增兄主持，在敦文村成立了雷州青年同志社。成立之后，学增兄马上组织我们秘密开展革命活动。"回忆起往事，黄广渊感慨万千。

"雷州青年同志社培养了很多革命人才。像你就是从这里走向省城。"韩盈说。

"我们同志社最痛恨的就是陈可广这鸟人。他是第六区区长，也是民团团总。这鸟人啥坏事都做得出来。我们联名向驻防军司令部控告他，司令部开始不理睬，我们就不断到司令部抗议。逼于我们的压力，司令部没办法才把他抓起来。这鸟人花了不少银子，动了不少关系，被保释出来了。他对我们恨之入骨，诬告我们串通土匪，发出通缉令，要抓我们坐牢。我们有家归不得，没办法再在乐民生活了。后来，我和一些同志跟学增兄转移到广州等地，边读书边继续开展革命活动。我和你，就是在广州长塘街一起参加雷州青年同志的活动时认识的吧？"

"是的。"韩盈说，"广渊兄，我们再举起雷州青年同志的旗帜，恢复在雷州地区的活动，如何？"黄广渊激动地说："好啊，我赞成！"

海风比刚才大起来，吹得他们的衣服"哗哗"响，在夜间照鱼的那些渔船都不见踪影了。韩盈抬头望天空，月亮冲破云层的阻碍，明晃晃的挂在黑蓝色的天空，像瀑布一样泻下来的月光，照在海面上，银光闪闪。

他们也聊起钟竹筠。韩盈常挂念她及肚子的孩子。黄广渊说他弟弟广荣明天上遂溪城办事，让他去问问。黄广荣是雷州青年同志社的积极分子，忠实可靠。

韩盈写了一封信让黄广荣交给遂溪城怡兴药店的郑老板。信的内容很简单：竹当归？萤。韩盈还交代："顺便问问郑老板有没有我的东西。"他留给别人的通信地址就是怡兴药店。

第三天，黄广荣回到乐民，带回一封信。韩盈拆开看，信只有几个字：当归未归。竹安。是钟竹筠的笔迹。

三

太阳还没出来，黄广渊和小弟黄广荣以及妈妈很早就起床，要去赶海。黄广渊虽是特派员，但工资很低。除了养家糊口，他经常接济一些同志。上面派来的同志，往往会到他家落脚。他家成了联络点。所以，他们一家常常去赶海，抓鱼摸虾，帮补一下家用。

韩盈也要求去赶海。他想接近渔民，了解他们的生活，做一些宣传工作，物色并发动进步青年加入组织。不赶海时，他和黄广渊就去乐民的一些村庄做调研和宣传。有时，他们晚上也在海边劳作。当地渔民在海里养虾，用拦网、竹柱、虾笼等排成虾灯，围成虾塘。到了傍晚，渔民把虾灯点燃，发出光亮。黑夜中的虾们见到发光的虾灯，纷纷涌上去。韩盈也跟渔民用这种方式捕捉过海虾。

每次赶海归来，大家都很疲倦，黄广渊坐在网床上抽水烟筒，然后递给韩盈，叫他也抽几口提提神。当地男人有抽水烟筒的习惯，几乎每户人家都有一根水烟筒。烟瘾大的人，水烟筒不离手，走到哪带到哪。

韩盈不会抽烟，也不喝酒。他去渔民家做宣传工作，对方在抽烟，还问韩盈抽不抽烟。他摇头，说不会抽。渔民便说，等你学会抽水烟了再跟我说话。这事对他触动很大。以前也有人叫他学抽烟，但是他拒绝了。他闻到烟味就过敏，打喷嚏。现在他必须学会抽烟。韩盈叫黄广渊教他学抽水烟筒。学会抽水烟筒后，每次到渔民家里，韩盈都能熟练地抽上几口。渔民很高兴，把他当自己人，也乐意跟他说话。

又是一个月夜。韩盈和黄广渊耕海回来，帮凌婶做鱼露。月光下，他们用从北部湾捕捞上来的鱼虾蟹，做鱼露。鱼露是当地的特产，乐民和江洪一带的人都特别爱吃鱼露。他们不但自己吃，还拿去圩里卖，换点钱买生活必需品。鱼露基本上有两种，一种是用小鱼小虾做，呈琥珀色；另一种是用青鳞鱼做，带有咸味和腥味。最普遍的是第一种，最贵的是第二种，营养丰富，当地人叫作"鱼鲐"。不管哪种都要经过腌制、发酵、熬炼等工序。黄凌氏说韩盈没有吃过青鳞鱼做的鱼露，特意去捕了青鳞鱼回来做。她把洗干净的青鳞鱼放进瓷瓶里，用生盐腌，盖上瓶口密封好，然后深埋，让它长时间发酵。

韩盈和黄广渊商量决定，恢复雷州青年同志在乐民的活动。他们以雷州青年同志社的名义秘密召集会议，乐民一带有120名青年参加。黄广渊主持大会。

韩盈回顾雷州青年同志社在乐民及在广州的活动，指出它的意义，以及恢复雷州青年同志社在乐民活动的必要性。大会选出雷州青年同志社的领导班子，韩盈和黄广渊分别被推选为正副主任。

雷州青年同志社恢复活动了，以青年为主，有些还是十多岁的少年。社员的积极性比较高，可是没有一个比较大又安全的地方供大家活动，很不方便。韩盈跟黄广渊商量后，决定建一座房子作为社址供社员活动交流。两人说干就干，马上去选地方，选中了海山村旁的轭曲塘。这里有一口雨水积蓄的水塘，塘后面有茂密的树林，旁边有灌木丛。传说轭曲塘淹死过人，闹鬼。所以，平时村里人很少来这里,很幽静。

韩盈和黄广渊带头捐了建房子的钱,其他社员每人捐两毫钱,买了必须的建筑材料。为了省钱,大家割茅草,去稻田拾割下的稻禾,用来铺屋顶。不久,几间茅草房建成了。像当地普通村民房屋布局一样,进来便见一个院子。院子后有前后两排房。后一排三间房一字摆开,中间是客厅,左右各一间卧室。前排有两间房,左边是杂物间,右边是厨房,中间空着做通道。

韩盈还特意种翠竹,把院子围起来,成了竹园。社员又自己动手,到树林里砍树木,做了两张床,几张长方形的桌子,十几张高矮不一的凳子。还用红泥土打了灶台,方便路远的社员在这里煮饭吃。手巧的黄凌氏亲自织了几张草席子,人多的时候可以坐。为了不被人怀疑,对外宣称是黄广渊家新建的房子。黄广渊和韩盈都搬来这里住。韩盈住的房间床下有一个地洞,通往树林,一遇不测可以从这里逃生。

韩盈把这里叫作社员之家、翠琅玕。翠琅玕就是翠竹之意,来自宋代诗人杨万里的诗句:"秋声偷入翠琅玕,叶叶竿竿玉韵寒。"他每天都看见翠竹,仿佛竹筠妹就在身边与他并肩作战。

韩盈和黄广渊制定出《雷州青年同志社规章制度》和培训社员计划,利用晚上给社员上课。他们把社员按村庄远近分成几个大组,大组再分为几个小组,指定大组组长。每个大组每个月集中在翠琅玕开会两次。

"我们要到其他乡村开展宣传发动活动,秘密发展更多会员,各区可以搞成雷州青年同志社分会,也尽快建立农民协会和农军。广渊兄,你读过农讲所,这块由你主抓。另外,晚上不定期在社员之家交流,学习马克思主义理论和先进的革命思想,以提高社员的理论水平,思想意识。这一块由我主抓,我们轮流给社员讲课,如何?"

"很好!我在农讲所学的东西可以派上用场了。"

"还有,"韩盈说,"要安排时间到林子里练练枪。"

"行,我把家里的枪都拿出来!"

首先由韩盈给社员来讲课。他讲《国家的命运与青年的使命》《中国农民状况与广东农民运动》。雷州青年同志的社员都是乡村青年,大部分人没有读过书，文化水平普遍不是很高，他用通俗易懂的语言讲课，把深刻的革命道理融在具体的故事中，通过生动的故事让他们参悟。这些乡村青年中，部分人听说过俄国革命跟五四青年运动，部分人是第一次听。韩盈的课令他们热情满腔。他们听了课，回去做宣传，吸引了更多追求进步的青年，要求加入同志社。

五

虽然雷州青年同志社在中国国民党中央执行委员会备案，是合法社团，但是土豪劣绅、军阀、土匪等反动势力才不管你合不合法，凡是有损于他们利益的，统统要摧毁。所以，韩盈、黄广渊叮嘱社员要小心谨慎。每次在翠琅玕学习，大家先是唱一下雷歌，或是《少年先锋歌》等作掩护。然后，再开始上课。而黄凌氏则在翠竹下，一边织网，一边放风。大黄狗就趴在她脚下，陪她织网，一遇到不测，她就暗示阿黄去报信。

民团局收到举报，说黄广渊在轭曲塘聚众闹事，就立即派人去抓人。坐在门口翠竹下的黄凌氏眼尖，叫一声"阿黄"。它立即跑进去，"汪汪"轻声叫。韩盈、黄广渊立即停住学习，社员马上换上服装，扮演不同的角色。有的人在院子中在打鼓，有的人随鼓声舞狮子；有的在客厅唱雷歌。

韩盈看见一伙人气势汹汹地冲进来，领头的正是区队长。此人生得又矮又瘦，五官都捏成一团，真是做人嫌小，做鼻子嫌大。他一见黄广渊，就指着他的鼻子说："又是你！有人告你聚众闹事，本队长特来检查。"

"区队长你尽管检查，看我们是闹事还是有人诬告！还我们清白！"黄广渊说，"请！"区队长一伙人，每个角落都仔细看一遍，盘问每个人叫什么名字，哪条村的。

区会长没见过韩盈，觉得很可疑，走到他前面，又走到他后面，像猎人看猎物一样盯着他看，厉声问道："你是谁？干什么的？"

韩盈举起狮子头舞几下，说："我是教舞狮子的师傅。"

区队长还是盯着韩盈，用怀疑的目光看他："舞狮子的？"他指着黄广渊说，"你和他舞一段给我们看。"韩盈和黄广渊，分别舞狮子头和狮子尾，配合默契，舞得像模像样。在遂溪县乃至整个雷州半岛，自古以来每个地方都舞狮子，有不少狮子班，当然有教舞狮子的师傅。韩盈的家乡南门圩每年春节后都做年例，其中有一个传统节目就是舞狮子，大人小孩都跟着游行，他也学会舞两下。

区队长见抓不住什么把柄，韩盈又会讲雷州话，肤色跟当地渔民没什么两样，故意对他们挑剔一下，然后向唱雷歌的那两个人走去。

"无缘无故说我犯王法，没有想到遭受刑罚。大叫一声'冤枉啊'惊天动地。顷刻间我的游魂就会到那阎罗殿，怎么不把天地呀深深埋怨！"

"行善的受贫穷又命短，作恶的享富贵又寿延。天地呀，你做事这样怕硬欺软，却原来也不过是这般趋炎附势顺水推船！地呀，你不分好坏算什么地！天呀，你错误地判断好人坏人白做天！哎，只落得我两眼泪水涟涟。"

区队长一听那唱词便皱起眉头说："唱什么苦呀，冤的！写这样的东西，你们吃饱闲得没事做了？"

韩盈说："这是元朝著名剧作家关汉卿写的《窦娥冤》，不是我们写的。元朝官府黑暗，制造很多冤假错案，老百姓生活在水深火热中。剧里写一个叫作窦娥的女子被冤枉杀人，官府黑暗判她死刑。她死之前立下三个誓愿：血溅白练、六月飞雪、亢旱三年。后来这三桩誓愿都一一兑现了。窦娥的冤案终于得以平反，奸人受惩罚。中国的农民自古受压迫，很苦，有苦当然就要呻吟，要反抗！"

"反抗？敢跟官府作对！那个关什么卿的，是哪个村子的？我把他抓起来！"

"他是古代人，"韩盈说，"你找不到他。"

为掩饰自己的无知，区队长故意把声音提高八度："他妈的，这就死了！你们要唱就唱哥呀妹呀，情呀爱呀。"

"区队长喜欢听情歌，我们也希望世道太平，常常听到快乐无忧愁的情歌！"韩盈一语双关。

区队长见唱雷歌的姑娘年轻又漂亮，在她的脸上捏一把，淫笑道："我喜欢听西门庆跟潘金莲偷情那段，嘿嘿，你唱给我听。"那姑娘扭过头厌恶地说：

"我不会！"区队长顿觉失面子，又不死心，涎着脸说，"你去民团局，我教你！"

黄广渊见此，肺都气炸了，想上去揍他。韩盈怕他冲动，忙用身子挡住他，对区队长说："这姑娘才16岁，不懂事，区队长不要跟她一般见识。区队长喜欢听偷情，自然有人唱给你听。区队长还要检查什么？我们继续配合你！"

区队长找不出什么不轨的行为，又碍于面子，批评了一下黄广渊，说找这么多人来家里，影响周围的群众，有群众举报，他们例行公事来查看。黄广渊暗笑，这周围都是树林，哪里影响到群众了？但嘴里却说："区队长放心，我们绝对不会伤害群众！"

黄广渊去遂溪城办事，带回一封信给韩盈。信里写着：当归北归竹。又是钟竹筠的笔迹。韩盈知道她北上广州上学了。

直到国民革命军光复雷州半岛，韩盈才知道，钟竹筠住在郑舅父家时，在附近村庄做调研，秘密指导农民工作。当然这是后话了。

第十五章　雷鸣半岛

一

1925年9月，成立才两个多月的国民政府决定，再次举行东征驱逐军阀陈炯明势力，南下讨伐反动军阀邓本殷，以实现广东全省的统一，巩固国民政府。邓本殷是段祺瑞安置在广东的"铁钉"，盘踞在雷州半岛和琼崖。邓本殷与返回东江的陈炯明，东、西遥相呼应，严重威胁广东国民政府，以及广东革命根据地的统一。

为了配合南讨的国民政府军，南路政治宣传委员会派遣薛文藻回雷州半岛，主要任务是秘密打探邓本殷军情以及开展兵运工作。薛文藻是遂溪人，黄埔军校毕业，中国共产党党员。在薛文藻之前，从广州农民运动讲习所毕业的陈均达、黄杰、苏天春等人，被国民党中央农民部委任为农民运动特派员，回到雷州半岛开展革命活动。

这些人回到雷州半岛，汇集在遂溪，负责不同方面的革命工作，韩盈很高兴，也有隐隐的担忧。因为这个时期，除了反动军阀邓本殷的黑暗统治，还有法帝国主义爪牙陈学淡勾结反动势力，疯狂拘捕革命同志。因此，革命同志只能小心翼翼地秘密进行活动。

回到雷州半岛之后，薛文藻无法进入军中活动。与韩盈取得联系后，通过各种关系，终于找到黄昌亭、陈炳森等人，做其思想工作，由他们潜入邓本殷属下的蔡春霖部队。里应外合，暗中进行策反活动。

二

时令已是初秋，雷州半岛的天气还是热。田里的水稻熟了，黄澄澄的一片。甘蔗成林成海，长得比人还高。看着熟悉的景物，黄学增内心涌起亲切感。他受中共广东区委派遣，悄悄回到阔别已久的雷州半岛。他这次回来肩负重任，所以一回到遂溪，他不敢先回敦文村。尽管他很想念亲人。

他常年在外从事革命工作，妻子苏莲守在敦文村。她是没有文化的农村妇女，尽管他和苏莲没有共同语言，尽管她没为他生下一儿半女，黄学增念着她的忠诚和不易，很尊重她，拒绝外面的美色诱惑，心中始终只有这个女人，坚守婚姻。

黄学增先去海山村黄广渊的家，见到黄广渊和韩盈。革命同志相见，分外高兴。

黄学增打量着韩盈。他本是一个翩翩少年，白净，充满书生气，特别注意自己的形象，在广州时总是把头发梳得纹丝不乱，穿得整整齐齐。而现在，他的穿着打扮完全像当地的乡民，短衫、短裤又宽又皱，白净的脸变得又黑又瘦，眼眶深陷，黑眼圈、眼袋都跑出来了，胡子拉碴，好多天都没有刮过了。不变的是，棱角分明的嘴唇依然透出一股坚毅，黑白分明的眼睛还是闪烁着聪睿的亮光。黄广渊虽然比以前瘦多了，可精神还是那么抖擞，仿佛有使不完的劲。

"学增兄，你也瘦多了，但是精神非常好，像一架战斗机。"韩盈也端详着黄学增，颇有惺惺相惜的滋味。

"学增侬，你回来了，好久不见了。见到你，真欢喜！"黄凌氏一见黄学增就像见到自己的孩子一样，拉着他的手，高兴地说着。"凌婶，见到您，我也好欢喜！"黄学增握着黄凌氏的手说。

黄学增提出去轭曲塘的翠琅轩看看。这里离黄广渊的家不远。怕被人发现，韩盈拿出一顶竹笠给黄学增戴着，叫黄广荣和黄小莲跟在他们后面，家里那条大黄狗也跟着出来。

三人看看后面没有可疑的人，便进了翠琅轩，关上门。黄广荣爬上茅草屋旁边的大树，注视着路口。小莲则在屋外的灌木丛中摘蛤蒌叶，不时观看周围的情况。这里长了很多蛤蒌叶，碧绿青翠，还发出阵阵香味。她今天摘蛤蒌叶，等会给黄凌氏做蛤蝼饭招待客人，真是一举多得。

韩盈住在翠琅玕的茅草屋，三人围着木桌子坐下。这张木桌子既是饭桌，也是书桌。韩盈向黄学增讲雷州青年同志社恢复以来的工作，以及在雷州地区筹备党团组织的情况。

"韩盈同志，你这头'拓荒牛'开拓得好！遂溪的革命活动，尤其是农民运动在你和广渊同志的领导下开展得有声有色。今年5月你还羡慕海陆丰、花县、广宁等地方的农民运动开展得好，现在我们雷州地区的也搞得不错了。"黄学增说，"你创建中共地方党组织的事，省区委领导很重视，特意派我回来指导。"

韩盈很激动："学增兄刚刚在宝安县建了党支部，担任书记，你要多给我们传经送宝啊。"

黄学增说："宝安县那边的情况也很复杂的，建党工作很不容易。中国共产党成立只有四年，我们这些共产党员任重道远啊！"

自去年1月，国共两党合作以来，党员情况基本上有两种：跨党，既是共产党又是国民党；纯粹是共产党或国民党。他们三人的情况相同，都是跨党党员，先加入共产党，为方便工作再以个人身份加入国民党。但对外只能公开国民党的身份，共产党员的身份要保密。雷州半岛现在还处于军阀邓本殷统治下，无论是党组织还是农民运动，都只能秘密开展。

黄学增说话间不时用手抵住胃部。因为工作太忙，食宿不按时，他得了严重的胃病。见此，韩盈焦急地问："学增兄的胃病又发作了？"黄学增说："没事的，一会就好了。"

"希望能早点公开开展革命活动。"韩盈望着紧闭的大门说。

"快了，现在国民革命军已经南下讨伐邓本殷。等打败邓本殷，克复雷州半岛，统一广东，我们的革命活动就能公开了。"黄学增说。

三

黄广荣提了一个圆口的竹编箩筐向茅草屋走来，里面放着煮熟的花生，一大壶温开水。小莲见了，忙站起来，接过箩筐，说："我拿吃的进去给他们，你拿蛤蝼叶回去给凌婶做饭。"

"学增兄很久没吃过家乡的花生了，尝一尝。"韩盈抓一把小莲送进来的熟花生放到黄学增面前。黄学增拿起一颗花生，剥开壳，露出两粒不是很饱满的花生米，放进嘴里嚼起来说："家乡的味道就是好！广渊，是不是你家种的？"

"是，吃饭的人多，多种些东西填肚子。"黄广渊也剥开花生壳，把枣红的花生米扔进嘴里，"我妈煮花生的时候放一点盐，所以味道特别好。"黄学增问黄广渊种庄稼的田地是不是租的。黄广渊说是的。

"明白了。"黄学增说，"上个月，薛文藻、苏天春都被派遣回雷州地区了，他们都是我们的同志，加上你们两个，就有四名共产党员了。按照中共广东省区委的规定，三个人以上就可以成立党支部。目前最大的困难是什么？"韩盈和黄广渊对视一下，然后摇头说没有。其实，他们遇到的困难很多，如缺活动经费，去哪里搞活动、开会，都没有钱坐车，只能走路去。

一个秋风送爽、阳光明媚的日子，黄学增、韩盈、黄广渊、苏天春、薛文藻等共产党员在遂溪开会。在黄学增的指导下，韩盈创建了中国共产主义青年团雷州特别支部。简称"团雷州特支"，代号"雷枝"。韩盈为书记，主要成员有黄广渊、苏天春、薛文藻。负责领导雷州地区的革命斗争，主要是遂溪、海康两县。这个支部"特别"在于，由共产党员创建，主要成员都是共产党员，但以共青团的名义出现，直属共青团广东区委领导。

"祝贺您，韩盈同志！"黄学增紧握韩盈的手。

"谢谢您，学增同志！感谢您当年在雷州半岛播下的革命火种！请转告省区委领导，我会与同志们同心同德，不怕牺牲，不负使命，解救处在水深火热之中的雷州老百姓。我会带领同志们让革命的火焰在雷州半岛熊熊燃烧，让革命的风雷响遍半岛！"

"说得好！我会向省区委领导汇报。"黄学增转向黄广渊、苏天春、薛文藻，一一握着他们的手说，"雷枝成立了。你们要紧密团结在韩盈同志的领导下，秘密开展革命活动，让革命星火继续在半岛燎原，让革命的雷电响彻南路！"之后，黄学增又交代了一番关于党建和农运方面的工作，然后离开雷州半岛。

送别黄学增，韩盈久久回味他的话语，心潮澎湃。他想起，今年5月份在广州，领导派他回雷州半岛开展革命工作时的嘱托，他表示不负使命的承诺。经过几个月的努力，农运有了起色，如今创建了特别支部，成为本地区革命运动的领导核心和战斗堡垒。但是，革命征途千万里，创建"雷枝"只是一个新的起点，更高的山峰等待他去攀爬，更多的荆棘需要他去砍伐，也有更多的胜利在向他招手。想到这里，韩盈感觉肩上的责任更重了。

四

雷州青年同志社备过案，是合法组织。韩盈把它作为"雷枝"的外围组织开展活动，秘密组织了雷州青年同志好几个分社。光是乐民分社就吸收了社员110多人。颜卓等人组织了遂溪分社，黄雨农、黄仲琴等人组织了纪家分社。

与此同时，黄广渊按照韩盈的指派负责建立农民协会。经过一番筹备，首先在海山村成立了海山乡农民协会。这是遂溪县首个乡级农民协会。由黄宗赐任会长。随后，在乐民城、敦文村、调神、余村等四个乡村成立乡农会。韩盈很高兴，表扬黄广渊做得好。

青年们纷纷要求加入雷州青年同志社。社里的队伍壮大，革命活动更是活跃。他们深入乡村，走进渔港，做宣传工作，发动群众秘密参加农民协会。农民协会组织农民跟地主劣绅做斗争，为农民说话，撑腰。没加入农会或渔业工会的农民、渔民深受鼓舞，看到了团结的力量，要求韩盈和黄广渊也把他们组织起来，打倒土豪渔霸。他们在雷州青年同志社中培养、选拔各类人才，派到各县区乡，开展以农运为重点的革命工作。

看到雷州半岛的革命活动发展迅猛，韩盈颇为欣慰，对黄广渊说："现在我们已经有乡级的农民协会，可喜可贺。但地主、渔霸手里有枪，而我们没有武器。所以，我们光有乡协会是不够的，还要有枪，有武装队伍。我想成立农民自卫队，由你负责组织，广渊兄觉得如何？"

"遵命！我一定完成韩书记交给我的任务！"黄广渊严肃地说。

"好！"韩盈拍拍广渊的肩膀，接着说，"雷州半岛的治安很差，除了反动军阀、地主劣绅、渔霸等反动势力的欺压，还有土匪侵扰。国民军已经南下，很快打到雷州半岛，我们要成立县除暴安良会，配合南讨的国民军，维护地方治安，打土豪劣绅，遏制猖狂的土匪残害群众。广渊兄觉得谁当除暴安良负责人比较合适？"

"陈荣位！"黄广渊不假思索地说。

在广州参加雷州青年同志社的活动时，韩盈和陈荣位就认识了。陈荣位的父亲在敦文村开私塾，他和黄学增、黄斌一起在父亲开的私塾读书，成了同学。后来，陈荣位到省立第一中学求学，参加革命活动。

"陈荣位是一个不错的同志。"韩盈很高兴，对黄广渊说："就这么定了！成立农民自卫军的事，你尽快去落实。"

不久，黄广渊组织了农民自卫军。这是以海山村农民武装作为基础、五乡联合的武装预备队，共有七十多支枪，主要是驳壳枪、土制七九枪，还有土制的单响等。韩盈和黄广渊有时秘密组织农民武装在轭曲塘周围操练，练习开枪打战。黄凌氏的悟性特别高，进步神速，学会双手开枪。大家叫她"双枪婶"，她自称"双枪老太婆"。

遂溪县除暴安良会也在乐民成立了，负责人是陈荣位。他们采取统一指挥、村村联防、协力抗匪的方法，效果显著。

国民革命军光复雷州半岛后，各种革命活动从秘密转为公开，韩盈更是大张旗鼓开展革命运动，颇有排山倒海之势，雷霆万钧之力。

冬夜，韩盈又穿着钟竹筠给他编织的毛衣，思物睹人，如同爱人就在身边陪伴自己，倍感温暖。他在煤油下给"曾延""管东渠"汇报工作。"曾延"是团中央的代号，"管东渠"是共青团广东区委的代号。

韩盈撰写的《雷州青年同志社对雷州善后宣言》，高举孙中山的三民主义旗帜，指出南征的意义，提出十一点最低要求，如铲除贪官污吏劣绅土豪、废除苛捐杂税、整顿教育、提倡女权等。

五

渔民黄五原本有一条小渔船，因为借渔霸黄三有的钱，利滚利，还不起债，被黄三有拿渔船去抵债。黄三有是当地的渔霸、盐霸，欺压百姓，当地的渔民恨不得扒他的皮，吃他的肉。

黄五还是每天驶着这条船出海捕捞，但这时他已不是船主，而是雇船者，为黄三有打工。每天浪里来浪里去，不巧碰上暴风雨，打台风，就会船毁人亡，葬身鱼腹。黄五几次死里逃生。每天在鲨鱼嘴里觅食，在海龙王身边抢东西，他捕捞的东西还不够租金，一家人还是食不果腹，欠黄三有一屁股债，苦不堪言。

黄五有一个十六岁的女儿像深海里的一条美人鱼。黄三有见了，流出的口水几尺长，砸中脚指头浑不知。他抢走黄女。黄女已和邻村的陈哥定了亲，很快成亲。黄五死活不让女儿往火坑里跳，被他打个半死。黄妻想起有一次在乐民圩听韩盈做宣传，讲农民、渔民为什么苦的原因，动员他们团结起来，参加农民协会，与地主、渔霸做斗争，争取自己的利益，翻身做主人。

有苦无处申的黄妻像抓到救命的稻草，找到韩盈和黄广渊诉苦，请他们做主。两人马上带领何元余等革命骨干分子找黄三有论理。他自知理亏，但看见他们赤手空拳，又仗着自己是一方渔霸，背后有民团局撑腰，十分嚣张。韩盈历数他的罪行，条条击中要害。

陆续赶到的雷州青年同志社社员，围在黄三有的家，周围的群众也来了，纷纷控诉他勾结反动民团局以及盐务奸商，垄断盐价，欺行霸市，奸淫妇女，无恶不作。愤怒的群众高呼："打倒渔霸黄三有！"

黄三有虚汗直冒，虚张声势地说："你们这是以多欺少，我要告你们造谣！"

韩盈走上前责问："哪点是造谣？请一一指出来。"

"这……那……"黄三有哆嗦着说不出。

"你说不出吧？因为，我们刚才说的都是事实！"韩盈说。

黄妻见状，走上前指着黄三有的鼻子说："你这个淫棍！快把我女儿放回家！"

"把黄女放出来！"众人高呼。黄广渊冲进黄三有的家搜查，找到被关在地牢里的黄女，把她抱出来。黄妻一见被折磨得不成人样的女儿，扑到她身上大哭，然后扑向黄三有，怒不可遏地抓咬他。

"你这个禽兽！"

"打倒黄三有！宰了这契弟！"愤怒的群众又高呼着扑向黄三有，拳打脚踢。有的人专门踢他的裤裆之间，骂道："让你断子绝孙！让你风流快活！"

"饶命！"黄三有捂脑袋，捂裤裆，只恨爹娘生的手太少。家丁见势不敢再出手，有的偷偷跑出去搬救兵。再这样打下去肯定会出人命，韩盈忙叫大家住手，问他："黄三有，你可知罪？该怎么赔偿？"

"我知罪！我赔偿！"黄三有怂了，像一条癞皮狗，弓着身，捂着裤裆呻吟。

黄三有的家丁带领民团局的兵马来了，把韩盈、黄广渊和农协会员、同志社的社员团团包围起来，用枪对着他们。见此，黄三有马上从地上爬起来，从一个民团兵的手里拿过枪，指着韩盈的脑袋，嚣张道："我没罪，我不赔偿！看你能把我怎么样？"

"黄三有，你刚才当着这么多人的面承认自己有罪，同意赔偿，现在又信口雌黄！"韩盈毫无畏惧地推开他的枪，如雷嗔电怒，"你们都把枪放下！"在一旁的黄广渊冲也大声道："把枪放下！"

"通通把枪放下！"这时，黄荣福带领农民自卫军冲进来，用枪对准家丁和民团兵。双方枪对枪，怒目以视，剑拔弩张。韩盈趁黄三有不注意，以迅雷不及掩耳之势抢过他手里的枪，把他的双手扭向背后。"叫他们把枪放下！"韩盈用枪指着他的脑袋。黄三有吓得尿湿了裤子，哆嗦着说："别杀我！"转向家丁和民团兵说，"把……把枪放下！"家丁和民团兵见农民自卫军人数比自己多，只好把枪放下。

韩盈叫自卫军把黄三有带走，择日公审。他暗暗庆幸做了两手准备。在自己和黄广渊去黄三有家论理前，他叫黄荣福带领农军悄悄地埋伏在黄三有家周围，见机行事。

不久，韩盈、黄广渊、何元余等人组织渔民、群众，农会会员、渔业工会会员举犁头农旗、扛着渔叉等游行示威，大力宣传反捐抗税，高呼"打倒渔霸！"随后开宣判大会，历数黄三有的罪行，并惩办他。

第十六章　新生

一

广州农讲所被军阀占领后，直到6月底才由粤军第一师第一旅收回。回到农讲所，钟竹筠觉得比以前显得空荡，因为器物校具被军阀抢劫掠空了，所里还来不及全部购置。7月1日恢复上课，回来的学员只有50多人。路途遥远的学员赶不回来，有的还在指导当地的农民运动，无法回农讲所学习。重回农讲所读书时，钟竹筠兴奋、激动，比以前更积极向上。因为有了指导农民的实践经验，再听教员讲的革命理论，她结合自己的实践去思考，体会更深刻，收获更多。

这天，钟竹筠特别激动。因为这是她终生难忘的日子。她更加想念盈哥，也特别想跟他分享。她情不自禁拿出信纸，在煤油下给他写信。

亲爱的盈哥：

近来好吗？我重回农讲所后，每天都在紧张的训练、学习中度过，非常忙碌。我又学到更多知识，进步更快了。在老家与您分别之后，我们已经有两个多月没见过面了，不知道遂溪的情况怎么样了？您要特别注意安全。

亲爱的盈哥，我很想您！天天想您！我告诉您一个好消息：我加入中国共产党了！我成为一名光荣的共产党员了！我和您一样是一名光荣的共产党员了！我真是太激动！太幸福了！我的心简直要飞起来！

今天，我向亲爱的党庄严宣誓："我志愿加入中国共产党，永远跟党走，永不叛党，为共产主义奋斗终身！"

　　盈哥，我会把今天的宣誓铭记在心，当作我今后行动的指南。我要像您一样做一名优秀的共产党员，不畏危难，不怕牺牲，捍卫真理，坚定信念！

　　我们的党只有四岁，还在幼年期，我们都要像爱惜自己生命那样爱护她，为她争光，为她做贡献！让她壮大，让她强大！我和您约定，不管什么情况下，我们都做党的好儿女，携手共进，比翼齐飞！把一切献给党，献给壮丽的革命事业，严守秘密，永不叛党，直到流尽我们最后一滴血！

　　今天，是我人生的新起点。我要把今天当作我的生日，我的"新生"！

您的爱人同志：筠妹

　　钟竹筠写好信后，反复看。她年轻的心沸腾着，激情万丈，如涨潮的大海汹涌澎湃。她把信放在胸口，仿佛让盈哥听到她的心跳。她闭上眼睛，回想着盈哥的音容笑貌。她睁开眼睛，走到窗边，见到月光如银。不知此时此刻，亲爱的盈哥是否和她一样看着天上那一轮明月。她不由想起，在老家那个月夜与盈哥匆匆告别。如今的雷州半岛还是处于各种黑暗势力的统治下，盈哥的处境非常危险。这种涉及秘密的信，是不能寄回雷州半岛的。万一邮件丢失泄密，我和盈哥都会非常危险的。想到这里，她把刚才写的信藏起来，重新写一封，报一下平安。然后，隐晦地写了一段只有韩盈能看得懂的话：贞筠碧翠，木棉花红！与君携手，初心不改！

二

　　从广州农民运动讲习所结业后，钟竹筠被分配到国民党广东省党部从事妇女工作。为了方便工作，她像韩盈一样以个人身份加入中国国民党。

　　同年10月，国民革命军出师，南征讨伐盘踞在南路和琼崖的军阀邓本殷势力。南讨的国民革命军共有三军：主力军第四军，从江门攻高雷；第二军桂军，从广西攻钦廉；第三军湘军，从罗定攻信宜、茂名。

　　为配合国民革命军南讨，国民党中央派员组织国民党广东省党部南路特别委员会。南路特委成员随国民革命军第四军南进。当时已怀孕几个月的钟竹筠，也服从组织的安排随军南下。她一路劳累，见证了革命军与军阀邓本殷部队作战的多场战斗。

很快，国民革命军攻克高州、梅菉，进驻梅菉市。南路特委在粤西古镇梅菉党部内办公。作为统一战线组织，它的主要任务是：一方面贯彻孙中山"联俄、联共、扶助农工"三大政策，并发展农工运动；一方面在南路各县建立、改组国民党组织。南路特委最初由共产党员潘兆銮担任主席，后由黄学增、林丛郁主持。其成员有不少人是共产党员。韩盈也被安排在南路特委工作，不过，由于遂溪的工作太繁忙脱不开身，暂时无法前往梅菉任职。

这期间，中共广东区委、团广东区委、国民党中央农民部、在广州的一些进步团体，派出共产党员、团员以及农民运动特派员，到南路开展革命运动。南路的各项工作轰轰烈烈地展开。担任南路特别委员会委员兼妇女部长的钟竹筠，下到基层宣讲妇女解放的意义，宣传马克思主义。她带领妇女们，手挥三角形彩旗，欢迎革命军，与他们一起唱《国民革命歌》：

打倒列强，打倒列强，除军阀，除军阀；
努力国民革命，努力国民革命，
齐奋斗！齐奋斗！
工农学兵，工农学兵，大联合，大联合；
打倒帝国主义，打倒帝国主义，
齐奋斗！齐奋斗！

1925年底，国民革命军光复南路，人民群众热烈欢呼。南路的革命形势发生很大的变化，原来只能秘密开展的农民运动，转为公开化，共产党人公开宣传、发动广大农民群众，大胆组织农民参加农会。

三

为配合南下的革命军，钟竹筠被派回遂溪。韩盈也早已从乐民回到遂溪城。

这对分别多时的革命伉俪终于团聚了。他们住在韩盈南门圩的老屋，结婚时贴在客厅的红喜字，还散发着喜庆的光亮。她的妊娠反应很大，双脚越来越肿，肚子又大，几乎看不见自己的脚，只能扶着墙走路。韩盈每天冒着寒风早出晚归，忙着筹备第二年初在遂溪召开的几个会议，无暇顾及快要生孩子的妻子，心里颇为内疚。钟竹筠安慰他："盈哥，我会照顾好自己的，你专心工作，不要担心我！"

这天，韩盈很晚才回家，见到钟竹筠做好的饭菜放在桌子上，已经凉了。她挺着大肚子，倚在床上，一边给没出世的孩子织毛衣，一边等他。"筠妹，我说过多少次了，你不要等我回来吃饭。你饿了就先吃，不要饿着自己和肚子里的孩子。"韩盈很是心疼和内疚。

"盈哥，我不饿，等你一起吃！"正说话间，钟竹筠感到一阵胎动，肚子里的孩子正伸手踢腿呢。她把手放在隆起的肚子上，感受胎儿的调皮说："盈哥，孩子动得好厉害呢！一定是个调皮的男孩。"

当地人重男轻女思想严重，韩盈怕钟竹筠有思想负担，忙安慰她："不管是男孩还是女孩，都是我们的孩子，都是革命的后代，我都爱她（他）。"

"说得对。男孩女孩我都喜欢。孩子的小脚踢这里了，盈哥，你快摸摸！"钟竹筠掀开盖在身上的被子，抓住韩盈的手要放在她肚皮鼓动的地方。他马上抽回手。她疑惑地望着他："怎么啦？你不想感受一下孩子吗？"韩盈不说话，用双手对搓，用嘴哈气。因为他没有戴手套，双手冰凉。等自己的手暖和之后，他才把手轻轻放在钟竹筠的肚皮上。胎动一会猛烈，一会平缓。她的肚子随着胎动起起伏伏。他放在肚皮上的手也不断地移动。钟竹筠把自己的手放在韩盈的手背上。韩盈抓住她的手，给她暖手。两人目光脉脉对视，暖流在心里奔涌。

这天寒风凛冽，韩盈像往常一样出门，吩咐伯娘照顾好钟竹筠。他出门没多久，钟竹筠就觉得肚子痛。开始是隐隐作痛，后来是一阵阵的痛。莫非是要生了？她想起在书上看过的临盆状况的描述，跟自己的阵痛差不多。"伯娘！"钟竹筠呼叫。住在隔壁的伯娘好久才听见。她赶过来，一看钟竹筠的样子知道是快要生了，连忙托人去叫接生婆过来，又想托人把韩盈叫回来，"阿盈也真是的，老婆都快生仔了，还整天出去！"痛得在床上直打滚的钟竹筠说："伯娘，盈哥工作很忙,不要叫他回来!"

"你呀,痛成这样了还护着他!"伯娘按顺时针来回揉着钟竹筠的肚子,想减轻她的痛苦。"伯娘不要怪他。生孩子是女人的事,盈哥回来也帮不了忙。"钟竹筠忍住阵痛说。伯娘怜爱地说,"阿盈这个苦命人娶了你,真是祖公积了阴德。"

那天,韩盈因为去处理欧村地主打农民的纠纷,一直到很晚才回到家。一见韩盈进门,伯娘高兴地喊道:"生了,还是个带把的呢!韩家有后了!"韩盈欢喜地走到床前,看见产后疲倦至极的钟竹筠躺在床上,伸直右手给刚出生的儿子枕着。两人都睡着了。他站在床边静静地看着妻儿,温情地看着这个世界上和他最亲的两个人。儿子用小棉被子包着,戴着钟竹筠织的帽子,只露出可爱的小脸。他情不自禁俯下身子,轻轻亲了一下妻子的头发,又亲了一下儿子的小脸。

睡梦中的钟竹筠感受到丈夫的亲吻,闻到他的气息。她睁开眼睛看,正好看到他的脸,疲倦,又透出兴奋的光亮。她微微一笑,握住他的手,好凉。"盈哥,我们有孩子了!"她亲了一下他的手,又亲亲儿子的脸。"筠妹,你辛苦了。谢谢你!"韩盈怕自己在外面冷得太久的手凉着她,想缩回来。钟竹筠却紧紧抓住,把他的手放进被窝里,给他暖手。

第二天,韩盈又要出去处理欧村的问题了,没时间照顾妻儿。他吩咐伯娘过来照顾。看见他那么忙,而自己却帮不上忙,钟竹筠很着急。他抚摸着她的手说:"你现在是月娘,要好好休息。其他的事有我呢。"

遂溪人把坐月子的女人叫"月娘"。按风俗有很多禁忌,要满一个月才能出门。一个月内,不能洗凉水,也不能洗头,甚至不能洗澡。每天要吃甜糟。来探望"月娘"的客人,主家要煮甜糟给对方吃,寓意甜蜜、吉祥。韩盈的舅舅和舅母来探望钟竹筠,特意带来一笼鸡和甜糟。甜糟是舅母托人酿的。她算了钟竹筠的预产期,提前一个月叫人用当地产的白糯米和黑糯米各做一坛子甜糟,每个坛子里都放了白酒和砍碎的鸡肉,盖上,密封。

四

1926年1月7日正午十二时,国民革命军第十一师抵达遂溪,等候命令进止。

当穿着制服、背着枪的国民军，进到遂溪城街道时，沿街的群众，有的挥动三角形旗子，有的举着欢迎横幅，热烈欢迎军队，高呼道："热烈欢迎国民革命军进驻遂溪！""国民革命军辛苦了！"

国民革命军也向群众挥手示意。进驻遂溪城后，国民革命军第十一师政治部联合国民党遂溪县党部发出通告，定于本月9日在遂溪城召开军民联欢会。

会议如期召开。参加联欢会的人有该师团长和政治委员。这天刚好碰上东圩逢圩，趁圩（赶集）的群众络绎不绝。得知这天开联欢会，趁圩的群众纷纷围观。

钟竹筠很想去参加联欢会。她跟着革命军从广州到梅菉，一路南下。可是，她正在坐月子，按当地的风俗，坐月子的女人不能出外。

"筠妹，今晚回来，我再告诉你联欢会的情形。"临走，韩盈安慰颇感遗憾的妻子。

韩盈在会上发表演说。首先指出农民的痛苦和造成痛苦的原因，指出解救的方法；其次向革命军宣传农民运动的意义，提出革命军大力支持农民运动的要求。他的演说声情并茂，获得雷鸣般的掌声。

联欢会的第二天，韩盈又是一大早告别钟竹筠，从家赶去遂溪城开会。这天召开的是遂溪县第一次人民代表大会。代表来自农、工、商、学、绅五界，共80人。代表大会的召集人是国民党遂溪县县长，实际上由共产党人主持。在召集开会的通知中，指明每区的每个界别、每个团体派两个人参加。由于工商两界还没有团体，农会会员不多，结果，出席人民代表大会的，绅士占了四分之三，没能体现出工农阶级的力量。这是韩盈、钟竹筠等共产党人感到遗憾的地方。

彭刚侠、黄斌按会议议程分别发表演说，解释组织农会的意义，以及工、商、学各界组织团体的必要性。

韩盈在大会上作政治报告，是本次人民代表大会的重要议程。这天，他身穿一套深色中山装，脚穿皮鞋，深邃的大眼睛神采奕奕。

"农友们！工友们！学友们！……各界同胞们！"韩盈在报告里指出，帝国主义者和反动军阀是中华民族及广大人民目前共同的敌人。要打倒共同的敌人，就要进行国民革命。只有打倒帝国主义，打倒军阀，我们的痛苦才可以解除，生活状况才可以改变，而中国始能成立一个真正的民主主义的国家。因此，我们必须帮助国民党，巩固革命的基础与发展全国的革命运动更进而统一中国，建立革命的国民政府。

"各界朋友们！我们要秉承孙中山先生'联俄、联共、扶助农工'的遗训和国民政府的指示，积极支持农民，建立农民组织——农民协会；农民兄弟应自觉积极投身革命运动，成立农会，以争取自身的权益。"

"同志们！各界同胞们！"韩盈继续作报告，"政权归诸人民，人民的公敌是帝国主义者和军阀，我们遂溪40万民众站到革命的统一战线上去，同全国人民团结一致，打倒帝国主义和军阀，铲除贪官污吏和土豪劣绅。"他的政治报告高屋建瓴，鼓舞人心，颇具感染力，获得与会代表的高度赞赏。

令韩盈高兴的是，这次大会通过了他和其他共产党人提出的议案。如将所有款项拨给各区农民协会支配、裁撤民众意见很大的各区保卫局等。农民代表非常高兴："这些议案提得好，真是大快人心！""保卫局滚蛋！"

"我也要参加农会！"本次会议后，农民的情绪高涨，各区农民协会纷纷成立，要求参加农会的农民络绎不绝。

第十七章　界炮怒潮

一

早春二月，春寒料峭。雷州半岛一年四季不分明，仿佛只有夏季和冬季，春季和秋季都非常短暂。最冷的天气集中在1月和2月。在寒风嗖嗖中，韩盈家的竹子显得比其他季节更青绿。

一天晚上，钟竹筠陪孩子睡觉，韩盈正在客厅写关于南路革命运动的报告，刘坚和和颜卓来南门圩找他。

颜卓是遂溪县附城永华村人，比韩盈小四岁。父亲是清末贡生，在当地颇有名望。颜卓从小受进步思想影响，初中就参加社会主义青年团，1924年，由团员转为共产党员。

看见他们进来，韩盈赶紧放下手头的报告，欢喜地按当地的风俗盛甜糟给颜卓和刘坚吃。"盈兄太客气啦！筠姐和孩子都好吧？"颜卓问。"都好，"韩盈朝房间望望说，"孩子闹了一天，刚刚睡着。你们这么晚来找我，有急事吧？"

"界炮的农民和保卫团局干起来了！"在国民党遂溪县党部筹备处工作的刘坚说。他是遂溪县乐民人，刚满20岁。早年与黄广渊一起加入雷州青年同志社。1924年，考入广州宪堂读书。第五期广州农讲所结业，加入中国共产党。之后，以个人身份加入中国国民党。

"这是怎么回事？"钟竹筠哄孩子睡着了，听到外面有人说话便披衣出来，"界炮那边的情况，请详细讲给我们听。"颜卓立即放下碗站起来说："筠姐好！吵醒您了！"他彬彬有礼，帅气的脸上总是挂着阳光的笑容，给人朝气蓬勃的感觉。"盈哥、筠姐，情况是这样的……"

二

遂溪县人民代表大会之后，各区农民运动风起云涌。1926年1月，农会成员邓成球受遂溪县党部筹备处委派，到第二区界炮办理党务。他是界炮同文村人，1901年生于一个农民家庭，仇恨地主阶级对农民的剥削。1922年，他离开遂溪，到广州求学，跟韩盈一样，投身广州学生运动，成为学生运动的积极分子。他参加黄学增、韩盈组织的雷州留穗同学会，不断追求进步。因为思想表现好，加入中国共产党。尔后，以个人身份加入国民党。1925年冬天，他也被党组织派回遂溪工作，主要从事农运。借在界炮办理党务之机，他宣传发动群众，宣传农民运动的好处，鼓动农民起来争取自己的利益。

这天，邓成球又来到海湾村做宣传发动工作，在墙上张贴布告、标语。农民围观，认识字的农民读给不认识字的农民听："打倒土豪劣绅！""工人农民联合起来！"……

这里的群众对参加农会还处于观望状态，对农会半信半疑。一个年近70的老妇人，拄着拐杖，驼着背，走到他的面前，瘪着嘴说："我恨死了杨毒蛇，你要是打倒他，我老太婆也参加农会！"

"对，你要是打倒杨毒蛇，我们都参加农会！"其他人也表态。顿时，群情激愤，投诉杨汶川和团保局的滔天罪行。杨汶川是第二区保卫局局长。此人勾结土豪劣绅，克扣百姓，农民对他恨之入骨，骂他是"毒蛇"。

南路各地的县区乡都设有民团，名称不一，有的地方叫作团保局，有的叫保卫局。为了保护地主阶级的利益，这些所谓的团、局内，设置有团兵，人数不等。团兵听从团局长官的调遣，欺行霸市，鱼肉百姓，抽农民的猪牛捐、田亩谷，户口捐等。南路很多县，比如遂溪、廉江、吴川等县，保卫团总局局长的权力很大，连县长都要给他们面子。因为县财政收入，要依赖这些团局老爷。所以，他们敢胡作非为，甚至支配全县行政。

邓成球想，拔掉杨汶川这颗"毒牙"，第二区的农民运动一定能够发展起来。于是，他说："大家说得好，我们要打倒杨汶川！我们要斗争，过上好生活！"

"真是说到我们心里了！"围观的农民越来越多，一传十，十传百，农民要求参加农会。

邓成球和各乡农会商量，决定趁界炮圩日，趁圩的人多，举行示威巡行。县农协筹备处知悉后，派出有农民运动经验的周纪、薛经辉人下界炮，协助、指导该区的农运。

立春后的第二天，邓成球等人早早就在预定的地点等候，各乡农会会员陆续到来，然后开始游行。邓成球走在前面指挥，一个扛着农会会旗的中年男子领队，其他会员排成队，手执写着宣传标语的各色小纸旗。他们走进界炮圩，示威巡行，高呼口号。圩日，来赶集的农民、渔民如潮涌。他们手推车，肩挑担，甚至赶着牛车，把自己的农产品，或是海产品拿来界炮圩卖，换些油盐布匹等必需品回家。圩里叫卖声、讨价还价声此起彼伏，热闹非凡。

趁圩的群众看见农会会员巡行，高呼："捕毒蛇，打杨汶川！""打倒土豪劣绅！"之类的口号，引起他们的共鸣，也跟着巡行队伍，高呼口号。有的人本来是拿锄头、簸箕、犁耙等农具到圩里卖的，干脆不卖了，扛着锄头、犁耙等，加入示威队伍。

加入示威巡行队伍的人越来越多，群众情绪高昂，激愤。杨汶川手下的保卫团团丁收到风，拿着武器企图前来制止。周纪、薛经辉见此情形，担心发生意外，与邓成球商量后，决定把这次活动改为"反对日本出兵满洲示威运动大巡行"。

一个渔民担自己捕来的小鱼小虾来界炮圩卖，一个肥头大耳的区联防队兵前来抽卖鱼税，渔民把刚卖鱼的钱悉数交给他。队兵摇着肥头走开，去收别人的税。一会又走到这个渔民的摊前，又叫他交税。渔民说我刚才不是交给你了吗？肥头兵说，你刚才交的是卖鱼税，现在补交捕鱼税。渔民拒绝交什么捕鱼税，说他的渔船已经交税了。肥头兵就要抢渔民的海产品当捕鱼税。渔民不肯，跟他论理。

两人争执得不可开交的时候，示威巡行队伍正好经过这里。得知事情的来龙去脉，他们个个义愤填膺。游行示威队伍中一个叫李根的农民指着肥头兵骂："成天要交乱七八糟的税，就想把我们往死里整！我问你：你妈生你，你要不要交税？你家母鸡生蛋，公鸡要不要交税？"

众人大笑。肥头兵用枪指着渔民咆哮："你今天不交捕鱼税就别想走出界炮圩！"见渔民还是不肯交税，他恼羞成怒，用枪托打渔民的头。李根见状，撸起袖子，怒吼道："太欺负人！打死这头肥猪！""打死这只契弟！"其他人附和，围上去痛打肥头兵。

"我们去团局捉杨毒蛇！"李根高声喊。"对，打杨汶川！我们冲啊！"好多人跟着他往保卫团局的方向跑。"大家冷静，不要打人！不要去团局！"走在队伍前面的邓成球听人报告后，返回头喊，追赶他们。但是，被愤怒冲昏头脑的人们，根本停不下脚步。他们冲到团局，恰好见到杨汶川。

"杨汶川，你这条毒蛇，今天吃老子的拳头！"愤怒的农民揪住杨汶川，拳打脚踢，把他打得鼻青脸肿，嘴角流血，躺在地上动弹不得。另两个团兵也被打成重伤。团局被围得水泄不通，数千围观的群众拍手叫好。其他兵丁溜之大吉，不敢救杨汶川。邓成球、周纪、薛文辉等人赶到，极力劝阻，众人才停止痛打，杨汶川三人因此捡回一条命。

三

"事情的经过就是这样。"刘坚说，"怕事态恶化，界炮那边要求县里派人去处理这件事。"

"农民示威巡行变成暴动，这事不处理好，后果不堪设想。"韩盈眉头紧锁说，"我明天就去界炮！"钟竹筠请缨要和韩盈一起去。他不同意，叫她在家带孩子，休息。

2月8日，韩盈下界炮，一同去的有新上任的县长伍黄贯。在去界炮的路上，韩盈和伍县长针对界炮农民暴动交流处理意见。他提出一定要给农民减租减税，争取给农民最大的利益。

"上个月全县代表大会通过议案,决定将所有款项拨给各区农民协会支配,裁撤各区保卫局。因为黄可沣的不作为,至今未能实施。如果裁撤各区保卫局,或许能避免界炮事件发生。现在,国民革命军已光复南路,开展农民运动合法合规,希望伍县长早日实施这些议案,给农民实实在在的好处。"韩盈说话的时候,伍县长半闭着眼睛,似听非听,偶尔发出如母猪拱地的"嗯嗯"声。对他这种敷衍的态度,韩盈心里颇不满,又不便发作,只能一再提醒:伍县长是遂溪人民的父母官,恳请伍县长早日执行议案。

从遂溪城到界炮圩有四五十公里,韩盈和伍县长等人赶到界炮后,召集第二区各界代表集中在界炮圩开会。伍县长不想召集那么多人,怕人多惹事。在县农委会的坚持下,来了500多人。会场设在界炮圩露天广场。主席台布置在戏台上,伍县长、韩盈等人在主席台就座。其他人席地而坐,或是站着。

"下面请伍黄贯县长给我们讲话,大家鼓掌欢迎。"主持人说。

"各位,伍某人刚上任就遇到界炮暴动。这是界炮农会送给我的'礼物'。这个礼物不简单嘛,差点出了人命!要是处理不好,会出更多的人命,影响第二区,影响我县的发展。我讲三点。第一,农民要讲法律。我不反对农会示威巡行,但反对使用暴力殴打人。你们没有权力这样做。如果杨汶川有罪,应该交给县里处置嘛,哪轮到你们擅自打人?打人是犯法的,打人是错误的,你们知不知道?要是出了人命,得以命还命。第二,联防队的租捐,是维护地方的治安费。这笔钱来自老百姓,也是用于老百姓的。如果负担不起租捐,你们可以向县署申请减少或者撤销嘛,而不可以擅自反抗。第三,打人是犯法的,是刑事问题,应该交给法庭办理。本县长没有权力裁决。"

伍县长讲完,下面的人议论开了:"这个鸟县长分明是应付我们!怎么处理杨毒蛇还没说!""说来说去就是要我们交税!丢他老母!"

伍县长看见群众情绪激动,赶忙说:"各位请安静,下面请韩书记讲话。"

韩盈简单讲了两个方面的内容,第一是组织农会的意义,第二是今日农民团结的必要。他讲完,参会的人又议论开了:"说得好,我们农民要团结起来,打倒土豪劣绅!""把杨毒蛇揪出来继续打!"

地主和保卫团局的几个胖团丁不服,大声喊道:"伍县长,把打伤杨局长的人抓起来！"这一喊，人群又骚动起来，意见严重分歧，有支持农会的，也有支持杨汶川的。

"要算账是吗？好，先把多收、乱收我们的税算出来！"又是李根带头说。农委有几个会员上来围着胖团丁。双方剑拔弩张，火药味很浓。伍县长连说了几次"大家冷静"，双方还是安静不下来。见情势不好，他对韩盈说了一句"你来处理"，拍拍屁股走了。

"农友们，同胞们，大家请冷静！我们今天来是讲道理的，是解决问题的，请不要冲动！"听韩盈这么一说，会场安静下来了。韩盈看看瑟瑟发抖的杨汶川，指着他说，"今天的事跟杨局长有关，请上来讲一讲。"杨汶川一瘸一拐地上来，台下马上有人高呼："打死杨毒蛇！"

"大家请安静！有群众反映民团重复收税、乱收税、欺压百姓。"韩盈转向杨汶川，"到底是真是假？杨局长，请向群众解释清楚！这是还您清白的好机会。"杨汶川以为韩盈站在他这边，往日的气焰又嚣张起来，左手捂着被打肿得像猪头的脸，右手指着台下的群众，恶狠狠地说："他们诬陷我，我是按照规定收税！他们打伤人，要赔偿，要坐牢！"

"杨毒蛇，你害得我家破人亡还敢抵赖！"一个又黑又瘦的农民想跳上主席台打他。一个团兵把这个农民扯下来。会场又骚乱起来。农会出面制止。

"大家请冷静！要讲道理，打人是解决不了问题！杨局长，请解释一下。"韩盈扬扬手里的一叠单和控诉书，然后给杨汶川看。这是邓成球刚才偷偷塞给他的。有了这叠单，韩盈底气十足。杨汶川看那控诉信，有签名有按手指模，还有那叠单，他的气焰灭了。"这……我……我回去查清楚。"杨汶川哆嗦着。

"还有，农会和民团都有人被打伤了，连您也被打伤了。对打人者，杨局长打算怎么处置？"韩盈紧追不放。"一场误会！我没有什么要求，请农会宽恕我！"杨汶川连连作揖，一扫平时的蛮横，只想快点解决这个问题。

杨汶川一行人灰溜溜地走了，人群爆发出雷鸣般的欢呼声。

第十八章　请愿

一

一个春夜，钟竹筠哄孩子睡着后披衣起床，走到客厅，看见韩盈穿着单薄的衣服又在伏案写作。他白天忙碌，晚上等孩子睡着后，才有时间写东西，或是看文件。她拿一件大衣轻轻地披在他的身上，问他要帮什么忙。韩盈正想写信向"曾延、东渠兄"汇报近期的工作，尤其是界炮事件。他抚摸钟竹筠搭在他肩上的手，转头说："筠妹，你带孩子很辛苦，趁他睡着了，赶紧去补睡。工作上的事情，我来做，你不用操心。"

"盈哥，看见你每天那么忙，我又帮不上忙，心里很是着急。我现在带孩子，外面的事情知道得少，你多讲给我听。"钟竹筠给韩盈按摩肩膀。"好吧，你坐下来，我跟你聊聊。"韩盈拉一张凳子，让她坐下。

界炮事件，让农民看到农会的威力，农会的声誉越来越高。农民奔走相告，纷纷要求参加农会，没多久，大塘、海田、枫树、山猪窝、科港、老马、同文等乡村，先后成立乡农会，会员一下子达到数百人。邻近界炮的杨柑片不少乡深受鼓舞，也成立了第二区农民协会。九叔、阿宝也加入了农会。

听了韩盈对当前形势的介绍，钟竹筠很是高兴。他接着说："界炮事件暂时解决了，但县里还有些问题没解决。上个月，在县人民代表大会上，我们提出的裁撤各区保卫局，将拨给保卫局的款项，拨给农民协会支配等议案，大会上都通过了。原县长黄可沣对农民运动诸多挑剔，因为农民运动动了他的利益，他非常不满，对议案的执行不积极。我找过他交涉，他开始答应执行，我很高兴。谁知多日过去了，他还是没有实施。我再次去找他，他又说等拿出具体方案，时机成熟了再实施。他又想再骗我！我不再相信他，写信向省里告发他的罪行，最后这个混账县长被撤职了。现任县长伍黄贯是国民党员，我开始抱有很大的希望，以为他会为我们农会说几句话，谁知他跟黄可沣穿同一条裤子！拿界炮事件来说，他在界炮的所作所为，完全就是敷衍。敷衍农民，敷衍团绅。农民最关心的减租减息问题，他没有解决，讲了一大堆的理由，要农民继续交租交息，农民意见非常大。我一直在想，怎样减轻农民的负担，怎样才能让伍黄贯执行县人民代表大会通过的议案。"

"这些混账县长，你以礼相待，他以为你是书生好欺负。对这种无赖，光讲道理是不行的，得来点硬的，让他们尝尝敬酒不喝喝罚酒是什么滋味！"钟竹筠扭了一下煤油灯的开关，让烧得很短的灯芯提高一些。刚才比较昏暗的灯光一下子光亮很多。

"对，像界炮事件，如果不是农民游行示威，杨汶川之流怎么会害怕？怎么会受到惩罚？"韩盈越说越激动。"盈哥打算下一步怎么付对伍黄贯？"钟竹筠抓住韩盈的手说，"游行示威，到县衙门请愿。你觉得如何？"

"我正有此打算。这事要安排周密，不能像界炮那样演变成群殴事件。筠妹对请愿有什么好建议？"

钟竹筠想了一下说："遂溪县有春节后做年例的风俗习惯，有年例大过年的说法。我想，把请愿和做年例结合起来，把遂溪城周围的圩、乡组织起来，借做年例，一起去向县署请愿。盈哥，您觉得我这个想法怎么样？"

"很好！筠妹真聪明，我怎么没想到利用年例这点？明天，我去找颜卓商量请愿的事。"韩盈很兴奋，深情地望着她说，"时间不早了，你休息吧！孩子醒来你又得辛苦。"

钟竹筠又抓住韩盈的手，给他暖手。韩盈感受到来自她手心的温暖，内心的温情。他年轻的热血沸腾着，也想早一点和爱人同枕共眠度春宵。但今晚必须写好给"曾延兄"的信。他告诉她实情。善解人意的钟竹筠深情款款地看着韩盈说："我等您！"

二

遂溪全县分为十个区。第二、六、七区都濒海，以做海为生。第三、四、五区毗连广州湾。第一、三、四、五、八、九等区，不近海，地质比较干燥。

第一区的李乡又发生了地主跟农民冲突事件。由于天灾，农民颗粒无收，处于饥荒状态，有些人不得不卖儿卖女。在这种情况下，加上快过年了，地主还要逼农民交租交息，有的农民被逼得走投无路，上吊自尽。乡农会知道后，组织部分群众到地主李富贵家，要求他看在是同族人的分上，减租退息。李富贵说："你们租种我的田地，交租交息是天公地道。我的田地也是要花钱的，大家都不交租交息，我吃什么？喝西北风啊？"不管乡农会怎么要求，他就是不肯减租退息。看见农民挑箩筐，荷锄头，围在他家不肯离开，李富贵偷偷叫儿子去乡公所搬兵。乡公所来了十多个荷枪的乡兵，强行驱散农民。农民和乡兵发生冲突，乡兵打伤了要求减租退息的农民。李富贵依仗"朝廷"有人，恶人先告状，告到区里、县里，要严惩刁民。

韩盈知道这件事后，想去县署找县长，钟竹筠强烈要求去。

两人找到伍黄贯县长。他早就听人讲过钟竹筠，这次才见到她的真人。她虽为人母，但肤白貌美似少女。伍县长感觉惊艳，也知道他们来的目的，故意打哈哈说："久仰钟部长大名，果然是奇女子。韩书记有福气啊，娶到这么一位才貌双全的女子。当然，我们韩书记也非常优秀。你们真是才子佳人，天造地设的一对。真是令人羡慕。听说钟部长才生了孩子，孩子可好？孩子是国家的未来，钟部长在家好好养孩子嘛，一个女人家就不要抛头露面了，有事就让韩书记去处理嘛！"

"谢谢伍县长关心！孩子很好。我也希望在家好好养孩子，可是天下不太平，我的农民兄弟姐妹，没吃没穿，卖儿卖女，我能安心待在家吗？"

韩盈接话，直奔主题："伍县长，李乡农民要求减租退息，乡公所乡兵打伤农民这件事，您已经知道，我不必重复。我们这次来的目的，是想听听县长对这件事的处理意见。还有，对县人民代表大会提出的议案，伍县长打算什么时候实施？"

伍县长拔出嘴里抽的雪茄，面有愠色："韩书记，您刚才说农民要求减租退息是合情合理的，我不这样认为。农民租地主的田种，交租给人家，是天经地义。现在这批刁民，不但不想交租，还到人家家里示威，这是什么逻辑？这像什么话？！"

见伍县长声色俱厉，钟竹筠面无惧色："伍县长，农民不是不想交租，而是想减租。他们也不是刁民，只是想活下去的小老百姓。都是同姓同族同村，李富贵见死不救，没有一点情义，刁难农民。他才是刁民！"

"既然是同姓同族同村人，为何不交租？不交租就等于抢人家的粮食，这还算不上刁民？"伍县长说。

"既然是同姓同族同村人，就应该体恤。李富贵十指不沾水土，居住豪华，出门有车，食有鱼肉；而农民日日劳作，年年辛苦，却是吃不饱，穿不暖，卖儿卖女，逃荒活命。这是为什么？这是因为地主剥削农民！农民苦啊，这税那税的，把他们压得喘不过气来。遂溪县百分之九十五以上是农民，农民都没有活路了，那么我们县还有什么希望？"韩盈反驳。

见伍县长脸阴沉着不说话，钟竹筠接过韩盈的话："伍县长，您是遂溪人民的父母官，要为农民做主。再不减租退息，农民无路可走，只好起来反抗。反抗或许还有一些生机。从秦末陈胜、吴广所领导的大泽乡起义，东汉末年的黄巾起义，唐末的黄巢起义，到北宋末年宋江和方腊所领导的农民起义，明末李自成、张献忠的农民起义、清末的太平天国起义。哪一次农民起义不都是因为没活路？这些历史教训，我们不能重蹈！"

"钟部长不愧是广州农民运动讲习所的高才生，对农民运动很有研究嘛，讲得头头是道，真是女中豪杰，伍某十分佩服！"伍县长鼓掌，望着钟竹筠，脸色有所缓和，"你们提出的建议，我一定妥善处理，给你们满意的答复。"

"伍县长金口一开，可是一言九鼎！"钟竹筠颇喜。

"我牙齿当金使！时间不早了，孩子肯定饿了，你们先回去吧。我还要下乡开会，不送！"伍黄贯拿起放在一旁的帽子戴上，然后对他们做一个"请"的手势。

"伍县长，我再重申我们的态度：我们今天提出的问题，如果县里再不妥善解决,我们就带领农民到县署请愿!"韩盈拂拂衣袖说,"告辞!"

三

因为闰月,1926年的春节特别迟,2月13日才是春节。这是钟竹筠在韩盈的老家南门圩过的第二个春节。去年,她跟韩盈回老家结婚,第一次在南门圩过年。而这个春节,他们有了爱情的结晶,多了一个小成员。儿子属牛,当地人有用属相称呼孩子的习惯,甚至当作小名。他们叫他小牛、牛仔,或牛牛。

钟竹筠早就叫韩盈给儿子取名字。但他一直忙着,早出晚归,有时还不归家,没有时间陪陪妻儿,也没有时间给儿子取名。

这天,韩盈又处理完一件地主与农民纠纷事件之后才回家,看见钟竹筠正在给孩子喂奶,忙走过去依偎着她,看着她手里抱着的儿子。父子似乎有心灵感应,儿子张开眼睛看着他,龙眼核似的眼睛圆溜溜地转。她说:"牛牛,给爸爸说安姑。"满月不久的孩子嘴里会发出"安姑"的声音。他也学着钟竹筠说:"牛牛,给爸爸说安姑。"孩子只是看着他们,没有说什么。钟竹筠重复刚才的话几次,牛牛才张开小嘴"安姑"一声。

"我儿子会说安姑啦!"韩盈喜不自胜,从钟竹筠的手里抱过儿子,猛地亲儿子的小脸,儿子哇的一声哭起来。钟竹筠从韩盈手里接过孩子,心痛地说:"盈哥,你胡子拉碴,刺痛了牛牛稚嫩的小脸。快去刮刮胡子吧。"

"牛牛不哭,妈妈唱歌给你听。月光光,照地堂……"牛牛听着妈妈唱的歌谣,很快睡着了。

儿子睡着后,钟竹筠把他放在床上,去厨房做韩盈爱吃的咸鱼煲白萝卜。前几天,黄凌氏从乐民上遂溪办事,顺便过来看生孩子的钟竹筠。听说章鱼下奶,她担心钟竹筠奶水不够,特意带来章鱼。

韩盈吃着咸海鱼煲白萝卜,连连夸钟竹筠的手艺好,跟黄凌氏做的一样好吃。他们边吃饭边聊起最近的事。

"孟子说过,得道多助,失道寡助,我们的农会之所以开展得这么迅速,这么好,是因为农会是为农民说话的,为农民服务的。因此,得到他们的支持。军阀、地主劣绅、帝国主义者，考虑的只是他们自己的利益。为了获取最大的利益，他们压榨百姓，不顾百姓的死活，当然就得不到百姓的支持。哪里有压迫，哪里就有抗争，所以农民就起来反抗。"

"盈哥说得对，我们走群众路线，工作做到基层，为老百姓说话。他们当然支持我们。"说到这里，钟竹筠突然有了灵感，放下手里的碗筷说，"盈哥，我们儿子的名字就叫道，好不好呢？"

"行之有道！好，牛牛就叫道儿。"韩盈面露喜色。

"儿子的大名就叫韩道。希望他做一个有道义之人。"钟竹筠说。

四

按惯例，遂溪城周围的南门圩、桃溪、南和等乡村，从年初二开始陆续做年例。各村做年例、巡游的时间不同。当地人把巡游叫作游神，有祈求神灵保佑国泰民安之意。

韩盈、钟竹筠、颜卓等人商量好了，年初四去县署请愿。同时跟黄广渊约定，他们在遂溪城请愿，黄广渊在离遂溪城一百公里的乐民发动农会游行示威，遥相呼应，扩大影响力，给县长施压。

年初三，钟竹筠起得特别早，看孩子还在睡觉，马上去做早餐，洗这几天的衣服，然后打开大门，用竹篾做的扫把扫门前的鞭炮纸。当地人过年的风俗习惯，除了贴红对联，用糯米粉做大饼，还要放鞭炮。这些撒落满地、红彤彤一片的碎炮纸，年初一和年初二都不能扫。到了年初三才可以扫地，洗衣服也一样。

"沙沙沙"，钟竹筠扫着炮纸碎，其他人家也扫自家门前的炮纸碎。

早餐后，钟竹筠将喂饱的孩子交给伯娘，和韩盈去附近几个乡，检查请愿队伍的准备工作，交代好巡游线路、注意事项等问题。

年初四早上，甚至三更半夜，各村就起来准备了。他们按往年过年例的习俗准备好后，向遂溪城出发。举大旗的走在前，跟后的是扛神像，抬穿令箭的，赶牛车的，舞狮子的。走在队伍最后面的，是穿着统一的练功服、扛着红缨枪等"武器"的"武士"。

最惹人注目的是穿令箭。据说，只有神公"上身"的人才可穿令箭。一旦被神选中，在年例巡游前三天，他们洗干净身子，换上干净的衣服，香烛拜祭，以示郑重其事，祈求神灵保佑平安。有的人还斋戒吃素三天。到了巡游那天早上，穿令者用令箭从腮帮一边穿过口腔，再从另一边脸颊穿出。所以，穿令箭又叫作穿脸颊、穿腮。用作令箭的一般是半米左右的细长实心铁枝，看着就让人胆战心惊。但不可思议的是，没有血流出来。

穿令箭的都是男性，年纪从几岁到七老八十的都有。除了神婆，女性不能穿令箭。巡游的时候，这些穿令箭者，手扶露出在脸颊外的铁枝，坐在轿子上，或是牛车上。巡游结束后，拔出令箭，他们的面颊上没有洞口，也没有血痕，令人啧啧称奇。

钟竹筠在广州湾、老家杨柑的时候，见过人穿令箭，觉得很神奇。她记得，有一个外地小伙子看了很是好奇，拿起令箭学他们穿腮，血顿时喷涌而出，痛得他嗷嗷叫。

钟竹筠和韩盈加入南门圩的请愿巡游队。她注视着穿令箭者。他们坐在神轿上，神态自若，没有一点痛苦的表情。轿子前后两个人抬着。游神队伍经街穿巷，群众站在自家门口恭候，见到神公就叩拜，一些中老年妇女特别虔诚。有的人家见到舞狮子的经过，便点燃手中的鞭炮，丢向狮子。舞狮子的便停下来，向这家人舞动几下。有的人家给"利是"给舞狮子的表示感谢。

五

各路游神队伍，敲锣打鼓游到县署前集中。附近的人龙舞班、游鱼班、麒麟班、白戏仔班、飘色班等，也过来参加游行助威，一时间人山人海，场面壮观。县署的大门紧闭着，韩盈等人举着旗子，高呼"减租退税！"等口号。

伍黄贯县长听到部下汇报，说韩盈等人带领两三千人在县署门外请愿。伍县长骂了一声娘，"姓韩的真狠，真来这一招！"

春节前，韩盈找过他商量。见他又想敷衍，韩盈毫不客气地说："伍县长不要再敷衍我，敷衍遂溪老百姓了。我给您一个星期的时间，如果你们还没有实际行动，我就带农民兄弟一起来请愿！"

当时伍黄贯以为韩盈是吓唬他，根本不把他的话放在心里。没想到他真的带了几千人来。想起界炮农民痛打杨汶川的情形，伍黄贯额头上渗出汗珠，连忙派手下人去叫韩盈来他办公室谈。不一会，手下回话说韩盈叫他出来跟大家一起谈。

伍黄贯心里有气，但不敢再傲慢了，带领手下出去。他一见到韩盈就拱手，装作十分热情的样子说："韩书记，这大过年的，您跑来这里，辛苦了！"

"伍县长说错了，不是我辛苦，是我的农民兄弟，他们辛苦，"韩盈指着请愿的农民说，"他们一年到头辛辛苦苦耕种，可是吃不饱，穿不暖。伍县长，您知道为什么吗？"

"这……这……"伍黄贯支支吾吾。

"伍县长不知道吧？那我来告诉您：这些农民栽种的东西，都交给地主了。他们一年到头的劳动成果，都不够交租。他们被各种苛捐杂税压得抬不起头。再不减租退税，农民就没有活路了！"

"减租退税！"负责敲锣打鼓的农民，与高呼口号者相呼应，此起彼落。这是钟竹筠事先跟他们约定的。

"请安静！不要敲锣打鼓！"伍黄贯听到锣鼓声就心烦。

"减租减税！给农民活路！"钟竹筠带头喊，其他人也跟着喊。几顶神轿抬到伍黄贯前面，坐在轿上的一个穿令箭者下轿，故意把头扭来扭去。他是一个50岁左右的农民，脸庞消瘦，黝黑。一条长长的铁枝穿过他的两腮，头上绑着一条红带子。

伍黄贯是外地人，到遂溪任职后才知道，穿令箭是在雷州半岛流传的传统民俗绝技，每年在年例期间敬拜祭祀神灵时进行的傩技活动。只是没想到韩盈借助游神这一风俗，来参与请愿，这是他没想到的。正因为是这样，他不好说什么。往年游神队伍也游经县署大门口，县署里的人，包括县太爷，也出来观看，甚至给赏钱。

"伍县长今天要是不答应，我们就坐在这里不走了！"有人大声喊。刚才站着的人们都坐下来。伍黄贯更心慌了，这样坐下去如何是好？难道要答应这些泥腿子吗？我堂堂一个县太爷被他们这样要挟，岂不是给人笑话？"韩书记，你们这样做不是摆明要挟我吗？"

"伍县长，我们没有要挟谁，我们只是请愿，表明我们的态度。"韩盈严肃地说，"民意不可违！"伍黄贯看看静坐的农民，望望坐在轿子上的神公、穿令者，又瞅瞅韩盈、钟竹筠等人严肃的表情，明白今天再忽悠人，是行不通了。

"韩书记，你先叫他们回去，我和您回县署再商量一下。"

"我和您已经商量很多次了，没必要再浪费口舌。您今天就当着这些农民兄弟的面表个态，对县人民代表大会通过的议案，您是实施还是不实施？"

"好吧，我今天就表个态，我会执行减租减税的议案。我伍某说到做到！你们都回去吧！"见请愿的人没有离开的意思，伍黄贯向韩盈求助，"韩书记，我向您道歉，上次敷衍您。这次我以人格保证，决不食言！请您马上带他们离开。"

"农友们，兄弟们！伍县长已经答应我们的请求，他的态度也很诚恳。伍县长贵为一县之长，一言九鼎，掷地有声。我们相信他说到做到！我们的游神队伍转到其他地方吧。"

"好哇！"群众欢呼。

事后，伍黄贯减免了煤油和猪牛捐税。这一次请愿取得的胜利，使农民再次看到团结的力量，情绪更是高涨。韩盈、钟竹筠也深受鼓舞。他们和颜卓等人继续发动和组织第一区各乡的农民参加农民协会，成立了第一区农民协会。在此之前，这个区已经成立了沙坡、南和、欧屋、桃溪、东圩等乡农民协会。

第十九章　战神父

一

1926年3月7日，广东省农协南路办事处在梅菉正式成立，与国民党广东省南路特别委员会合址办公。黄学增任办事处主任；韩盈任委员兼书记，同时任南路特委委员兼青年部长；钟竹筠继续任妇女部长。

钟竹筠、韩盈这对革命伉俪离开遂溪，离开年幼的儿子，到梅菉任职。不久，钟竹筠又回遂溪，主要是开展妇女解放运动、协助国民党遂溪县党部做改组筹备工作等。

想到又能见到儿子，钟竹筠的心像飞翔的鸟儿一样轻快。这是她第一次离开儿子这么长时间。古人说一日不见如隔三秋，用在母子的分离更恰当。回到南门圩，天已黑了，她顾不得一路辗转颠簸、饥肠辘辘的疲倦，立即去伯娘家。在昏暗的煤油下，伯娘正坐在席子上低头织草席，儿子道儿则坐在木制的婴儿车上，手拿拨浪鼓玩弄，放进嘴里咬，流出的口水打湿了套在脖子上的口水胶。

"伯娘，道儿，我回来了！"钟竹筠兴奋地叫道。"哦，是阿筠啊！这么晚回来，吃晚饭了吗？"伯娘从草席上抬起头，惊讶地问道。

"没……我不饿。"钟竹筠说。她扔下手里的行李，扑向坐在婴儿车上的儿子，把他抱起来。"道儿，妈妈好想你！"她在儿子的小脸上拼命地亲，"啵啵"亲左脸，又亲右脸；亲右脸，亲左脸，反反复复地亲，怎么亲都亲不够。儿子的口水沾湿了她的脸，黏黏的。

"哇哇！"道儿哭起来。"阿筠，你把道儿抱得太紧了，他不习惯呢！我平时都是把他放在床上或者婴儿车上，让他自个玩。"伯娘站起来，穿上放在席子旁边的木屐说，"把他放在床上吧。我给你弄晚饭吃。"她把锅里的番薯粥、咸鱼、咸萝卜热一热，端出来叫钟竹筠吃。"好吃！"钟竹筠连连夸。这些都是她在遂溪常吃、爱吃的家乡风味。"好吃就多吃点。"伯娘解下木屐，又坐在席子上织草席，问她，"阿盈怎么不和你一起回遂溪？"

"盈哥还在梅菉工作。"钟竹筠说。"你这次回遂溪不走了吧？"伯娘关切地问，望望躺在床上吮手指头的道儿。"说不定，由组织安排。还会给伯娘添麻烦。"钟竹筠停下筷子。"我倒是没什么，只是道儿这孩子有爹娘，跟没爹娘一样。唉！"伯娘眼眶红了，"隔壁李婶婆说，搞革命是男人的事，让阿盈去就行了，你一个女人家就在家里带孩子。还说你心肠真硬，不像一个做妈的人！"

"我和盈哥做的是正事，请伯娘理解我们。道儿长大了也会理解的！"

"嗯嗯。"伯娘应道，讲道儿的趣事给钟竹筠听。躺在床上的道儿吮着手指头、拳头，觉得不过瘾，踢开盖在他身上的被子，拉起脚丫子放嘴里，津津有味地吮。看着儿子的动作，钟竹筠觉得好笑又心酸。这多不卫生啊！她走过去想制止。道儿望望她，突然翻转身子，面朝席子，背对着她，嘴里咿咿呀呀地叫着。

"哎呀，道儿会翻身了！"钟竹筠惊喜地叫道。伯娘看看道儿说："三扑六坐九爬。侬仔三个月会翻身，六个月会坐起来，九个月会爬。一天一个样。看着自己的孩子长大是一件很幸福的事。道儿三个月大了，是到会翻身的时候了。家里没有大人不敢放他一个人在床上了，怕他从床上掉下来。"

"是啊，那很危险！伯娘，我带道儿回家睡，明天早上我要出门，再送他到你家。"钟竹筠一手抱儿子，一手提行李，向伯娘告辞。

"阿筠，你明天早上来我家吃早餐吧，我煮你最爱吃的番薯粥。"

二

钟竹筠联络当地的妇女积极分子梁慧珍、黄凌氏、钟秀娘等人，向她们了解遂溪各区、乡的妇女运动情况。得知只是个别区乡建立了妇女协会小组，离成立县妇女解放协会还有很大的距离。当地妇女读过书的人不多,百分之九十五以上没进过学堂。尤其是农村妇女,连自己名字都不会写。有的女性甚至没有名字,就按照在家的排行,在排行前加"妃"字来称呼。比如排行第三、第四的就叫"妃三""妃四"。

她先挑选一些妇女骨干、积极分子,组成小组学习,给她们讲妇女解放的意义,怎么样做宣传工作,以及跟群众沟通、谈心的技巧,等等,并带领她们深入乡村调研,做宣传鼓动工作。

雷州半岛的方言主要有雷州话(黎话)、粤语(白话),还有少部分人讲捱话(客家话)。遂溪县人主要讲雷州话、粤语。钟竹筠努力练好方言,在不同的方言区,用当地话向群众演讲、唱歌。

有一天,钟竹筠在李乡教农民用粤语唱歌。众人散去之后,有一个女孩依然站在紫薇树下,好像在等人。她衣着破旧、单薄,面色苍白。钟竹筠走过去问她有什么事,她带着哭音说:"救救我姐姐!"

"小妹妹,你叫什么名字?你姐姐怎么啦?慢慢讲给我听。"

"我叫妃三,我姐姐叫妃二,她……"一说起姐姐,小姑娘又激动起来。钟竹筠抚摸着妃三的头,鼓励她继续说下去。

妃三说她是遂溪县城附近的李村人。这条村庄水土好,历来盛产番薯、甘蔗、水稻等,种的番薯又大又好吃,所以有个外号叫"番薯村"。村里的大地主欧必富,勾结有权有势的人,霸占了村里的田地,村民只好租他的田地种。租金越来越贵,苛捐杂税越来越多,什么猪脚税、牛头税,连出嫁女儿都要交税。听说鸦片赚钱,欧必富叫佃农全部改种鸦片,都销到广州湾。

从前年开始,村里来了一个神父,叫安道。欧必富叫村民都去教堂听经。妃三和姐姐都去了。安道说,上天对每人都很公平,都只有一次生命。但每一个人的命运又不相同,有人是富贵命,生来是享福的。有人是受苦命,命中注定要受苦。你不要埋怨,只有顺从。你改变不了命运,只有改变自己。"神派我来拯救你们。你们加入我们的组织,神会改变你们的命运,让你们少吃苦。入教的人就是我们的家人,我们每天在一起念经,祈祷,还有免费的东西吃。"

一开始,村民半信半疑。有人饿得实在不行,就去找安道,入了教会。果然有免费的东西吃。消息传开了,好多村民都入了会。妃三家人不信,不肯入。有一次,邻居送一碗番薯粥和一条咸鱼到妃三家,妈妈舍不得吃,让妃三和妃二吃。姐妹俩饿得两眼昏花,就吃了那碗番薯粥。当天夜里,姐妹俩拉肚子拉得很厉害,请来村里的郎中也治不好。送番薯粥的邻居送来一包药,让妈妈用白开水冲调。姐妹俩喝了之后,肚子很快好了。她们千感谢万感恩邻居。

邻居说:"你们不用感谢我,应该感谢神父。是他给的药。他是我们的救命恩人!是神派来拯救我们的!你们看我一家人都入了会,现在过得多好啊!你们跟我一起入会吧!"于是,妃三一家跟随邻居到教堂,听安道讲经。每次去教堂都有免费的东西吃。不久,他们一家人都入了会。妃二是村里最漂亮的姑娘,但身体孱弱。

安道特别关照妃二。念完经,众教徒离开,他让她留下,说要亲自配东西给她调身体。"这是神给你的东西,吃了它,什么病统统都没有了。"安道手中拿着一包东西,倒进有水的杯子里,再用勺子搅一搅。妃二不喜欢这个眼神阴森的安道,甚至有点害怕他。但是念及他救过自己,又不敢不敬。"快吃!"安道用命令的口气说。见妃二不动,他端起杯子,要灌她。妃二恐惧地用双手捂着嘴。"吃了你的身体就好起来。"安道换了一种温柔的口气说。

在安道的软硬兼施下,妃二战战兢兢地喝了那杯东西。很快,她感觉轻飘飘的,仿佛坐在云端腾云驾雾。安道在她的耳边絮絮叨叨说着什么,她进入一个美妙的世界,仙音飘飘,美女俊男,锦衣美食。没有苦难,没有伤痛,只有享不完的福,只有快乐的生活,连眼前的安道都变得美好起来。"好!"妃二亢奋,苍白的脸色变成潮红,眼神妩媚,疯狂地向安道伸出手说,"我还要!"

"听我的话,我天天给你!"安道抓住妃二的手,摸着她漂亮的脸蛋。妃二双眼迷离,神情恍惚,好像一具没有灵魂的僵尸。安道阴阴地笑了,把她抱进房间,伸手解开她的衣服。她害怕,想反抗,但是身体软绵绵的,毫无反抗之力,任他摆布。此后,妃二成了安道手中的工具,一枚棋子,按他的要求做这做那。村民骂妃二是安道的走狗。她也恨自己助纣为虐,可稍微反抗,安道就停她的药,她就像有蚂蚁在身上在爬,浑身难受。

她从家里逃出来,去找安道。"妃二姑娘,我是上天派来拯救人类的,那些愚蠢的人，神迟早会收拾他们！你不要理会他们怎么说。除了神，现在能够救你的只有我！你跟着我，你的病才会好的，一切都会好的！"安道拿出金色的丸子，在她的眼前晃来晃去。"给我！"妃二像落水的人见到救命的稻草，伸手去抢。"你对神发誓，永远服从我！"安道把金丸子收起来。"我……我对神发誓……"妃二像百虫抓心。吃到救命的丸子，她又神情迷离，任安道玩弄。安道不让她回家，要她住在教堂里，吃他调配的药，还有神的保佑，她的病才能治好。妃二心有不甘，但又无力反抗，只好留在教堂，白天当安道的免费奴婢，夜晚陪他睡觉。

听完妃三的讲述，钟竹筠十分气愤："这个安道，实在是恶劣！妃三，你放心，我们会为你姐姐做主的！"

三

黄凌氏已回乐民工作。钟竹筠去找梁莲等妇女干部以及遂溪县农民协会筹备组的邓成球、颜卓商量对策。经过多方走访，他们终于查清安道的底细。这个所谓的神父，其实是一个披着宗教外衣的帝国主义走狗，勾结广州湾的法帝、遂溪的土豪劣绅等反动势力，哄骗群众入会，利用宗教来麻醉人民，逼迫他们放弃斗争，专心做奴才。

去年，欧必富要求租他田地的佃农全部改种鸦片，有些佃农不肯，他就威胁不再租田地给他们。很多佃农慑于他的淫威，只好就范，但还是有个别佃农不同意。欧必富去找安道。这些佃农有的是入了教会的信徒，安道就向他们大肆宣传种植鸦片的好处，说谁种鸦片谁就会得到神的庇护，教会还会给他们奖励。谁要是不肯种鸦片，将会受到神的惩罚。安道还与欧必富暗中做手脚，不肯种鸦片的人家，家里不是莫名其妙地死了鸡鸭，就是发了猪瘟，还散布各种谣言。不肯种鸦片的人家害怕了，被迫改种鸦片，其他东西都不敢种。结果这一年，发生了一场奇怪的台风，把农民种植的鸦片毁掉了，欧必富逼他们交租、交捐税。农民没种粮食，饿得肚皮贴着脊梁，哪里有钱交这些？有的农民只好卖儿卖女，甚至逃荒。

"安道之类的神父利用宗教，从精神和物质上控制农民。我们一定要揭露安道的阴谋，解救农民。以前农民被反动军阀邓本殷压迫，国民革命军把邓本殷打败了，可是还有地主劣绅、帝国主义，还有披着宗教外衣的安道们，层层压迫，层层剥削，农民真是苦。"钟竹筠说，"我们先去解救走入迷途的妃二，我要去会一会安道，揭露他的真实面目，让群众看清他的丑陋嘴脸。"

　　颜卓不同意："你不能去，太危险。我是男的，让我去接近安道。"

　　"不入虎穴，焉得虎子？"钟竹筠坚持自己去接近安道。她假扮信徒跟随妃三去教堂。她穿宽松破旧的对襟蓝上衣，黑色松紧带裤子，穿一对木屐。当地妇女刚生孩子怕风，常用毛巾包头或是戴帽子。她借伯娘的大帽子戴上，几乎遮住大半个脸。这身打扮完全像当地的农村妇女。

　　教堂是哥特式建筑，砖石钢筋混凝土结构，正面有一对高高的双尖石塔，远远看去像狼竖起的耳朵。正门的大门上面及四周的拱壁是合掌式的花岗楔，用七彩玻璃镶嵌门窗，看起来让人眼花缭乱。教堂不是很大，可容纳二三百人同时做弥撒。来教堂的多是妇女，老人。一个身材高大，黄鬈发，蓝眼睛，鹰钩鼻的男人来了。妃三小声地告诉钟竹筠，那个人就是安道。

　　"在这个缤纷的世界里，有一种超社会的力量；在你们不知的宇宙上，有一种超自然的力量。这种力量就是天主！天主是无所不能、独一无二、创造有形和无形万物的神！你们要听从神的意志，无条件服从神的安排，不要做无畏的抵抗。只有这样，才能得到神的庇护，才能有美好的生活……"安道口若悬河，众信徒虔诚地听他讲。钟竹筠越听越气愤。

　　来教堂听安道讲经的信徒，完事后可分一勺子番薯稀粥。钟竹筠看那稀粥可真是名副其实的稀，几乎看不见米。但对贫穷的农民来说，这一勺子稀粥就是他们的"救命粥"。好多人就是冲着这勺子粥来教堂听经的。被安道洗脑后，在他的威逼利诱下入了会。信徒每介绍一个人入会奖励半斤米。为了这半斤米，有些人昧着良心拼命游说他人入会。

　　负责分稀粥的是个漂亮的女孩，面无表情，像个木偶。人们拿着自带的碗，排着队，等待分稀粥。妃三悄悄地对钟竹筠说："她就是我姐姐妃二！"钟竹筠对妃三耳语一番，然后两人也排队。轮到她们了，妃三小声地叫了一声"姐姐"。只看碗不看人的妃二抬一下眼看看妃三,没有应答,还是面无表情。妃三说,"你分完粥到教堂后面的波罗蜜树下,我等你,有话跟你说。"

钟竹筠随妃三到波罗蜜树下等了一会儿,妃二来了。她边走边东张西望,显得很紧张,好像后面有人跟踪似的。"妹妹,你有啥事找我就快讲,我还要回去教堂做午饭。"

妃三介绍站在旁边的钟竹筠,按钟竹筠事前教她的话说:"姐姐,安道是个帝国主义走狗,欺骗老百姓,你不要再回教堂帮他做事了。"妃二脱口而出:"不行!我离不开他!"妃三急了,"姐姐!你真不争气!"钟竹筠制止妃三,和蔼地问妃二:"为什么离不开他?"

"我有病,吃了他的药我才会好。"妃二说。"他的药是什么样的?你吃了有什么感觉?"钟竹筠问。妃二说是金黄色,有香甜气味。吃了之后有轻飘飘的感觉,很舒服。"妃二,这很可能是鸦片。鸦片是种毒品,安道用鸦片控制你,让你服从他。"钟竹筠说。"安道是个大坏蛋!姐姐,你快离开他!"妃三又急了。"我……不行!我要回去了。"妃二说着就要走。

"你妈妈病得很重,回来看看她吧!"钟竹筠找了一个借口。"我……"妃二欲言又止。"妃二,我们都爱你,希望你好好的。你明天一定要回家,我们都等你!"钟竹筠解下大帽子。妃二看见她俊美、慈爱的脸。

四

妃二不敢和安道说回家看妈妈,谎称教堂的食物不够了,要跟老吴一起去城里购买。老吴跟妃二一样是在教堂做工,是个憨厚老实的农民。安道开始不同意,老吴帮她说话,说要购买的东西很多,他一个人忙不过来,安道这才同意。

老吴牵来一头老牛,把牛车套在它身上,让妃二坐在牛车中间,他坐在牛车前方,挥着一条赶牛的长鞭子,"驾驾"叫唤着。牛听到"驾驾"声,迈开蹄子上路了。妃二望见安道躲在教堂一个角落暗中盯梢她,见到牛车走远了才离开。

老吴按妃二的要求,把牛车赶到她村子的村口,他再赶牛车去买东西。妃二怯怯地回到家里。妈妈躺在床上,妹妹和钟竹筠在床边,爸爸和哥哥下地干活了。妃妈本来不想理这个不争气的女儿，可想起钟竹筠的交代，她忍住了。她抬抬眼看妃二，伸出手。妃二马上抓住妈妈的手。"安道不是好人，你不要再跟他了。筠姐是好人，是来救你的，你要听她的话。"妈妈说。

妃二不说话。"你听见我说什么了吗？"妃妈提高声音，大声咳嗽。"听到。"妃二小声说。"你要是不听筠姐的话，我就不认你这个女儿！"妃妈拉着钟竹筠的手，"救救我女儿！你们都出去吧，我想休息一下。"

她们来到妃三的房间，钟竹筠问妃二，安道知道她回家吗？妃二说"知道"，还把自己怎么样哄骗安道，坐牛车出来的过程都告诉钟竹筠。"安道对你怎么样？"钟竹筠又问。"还……还好！"妃二吞吞吐吐。钟竹筠拉着妃二的手看，发现她的手臂上有新的伤痕，问她是怎么回事。良久，妃二才说是烫的。"是安道烫你？"钟竹筠问。妃二沉默不语，一会才点头。

"可怜的妹妹，他把你烫伤成这样，你还说他对你好！"钟竹筠说，"我了解到，安道一个是披着宗教外衣，满口仁爱，背地里玩弄女性，毫无人性的畜生。他勾结广州湾的帝国主义者、遂溪的土豪劣绅，贩卖鸦片、枪支，残害人民，是个十恶不赦的坏蛋！"听了钟竹筠的话，妃二很震惊。当初，因为安道有她需要的药，加上他说的什么博爱自由之类的话，她觉得很受用，就听从他的摆布。妃二也知道安道不是好人，除了诱奸她，还诱奸其他长得有点姿色的女信徒。可是，她不知道他背地里还做了这么多坏事。

"你不能再跟安道在一起了，要跟他划清界限！"钟竹筠说。"我……"妃二觉得周身无力、精神恍惚，不断打哈欠、涕泪横淌。

钟竹筠看见她浑身难受的样子，知道她又是鸦片瘾发作了。她把事先备好的解药给妃二吃。一会儿，妃二觉得浑身舒服。"谢谢筠姐！"她对这个漂亮又能说会道的大姐姐充满感激。

妃二听到屋外有人叫她，那是老吴的声音。老吴买东西回来了，她得跟他回教堂。"你还要跟安道在一起？！"钟竹筠恨铁不成钢。

"我必须回教堂！前几天，有人找安道，我听他们好像说买枪支。"妃二说。"所以，你想回去了解清楚情况？"钟竹筠问。妃二点头。钟竹筠暗暗高兴妃二有觉悟了。

"你设法从安道嘴里套出枪支什么时候回来，放在哪里，转卖给谁等。你收集他犯罪证据的时候，一定要注意安全，一有情况就向我们汇报。"钟竹筠拿出一些药，"你毒瘾时发作就吃这个，这样你就不受安道的控制了。但是，你也要假装毒瘾发作，他就不会怀疑你。明白吗？"妃二又点头。"我们约定，你在教堂后面的波罗蜜树上放一顶草帽，帽口向上就代表你有情况；帽口向下就表示没事。我会叫妃三经常到波罗蜜树下看看。"钟竹筠再三叮嘱她要注意安全。

五

根据妃二提供的情报，安道从广州湾贩卖的枪支将运到教堂藏起来。16日晚上，购买枪支的人再来提货。

钟竹筠找邓成球、颜卓等人商量对策。她说："我们正缺乏枪支，这真是雪中送炭。如果人赃并获，我们可以借此揭露安道的罪行，教育群众，让信徒看清他的真实面目，把他赶出去！我们有两个时间段可以动手：一是枪支运到教堂时，二是枪支转卖时。大家说哪个好？"

颜卓和邓成球都认为第一种好。

由于钟竹筠读过农讲所，受过军事训练，大家推荐她当总指挥。到了16日晚，邓成球、颜卓带领农军和农协会员早早埋伏在教堂周围，部分人躲在进入教堂必经的路上，一旦有情况就向里面的人发信号。钟竹筠和颜卓藏在妃二帮她安排的放杂货的房子里，妃三负责跟外面沟通。而妃二监视安道的一举一动，一有风吹草动，就由妃三传递给钟竹筠。

一切安排就绪，就等"瓮中捉鳖"。

妃二假装鸦片瘾发作了，向安道讨药。这晚安道显得心神不定，给了她解药。妃二趁他不注意，吃了钟竹筠先前给她的药，一会装作晕乎乎的黏着安道，要给他宽衣解带。安道粗暴地推开她。妃二趁机倒在床上，假装睡着了。天黑漆漆的伸手不见五指，埋伏在树林中的农军一动也不敢动，忍着蚊叮虫咬。到了下半夜，还不见有动静，他们着急起来。

时间一分一秒地过去了，钟竹筠也不像开始那么镇定了，心想，是妃二的情报有误，还是狡猾的安道发现了他们而改变计划？还是有其他变故？她派妃三去向妃二打听情况。

妃二告诉妃三，安道在他的房间睡觉，发出很大的鼾声。妃二悄悄溜进他的房间，看见他睡得像死猪一样，不像假装的。妃三将打听到的情况告诉钟竹筠。

"唧唧唧唧"不远处传来四下打更声，钟竹筠看看手表，正好是凌晨四时。她判断，安道很可能改变计划了。天快亮了，这么多人在教堂周围很容易暴露目标。为避免打草惊蛇，她传令潜伏的人一部分回去，一部分留下来轮流看守。妃二则继续盯住安道。

六

陈大头去欧必富家找陈小头。他们是同村兄弟，小头在欧必富家当家丁。"小头，我今天赌钱赢了一把，今晚咱兄弟俩好好喝几杯。"小头是个酒鬼，一听有酒喝，两眼放光，但很快就沮丧了，"大头哥，今晚我没空。"大头不高兴，"契弟，看不起哥是吧？"

"哪敢！兄弟今晚真是有事。"小头说。"什么鸟事！当了欧必富的家丁，连哥的酒都不肯喝了！算了，以后不找你喝酒了！"小头见大头生气了，便讨好地说，"弟真是有事，要是骗你，雷公劈我。我悄悄告诉你，"小头看看四周，附在大头的耳边说，"欧必富有大买卖，今晚所有的家丁都出动！"陈大头拍拍小头的肩膀说，"好吧，哥再信你一回。明晚咱哥俩再喝！"陈大头暗暗高兴，赶快去找钟竹筠。

"大头，你的任务完成得很好。"钟竹筠说，"继续跟小头保持联系，有情况随时汇报。"大头走后，妃三来找钟竹筠："妃二姐叫我告诉你，今天有几个汉子来教堂找安道，安道叫她做好吃的招待他们。"综合各种消息，钟竹筠判断安道今晚有大行动，可能是把购买和贩卖枪支合在一起办了。邓成球、颜卓等人都认为她的判断有道理。

"今晚热闹了，"颜卓托着下巴，两道眉头紧锁，"我们是半路拦截运武装的车，还是等他们把武器卸下车再动手？"

"成球，谈谈你的看法。"钟竹筠望着邓成球。"如果我们在半路拦截，双方就会火并起来，可能会毁坏车上的武器。假如我们等他们搬武器下车再行动，地主的家丁们可能就到了，我们要对付的人就更多了。你说哪种方案好？"邓成球说完望着钟竹筠。她想了一会说："两种方案各有利弊。但我们这次行动的目的是，既要拿到武器，又要拿到安道犯罪的证据。"

"那就按第二种方案。"邓成球说。"对！"钟竹筠说，"只要部署得好，也能化弊为利。我的想法是这样……"

这夜，钟竹筠、邓成球等人调了更多人布控在教堂周围，李成带领一批人在外围，任务是牵制增援的敌人以及援助农军。

安道请来保安团的团丁，既当搬运工，遇上不测又能打仗。布置好之后，他跟保安团副队长欧自伟喝酒，带着几分醉意说："欧，那些泥腿子组织了什么协会、自卫军，手里有枪，造反很厉害。昨晚，我听说有人来抢枪支，只好改变计划。"

"今晚的行动，我们做好了两手准备。有我欧某出面，神父尽管放心。预祝我们胜利，干杯！"欧自伟给自己和安道的杯子倒酒。"我是上帝的骄子，我代表神的意志，那些泥腿子怎么斗得过我？干杯！"安道一仰脖子，杯子见底。

七

一辆外面围着篷布的大卡车往教堂的方向开去。守在村口的农军马上派人向钟竹筠、邓成球汇报。大卡车一直开到教堂旁边的大瓦房，响了一下喇叭。安道马上出来迎接。有几个人从车上下来，跟安道嘀咕着什么。

他们的一举一动，躲在树林中的钟竹筠看得清清楚楚。"现在动手吗？"邓成球压低声音问。她看了手表，时间是八点钟。据大头从小头嘴里套出来的情报，欧必富的家丁是九点钟到教堂取货。"时间还早，等他们卸完货再动手！"钟竹筠说，"派部分人在路口等欧家的家丁！"

"快点！"安道指挥团丁接过一捆捆、一扎扎的武器，搬到大瓦房。虽是春天，但团丁个个汗流浃背。安道还嫌他们动作慢。"他娘的！"有团丁开始骂骂咧咧。

　　钟竹筠收到情报，随车送货来的人，包括司机在内只有五个人。按那几个团丁的卸货速度，恐怕欧必富的家丁来了还卸不完。她改变行动计划："现在就动手！"

　　兵分两路。李强和朱敏悄悄摸近车头，两人各打开一边的车门。李强用枪对准司机的头部："不准动！想活命就听我们的！"司机吓得浑身发抖："我只是个开车的，别杀我！"

　　一个团丁发现李强大喊："有人抢车了！"其他的人忙拔出腰间的枪。"呼呼"围上来的农军与团丁短兵相接，溅起的火光在黑夜中像飞舞的萤火虫。"啊哎！"有人中枪，倒下。钟竹筠也拔出别在腰间的手枪。

　　安道胡乱开了几枪，且战且退。突然，他的头部中了沉重的一棒。他转过身，看见是妃二手拿扁担从背后打他。"婊子！"他捂着头，忍着痛，向妃二举起枪。钟竹筠眼明手快，"呼！"开枪击中安道的手。

　　团丁和送货人很快被制服了。"把安道捆起来！"钟竹筠命令。"是！"妃二拿出早就准备好的绳子，与农军一起捆绑安道。"欧家的家丁很快到了，马上把这卡车武器运走！"钟竹筠对李强说。

　　欧家丁赶到路口，见到一辆卡车迎面开来，心想不好，正想撤退，邓成球指挥农军从路两旁冲出来，要夺他们的枪。家丁见他们人多势众，不敢恋战，弃甲丢盔。

　　在事实面前，安道不敢抵赖，承认自己的罪行，被赶出中国。被蒙骗入会的教徒纷纷退会，公开宣布不跟教徒来往，不去有教会的村庄。

第二十章　钟校长

一

在遂溪县，除了县城有教堂，区、乡也设有教堂，入会的群众不少，被外国神父等人蒙骗。此外，群众还深受几千年来封建迷信思想的毒害，崇拜偶像。老年人，妇女，农民自不必说，有些青少年学生也加入教会，崇拜神鬼。

钟竹筠想，打败假神父安道大快人心，但还要扩大成果，在全县范围内开展反宗教、反封建迷信活动。她找国民党遂溪县党部筹备处的颜卓、邓成球商量，把自己的想法告诉他们："我要给遂溪县署写反天主教运动的建议。一是在全县范围内成立反天主教大同盟，尤其是要把各区乡的妇女、青年、农民等联络、调动起来，组成分会；二是加大力宣传力度。有口头的宣传，有文字的宣传。口头的宣传有巡回演讲、定期演讲。"他们都觉得她这个想法不错。

钟竹筠亲自去找伍县长，把《反天主教运动建议》拿给他看。伍县长开始不同意，怕得罪外国人，又怕影响治安。她据理力争，讲天主教对中国文化、思想的侵蚀。外国传教士以宗教为武器，麻醉人民群众，做伤害中国人的坏事。她讲得头头是道，切中要害，伍县长不时点头表示认同，最后接受她的建议。

"钟委员，这事就由你去操作吧。你是国民党广东南路特别委员会委员，国民党遂溪县党部改组之事，还要你多操心。"

"请县长放心！"钟竹筠说，"县长日理万机，我就不再打扰了。告辞！"

遂溪县城东边有东圩，南边有南门圩。最热闹的是东圩，农历二、五、八是圩日。每到圩期，附近十乡八村的村民，都会挑东西到东圩里卖，价格比专门做生意的人便宜，而且农民比较憨厚老实，卖的东西都是自家产的，原汁原味，货真价实，不会做掺假、缺斤少两的折寿事。因此，附近村民，甚至县城的三姑六婆、各行各业的人，都喜欢圩日去趁圩（赶集），购买一堆农产品回家囤着慢慢吃。

钟竹筠和颜卓、刘坚等人商量后决定，组成一支反宗教的宣传队伍。这支宣传队伍的人员，有县城附近区乡的妇女骨干、积极分子，有颜卓当负责人的雷州青年同志社遂城分社社员，还有遂溪县简易师范学校的师生。钟竹筠想，自己在学生时代受进步思想的影响而走上革命的道路。所以，要让遂溪青年学生参与宣传，占领舆论阵地。这个过程也是学生受教育的过程，还能通过他们去影响更多的人。可谓一举多得。这一年春天，遂溪简易师范、县立中学以及遂溪县好多区的学生成立了学生会等组织。遂溪学生会组织的革命活动，有时也请钟竹筠、颜卓、陈光礼等人去指导。最活跃的师范学生会，制定章程，提倡义务教育，开展学校革新运动，辅助工农运动、救国运动等。

钟竹筠计划反宗教宣传首站去东圩。初二圩日到了，附近村民肩挑手提自家种的东西，家境稍好的人家用牛车装载来。农民摆上新鲜的番薯、芋头、青菜等，以及腌制的蒜头、酸菜、萝卜干之类的东西。近海的渔民则运来海货，用瓦缸泡制的鱼露。东圩河是一条不太宽的河流，从东向西流，穿东圩而过。东圩河段有一座桥，是半月形高高拱起的石拱桥。趁圩的人把东西摆在河两岸卖。油炸虾饼、南瓜饼发出的吱吱声，各种声音不绝于耳。

遂溪简易师范师生排着队，举着革命宣传队的队旗，扛着孙中山和马克思的头像，游到县城，再到县城之东的东圩。学生由程永光领队，一路上挥挥大家唱："走啊！曙光在前，同志们奋斗！用我们的刺刀开辟自己的路，勇敢向前稳着脚步，要高举革命的旗帜，我们是……"

"咚咚锵"，东圩河桥边有人敲锣打鼓。"快去看舞狮子！"听说有舞狮子看，许多人涌到桥边。自古以来，遂溪有舞狮子的传统，认为它是驱邪避害的吉祥物，每逢喜庆吉事，必请人舞狮助庆。当地人称舞狮为醒狮，一头狮子一般有两个人舞，一人在前舞狮子头，一人在后舞狮子尾。

这个狮子班是钟竹筠请来助兴的,他们也是农会会员。这天她带领团队来东圩做反宗教的宣传,由她来做演讲。为了吸引群众,她安排群众喜闻乐见的舞狮子开场。果然吸引很多人来围观。钟竹筠也站在桥边看舞狮。随着鼓乐声,醒狮弹、跳、挪,舞狮者配合默契,把醒狮的喜、怒、醉、乐、猛、惊、疑、动、静、醒等神态表演得十分逼真,围观群众的神态也随醒狮的动作而变化。在高桩上,当舞狮尾的将舞狮头的表演者高高托起,围观的群众拍手连连叫好,气氛推向高潮。

二

接着是街头剧,是钟竹筠根据妃二和安道的故事改编的。故事大概是这样:神父看上小芳,给她传道洗脑,设计诱奸她,用鸦片控制她。她成了他手中的工具,走入歧路,协助他骗群众入会。在妇女小组李珍等人的帮助下,小芳看穿他的真实面目,机智地找到他勾结帝国主义者、土豪劣绅,以及贩卖鸦片、用宗教迷信欺压百姓的犯罪证据。被骗的群众觉醒了,冲进教堂要求退会,痛打神父。他承认自己的罪行,表示不敢再在中国欺骗人了。觉醒的群众把他赶出中国。

演员是简易师范的学生。由于演员演得太生动,看戏的群众忘记是看戏了,大骂神父,向扮演神父的演员扔臭鸡蛋、破鞋子等。钟竹筠等人赶快出面制止,看戏的人才如梦初醒。她见时机成熟,便跳上石拱桥演讲。

"农民们、学生们、妇女们、兵士们、工友们!

帝国主义者以坚枪利炮打开中国的国门,签订一系列不平等条约,强租我广州湾等。又以宗教为武器,在我国设教堂,建教会学校,青年会等。派教士传教,以'自由传教'为护身符,说什么命运神安排,一切有定数,要我们安分守己,放弃斗争。用种种妖言惑语,目的就是消灭我们的爱国热情,甘心做帝国主义的顺民。

亲爱的同胞们,我们不答应!

看啊!他们勾结名流、土豪劣绅、财主官爷们,威迫利诱民众入教会;他们贩卖军火，暗送情报，助力中国内乱，充当帝国主义侵略中国的先锋队；他们高举博爱、民主的大旗，实际上是假仁假义，蒙骗人民的资本家走狗。

看啊！教会学校是怎样压迫学生、禁止学生参加爱国运动；他们提倡'自由''平等'，实际上只有资本家、大地主才能够享受，劳动人民大众得到的只是不能反抗的枷锁。

同胞们！我们已经看清宗教的真实面目。我们不甘心当帝国主义的奴隶，我们要救中国之危局。我们要实行救国运动，脱离帝国主义资本家的压迫；我们要收回教育权，改造中国教会学校。

同胞们！让我们联合起来高呼：打倒帝国主义！以科学的态度、民族的精神，反对虚伪反动的宗教，收回教会所办的学校！"

钟竹筠的演讲赢得阵阵喝彩，吸引更多的人来听。有些人提着还没卖完的鸡蛋，赶来听。有一个卖鱼露的青年男子，把鱼露便宜卖掉，然后跑去听演讲。谁知人山人海挤不进，他干脆爬上树听。

听完钟竹筠的演讲，群众情不自禁高呼："打倒帝国主义！""把神父赶出中国！""不要上当受骗了，我们都退出教会！""对，我们都退出教会！"

钟竹筠演讲完毕，颜卓、刘坚以及师范学校的师生派发她写的《反对天主教告同胞书》传单。在东圩派发完，众人又转到遂溪县城派发。这次宣传的效果很好，县城及周围的乡村出现退会潮，神父不敢再在当地传教，纷纷逃到法租界广州湾避难。

一波掀起万丈浪，雷州地区各区乡纷纷行动起来，反封建迷信、反反动教会的浪潮，如同农民运动一样如火如荼。黄广渊在遂溪第六、七区组织"反天主教宣传团"，上街游行做宣传，揭露外国神父的恶劣行径，呼吁群众不要上当受骗。经过宣传教育，入会的群众觉醒了，要求退会。

遂溪简易师范学校的李来春老师请钟竹筠到学校去做演讲，她欣然同意。来听演讲的，还有县城其他学校组织的学生。在演讲中，钟竹筠揭露反动的外国神父披着和平、博爱、自由的外衣，干着侵蚀思想文化、进行间谍活动的勾当。

"同学们，你们是朝阳，是国家的希望。你们读过梁启超先生的《少年中国说》吗？他说，'今日之责任，不在他人，而全在我少年。少年智则国智，少年富则国富，少年强则国强，少年独立则国独立，少年自由则国自由，少年进步则国进步……'你们不仅要读好书，成为国家的栋梁，报效祖国，还要起来跟反动神父、封建迷信思想做斗争！做时代的先锋，做马克思主义思想武装起来的新学生！"

妃二现身说法，把安道如何哄人入会，如何引诱自己受骗的教训告诉众人。有妃二这个活例子，演讲活动结束后，学生愤然冲进遂溪县城的雷首庙、城隍庙、火神庙等，砸烂和烧毁庙里的阎王、雷火神等神鬼偶像。雷州地区其他县的学生、群众也行动起来，多地的天主教堂、教会学校、福音堂等被迫停办。

三

钟竹筠想到，当地农村受封建思想影响太深，女子普遍不能进学堂读书，当没文化的"睁眼瞎"，有的人家还给女童缠足，实在是落后愚昧。妇女解放，首先要解放思想，让她们接受教育，做一个有文化的人。第一步就是要让她们进学堂读书。当年她能在北海读书，正是因为有适合女子读书的学校，像她这样的贫穷人家的女孩子才有机会上学。推己及人，她也想办一间学校，让没有机会读书的女子进学堂读书。

钟竹筠把自己的想法告诉颜卓，他认为办学校非常必要。但是到哪里去找地方办学校呢？她想了一会，眼前一亮，一拍大腿，大声叫道："有了！"

"有了什么？"颜卓看着钟竹筠，疑惑道。钟竹筠见颜卓看她的神情，哈哈大笑，说："我说的是：有学校了！"她停了一下说，"我们把教会办的乐道明办学校改为供女子读书的地方，不就是有学校了吗？"

"好主意！"颜卓竖起拇指。

经过一番波折，钟竹筠终于把教会学校改为遂溪女子初级小学，亲任校长。学校招收适龄女孩入校读书，免收学费。妃三进入女子小学读书了。妃二吃了没文化的大亏，也想读书，可她还要帮家里干活，加上年纪大了不好意思跟一群小姑娘一起读"人之初，性本善"。像妃三这种情况的妇女还有不少。

钟竹筠想到办妇女识字扫盲班，得到妇女干部黄英等人的支持。说干就干，她们热情高涨，马上着手办妇女识字班的事。可报名的人不多。黄英没想到结果是这样，有些心凉。但钟竹筠不气馁，和一些妇女骨干，下村做调研，找人座谈，寻找原因。钟竹筠做了满满一大本记录，回来之后慢慢梳理、归纳。她总结出来，妇女识字班少人报名的原因大概有以下情况：一是封建势力大，反对女人学文化；二是女人受封建思想毒害深，以"女子无才便是德"为行事准则；三是思想觉悟不高，没有意识到要去学习文化，提高自己的社会、家庭地位，提升自己；四是男人反对，认为学习文化没有用，不能当饭吃；五是子女多，家庭拖累多，没有时间、精力去学习；六是宣传不到位，沟通少，很多人不知道有识字扫盲班……

找到原因后，钟竹筠组织妇女骨干和像妃二这样觉醒的女性，下乡宣传，有针对性地上门找妇女谈心，做思想动员工作。经过一番努力，有几十人报名读识字班。钟竹筠根据实际情况开办识字夜班。这样，她们白天劳动，夜晚去识字班读书。

钟竹筠亲自给识字班上课。她在黑板上写了"妇女"二字，用竹子做的教鞭指着"妇"字问道："姐妹们，你们知道妇女的'妇'字是什么意思吗？"

"不知道。"来听课的妇女都摇头。

"钟校长，我们这班尼婆只识牛，不识字。"一个叫妃丑的女人说。"尼婆"是雷州方言，女人的意思。妃丑从小生得又黑又丑，家人干脆叫她妃丑。这个名字从娘家叫到夫家，一直没有大名，也没有人知道她姓什么。因为她是山底村人，有时人们就叫她"山底丑"。

"哈哈"，妃丑的话引来众人大笑。妃丑很是得意。在她背上的孩子被众人的笑声吵醒了，妃丑怎么哄，他都不停地哭闹。她只好解下来孩子，抱在怀里，掀起衣服当众给他喂奶。

钟竹筠静静地望着大家，吵闹的教室安静下来了，只听到孩子"吧唧吧唧"的吮奶声，气氛有些难堪。"钟校长，我们等你讲'妇'字是什么意思呢。"妃二说。其他妇女也跟着说，钟校长快给我们讲"妇"字。

"姐妹们，'妇'是指成年的女性。我们都是妇女。"钟竹筠解释道，

'妇'的左边是个女字旁，右边是扫帚的"帚"字。这是个会意字，古人造字有含义的。拿着扫帚扫地的人就是"妇"，可见妇女的地位是多么低下。自古以来，妇女地位都比男人低。一些带有贬义色彩的字都带有女字旁，比如奸贼的'奸'字，男娼女盗的'娼'字，妓女的'妓'字，等等。女人的地位为什么这么低？就是因为我们妇女受歧视、受压迫，处于社会最底层。封建统治为了奴役妇女，给女人定出条条框框，比如什么'在家从父，出嫁从夫，夫死从子'，什么贞女牌，等等。要求我们妇女束胸裹脚，套在我们妇女脖子上的枷锁实在是太多了！"

"讲得好！我想读书，可男人不同意，说女人会干活，像母猪一样会生仔就行了，识字又不能当饭吃！我是偷偷背孩子来听课的！"听到这里，妃丑忍不住又插嘴。她的孩子刚吃饱奶睡着了。她又用背带把孩子背在身后。

"是啊！我们女人受的苦太多了！"有的人眼眶红了，掀起衣角擦眼泪。"钟校长，我们脖子上的绳子怎么样拿下来？"妃丑摸摸自己的脖子。

"我们要打破这些枷锁，争取自己的利益，要跟男人平等，要读书识字学文化，不再吃没文化的亏……"讲到这里，钟竹筠看了一下坐在下面的妃二。妃二一直目不转睛地看着钟竹筠，认真地听她讲课。看见钟竹筠望向她，妃二勇敢地站起来说："钟校长，我就是吃了没文化的亏！"其他妇女跟着说："对对对，我们也吃了没文化的亏！我们要跟着钟校长学文化，不再吃亏！"接着，钟竹筠给她们讲妇女解放的意义，其他地方开展妇女解放运动的情况等。还讲自己的读书经历，几次改名，如何受进步书刊、革命思潮的影响，如何追求革命真理。她还讲自己跟韩盈因为有共同的革命理想成为革命伴侣的故事。

"钟校长，你如果没读书没文化，也跟我们一样盲婚哑嫁，为男人生一堆仔，还要受男人欺负。"妃丑羡慕不已。

钟竹筠说："是的，我是农村妹。没读书的话，我肯定也是早早嫁人生子，哪有机会出来工作，给你们讲课？有没有文化，命运差得像天和地一样远。所以，我们妇女一定要读书，要有文化，这样才能掌控自己的命运。"

"钟校长，我也要参加妇女解放运动！我也要有自己的大名！"妃二说。"对！我们都没有名字，钟校长帮我们起名字吧！"妃丑马上附和，其他人也想要有大名。

"好！"钟竹筠答应给她们改名。妃二姓李，出生于春天，改名为李春芳，妃三叫李春芬。春天的芬芳，美丽而馨香，给人无限生机和希望。妃丑生于冬天，改名叫周冬梅，像严冬里的梅花一样傲霜怒放。

"我们有大名了，不再叫阿猫阿狗！"她们一笔一画写着自己的名字。下课后，识字扫盲班的妇女们依依不舍，夸钟竹筠的课讲得好，叫她继续给她们讲课。"钟校长，听了你的课，我像个瞎子突然看见光明了！"周冬梅说。

四

经过识字扫盲班妇女的宣传，加上周冬梅、李春芳等人的榜样作用，要求来识字班读书的妇女多起来了，甚至有男人也要来读书。钟竹筠很高兴，错开时间，分成不同班。她请颜卓、刘坚、陈光礼，还有简易师范的老师来客串上课。他们把革命道理融进识字教学中，"润物细无声"，识字扫盲班的学员懂得了很多革命道理，李春芳等人加入乡区妇女小组。

这晚，钟竹筠给扫盲班上课。她先讲农民的苦难，把唐朝诗人李绅的《悯农》两首诗写在黑板上：

（一）春种一粒粟，秋收万颗子。四海无闲田，农夫犹饿死。

（二）锄禾日当午，汗滴禾下土。谁知盘中餐，粒粒皆辛苦。

"有谁知道这两首诗的意思吗？"钟竹筠问。"钟校长，我知道。"周冬梅大声叫道。

"好，冬梅你说。"钟竹筠走到她的座位。"农夫饿死，粒粒辛苦。"周冬梅挠挠头说，"其他的都不懂了。"看见周冬梅难为情的样子，其他女人"哈哈"笑起来。

"大家别笑，冬梅敢起来回答问题，这很好。"钟竹筠说，"我来给大家解释一下。《悯农》是唐朝诗人李绅写的诗。第一首诗的意思是说，春天播下一粒种子，秋天就会收获很多粮食。普天之下没有荒废不种植的田地，可是耕种的农民啊，还会饿死！第二首意思是，夏日炎炎，农民还在田地里辛勤劳作。大滴大滴的汗珠落入泥土里。有谁知道，我们碗中的米饭，每一粒都包含着农民的血汗！"

钟竹筠刚解释完《悯农》的意思，听课的妇女就议论开了："这个人太了解我们农民了！"一个边剥花生壳边听课的大婶说："钟校长，这个李什么写的就是我们的生活啊！他也是咱们李家村的吗？"

"他不是李家村的。我刚才说了，李绅是唐朝的诗人。唐朝离我们现在有一千多年了。"钟竹筠解释。"都怪我刚才剥花生壳，没听清楚。"大婶抓抓乱得像草的头发，不好意思地"嘿嘿"自嘲。钟竹筠先提醒李大嫂以后上课不要吃东西，大家都要严格遵守纪律，然后顺势引导："姐妹们，我们一年到头、不停不歇地辛苦耕田、种地，为什么还吃不饱，穿不暖，甚至饿死？我们的粮食哪里去了？"

"交给那帮地主砍头佬了！他们太狠，租太重，捐太多，我们太苦了！"妇女们回答。

"姐妹们，你们想过吗？地主劣绅不耕田，不种地，没有日晒雨淋，没有受苦受累，为什么过的生活比我们好千万倍？"钟竹筠又问。"他们八字正，命生得比我们好！我们命贱！"刚才剥花生壳的大婶又抢话。

钟竹筠走到她们中间问："是他们的命生得比我们好吗？错！人生来是平等的，没有贵贱之分。地主劣绅依仗势力霸占了农民的土地，逼得农民没田耕，没饭吃，甚至卖儿卖女，逃荒到外地。"讲到这里，她的声调哽咽，神情悲伤。其他人深受感染，也是一脸悲戚。有的人甚至流下眼泪，赶快撩起衣裳擦。

"我们恨死恶霸地主了。该怎么办？"周冬梅问。其他人也跟着问"怎么办"。钟竹筠走上讲台，握紧拳头说："我们农民只要团结起来，打土豪分田地，我们就有活路！"妇女们很激动，争先恐后地说："对！打土豪分田地，拿回属于我们的东西。"

"钟校长，我们都是蹲着拉尿的尼婆，能成大事吗？"一个叫"一条腿"的女人白了周冬梅一眼。她叫李细妹，16岁时，家人把她嫁给一个糟老头换钱，她跑去找青梅竹马的旧相好，被老头抓回来打断一条腿。从此落下"一条腿"的外号。

"对啊,我们都是拉尿不上墙的尼婆,怎样去分得了田地?"周冬梅附和。钟竹筠认真地听她们讲,或蹙起眉头,或微笑点头,没有打断她们的话。

"钟校长,你快带我们去打土豪啊!他们有枪,我们去抢!"李春芳摩拳擦掌。"对!我们去抢!"有人附和。

李细妹说:"我们尼婆没力没气,怎么抢得过尼公?"尼公是当地土话,即男人。"你自己也是尼婆,自己都看不起自己!"周冬梅马上指着她的鼻子说。

"姐妹们,大家都静一静,不要争吵!"钟竹筠说,"刚才你们都说了自己的真实看法,表达了自己的心声,这点很好。我们女人跟男人一样也是妈妈怀胎十个月生的,我们跟男人一样也能做事,只是分工略有不同。我们女人跟男人一样是平等的。"听钟竹筠说到这里,周冬梅又忍不住插嘴:"女人比男人厉害,我们能生孩子,男人生得了吗?"

"哈哈!"其他女人笑了。

"所以说,女人跟男人的分工不同。我们女人很厉害,我们不能看不起自己。现在遂溪有妇女组织。妇女协会就是我们的娘家,专门给我们妇女说话的。"钟竹筠因势利导。

李春芳等人已经加入乡区妇女协会了。"一条腿"说她也要加入妇女协会。其他没加入的也要求加入。这些积极分子还把钟竹筠教的《农民苦》,教给其他人。

"6月割禾真辛苦,点点汗滴禾下土。田主们快活收租,哎哟哎哟,田主们快活收租!无钱无米活家小,儿女无知偏号啕:'亲爹娘,我肚子饿了!'哎哟哎哟,'亲爹娘,我肚子饿了!'田主收租真太过,把我的谷种拿去了,明年时不知怎么样。哎哟哎哟,明年时不知怎么样!"

《农民苦》在遂溪传开来,引起大家的共鸣,尤其是农民。但也引起土豪劣绅的恐惧,他们恨钟竹筠,说她"教坏"女人,带坏安分守己的农民,扬言要给她点颜色看看。

五

人间四月天,韩盈从梅菉回遂溪,主要任务是协助国民党遂溪县党部改组。

改组南路各县国民党是南路特委的工作之一。

韩盈从车站下车步行回南门圩的家。想到能见到久别的儿子和妻子，他情不自禁加快脚步。从梅菉到遂溪的路上，他除了想工作，想得最多的就是儿子：长高了吗？重了吗？会说话了吗？会叫爸爸了吗？想起年幼的儿子，韩盈的心里柔软得化不开。

天拉开夜幕，准备上演夜的故事。南门圩人家的灯光陆续亮了，传来母亲呼唤孩儿回家吃饭声，猪的哼哼声，鸡的咯咯声，狗的汪汪声。穿行在这些"交响乐"中，韩盈加快脚步走向自己的家，心里叫道："道儿，爸爸回来了！"他推开大门，走到天井，不见什么人，"道儿！筠妹！"他推开每间房的门，都不见人。他们去哪里了？韩盈放下行李去伯娘家。

伯娘正在厨房弄晚餐。她探出头："阿盈回来了！你在我家吃晚饭，我很快弄好了。"说着，她从柴火堆里，抓一把树枝、树叶塞进泥土灶里，一股带有树叶味的浓烟升起来，呛得她咳嗽了几下。

"辛苦伯娘了！"韩盈很感动。"习惯了，不辛苦！道儿在客厅，你去跟他玩。"伯娘说。她是孤寡老人，老伴被恶霸打死了，独子被反动军阀杀死了。

道儿穿着开裆裤，拿着有点脏的拨浪鼓，躺在客厅的草席上自个玩，不时把拨浪鼓塞进嘴里咬。"道儿，爸爸抱抱！"韩盈抱起躺在草席上的儿子，亲他的小脸。"哗"，道儿哭起来，扭过脸不让他亲。韩盈摸摸自己拉碴的胡子，又粗又硬，赶紧放下儿子。他太忙了，好几天没刮胡子，一定是胡子扎痛了儿子。

"道儿不哭，爸爸不扎你了。"韩盈把儿子抱在手里颠来倒去哄他玩。道儿还是哭，扁着小嘴，眼泪汪汪的。伯娘听到哭声从厨房出来，道儿一见她不哭了，用手指指着她，要扑向她，嘴里发出含糊不清的"唔唔"声音。

"道儿认生了！"伯娘从韩盈的手里接过道儿，指着饭桌说，"晚饭我弄好了，你先吃吧。不知道你今天回来，我也没准备什么好东西，只有南瓜粥、腌酸菜。昨天隔壁的李婶给的几个田艾木叶搭饼，大家都没吃。"

"很丰富了。我等阿筠回来一起吃。"

"不用等！她工作起来没日没夜的，不知道什么时候才回来。最近办了识字夜班，总是很晚才回来。我说她三餐不按时，会搞出胃病的。她说年轻没关系。"伯娘叹口气，"我讲过很多次了，讲不动她。你快劝劝她，这样没命地工作是会要命的。"

"伯娘你放心，我会劝她的。"韩盈安慰她，心想他自己不也是这样吗？两人在一起时，钟竹筠经常劝他要注意身体，他也答应她，可是一工作起来什么都忘记了。

伯娘抱着道儿，在他的脖子围上钟竹筠用布做的围脖，用勺子喂他米薯糊。米薯糊是用米粉加番薯粉混合在一起，再放进锅里和水一起煮的。米粉是用米舂成粉，而番薯粉是用锉子把番薯挫成长丝后，用清水洗番薯丝，捞起来沥干煮番薯粥。剩下的水中有淀粉，水干了之后剩下的就是番薯粉了。当地的贫穷人家，没有钱买牛奶或牛奶粉喂婴幼儿，就用这种土方法做婴幼儿的营养代餐。

"伯娘，我不饿，让我来喂道儿！"韩盈想抱儿子，道儿一见他又哭。"赶了一天的路，不饿是假的！我知道你是想等阿筠一起吃。"伯娘想了想说，"你还是先吃吧！吃饱了，把道儿带回家睡觉，我还要忙点其他活。"

伯娘哄道儿睡着后，韩盈抱儿子回家，放在床上睡。怕影响儿子，他关上房门，坐在客厅的木凳子上看文件。

夜深了，南门圩万籁俱寂，钟竹筠披着月色，拖着一身疲倦回来了。蓦然看见韩盈坐在客厅里，她惊喜交加："盈哥！啥时候回来的？"

"今天。"韩盈走过去，一把抱住她。钟竹筠双手搂着他的腰，把头靠在爱人的肩膀，感觉所有的疲倦都消失了。她闭上眼睛，享受着这难得的温情时光。"儿子呢？"钟竹筠突然睁开眼睛。

"在房间睡觉。"韩盈问，"你饿了吧？伯娘叫我带回熟番薯、木叶搭饼给你吃。"

"还真饿了。"钟竹筠说，"不过，我要先忙点活再吃。"

"筠妹，我弄热给你吃。"韩盈把弄热的番薯剥掉皮，想放进钟竹筠的嘴里。

"哈哈，你一回来我就变成番薯来就张口的'地主婆'了。"钟竹筠打趣道，"我可不想变成四体不勤的剥削阶级。"

"钟校长这么辛苦，我倒是想有机会照顾你。伯娘说你最近办班总是很晚才回家。路上不安全，你一定要小心！"韩盈充满了对妻子的关爱。

六

钟竹筠坐在韩盈对面的凳子上，边吃他剥开皮的番薯，边谈最近开展的工作。"以后我得叫你钟校长啰。"韩盈打趣。"我最喜欢你叫我筠妹！"钟竹筠深情地望着韩盈，他也脉脉地注视着她。昏黄的煤油下，她的俊美中又多了几分似水的柔情。

"筠妹！"韩盈抓住她的手，抚摸着。"哎，盈哥！"钟竹筠把他的手放在自己的脸上，"你的手有点凉，我给你暖暖。"她哈气，亲吻着他的手。他们聊一下家事，又聊起遂溪县以及南路的工作。"你这次回来协助县党部改组后，和我留在遂溪工作吗？"钟竹筠。

"不，完成改组，我就赶回梅菉。我和学增兄仿效广州农民讲习所的做法，由国民党南路特别委员会和雷州特别支部组织，在梅菉和海康分别举办梅菉宣传学校和雷州宣传讲习所。我们办的短期培训班，主要吸收工农运动积极分子，培养更多革命人才，解决南路干部缺乏的问题。我主要是负责南路梅菉宣传学校的校务工作。要自己编教材，还要上课。"韩盈说，"筠妹，你有合适的人选就推荐过来。"

"盈哥，你的工作任务很重啊！很辛苦！要保重身体。"

"筠妹，能为革命工作，我感到很骄傲，很幸福！虽然有些忙碌，但一点都不觉得辛苦。你知道，我的内心燃烧着一团火，为革命、为真理而燃烧的火，这团火不发出来那才辛苦呢！"

"盈哥，我也燃烧着一团火。这团火是你播下的火苗，是你点燃的火种。我会像你一样，只要一息尚存，这团火就要为革命燃烧，为真理而燃烧！直到生命的最后一刻！"

"筠妹！"韩盈紧紧搂住钟竹筠，激动地说，"你是我的同志！我的爱人！我最亲爱的人！"

在韩盈、钟竹筠、陈光礼、薛经辉、陈荣位、刘坚等共产党员的协助下，

1926年4月10日，国民党遂溪县党部改组代表大会如期举行。林丛郁受国民党广东南路特别委员会委派，到会作指导。虽然中途发生土豪劣绅冯汝祺、王庆云等人贿选事件，但最后还是完成了改组工作。在当选的县党部执行委员中，有钟竹筠、陈光礼、邓成球、刘坚等人。他们都是跨党党员。在黄学增、韩盈的指导下，国民党遂溪县党部召开执委监察会，重新调整各执委的工作。钟竹筠负责妇女部工作，陈光礼、邓成球，刘坚分别负责组织部、工人部、农民部的工作。同月的15日，在城月圩召开遂溪县农民协会成立大会，邓成球、陈光礼、颜卓、黄学新、周纪等人当选县农会执委委员，邓成球为委员长。

也是这段时间，遂溪县妇女解放协会正式成立了，钟竹筠任妇女主席，黄凌氏等人任副主席。

第二十一章　南路办事处

一

钟竹筠又离开儿子，再到位于梅菉的南路办事处工作。她提着行李，走在狭窄的青石路，往左拐上坎，便是营盘路。一直往前走200米左右就到南路办事处。这里原是清末高州镇台梅菉分府衙，门外有马房，内驻兵勇，所以叫"营盘"。

在办事处大门口，她遇见办事处总干事朱也赤。他理着平头，戴着一副眼镜，很斯文。

"钟部长回来了！我帮你提行李。"

"赤哥，不用客气，行李不多。"

钟竹筠望着熟悉的景物，不禁想起去年刚到这里的情景。从1925年底，她随国民革命军来到梅菉，在不到一年的时间内，她多次到这个地方，见证了它的变迁。

为方便指导各地农民运动，广东省农民协会把全省划分为七个区，设六个办事处，分别是潮梅海陆丰、惠州、北江、西江、南路，还有由省农协直接领导的中路办事处。1926年1月，省农协指派黄学增、韩盈、苏其礼三人组成南路办事处特别委员会，指定黄学增担任主任，主持全面工作。这一年的2月，黄学增回到南路，筹建南路办事处。一个月后，南路办事处正式成立，管辖高州府六属（茂名、信宜、电白、化县、吴川、廉江），雷州府三属（遂溪、海康、徐闻），钦廉四属（灵山、合浦、钦县、防城），两阳（阳江、阳春），共十五个县以及北海、梅录二市，范围很广，差不多占了半个广东省。

同年5月底，黄学增主持的广东南路特别委员会，刚刚在梅菉召开。会议决定：整顿各县市国民党党务，继续发展农、工、青、妇运动，且做了人员的安排，韩盈专埋钦廉四属，钟竹筠和黄荣负责茂名县的具体工作。7月，省农协南路办事处和国民党广东南路特别委员会，都从梅菉市迁到高州城，又是合址办公。先是在近圣书院办公，后转到高州城后街的南皋学舍。黄学增、韩盈、钟竹筠等共产党员都继续在这两个机构同时任职。

第一次走进南皋学舍，钟竹筠不禁想起梅菉的营盘街，与之相比，南皋学舍显得平坦多了。南皋学舍建筑不高，只有二层，是砖木楼房结构，院落式布局，硬山顶。有前中后三进，天井在中间。她见到在门楣上，还保留着宋代大理学家朱熹题写的对联，还刻有吉祥、励志的词语。她抬起头看见屋檐底有壁画，精美绝伦。这座学舍是高州府孔庙（学官）生员的居住处，于清朝所建。

二

当地的农村妇女，绝大部分没有读过书，连自己的名字都不会写。因为不识字，她们吃了当文盲的亏。钟竹筠想起自己在遂溪办过妇女识字班，效果很好。她想，何不也在高州办妇女识字班？黄学增、韩盈办了宣传班，培养了大量农民运动人才。如果办妇女识字班，教她们识字学文化，同时进行革命运动宣传，提高她们的思想觉悟，把她们拉到革命队伍中来，真可谓一举多得。

钟竹筠的想法，得到黄学增和韩盈的肯定，并鼓励她大胆去做。于是，她和妇女干部邓肖容、麦瑞云等人，下到乡村做动员工作，并且做开展农民运动的宣传。

识字班开班了。每晚，从八点上课到十点。要求会认，会读，会写，会用。课间时，钟竹筠教她们唱革命歌曲，或者把要认识的字编成歌谣教她们唱。她们很喜欢这种教学方式。

钟竹筠也像在遂溪一样亲自给识字班上课，也是从认识"妇"字入手："姐妹们，你看这个妇字，左边是女字，右边是歪倒的山字，高山的山，'三座大山'的山。帝国主义、封建主义和官僚资本主义这'三座大山'把我们压得喘不过气来。如果我们有文化，有力量，敢于斗争，女子也是可以把山推倒的！"

坐在前排的梁妹听得特别认真，钟竹筠的每一句话都说到她的心坎上。她和同村的李秀玲都带着孩子来上课，让孩子在教室外面跟其他小朋友玩，她们在教室里学习。梁妹只有20岁，孩子已经三四岁了。她长得非常漂亮，满脸稚气，不知情的人还以为她没结婚呢。她学得认真，加上聪明、记性好，教过的字她一学就会，在班里成绩最好。钟竹筠有意培养她，选她当学习委员，给她开"小灶"，多教她识字，有时特意让她当老师教其他妇女识字。她讲得头头是道，字写得又漂亮，识字班的妇女都夸她与钟部长一样长得漂亮，会写能说，将来一定有出息。

这是夏天的一个晚上，蝈蝈在教室外的草丛中"蝈蝈"叫，萤火虫在林间飞行，一闪一闪，忽明忽暗。快到八点钟了，梁妹还不见人影。要是往日，她肯定会带妇女们先唱歌，或是念歌谣。这晚带大家念粤语歌的是李秀玲："思想起，最苦就系我地农民，受人压迫无路可伸。手执犁头肩挑禾担，风吹日晒雨淋身……"

"铃铃"，钟竹筠手摇铜铃，在教室外面聊天的妇女，赶快回教室上课。她站在讲台上，看了一下来上课的妇女。除了梁妹，其他人都来了。本来说好今天晚上由梁妹来教识字，可是她却缺席了。她不是那种不守信用的人。今晚到底是怎么回事？

钟竹筠决定上课。下课后，她问李秀玲梁妹为什么不来上课。"这个……"钟秀玲欲言又止，顾左右而言他，"我去约她上课，梁妹又哭又闹，一定要来学习，家婆和老公就是不肯。具体原因，我……我也不清楚。你去问问她吧。"

"好！"钟竹筠没有追问下去，"我明天找他们聊聊。"

三

第二天早上，钟竹筠去梁妹的家，看见她正在灶台前，把砍碎的番薯叶煮猪潲准备喂猪，脸上还有泪痕。她问梁妹昨晚为什么不来上课。梁妹的眼睛又红了，看看周围没有其他人，才告诉钟竹筠原因。

梁妹的老公又老又丑，不放心她。老公经常跟踪她，昨天见到有个小伙子跟梁妹说话，他很害怕。昨晚，他把她关起来，不让她去学习了。家婆也怕梁妹有文化了，不要她的儿子。

"你家婆和老公现在在哪里？"钟竹筠问。

"老公一早到地里干活了，家婆和儿子还在房间睡觉。钟老师，你一定要帮帮我，我要读书！"

"谁呀？谁这么早来我家？"屋里传来一个苍老的女声。一个小脚女人颤巍巍地从房间里出来，她的头发全白了，弓腰驼背，几乎成九十度。钟竹筠赶紧上前扶住她。"你是谁？来干什么？"老婆婆问。

"我是识字班的钟老师，来看看你们。"

"哼！梁妹年轻不懂事，受了你们的骗，死活要去读书。我老太婆过桥多过你们吃番薯粥，不会上你们的当。识字能当饭吃么？识字能过上好生活么？我们女人婆不识字，不是照样能干活，下崽吗？我告诉你，你要是敢再劝梁妹去读书，我打断你的腿！"老婆婆举起拐杖。

"老婆婆不要生气，吃早餐没？我听梁妹说您喜欢吃猪肠粉，特意从高州城买过来给您老人家尝尝。"钟竹筠递上猪肠粉。猪肠粉还冒着热气，老婆婆馋得直吞口水。梁妹拿出筷子说："婆婆，我喂你！"家婆别过脸，不张嘴。

"梁妹是个好媳妇，贤惠，有孝心，您爱吃什么，她常记挂着，比亲闺女还亲，老婆婆真有福气！您趁热吃猪肠粉吧！"

"不用你喂！"老婆婆的口气缓和了很多。她转过身，背对着她们，狼吞虎咽吃起来。她很久没有吃过这么好吃的东西了，连剩下的那点酱油，都舔干净。"好吃吗？"钟竹筠问。"好吃！"老婆婆抚摸着肚皮。

"我下次来，再买给您吃。我奶奶也特别爱吃猪肠粉。她的年纪跟您差不多，看到您我就想起她。可惜她走得早，没福享受。"钟竹筠试着拉她的手，老婆婆没有拒绝。钟竹筠和她讲婆婆妈妈的家长里短，还特意讲自己读书受益，才有机会参加工作。

"你也是苦命人哪！你一个女人离家那么远跑来我这里，真是辛苦啊！"

"老婆婆，我不辛苦，能够为大家做事情，能够帮助别人，我感到很快乐。"钟竹筠看见老婆婆在揉她的三寸小脚，便问她的脚是怎么回事。"老毛病啦！"老婆婆叹气。

"我奶奶也是小时候缠足，成了三寸金莲。走路、干活，什么都不方便。我爷爷要我姑姑缠足，我奶奶坚决反对，说她这辈子给小脚毁了，不想女儿也像她那样受苦。我奶奶真是个好人，自己受过的苦，不想下一代也跟着受苦！我妈妈也是这样，不让我缠足，还让我上学堂读书。"钟竹筠边说边给她揉脚。

"闺女啊，你人好，家人也好。"

"谢谢您夸奖！如果我不是读过书，我也是个睁眼瞎，啥道理都不懂。梁妹聪明又孝顺，如果能够读书，会比我更好。您说是不是？"

"这……"老婆婆欲言又止。

"梁妹不能去读书！"一个男人大声说。他50岁左右，用扁担挑着一担番薯，手里拿着一把锄头，赤着的脚满是泥土，刚从地里干活回来。

"钟老师，他是李哥！"梁妹说。"李哥好！"钟竹筠起身跟他打招呼。"你是谁？来我家干什么？"李哥瞪大金鱼眼，很不友好。

钟竹筠说："我在高州城的省农民协会南路办事处工作。您听说过农民协会吗？"

"啥？农民也有协会？干啥的？"李哥问。"农民协会是为农民做事，为农民说话的。"钟竹筠说。"地主老爷那帮乌龟王八蛋欺负农民，你们管不？"李哥又问。

"当然管！"钟竹筠说。"有这样的好事？你没有骗我吧？"李哥不相信。"是真的，钟老师没骗人。"梁妹忍不住插嘴。"你一个女人婆，懂什么？喂老母猪去！"李哥对梁妹吼道。

钟竹筠说："梁妹很聪明，在识字班成绩优秀。人长得漂亮，但是没有花花心肠，很可靠，大家都夸她。我还特意让她当小老师呢。梁妹，你唱《农会歌》给李哥听。"

"好！"梁妹唱道，"中国农民，要团结，你要快起来！我有农民，我有扶植！打倒列强，打倒军阀，打倒贪官，打倒污吏，打倒大地主。加入农会，利益永无穷。"

"打倒大地主，真是说到我心坎上了！我恨死地主恶霸，逼得我没活路，我要打倒他们！"李哥挥舞着拳头。钟竹筠叫他坐下来，吩咐梁妹给梁哥弄早餐吃，她给他讲当地的农民运动。梁妹从厨房里端出一碗番薯粥和一条咸萝卜干。"梁妹，你也坐下来听听。"钟竹筠指着李哥旁边的矮凳子说。

钟竹筠告诉他们，在省农协南路办事处的领导下，南路各县、区、乡纷纷成立农民协会。茂名县经朱也赤等人的积极发动，也建起了乡农会，全县的乡农会组织蓬勃发展。今年6月，茂名县农民协会筹备委员会成立了，全县的农民运动发展更快。农会反对苛捐，打击加租易佃，推行"二五减租""二分纳息"等，还建桥修路、办学校，做公益事业；组织了农民自卫军，通过各种途径，保护农民的利益。农民看到农会为他们做实事，争先恐后要求加入农民协会。

"农会真是好！哎呀，我怎么不早点知道？"李哥听到这里，放下碗筷。"我在妇女识字班讲过农民协会呀。梁妹，你没有跟李哥说吗？"钟竹筠看着梁妹。"我想讲，但是又怕他。"梁妹怯怯地说。"你这个傻女人，我又不是老虎，你怕我干啥？"李哥又瞪大鼓鼓的金鱼眼。

"李哥，你刚才这个态度，别说梁妹，就是我都害怕。现在提倡婚姻自由，男女平等，夫妻之间要相敬相爱，谁都不能欺负谁。梁妹年轻、漂亮，又贤惠，找到这样的老婆，是你三生修来的福气，应该加倍爱她才对，不应该对她这么粗暴。李哥，你说是不是？"

李哥抓抓乱糟糟的头发说："我没文化，粗鲁。我很喜欢她，怕她跟别人走了，就老唬她。"

"你可以跟她来识字班一起学习。"钟竹筠说，"你不会再反对梁妹去读书吧？"

"嘿嘿！不……不反对。"李哥有点不好意思。

"我现在有点事要去办，梁妹，你下午带李哥到办事处找我。"

四

被派往防城县东兴处理党务的韩盈回到办事处，钟竹筠十分高兴。他们聚少离多，奔赴南路各地，居无定所，相聚的日子屈指可数。他们年轻的心燃烧着革命的激情，也燃烧着对亲人的思念。只是，他们惯于把思念埋藏在心底，忙于工作。

高州城夏日炎热，久别的爱人又在煤油下，摇着大蒲扇，聊起近段时间各自的工作。

"盈哥，两个多月前，茂名县莲塘等乡联名向办事处控告地主恶霸梁林名。这件事发生的时候，我正好在别处。我想向你了解一下当时的情况。"

"行，我讲给你听。"韩盈说。

在南路办事处的领导下，朱也赤等人积极而广泛地宣传发动，茂名县纷纷成立乡农会组织。农会斗地主，分田地，惩办贪官恶霸，解放婢女等，得到广大农民的拥护，而地主恨死农会了。一天，办事处来了一群农民，把一封信交给黄学增。这是莲塘、银坑等五个乡的农会发动群众，联名写的告状信，控告梁林名。此人名为银莲乡团董，实为地主恶霸，勾结官府，称霸一方。对加入农会的佃户，采取加租、易租等方式打击压榨报复。手段恶劣，影响很坏，百姓怨声载道。

农会代表李伍见黄学增看完告状信后马上说："黄主任，你一定要为我们做主，惩罚梁恶霸！"

"我们会主持公道的，你们先回去吧！"黄学增找到朱也赤，随后一起去银莲等乡了解情况，现场办公，发现农民的控告，情况属实。群众把黄学增和朱也赤团团围住，要求给他们伸张正义。

"梁林名身为乡团董，对抗农会，欺压百姓，作恶多端，实在是可恨。我们办事处支持你们，跟土豪劣绅斗争到底！"黄学增说。

"乡亲们，你们看到了，黄主任是支持我们的！我们不怕梁恶霸这些坏蛋！"朱也赤也说。

李伍跳上一块大石头，挥舞着手臂喊道："打倒地主恶霸！"其他群众也跟着李伍高呼："跟着农会走！农会万岁！"

黄学增和朱也赤回到办事处后，立即以国民党广东省南路特别委员会和省农协南路办事处的名义，写一封控告信，向茂名县署以及当地驻军，控诉梁团董的罪行，提出惩办他的要求。

考虑到梁团董在当地颇有势力，县署和驻军不敢动他。在黄学增的授意下，朱也赤带领农民，扛着农旗，举着三角形旗子，高呼口号，游示威，到县署请愿。他们把县衙门围得水泄不通，高呼："不惩办梁恶霸，我们就不离开！"看到请愿的农民像怒吼的潮水，还有各方的声援不断涌来，县长只好让步，让驻军营长扣押梁团董，把他交给梅菉驻军团部处理。

听韩盈讲完，钟竹筠问："听说，后来驻军团部收了梁林名家人的几担白银，把他放回家了。"

"确是这样！这些受贿分子放虎归山，助纣为虐。跟梁恶霸一样也是人民的罪人！"韩盈说，"但是，捉拿梁恶霸这事大大鼓舞了农民。他们把农会当作政府，极大提高了农会的声望，促进农会的发展。"

"是的。这件事影响很大，朱也赤同志打算把梁恶霸的罪行写成剧本《毒蛇传》，给血痕剧社演出，叫我参与创作剧本。"朱也赤是茂名县人。在广州读书期间，受马克思主义思想影响，追求革命真理。加入中国共产党后，改名为朱也赤。是茂名县第一个共产党员。1926年5月，中共茂名县支部成立，他任书记。中共茂名县支部办公处也在南皋学舍里面。

"很好。筠妹，你参加过醒狮剧社，有经验，写好剧本后给我看看。"韩盈说，"还有，我任总编辑的《高州民国日报》要增设副刊《高潮》，你写写南路妇女解放运动这类稿子给我。"

"好的。正好趁机会向大才子寒萤老师学习！"钟竹筠调皮地说。

经过反复修改，凝聚钟竹筠、朱也赤等人心血的剧本《毒蛇传》定稿了，剧团紧锣密鼓排练。朱也赤建议以国民党茂名县党部名义组织各界人士观看演出，得到黄学增、韩盈等领导的肯定。《毒蛇传》按计划在高州公演，观众如潮，好评连连，地主恶霸土豪劣绅恨得牙齿咬得咯咯响。

钟竹筠组织识字班的学员观看《毒蛇传》，然后叫学员结合自己的情况谈观后感。学员声泪俱下，争先恐后控诉地主劣绅对农民的剥削，自己所受到的压迫。谈观后感变成"控诉会"。轮到李哥谈感受，他一开口就说："我要加入农会！打倒地主恶霸！"梁妹和其他人也跟着说，要加入农民协会。不久，他们都加入农会。梁妹还成了识字班的老师和妇女协会的骨干。

第二十二章　麻章事件

一

广州湾赤坎的一家鸦片烟馆，烟雾缭绕。这是一栋三层楼的烟馆。门口站着一个如花似玉的女子在招揽生意，见到一个浪荡公子，忙拉住他："公子，进来抽两口吧，保你欲仙欲死！"公子捏捏她的脸，淫笑道："你陪抽吗？"

"有人陪！"女子看他的打扮像个有钱主儿，便叫他上楼。楼梯在侧边，跟一楼的烟馆隔开。

烟馆的一楼人来人往，人声嘈杂，有人光着膀子坐着抽鸦片烟，有人躺在床上吸鸦片烟。个个面黄肌瘦，两眼无神。在一楼的多是口袋没几个钱的"瘾君子"，有的本来是有钱人家，因为吸鸦片而倾家荡产。二三楼则比较安静，一个个房间隔开成独立间。装饰豪华、气派。来这里抽鸦片的，不是有身份、有地位的人，就是有钱人。

麻章团局长和土豪梁里斋、姚丙区正在二楼抽鸦片，躺在一张红木做的大烟床上，脚伸到与床同高的凳子上。烟床中间放一张长方形的矮桌子，上面放着烟土、烟具等。他们侧身半躺在床上，嘴里含着长长的烟枪，不时聊一下。有两个美貌的女子在身边伺候，给他们装烟，点烟，按摩。他们是这家烟馆的常客，常抽从国外走私到广州湾的"洋烟"，这样才够身份，够排场，本地也种鸦片，但他们不抽。

一个团兵匆匆忙忙推门进来，梁里斋乜斜着眼睛，不高兴地问道："张二金有啥事？"

"局座……不……好了！"团丁结结巴巴地说。

"老子怎么不好了？话都不会说！到底是怎么回事？"梁里斋把烟枪从嘴里拔出来骂道，骂完又把烟枪放进嘴里。"是，是……"张二金擦擦额头上的汗，慢慢讲。

省港罢工委员会驻遂溪纠察队收到命令，要到雷城集中，准备与驻雷城的纠察队举行罢工。打听到消息的民团小头目张二金把消息传给当地联团。联团团长李保财立马带领人马赶去拦截。在遂溪县第三区麻章圩，联团队与纠察队相遇。联团队把车横在纠察队前，说纠察队聚众斗殴，要把他们抓走。

"请问，你哪只眼看见我们斗殴了？"纠察队长符抗雄问。

"这只眼，还有这只眼，都看见了。"李保财说完，手一挥，几个团兵动手，毁坏纠察队的车。双方扭打起来，各有损伤。张二金见纠察队的人多，怕打不过，计上心头，带领手下逃走了。纠察队队员要去追赶他们，符抗雄想到当前最要紧的是赶去雷城，以后再找他们算账。李保财开车去遂溪法庭，控告纠察队毁坏他们的车，但是法庭对他们爱理不理。他暗中派张二金去找民团局长梁里斋，希望他出面解决问题。

听完张二金的叙述，梁里斋、姚丙区立即从烟床上下来，前去遂溪法庭找法官陆法全。

陆法全见到他们，不冷不热地说："据我了解，是联防队先动手，毁坏了纠察队的车。我身为法官理应伸张正义！"

梁里斋与姚丙区交换了一下眼神，然后，梁里斋打着哈哈："陆法官是主持公道的好法官。这件事上双方都有错，我看这样好不好……"陆法官听得心花怒放，但表面上还是不冷不热："梁局长也是个明白人！这事咱们就这样定了！现去抓纠察队！"

他们马上纠集团警和源泰汽车公司职员几百人，分坐数辆大卡车，追赶纠察队。在麻章区甘霖村附近，他们追上步行的纠察队，从车上跳下来，把纠察队团团围住。"通通把器械放下！"梁里斋命令。纠察队队员个个紧握手中的武器，怒目而视。见纠察队不合作，团警动手抢纠察队的器械。

"抗议！我们是纠察队，你们无权这样做！"符抗雄上前与梁里斋对峙。"什么纠察队！就是要缴你们的枪棍！"梁里斋蛮横道，"把他抓起来！"几个团警上来把符抗雄捉住，殴打。特派员陈车名跟他们评理，也被团警抓住。两人被打得趴在地上，都受了重伤，鲜血直流。团警把他们从地上拉起来，捆绑。

天下起大雨，哗啦啦。雷声、闪电声，响个不停。"继续打！"陆法全、梁里斋等人钻进汽车，点燃烟枪，透过车窗玻璃，看着雨中殴打的人群，鲜血染红地上的雨水；听着殴打声、痛哭声、咒骂声、雷雨声混成一团，他们嘴含烟枪，像欣赏一场电影，觉得十分过瘾。

这伙人仗着人多势众，穷凶极恶地对赤手空拳的纠察队队员拳打脚踢，撕烂他们的衣服，把他们身上的钱和行李都抢走。符抗雄和陈车名等几十人，被他们捆绑押回警署，拘禁起来，分别审讯。

"你叫什么名字？"警察问符抗雄，"为什么殴打团警？"

"错！不是我们殴打团警，是他们殴打我们，还把我们的东西全部抢走，简直就是一群强盗！无法无天的歹徒！"符抗雄怒道。"住口！你们才是！我们要把你们交给法官，判你们的罪行！"警察怒拍桌子。

警察对符抗雄、陈车名等人，只是做简单的审讯，然后用汽车把他们押送到遂溪县城分法庭，留押在分庭里。被囚禁在分庭的纠察队队员都受了重伤，有的人痛得忍不住喊叫，呻吟声彼起此伏。法庭不但不给他们治伤，还像对待重刑犯一样，用木闸枷他们的脚。

"抗议无良法庭！"对纠察队队员像潮水般的抗议声，陆法全只是冷笑。

二

得知梁里斋、陆法全等人的恶劣行径，又回遂溪工作的韩盈怒不可遏，立即去找共产党员、国民党遂溪县党部执委刘坚。听说了事情的来龙去脉，刘坚也十分气愤："我们找陆法全说理！救出符队长和其他被扣押的同志。"

"陆法全作为法官，知法犯法，是可忍孰不可忍。我们一定为抗雄兄弟、为纠察队讨回公道！"韩盈说。

他们都认识符抗雄。1925年底,省港罢工委员会派出工人纠察队,以符抗雄作为队长、张伟琪为宣传队长,进驻雷州半岛。韩盈作为"雷枝"书记,与其他人一道发动遂溪各区的农民协会、青年同志社、渔业工会、青年学生等团体,在城乡进行广泛的宣传,并且配合符抗雄带领的纠察队封锁港口。他们就是在封锁港口、禁运往返香港的货物时认识的。双方配合得很好,符抗雄赞扬韩盈,说他的工作做得扎实,有力地支援了省港大罢工。后来,他们又发动了遂溪各界人民举行"五卅"纪念大会,揭露帝国主义屠杀爱国群众的罪行,号召各界人民团结起来,与帝国主义做斗争,为死难的同胞报仇雪恨。

现在,符抗雄和纠察队队员有难,韩盈一定要解救。当天,韩盈、刘坚,还有驻雷州纠察队宣传队长张伟琪等人,先去遂溪县署将此事告诉林应礼县长,请他出面交涉,释放拘禁在法庭的纠察队员。林应礼说这事他不管。韩盈和刘坚愤然离开,去法庭找陆法全,被卫兵拦住:"你们是什么人?来干什么?"

"我们是国民党遂溪县委部执委,找陆法官有事,请让我们进去!"韩盈说。"陆法官有令,今天不见任何人!"卫兵说。"我们找陆法官商量大事,你要是耽误了,担当得起吗?"刘坚说。卫兵见他们都是县委部执委,来头不小,怕真的耽误事,只好放行。

陆法全正坐在办公室里,见有人进来很愕然。韩盈、刘坚先介绍自己的身份。陆法官傲慢地看了他们一眼,问:"你们来干什么?"

"无事不登三宝殿,我们来找陆法官当然有事!"韩盈不想跟这种人客气,直截了当地说,"你们囚禁纠察队队员是不对的,请马上放人!"

"好大的口气!"陆法全"嚯"地从座位上站起来,"我是法官,扣押谁,对不对,由我来决定,不用你来教训!"

"陆法官,不要知法犯法!"刘坚说。

"我犯了哪条法律?"陆法全冷笑道。

"纠察队队员又犯了哪条法律?"韩盈反问。

"他们持械聚众生事,毁坏民团汽车,殴打团警,触犯法律。我身为法官,有责任有义务维护社会秩序,伸张正义,为社会平安保驾护航。如果我不拘禁他们,就是我失职。"陆法全高昂着头,振振有词。

"陆法官口中说的歹徒是民团，而不是纠察队！这些民团毁坏纠察队的汽车，殴打纠察队队员，抢了他们的公款和衣物，还把他们捆绑送到警署。陆法官当时也在场也亲眼看到。您身为法官，怎么能是非不分，黑白颠倒，睁眼说瞎话！"韩盈反驳，"请陆法官赶快放人！"韩盈的话激怒陆法全，他怒睁三角眼，两撇八字须跟着抖动的嘴唇起伏："这事没得商量！"

"请陆法官放人！"刘坚也重申。"我按法律办事，不要你们来教训！"陆法全拍桌子。

"陆法官口口声声说按法律办事，那么我问你，团警打伤纠察队队员，你怎么不惩罚他们？你明摆着搞双重标准，偏袒民团，知法犯法！"韩盈的话点中要害，更激怒了陆法全："你……来人！"他立即颁发戒严令。进来一个法警，陆法全手指着韩盈和刘坚："把他们赶出去！"

"慢！"韩盈制止要动手拉他的法警，"符抗雄他们受了重伤，请释放伤员以便疗伤。"

"我们自然会有人给他疗伤的，不用你操心！"陆法全毫无商量余地，对着法警喊，"还愣着干什么？"法警又要动手赶他们。"陆法官，你如果不放人，我们还会来的，直到你放人为止！"韩盈临走时说。

三

韩盈回来后，仍然气愤难平。他拿出纸笔，把纠察队队员被团警打伤，被留押在遂溪县城分法庭，法官陆法全颠倒黑白的整个经过写下来，呼吁省政府严惩陆法全、梁里斋、姚丙区等凶手，释放纠察队队员，恢复他们的名誉。

写完最后一个字，韩盈听到鸡啼声，看看手表，已是五更。又熬了一个通宵，双眼又涩又酸，身体疲倦不堪，喉咙又干又痒，他咳嗽了几下，看了一下床。床上空空如也，儿子呢？他寻找儿子，一会才猛然想起，因为要赶材料，昨晚又把儿子放到伯娘家里。他觉得很愧对儿子。钟竹筠被派往外地工作了，自己就算在遂溪，也是日夜忙碌，没空陪儿子。

韩盈似乎听到儿子的哭喊声，打开门，果然见到伯娘抱着还在哭的儿子。他从伯娘手里接过儿子，给儿子擦眼泪，哄道："道儿是男子汉，不哭不哭。"道儿哭得更厉害了，身子在抽搐。

"阿盈，我做好早餐了。你过去我家吃吧，道儿给我。"伯娘从韩盈手里接过道儿，"唉，你们两个整天忙忙碌碌，儿子都认生了。"

伯娘备的早餐很简单，又是番薯粥、咸鱼、萝卜干。韩盈匆匆忙忙吃了两碗，亲亲儿子的小脸，出门了。

韩盈联系县农协委员长邓成球，以县党部和县农协名义，把《遂溪分庭摧残纠察队之骇闻》呈报省政府和省罢工委员会，并通电各界。各界纷纷表示声援。很快，广州《工人之路》发表韩盈此文。随后又登出《雷州茂名党部对遂溪分庭摧残司法之愤慨》，继续支持韩盈，再次呼吁省政府严办姚丙区、陆法全之流，释放被扣押的罢工纠察队队员。

四

在茂名县的钟竹筠得知此事后回到遂溪，和韩盈商量怎么对付陆法全、土豪劣绅姚丙区之流。他们一方面将此事通报雷州、茂名等县党部；另一方面联络遂溪县农民协会、师范学联会、醒狮剧社等团体的负责人。经商量决定，韩盈、颜卓、陈光礼等人带领这些团体到县政府、县城游行示威，散发《纪念沙基殉难烈士》以及要求释放纠察队队员支持香港大罢工的传单。

钟竹筠负责带领妇女到遂溪法庭请愿。她把道儿交给伯娘带，与黄凌氏等人组织遂溪县妇女解放协会的成员，带着草席子，挑着番薯、花生等东西充饥，有的甚至背着孩子，到县法庭请愿，要求无罪释放被囚禁的纠察队队员。

因为囚禁纠察队队员，各界纷纷声讨，陆法全已是焦头烂额。现在，得知一群妇女在门口请愿，吵吵嚷嚷，他大骂，命令法警把她们赶走。一会，法警回来汇报，说一个叫钟竹筠的女人指名要见陆法官。

"越来越多的女人加入请愿队伍，连门口都坐满了人，进出不得。"法警说。陆法全知道钟竹筠很厉害，怕事情闹大了不好收拾，只好答应出来见她们。

到了下午四五点，陆法全才慢吞吞地出来。看见法庭门口满是女人，有的坐在自带的草席子上，有的举着横幅高呼："严惩凶手！""无罪释放纠察队队员！"这群静坐大半天的妇女，饥渴难忍，有的正剥番薯皮，吃番薯。旁边还有很多人围观，有男有女。

陆法全阴沉着脸："你们这群尼婆，不在家好好服侍老公、奶孩子，疯疯癫癫跑来这里做什么！我办事关你们什么事？"

钟竹筠走到陆法全面前说："你就是陆法官吧？你说我们疯疯癫癫来这里搞事，请问，有头发谁愿意当秃子？你们囚禁的纠察队队员中，有我们的丈夫、兄弟、儿子，有我们的朋友。你说，关不关我们的事？该不该管？如果你释放他们，我们马上离开！"

"钟部长，钟主席，你读过书，知书达礼、懂得国家法律，你应该支持我们的工作，而不是跟着这些头发长见识短、没文化的尼婆胡闹！"

"尼婆"是当地的土话，是女人的意思，带有轻蔑的语气。陆法全的态度更令钟竹筠生气，她说："陆法官，请尊重妇女，用语文明一点！我们不是胡闹，我们是来请愿。我懂国家规章制度，你说对了。正是因为我懂，才敢理直气壮地带她们来这里请愿。你们这样做是违法的！纠察队队员是无罪的。请陆法官立即释放他们！如果不是释放，我们就……"

"你们就怎么样？"陆法全问。

"陆法官，你已经看到我们都担番薯来了。我们的态度很明确，你如果不释放人，我们就在这里静坐，直到你答应为止！这事我们已经上报到省政府，《工人之路》已刊登出来。"钟竹筠把《工人之路》给陆法全看。他匆匆看了标题，虚张声势地扔报纸回给钟竹筠："岂有此理！颠倒黑白！"

"你说颠倒黑白，请问哪点是假的？"钟竹筠寸步不让。

"都是假的！"

"请指出来！"钟竹筠又把报纸递给陆法全，他不接。"陆法官指不出吧？！因为我们讲的都是事实！"钟竹筠冷笑道。陆法全装作没听见。

这时，韩盈带领的游行队伍在请愿妇女外围声援，高呼口号，唱国际歌。陆法全手一挥，有人进去法庭。一会，全部法警持枪出来，用枪指着请愿的妇女。钟竹筠走到陆法全面前，毫无惧色地说："陆法官，如果你们开枪就是罪加一等。我们会继续上告省政府揭露你们的罪行！"

人群中有人呼喊："打倒帝国主义，打倒反动法官！""马上释放纠察队队员！"

"陆法官，今天的情形你已经看到了，明天还会有更多的人来声援，直到你无罪释放被关押的纠察队队员为止！陆法官不会忘记伍黄贯县长是怎么下台的吧？"钟竹筠逼视着陆法全的眼睛，看到他眼中掠过的一丝不安。

陆法全当然不会忘记伍黄贯是怎么被赶下台的。他的下台也与纠察队有关。几个月前，有奸商偷运货物，驻在广州湾的法帝，为保护奸商，派兵入侵华界，引起民愤。伍黄贯知道此事后，没有即时封锁港口，也没有采取什么措施对付法帝和奸商，听之任之。省港罢工纠察队在港口阻挡他们，伍黄贯立即带人前来干预，指着纠察队特派员的鼻子说："这是我的地盘，你凭什么来这里办事？马上给我滚！"他的倒行逆施引起遂溪人民的公愤，遂溪农协联合各界，上书省政府告伍黄贯的状，要求撤他的职，最后获胜。

一想起伍黄贯的下台，陆法全就头皮发麻，怕重蹈覆辙。但是收了梁里斋的钱，就得为他们办事，那些人可不是吃素的。开弓没有回头箭，他从口袋里掏出手帕，擦擦额头上渗出的细汗。刚才的嚣张气焰灭了几分。一个身穿西装的人走上前，附在陆法官耳边耳语一番，又递报纸给他看。他面色阴沉。过了一会，陆法全走到钟竹筠面前说："钟部长，我同意释放几个重伤人员，你快带这些尼婆回去吧！"

"不行，要释放所有被拘禁的纠察队队员！"钟竹筠斩钉截铁地说。

"钟部长，你不要得寸进尺！我已经做出很大的让步了！"陆法全说。钟竹筠和韩盈等人商量一番后，对陆法全说："我们同意先释放重伤人员，但你们必须在两天内把所有扣押人释放，要不我们会再来请愿！"

后来，陆法全迫于来自遂溪内外的各方压力，同意释放所有扣押在法庭的纠察队队员。

省港大罢工结束，派驻在遂溪乃至南路各地的纠察队，陆续撤返回广州。临走，符抗雄特意拜访韩盈、钟竹筠等人，感谢他们搭救之恩，感谢他们为省港大罢工作出的贡献。

不久，中共遂溪县部委成立，韩盈担任书记。韩盈、钟竹筠、黄广渊、陈光礼、颜卓、邓成球等12人任委员。县委机关设在遂溪县城的城隍庙，离韩盈的家南门圩只有一公里左右。城隍庙是一座庙宇式的建筑，占地大概两百平方米，红墙绿瓦，有青砖砌成的围墙围着，青石板铺成的路。院内有青石盘和青石条。

这时的遂溪县，农会会员有六万多人，几乎占南路农会会员总数的一半。

第二十三章　离别

一

1926年，韩盈非常忙碌。这一年的夏天，他被派去整顿防城县党部，到北海、合浦、东兴等地巡查，然后回到南路办事处参加会议，接着又西下钦廉，整顿党务，发展工运、农运、青年运动；回遂溪工作没多久，又回到南路办事处。

初秋的一个早上，韩盈向黄学增汇报工作。黄学增身兼多职，是中国国民党广东党部南路特别委员会和广东省农民协会南路办事处的主任，还是中共广东区委南路特派员。

韩盈还没说上几句，就感到胸痛，疲乏，咳嗽。黄学增叫他休息一下，他说不碍事。听完他的汇报，黄学增说："要派人到东兴，主要是开展建党建团工作，同时加强对工农、青年、妇女等运动的领导，我原来想让你继续去东兴，但是你现在手头工作太多了，放不下，走不开，得派其他同志去东兴。"韩盈问黄学增打算派谁去。黄学增说，"还在物色中。盈兄觉得派谁去东兴合适呢？"

韩盈说："钟竹筠同志比较合适。我继父欧家铭在东兴经商，我母亲也在东兴。继父在东兴人脉广，认识的人多，这对她开展工作有利。她搞过妇女解放运动工作，有经验。"黄学增思考一会说："她的确合适，有理论也有实践经验，工作认真，工作能力强。可是你现在的身体状况很不好，需要她在身边照顾。孩子还小。我看还是派别人去吧。"

韩盈说："谢谢学增兄对我的关心。革命工作是大事，家事只是小事。家里的事情我会处理好。只要组织上需要，尽管派她去。"

黄学增握着韩盈的手："盈兄真是明事理！不过，你家庭情况特殊，我们还是要听听钟竹筠同志的意见。干革命工作也要以人为本。你先跟她商量，看她的态度，再把结果告诉我。"

中午，韩盈回到住处，看见钟竹筠正陪儿子道儿玩。她平时工作忙，基本上没有时间陪儿子玩，像今天这样的情形屈指可数。前几天，遂溪的亲人带伯娘和道儿来探望他们。想到母子刚团聚，很快又要分别，韩盈心里隐隐有些难受，站在一旁静静地看他们玩。

房中铺一张草席子，刚学会爬的道儿在席子上爬来爬去。钟竹筠拿着一个小拨浪鼓逗他玩："道儿，来，来妈妈这边。"道儿爬过去，从她手里抢过拨浪鼓，往自己嘴里送。"道儿要讲卫生哦，拨浪鼓只能玩，不能吃哟。"钟竹筠从他手里抢过小拨浪鼓，道儿嘴一扁哭起来。"道儿不哭。"她抱起道儿哄。

"爸爸抱！"韩盈从钟竹筠手里接过道儿。道儿极少见到爸爸，哭得更大声了。"孩子认生，还是让我抱吧！"她从韩盈手里接过儿子，"他可能饿了，给他冲点米粉。"韩盈把冲好的米粉给道儿喝。大概是太饿了，他咕噜咕噜地喝得欢。韩盈看儿子喝。一会儿，道儿在钟竹筠的怀里睡着了，嘴角溢出口水。韩盈用手擦儿子流出来的口水，情不自禁在儿子可爱的小脸蛋上亲一下。钟竹筠也亲儿子的脸蛋。

"筠妹，把道儿放在床上睡，我有话跟你讲。"

二

韩盈先跟钟竹筠讲当前的形势："经过我们的努力，到目前为止，南路各县国民党党部的改组、筹备工作基本完成。根据当前的革命形势，需要扩大共产党员队伍，建立中共党支部。但是，南路目前只是个别县成立了中共地方组织，这项工作我们要尽快完成。今年初，我和林丛郁同志协助成立了国民党防城县党部，现在需要派人去防城县东兴创建中共党组织，加强工、农、青、妇等运动的领导。此外，还要大力开展青年和妇女运动。学增兄原来想让我继续去东兴，但是……"话还没说完，韩盈又抚着胸口，猛烈地咳嗽起来。

"盈哥，你歇会再说。"钟竹筠揉揉他的胸口。"没事的，这段时间老是这样，一会就好了。"韩盈又咳嗽，比刚才更猛烈了。他怕传染给钟竹筠，又转过身背对着她咳嗽。

钟竹筠不避忌，走到韩盈面前把手帕递过给他。洁白的手帕上绣着青翠的竹子。他用手帕捂着嘴巴咳嗽，咳嗽停了，拿开手帕。"啊，血！"她惊叫道。绣着青竹的洁白的手帕上，有几点鲜红的东西，那是韩盈哥吐出的血！

"没事，不要大声叫，别吵醒道儿。"韩盈压低声音说。"盈哥，你都咯血了，还说没事！我去弄点药给你吃。"钟竹筠很是心疼，充满了对丈夫的关爱。

"我有药。"韩盈从口袋里拿出药丸，用开水送服。那是一个中医用草药给他碾制的小丸。最近，他不时出现咳嗽、咳痰、咯血、盗汗、胸痛、疲乏等症状。他怕钟竹筠担心，一直不敢让她知道。实在受不了的时候，自己私下看了医生，开了些药，偷偷服用。

吃了药，韩盈感觉好多了，继续说组织上准备派钟竹筠去东兴工作的话题。

"我是共产党员，党需要我去哪我就去哪。盈哥分析得对，我的确很合适去东兴。"钟竹筠停下，深情又不无担忧地望着韩盈，"可是，你工作那么繁忙，又有病在身，需要有人在身边照顾你。"

"筠妹，你担心的问题，学增兄都跟我提过了。我说，我的病是因为这段时间劳累才出现的状况，我休息好，吃了药，会很快好的，没事。我会安排伯娘照顾儿子，你就放心去吧！"

"盈哥，那就这样定了，我去东兴工作！"钟竹筠愉快地说。她去找黄学增。黄学增先赞她和韩盈把革命工作放首位，舍小家为大家。然后跟她讲东兴的情况及派她去东兴的工作任务。

"东兴镇是我国通往越南的主要通商口岸，地理位置险要；经济繁荣，具有'小香港'之称，是防城县经济文化中心，国民党防城县党部就设在东兴。"黄学增语重心长地说，"中共'三大'明确规定，在共产党员加入国民党时，党必须在政治上、思想上、组织上保持自己的独立性。你是跨党党员，要记住你的双重身份。你的公开身份是国民党广东省'南特'委员和省农协南路办事处妇女部长。现在，国民党防城县党部左右派之争非常厉害，你要站在国民党左派这边，支持他们的斗争，帮助党部开展国民革命运动。共产党员这个身份是保密的，要坚持国共合作中，共产党员独立自主的原则，部署中共党组织领导的革命运动。你的任务很艰巨，又是女同志，有什么困难就向组织提出来。"

"我会克服一切困难完成党交给我的任务！"钟竹筠说。

三

明天就要去东兴了，钟竹筠赶快处理、交代好手头的工作。她和韩盈回到住处的时候，天已经黑了。伯娘说道儿刚刚醒。

钟竹筠用背带背着道儿，亲自下厨做饭、做菜，给韩盈熬草药。昨天，她抽空去找了一个当地有名的郎中。郎中根据她对韩盈病情的描述，初步判断他可能是得了肺痨，开了一些草药，叮嘱她叫韩盈不能太疲劳，注意加强营养，注意室内的通风透气，等等。

夜晚，钟竹筠哄儿子睡着后，和韩盈聊了很久，有工作上的事，也有家庭生活上的。夫妻俩为了革命工作聚少离多，分别是常态。但是，想到此次去中越边界的东兴，不知何时才能见面，两人难舍难分。钟竹筠除了不放心儿子，还有韩盈的病。

韩盈说："你放心去东兴工作吧！不用担心我们。筠妹，你以前不是问我为什么用寒萤做笔名吗？我让你猜，你只猜对了一半。寒萤，除了跟我本名谐音，还与我喜欢萤火虫有关。它又名夜光、熠耀、宵烛、耀夜等，尾部能发出荧光，所以叫萤火虫。天上的明月虽然明亮，但靠的是借光；而地上的萤火虫虽然微小，但发的是自身的光！"

韩盈扭动着煤油灯开关，那灯光在他的扭动下忽明忽暗。他凝视着灯说："人如灯，终有一天会油尽灯灭。在灯油没有尽的时候，尽量发光发热，给人光明。我们共产党人就是为真理而活，为信仰而死。"

"人要像灯一样，在有生之年努力发光、发亮，照亮自己，照亮别人，照亮世界。共产主义是明灯，给人光明，给人希望。中国共产党只有五岁，还很年轻，需要呵护、坚守，使其茁壮成长。我们共产党人，无论什么情况下，都要牢记初心，坚守理想信念，用生命捍卫信仰，把一切都献给党。盈哥，我的理解对不对呀？"钟竹筠注视着韩盈。

"筠妹，你说出了我的心里话！"韩盈紧握钟竹筠的手，"东兴的形势比较复杂，虽然国共两党还在合作，但是国民党右派，还有一些恶势力，对共产党很不友好。去年8月，国民党左派廖仲恺先生被暗杀，据说是国民党右派干的。所以，你要做好工作，也要学会保护自己。我们都是共产党人，我和你约定，牢记我们入党的誓言，为年轻的共产党多作贡献，永远跟党走，永不叛党！"

"放心吧，盈哥，我会用生命捍卫我的信仰！为共产主义奋斗终生，绝不叛变！"钟竹筠也紧握韩盈的手。这对革命伉俪互相鼓励，心里都熊熊燃烧着革命激情。

初秋的夜晚不像白天那么炎热，有些凉意。夫妻夜谈间，道儿醒了，钟竹筠抱起他，一边拍着他，一边唱儿歌哄他。道儿好像知道妈妈明天要离开，平时还比较很乖的他，这天晚上表现得很特别，后半夜哭闹个不停。夫妻俩轮流着哄儿子，抱他，背他，哄他，唱歌，使尽浑身解数，好不容易哄他睡着。

钟竹筠想到此去一别，不知何时才能见到儿子，心里有些隐隐的疼。那是母亲对儿子的疼爱，是对儿子的不舍。她细细端详着儿子，抚摸着他的眼睛、鼻子、嘴巴，又俯下身子，轻轻地亲他的脸蛋，小手。心里充满了无限的柔情，满满的母爱，还有万般的不舍。儿子自生下来，除了坐月子那个月天天和他在一起，一满月，她就开始工作，跟儿子聚少离多。她觉得自己不是一个合格的母亲，欠儿子太多。

钟竹筠把赶时间织好的小毛衣小毛裤放在儿子枕头边，叮嘱韩盈天凉了，记得给儿子穿上。"真对不起你们父子俩。原谅我，我没有当好妻子、母亲的角色，欠你们的太多了。"

"筠妹，不要这样说。你不是抱窝的母鸡，是翱翔的大鹏。你为了共产主义事业，舍弃了天伦之乐，你很伟大，很了不起，我为有你这样的妻子感到骄傲！将来道儿也会为有这样的母亲而自豪！"韩盈深情地看着钟竹筠，"夜深了，你明天还要赶路，早点休息吧。"

钟竹筠起得比平时更早。她刚做好早餐,儿子便醒了。她给儿子调好米粉,喂他。伯娘过来,抱起道儿去玩。

钟竹筠动身前往东兴的时候,伯娘背道儿来跟她告别。钟竹筠忍不住俯身亲一下儿子的脸,睡着的道儿突然张开眼,黑葡萄似的眼睛盯着她看。"道儿,乖乖睡吧!"她用手轻轻合上他的眼睛。他闭上眼睛,又张开眼,睁得圆圆的。小手伸出来,小嘴发出含糊不清的声音。钟竹筠又用手合上他的眼睛,叫他睡觉。

"走吧,他醒了,你走不了。"韩盈拉着钟竹筠的手。

"道儿!妈妈走了!你要乖乖的,等妈妈回来!妈妈一定会回来的,妈妈回来再疼你!"钟竹筠眼里噙着泪水,狠狠心,转过身,提着竹编的行李箱走了。

韩盈送钟竹筠到车站,把不舍压在心底,挥手告别。

第二十四章　初到东兴

一

钟竹筠终于到达防城县东兴镇。它是中国南部边陲重镇，西南和越南海陆相接，隔北仑河与芒街相望，东南临北部湾。

初秋的东兴，白天还是那么热。钟竹筠提着简单的行李，走在东兴的街头，不一会已经热得满头大汗了。她手拿韩盈写着欧家铭住址的纸条，问一个头戴竹笠的女人。对方说，从这里往左拐，看到一条大马路，然后往右拐，过十字路口往左拐就到。不知是对方讲得不清楚，还是钟竹筠理解有误，她拐来拐去还是找不到欧家所在的地方，倒是走到一条很热闹的街道。街道两旁的建筑，有的是欧式的，很漂亮。街上的流动小贩不少，卖得多是当地的土特产，还有一些是外国货。

一个戴着绿帽子、皮肤黑得发亮的男子，走到钟竹筠的面前，拿着一瓶香水问她要不要。看到男子戴绿帽子，她觉得很奇怪。在中国文化中"戴绿帽子"是贬义，是指妻子跟别的男人有染。没有哪个中国男人愿意戴绿帽子。钟竹筠想起韩盈跟她讲过东兴的风土人情，这个男子肯定是过来东兴做买卖的越南人。越南男子喜欢戴绿色的帽子。于是，她连连摆手说"不要"。那个男子缠着她，打开瓶子叫她闻，说香水是法国的，很香，买一瓶回去很划算。见她不肯买香水，他拿出一顶绿帽子问她要不要。钟竹筠又好气又好笑，态度坚决地说："不要！"说完赶快逃走。

这些长期在东兴做生意的越南男子，难道不知道戴绿帽子的中国文化内涵吗？不了解一个民族，或一个地方的民俗文化，只能给自己造成障碍。我必须尽快熟悉东兴的一切，钟竹筠想。

钟竹筠终于找到欧家铭的住处。一个十岁左右扎着辫子的小女孩开门，问她是谁，找谁。钟竹筠说找欧家铭。女孩便向屋内喊道："爸，有个好漂亮的大姐姐找你。"

一个男人出来了。五十多岁的样子，穿着长袍，很斯文。钟竹筠想，他可能就是韩盈的继父欧家铭，便说："伯伯，我是韩盈的媳妇钟竹筠。"

"哦，是竹筠啊！快进屋。芳芳，快帮嫂子提行李。"

"不用了，行李不多，我自己提就行。"钟竹筠赶紧说。"嫂子走了那么远的路，肯定累了，让我提。"芳芳说着，从钟竹筠手里抢过行李箱，天真地向她笑笑。进到客厅，芳芳手脚麻利地给钟竹筠倒茶，然后按爸爸的吩咐去找妈妈。

"我刚收到韩盈的信。他说你到东兴工作，想住在我家，请我多多关照。我正想，你大概什么时候到东兴，好去接你呢。"欧家铭说。"给您添麻烦了。"钟竹筠客气道。"不要见外。你是阿英的儿媳妇，也就是我的媳妇。媳妇回婆家住那是理所当然。还有，你该叫我爸爸，而不是伯伯。"

"爸……爸爸！"钟竹筠很久没有叫过"爸爸"了。"哎！"欧家铭应得很快，见到芳芳拉着一个中年女人出来，赶紧迎上去说："儿媳妇竹筠来了！"

中年妇女是韩盈的妈妈郑阿英。"阿盈前脚离开东兴，你后脚就跟着来。你俩怎么不一起来东兴工作？带道儿给我看护嘛。"阿英说，"我好久没见过他了，好想道儿。"欧芳芳对钟竹筠自来熟，一定要跟嫂子同住一间房，钟竹筠对这个小姑子颇有好感。

二

在欧家安顿好之后，钟竹筠去东兴松波街陈园内报到。国民党防城县党部以及东兴总工会、农民协会，都设在陈园内。

来东兴之前，钟竹筠已经听韩盈介绍过国民党防城县党部。1926年初，共产党员林丛郁受南路特委的派遣,前来东兴指导筹建国民党党部等工作。不久,在东兴成立了国民党防城县党部,下设宣传、妇女、工人、农民等七个部。一开始,党部的人心比较齐,革命活动也开展得比较好,东兴的革命运动进入小高潮。但是后来发生了质变。

党部的李部长接待钟竹筠,向她介绍党部的情况。她提出到各部看看。在工人部,只见一个叫麦雪堂的人和一个翩翩少年正在聊什么。见他们进来,两人立即停下来。那少年说有事先走了。

回家路上,钟竹筠感觉有人在后面跟踪她。她走得快,对方也快;她走得慢,对方也放慢脚步。她故意慢悠悠地走,装作欣赏周围的风景,然后快步拐进一条巷子里,躲起来。对方发现后快步追,不见她,就到处寻找。她突然从后面拍了一下那人的肩膀。

"麦雪堂同志,是你?"钟竹筠惊讶道。"钟委员,是我。"麦雪堂说,"请问你是韩盈委员的爱人吗?"

"是。你为什么要跟踪我?"

"我们到一边慢慢说。"

钟竹筠随麦雪堂来到中越界河北仑河边一个僻静处。这里树高林茂,行人稀少,除了树上的小鸟在叽叽喳喳,只听到他们走在小路上的脚步声。"钟委员,东兴的情况现在很复杂,我跟踪您实在是无奈。我有事想跟您说。韩盈委员在东兴的时候,我们在一起开展工作,他跟我讲过您。"

"我刚到东兴,还不熟悉情况。您多跟我介绍一下东兴开展革命活动的状况。我来东兴之前,听韩盈同志说过,东兴总工会工作做得很好,把东兴改造社这个钉子拔掉了。"

"是他领导得好!"麦雪堂的思绪回到几个月前,"前段时间,潘兆銮、韩盈等同志来东兴视察,领导工作,东兴的工农运动开展得红红火火,可是现在,哎……"

"麦雪堂同志,请把具体情况跟我讲。"

"好,我向钟委员汇报。"

1926年春天,东兴工农运动发展势头很猛,引起国民党右派、资本家、地主劣绅等的恐慌。为了保护他们的利益,这伙人狼狈为奸,以国民党的名义成立了东兴改造社,破坏工农运动,影响极坏。这伙人的行为遭到国民党左派和工农群众的强烈谴责。国民党东兴党部左右派之争达到白热化。

这一年的夏天,韩盈、潘兆銮受南路特委的派遣,到东兴整理党务。他们大力支持国民党左派开展斗争,加强工农运动的领导,争取中共工农运动的独立自主权。7月20日,在韩盈等人的直接领导下,在东兴大校场,东兴总工会召开大会,并举行游行示威。愤怒的工人如潮水般涌到东兴改造社,宣告取缔该社,把其牌匾砸烂,扔进北仑河。此后,省党部决定解散东兴改造社。此次胜利,严重打击国民党右派等反动势力,大力推动东兴工运向正确方向发展,革命运动又进入高潮。韩盈等人离开东兴后,国民党右派势力和新军阀,以种种借口镇压东兴的工农运动。

"广东国民革命军某师师长陈齐棠的手下刚把李松影主席抓走,押解北海查办。他们说,李主席带领众人进店搜捕商人,还说他曾经任邓本殷的副官。这群人想抓你,什么理由都找得出来。李主席被抓后,工农运动沉寂了。在那一帮人的镇压下,东兴的学生运动、妇女运动等也都变得冷冷清清了。"讲到这里,麦雪堂充满期待地说,"现在,您被派到东兴,我们又有希望了!"

"麦雪堂同志,我们共同努力!"钟竹筠紧握他伸过来的手,给他信心,也是给自己鼓气,"我们想办法营救李主席。现在是您负责东兴总工会工作吧?"

"是的。我们一直在想办法营救李主席,但都失败了。刚才那个叫邱祥霞的年轻人就是来跟我商量营救这件事,但还没想到办法。"麦雪堂叹气。

"找个时间让我和邱祥霞同志聊聊。"钟竹筠说。"好,我尽快安排!"麦雪堂心情好些,"钟委员住在哪里?您刚来东兴不熟悉路,我送您回家。"

"我住在和平路。我还要去其他地方,不用麻烦您了。"

"真巧,我堂妹麦球英也是住在和平路。她是个有文化的进步青年呢。"

听了麦雪堂对麦球英的介绍,钟竹筠很感兴趣:"很好!以后多给我介绍进步青年,我们把他们组织起来。我在东兴开展工作,正需要思想进步的人加盟。"

三

钟竹筠回到和平路，经过一户人家门前，隐隐听到读书声。她边听边观望。这是一栋二层楼的骑楼，一楼卖货物。太阳很猛，路上的行人都爱走到骑楼下。

这条古老的街道，好多人家都是这种骑楼建筑。一楼做店铺，二楼住人。店铺门前留着两米左右的空间，用作人行道。经过骑楼的行人，看中什么货物，会停下来购买。钟竹筠觉得骑楼的设计，既给行人遮阳挡雨的方便，又给自家带来商机，真是聪明又有人情味。

读书声从二楼传下来。钟竹筠走到一楼张望。这家店铺卖的是碗碟缸瓦。一个中年妇女热情地问她想买什么东西。钟竹筠挑了两个瓷碗，女人说这种瓷碗是越南芒街那边生产的，好看耐用，又便宜。

钟竹筠付款之后，问中年妇女人："我听到二楼有读书的声音，这里是书塾吗？"女人说不是书塾。是她的女儿球英收了几个穷人家孩子，免费教他们读书。

球英吗？钟竹筠突然想起麦雪堂提过的麦球英，难道就是她？她问中年妇女球英是不是姓麦。女人说是呀。

"您认识麦雪堂吗？"钟竹筠又问。"怎么不认识？他是我老公的侄儿。"女人说。"他是我朋友。我可以上去看看麦球英吗？"钟竹筠见女人一脸狐疑，忙说，"我是欧家铭的儿媳妇，也住在这条街。"

"原来是欧家媳妇啊！行，你可以上去！"

钟竹筠上到二楼，见到一个年轻的姑娘，正给几个孩子上课。那些孩子穿着破破旧旧。那姑娘见钟竹筠站在后面听，便叫孩子们休息一下，等会再上课。她走到钟竹筠面前，问她找谁。钟竹筠说："找麦球英！"

"我就是！您是？"姑娘问。

"我叫钟竹筠，也住在这条街。我听您堂兄麦雪堂介绍过您。"

见钟竹筠了解自己，加上又认识堂哥，麦球英对钟竹筠有好感，说："我先给孩子们上课。吃完晚饭后，咱们一起到北仑河散步。"

月色中的北仑河显得比白天安静多了。河之西的芒街，一片漆黑。而河之东的东兴灯光明明灭灭。东兴街头行人不多,多是耐不住家里闷热出来散散心的人。

钟竹筠和麦球英边走边聊。麦球英讲她自己的情况,讲东兴的风土人情,讲东兴的革命活动。麦球英祖籍廉江,出生于东兴镇。父亲是个教书先生,母亲经商。球英中学毕业之后免费教穷人家的孩子。今年5月,东兴总工会在东兴举行声援省港大罢工的游行示威,她也参加了。

钟竹筠细心地听完,再向麦球英讲自己在遂溪、高州等地开展妇女解放运动的情况。麦球英听得津津有味,说自己很向往这种革命活动。钟竹筠建议麦球英,除了继续收穷人家的孩子,也办妇女学习班,一边教她们识字读书,一边给她们传播进步思想,革命真理,引导她们参与妇女解放运动。

"筠姐的建议很好。我没有办识字班的经验,您多指导我。"

"我会指导你怎么做,还会给她们上课。"钟竹筠亲切地拉着麦球英的手说。

初到东兴,钟竹筠从国民党党部的一些资料中,了解到东兴经济、文化等方面的情况。纸上得来终觉浅,她要做实地考察、调研,获取第一手真实的材料。自认识麦球英后,她们一起走在东兴的大街小巷。学增兄和盈哥说东兴是"小香港"一点都不错。这里到处可见西式小洋楼,洋行、银台林立,金融市场被洋货、洋币控制了,国产货被排斥,国币贬值,市面流行的是法币(西纸)。其他地方的货物先运到东兴,再通过东兴口岸转销国外。东兴成了中转站,妓院、赌场、烟馆等纷纷开设。真是繁荣"娼"盛。钟竹筠不由想起广州湾,那里也是这种畸形的繁荣景象。

四

麦雪堂又请求党部出手营救李松影。李松影既是党部的执行委员,也是东兴总工会的主席。可是党部惧于陈齐棠的势力,不敢出面营救。对党部的软弱,钟竹筠也很气愤,只能通过其他途径营救了。

对党部的不作为,邱祥霞不对他们寄以希望了。他想了很多办法,又否定了,因为付诸行动的都失败了。他不甘心,又想到了一个办法。经麦雪堂推荐,他特意找钟竹筠商量。见到钟竹筠,邱祥霞直奔主题:"您是国民党员,又是南路委员,随国民革命军打过仗,以您的了解,我冒充国民党中央特派员去找陈齐棠,您觉得可行不?"

钟竹筠一听,不禁为这个16岁少年的大胆设想震惊。孙中山逝世后,国民党右派不断制造事端,国共两党合作从最初的"蜜月期"进入裂痕期,但是共产党员仍然掌握着国民党某些部门的权力,常派出特派员到各省各地调研、视察。从这个角度来看,邱祥霞的设想是可行的。可是中央特派员非等闲之辈,除了相关手续要齐全,还要老成持重,机智勇敢并存。陈济棠久经战场,阅人无数,也非池中之物,邱祥霞这么年轻,能够应对得了他吗?

见钟竹筠用疑惑的眼神看着他,邱祥霞不慌不忙地说出对付陈齐棠的策略,分析当前的形势对自己行动的优劣。他镇定自若,侃侃而谈,思路缜密,有理有据。自古英雄出少年,这话的确不假。钟竹筠为革命阵营有如此胆识过人的少年暗暗高兴。但冒充国民党中央特派员去救人不是小事,很危险,搞不好会丢性命。

"这件事让我想想,迟点答复你。"钟竹筠说。

钟竹筠通过多种途径去了解邱祥霞,知道他的一些情况。他是东兴人,1925年,在广州知用中学读书,受恽代英以及各种进步思想的影响,参加学生运动,参加香港大罢工等。加入共产主义青年团后不久转为共产党员,自称"丘九"。他刚被派回东兴开展青年运动工作。

危险也要试试!钟竹筠决定支持邱祥霞的行动,并告诉他作为中央特派员需要什么"装备"。例如,要有委任状、证件等。她还告诉邱祥霞中央特派员的工作范畴,指导他怎么说话、做事才符合身份。为保险起见,她扮演陈齐棠和邱祥霞模拟情景演练一番,设想会遇到什么情况,应该怎么应对。临别时,钟竹筠紧握邱祥霞的手,叮嘱他注意安全,并预祝他革命成功。

邱祥霞根据钟竹筠提供的信息,先让人伪造委任状、必备的证件等,然后坐船到北海。他住在北海一家酒店,打探到陈齐棠的行踪,便开始打扮,画上浓眉,戴上假胡子,穿上军装,打扮成一名军官。经过一番乔装打扮,他不再是一个白脸少年，而是一个威风凛凛的"中央特派员"。

邱祥霞到陈齐棠的师部，被警卫拦住了。"我是中央特派员，来师部视察工作，要拜见陈齐棠师长。"邱祥霞说着，拿出证件。警卫一看证件，立即向他敬礼。通报陈师长后，警卫带邱祥霞进去。

陈齐棠仔细看完邱祥霞的"委任状""证件"后，眉头稍为舒展。"邱特派员远道而来，有失远迎！请坐！"落座后，陈齐棠请邱祥霞喝茶，抽烟，问道，"邱特派员一个人来？"

邱祥霞知道对方在试探自己，便跷起二郎腿，狠狠抽一口烟，张开口，吐着烟圈，不慌不忙地说："邱某此次奉命明察暗访，不便声张。当然，会有人保护我的安全，请放心！"为了不让陈齐棠继续问东问西，以免露出破绽，邱祥霞直奔主题，"陈师长，有人向中央党部打报告，说您破坏孙中山先生联俄联共扶助农工的政策，滥用职权逮捕东兴总工会主席李松影。我奉命前来彻查此事。"说完，邱祥霞把烟头掐在瓷烟灰缸里，吹吹拿过烟的手指，盯着陈齐棠。

陈齐棠额头上渗出细细的汗珠，干咳两声，清清嗓子："前些日子，有人告李松影的状。我师部奉命行事，请他前来配合调查。"邱祥霞没有揭穿他的谎言："陈师长做事一向雷厉风行，这事应查清楚了吧？如果他的确有罪，就严惩；如果是冤枉，就该放人！"

陈齐棠见邱祥霞谈吐不凡，加上抓李松影，自己的确理亏，更不想被扣上破坏孙中山先生"三大政策"的帽子，影响自己的仕途。于是，便接过邱祥霞递过来的"梯子"："一场误会！"

"请陈师长立刻放人！"邱祥霞立即说。

"邱特派员请放心，我们会放人的！"陈齐棠说。

邱祥霞猜对方想用缓兵之计忽悠他，等他一离开可能变卦，"陈师长什么时候放人，我就什么时候离开北海。"邱祥霞一语双关，软中带硬，"我奉命而来，如果不完成任务，交不了差，恐也有破坏三大政策之嫌啊！谁都担当不起。陈师长，您说是吗？"

陈齐棠干笑几声说："是！这样吧，我释放李松影，您留在北海多玩几天。北海有美景美人美食，尤其是海鲜很鲜美，您好好尝尝。"

"谢谢陈师长好意！邱某公务缠身，实在不便。等忙完这段时间，邱某再来打扰。"

陈齐棠本想以挽留之名软禁邱祥霞，查查他的底细，不管他是真假特派员，都可以借此向上面邀功请赏。见邱祥霞如此滴水不漏，他不敢强留。邱祥霞马上带李松影离开了北海。

自邱祥霞到北海救李松影，钟竹筠的心就吊到嗓子上，时刻关注他的消息，直到邱祥霞和李松影安全回到东兴，她的心才放下来。

回到东兴之后，李松影重新投入工人运动中。邱祥霞继续从事青年运动，把当地进步青年团结起来，成立了防城县青年运动委员会，黄胞民、易一德分别任正副主任。

第二十五章　解放天乳运动

一

去参加一个妇女活动回来的路上，钟竹筠发现行人对她指指点点，觉得很奇怪。这天，她穿一套白色丝绸衣，很漂亮。这是韩盈送给她的，她舍不得穿，很少穿。因为这天参加的活动，来的都是防城县有头有脸的人，她要穿得漂亮、体面一点。

一个干瘪的老女人经过钟竹筠身边，扭过头不看她，仿佛她是个丑八怪似的，还"哼"了一声。一个胡子花白的老头子，穿着绸缎衣，拄着文明棍，向钟竹筠迎面走来。他狠狠地盯着她。她看见了他眼睛里的怒火，好像要把她烧成灰不算，还得踩上两脚才解恨。我跟他素不相识，为什么这么仇恨我？钟竹筠百思不得其解。"乡下婆！"老头子咬牙切齿地骂了一句。"乡下婆？"钟竹筠想，我是出生于农村，但我今天这身打扮怎么看起来都不像乡下婆娘啊。"不害臊的大奶婆！"老头子又对着她骂了一句。

钟竹筠很生气，不再理会那老头子，径直走了。经过麦球英家门口，她进去看看来上课的孩子。孩子们刚下课走了。她向麦球英了解孩子们和妇女们上课的情况。麦球英做了简单的汇报，然后夸钟竹筠的衣服好看。

"今天碰到好多怪事，不知道是不是跟这身衣服有关。"钟竹筠把自己被怒视、被骂乡下婆的窝气事告诉麦球英，"真搞不明白到底是怎么回事。"

麦球英"扑哧"一笑，说："我知道是怎么回事了。"钟竹筠说："人家都气死了，你还笑得出来。"

"筠姐，我不是笑你，是笑那些可笑之人。他们恨你，是因为这里。"麦球英指指钟竹筠的胸部。钟竹筠低头看了看自己，胸部饱满，曲线玲珑，充分显示女性的优美。平时穿又宽又大的衣服，都遮住了好身材。"关他们什么事？"钟竹筠不解。"关系可大了！"麦球英说，"我跟你讲。"

原来东兴流行女人束胸，以扁平、狭小的胸部为美，以自然、丰满的胸部为丑。封建卫道士认为，大胸容易让人产生联想，产生邪恶念头。为了不让男人产生淫邪的欲念，他们推崇平胸，要求女人把胸部裹起来，变成"丁香乳"。男人找老婆就要找像搓衣板似的平胸女，否则就是大逆不道，被人唾骂。在这种封建思想的指导下，不束胸的女子找不到好人家，甚至嫁不出去。为了让女儿能够嫁入好人家，符合封建卫道士的审美标准，做父母的只好咬咬牙，狠狠心，强迫刚发育的女孩缠胸，成年的女人也要裹胸。束胸已成了一种约定俗成的风俗。不束胸的女人被骂作"乡下婆""大奶婆"，被视为破坏礼教，违反公序良俗，要被社会唾弃。

"原来是这样。这种陋习真是害死人！"钟竹筠看了看麦球英，问道："你束胸吗？"麦球英不好意思地点点头："我开始不肯束胸，妈妈寻死觅活的，我也没办法。"

"球英，妇女解放，包括思想和身体。女人的小脚放开了，解放了，女人的胸，也要回归自然。我们要开展一场解放天乳运动！"钟竹筠又看一下麦球英的胸部说，"首先从你开始！"

"筠姐说得好，解放天乳！"麦球英说，"我带个头，放开胸部！"她走进自己的房间，脱下上衣，露出把胸部绑得紧紧的马甲，然后脱下马甲扔到地上，再穿上衣服出来。"做得好！"钟竹筠问，"假如你妈妈发现了，又叫你束胸，怎么办？"

"我跟她断绝关系！"

"不，你妈妈是亲人，不是敌人，你跟她好好讲，做通她的思想工作。"钟竹筠说，"对不同的人用不同的方法。再说，你妈妈也是封建流毒的受害者，叫你束胸是因为爱你。你在妇女学习班，要多讲束胸的害处，多宣传解放天乳的好处。"

"行。筠姐，你有文化，口才好，你来给她们讲课。"

"没问题。我们还要到学校、工厂、上街做宣传工作，扩大影响力。"钟竹筠说，"我边整顿原来的妇女部，边大力开展妇女解放运动。"

二

钟竹筠回到欧家，听到房间传来欧芳芳的哭声。她推开房门，只见芳芳光着上身，婆母郑阿英正用长长的白布，给芳芳缠胸，一层又一层，把她裹成一个白粽子。

"嫂子，救我！"芳芳看见钟竹筠回来，便哀求道。她泪眼婆娑，楚楚可怜。"芳芳，别哭了！"婆母说，"妈妈还不是为你好吗？"

"妈妈，缠胸对女孩子发育不好！"钟竹筠说。"有什么不好？自古以来不都是这样缠吗？"婆母不理会钟竹筠，继续缠。钟竹筠从来没见婆母对她发过这么大的火。她是韩盈哥的母亲，钟竹筠爱盈哥，当然也爱他的母亲。"妈妈讲的也是事实，"钟竹筠说，"您累了，休息一下，让我帮芳芳缠胸吧！"

"嗯，还是我阿筠懂事，"婆母转怒为喜，"我有事要做，你来缠。芳芳，你要听嫂子的话，不要再哭了！"芳芳用埋怨的眼神看着钟竹筠，本以为嫂子会帮自己，没想到她居然站在母亲一边！

婆母走后，钟竹筠关上门，解开芳芳胸部的缠布。一层又一层。白布除尽，露出洁白如雪的胸脯。胸中两颗"相思豆"如发芽的种子，正要破土而出。芳芳不好意思，转过身，穿上衣服。

这只能是暂时瞒住婆母，万一给她发现就糟糕了，得另外想办法。钟竹筠想起麦球英讲过，当地妇女束胸的方式基本上有两种：一种是用长布缠胸，裹胸；一种是穿马甲紧身衣束胸。马甲不太紧还好些。钟竹筠想，去买个马甲给芳芳穿，婆母要是问起来，就说穿马甲束胸好，暂时应付一下她。"芳芳，你待在房间里，反锁门，除了我，谁都不要让他进来。谁要是问起来，你就说你累了睡觉。明白吗？"钟竹筠叮嘱。"明白，谢谢嫂子！"芳芳说，"我刚才误会你了。"

钟竹筠外出回到家，看见婆母正坐在椅子上，便走过向她问好。"我不好！"婆母脸色阴沉，劈头盖脸地说，"阿筠，我那么信任你，你居然骗我！芳芳是你小姑，你不能害她！"她望见怯生生站在一旁的芳芳，明白是怎么回事了。"妈妈，马甲也达到束胸的效果，很多女人都穿马甲束胸呢！"钟竹筠解释道。

"你以为我是三岁小孩？那个松松垮垮的马甲，能束什么胸啊！还有，你在外面搞什么天乳运动，人家找上门投诉了！说你胆大包天，胡作非为，叫我好好管管你。欧家在东兴有头有面，你就别搞什么运动，让欧家难堪！"婆母越说越生气。钟竹筠是第一次被婆母数落，心里很不好受。本想向她解释一下，可她正在气头上，还是算了。"让妈妈操心了，对不起！"钟竹筠说完就出去。

钟竹筠去诊所找欧家铭。他是医生，懂得医学知识，由他出面跟婆母讲，效果应该好。作为医生，欧家铭知道束胸对妇女不好，但是自古以来形成的束胸习俗，他也就熟视无睹了。现在听了钟竹筠说开展天乳解放的意义及好处，欧家铭觉得有道理，跟她上到二楼。婆母还在骂芳芳。钟竹筠下楼后，婆母又要芳芳缠胸，芳芳反锁门在房间里，说："再逼我，我就拿绳子吊死！"

"反了，把我的好心当狗肺了！"婆母对欧家铭说，"难道是我做错了吗？你来评评理。"

"你们在这里等我，我马上回来。"欧家铭下楼去，一会拿了一张人体解剖图上来。

欧家铭站在钟竹筠和婆母对面，叫她们坐在椅子上。他拿着人体解剖图，指着人的内脏，如胸腔、肺、胃等的位置在哪里。他从解剖学的角度，讲乳房受到压迫，挤压肺部，会影响发育，影响呼吸，容易得肺炎，严重的会死人，等等。婆母听了拍拍胸口，说没想到后果这么严重。钟竹筠听了大受启发，以后做宣传要加上医学知识。

"芳芳不想束胸，你就不要逼她了！阿筠不束胸，嫁给咱家的阿盈，不是也很好吗？"欧家铭说。"束胸害处那么多，不逼了。幸好你们说得早，要不我会继续逼她的。逼死芳芳，我也不想活了。"婆母说着，眼泪涌出来。钟竹筠忙掏出手绢,给婆母擦眼泪。

婆母出去后,钟竹筠对欧家铭说:"谢谢爸爸!您是医生,在东兴又有威望,请以后多做关于解放天乳的宣传。"

三

欧芳芳在东兴女子学校读书,说学校里不少女老师、女学生都束胸。钟竹筠想,女老师有知识,有文化,是最容易接受新思想,最容易觉悟的那一类人,要把这些人争取过来,再由她们去向学生及其家长做宣传。

钟竹筠去找麦球英,告诉她自己的想法。她赞成钟竹筠的想法。钟竹筠叫她去联系这间学校的校长,安排好时间。

第二天,麦球英向钟竹筠汇报。她已做通校长的思想工作,也定好了演讲时间。"做得好!"钟竹筠十分欣赏麦球英,思想好,态度好,工作能力也强,觉得她是发展成共产党员的好苗子。钟竹筠一直在暗中观察,培养她。

这是一个下午,校园静悄悄的。因为老师要集体学习,上完两节课后,学校就让学生放学回家了。钟竹筠随麦球英来到女子学校的校长室。校长是一个40岁左右的女人,长相姣好,温文尔雅。钟竹筠不自觉地看了一下她的胸部,平平如男人。

钟竹筠随校长来到教室,女老师们都坐在教室里等了。钟竹筠环视一下,女老师的胸部也是一马平川,像飞机场一样平坦。她们的神态各异,有的充满期待,有的羞答答,有的麻木。

校长简单介绍钟竹筠后,她开始演讲。"姐妹们、同胞们:封建礼教架在我们女人身上的枷锁实在是太多了,束胸就是其中一条。你们束胸吗?喜欢吗?"钟竹筠讲到这里停下来,走下讲台,跟她们互动。女老师都说束过胸。

"姐妹们,束胸是百害而无一利,对女人的伤害很大。"钟竹筠指着向欧家铭借来的人体解剖图说,"从人体解剖来看,乳房周围有心脏、肺、胃等内脏。肺负责呼吸,乳房受到挤压,肺部的呼吸就受影响,不能自如,出现胸闷气短,头晕脑涨,甚至窒息。肺里面有碳氧,乳房被压迫,碳氧就不能全部排泄出来,新鲜的空气就进不了肺部。人的血液在身体循环一周之后带来的废物,如果留在血液里，就会随着血液重新送到身体其他部位。这些留在肺部的废物积累多了，肺受伤了就会变成肺痨病。胃和腹也会受影响，危及生命。

"女人束胸，导致胸部发育不良，内部器官变形。刚开始发育的胸部，就好像要发芽的豆豆，被挤压了，那些芽还能长出来吗？胸部发育不良，将来生孩子，乳汁不通畅，憋在里面，吸不出来，孩子没奶吃哭闹，痛苦的不止是我们女人！"讲到这里，钟竹筠问，"姐妹们，同胞们，听了我对束胸的分析，你们认为束胸是小事吗？"

"不是！"女老师们异口同声道。

"对，不是小事，是大事！"钟竹筠接着说，"束胸不利于做母亲！束胸关系到国家、民族、种族的未来。弱小的母亲，培养不出强大的后代。种族变弱了，民族必衰，国家必败，不用帝国主义来侵压我们，我们自己就会走向灭亡！

"妇女们，同胞们：束胸是最不人道的，是封建礼教缠在我们胸前的毒蛇，是绑在我们身上和灵魂的枷锁！砍死这条'毒蛇'，破开这个'枷锁'吧！我们不要束胸，我们要自由的呼吸！我们要做强大的母亲，我们要拥有伟大的民族！"

钟竹筠越说越激动，女老师情不自禁又鼓掌，跟着她高喊："妇女解放！""天乳解放！"

钟竹筠这次演讲很成功。事后，很多女老师不再束胸，并向女学生宣传束胸的害处，要求她们都解下胸部的束缚，给胸部自由的呼吸。有的老师主动带女学生走上街头宣传解放天乳、妇女解放。

四

钟竹筠从二楼下到一楼，看见几个女人气势汹汹地围在"家铭诊所"。

"欧医生，管管你家儿媳妇吧。她管天管地，还要管人家的奶子！奶子在人家的身上，捆起来，放出来，是人家的事。她却要管，说什么解放天乳，回归自然。她真是狗抓耗子多管闲事！"

"欧医生，劝劝你家儿媳妇，不要再理别人的事了！要不，她出门撞车，走路跌进坑，爆头断手的，可别怪我不提醒！"

"你们这是恐吓我吗？我家儿媳妇是什么人我还不知道吗？她要是少一根头发，我会找你们算账！"欧家铭说。

"欧医生，你可别生气，我们只是提醒你！"

"你们过来，我跟你们讲束胸是好还是坏。"欧家铭拿出一个人体模型，拿一块布缠住它的胸部，边讲边示范，就像上次给钟竹筠和婆母讲人体解剖一样。

"不听不知道，听了吓一跳。原来缠胸有这么多坏处！"一个胸部如飞机场、腹部如富士山的女人说。"我家闺女死都不肯缠胸。算了，我不再逼她了。"另一个年轻的女人说。

"你们回去多多宣传，让大家都知道，束胸是百害而无一利的。"欧家铭说。众人走后，钟竹筠走到欧家铭面前，向他竖起大拇指，由衷地说："非常感谢爸爸！您做宣传，非常有说服力，一个顶十个！您救的不只是这些女孩，还有东兴的未来！民族的未来！"

"阿筠，你做的事，对东兴，对国家都有利，爸爸我当然支持你！"

钟竹筠带领麦球英和妇女学习班的女人上街、去学校、进工厂等做宣传，做演讲，发传单，讲妇女为什么受苦，妇女解放的意义，解放天乳等。欧芳芳不上课时也跟她们去，欧家铭和婆母也跟左邻右舍讲束胸的危害。他们从束胸的支持者转为反抗者，所以，他们的宣传非常有说服力。和平路周围的女孩、女人都悄悄地取下裹胸布，或是束胸衣。特别是像芳芳这样刚刚发育的女孩子，丢开束缚，能自由呼吸，她们深深感激钟竹筠。但是一些受封建思想毒害深的人，那些封建遗老遗少，却是越来越恨钟竹筠。

五

钟竹筠外出宣传回到和平路，走到离欧家铭的诊所还有一百米左右的一棵大榕树下时，突然一辆车停在她的面前，车里走出两个陌生的男子，一个穿白色衣服，一个穿黑色衣服。他们自称是东兴警察局的，沈石孚局长请钟竹筠去警察局有事商量。

"什么事？"钟竹筠问。"去了就知道！"穿白色衣服的男子说。穿黑衣服的男子伸手拉钟竹筠往车的方向。

"我家就在前面,我回去跟家人说一声再跟你们走。"

"你去警察局一会就回来。"两个男人说着把她往车上推,"砰"的一声关上车门,开车走了。"哪有这样请人的!"钟竹筠很气愤。

车开到警察局,两个男人把钟竹筠带到局长办公室。沈石孚正坐在办公椅上。

"报告沈局长,钟竹筠来了!"

"你们先出去!"沈石孚挥手。他从办公椅上站起来,走到钟竹筠的面前说,"钟委员,我们又见面了!你越来越漂亮了。"

"沈局长请我来警察局有什么事?"钟竹筠问。"当然有事!"沈石孚从办公桌上拿出一封信,递给钟竹筠说,"你自己看一看。"

这是一封联名告状信,说钟竹筠在东兴以解放妇女之名,聚众闹事,煽动民众,教唆妇女,抵抗束胸,无视礼教,扰乱社会秩序,实属大逆不道。要求东兴警察局逮捕钟竹筠,投进监狱。信的下面密密麻麻写了一堆名字。第一个名字是秦玉玲。钟竹筠知道他,一个开商行的封建大财主。80多岁了,已经娶了大小老婆七八个,还不满足,上个月又娶了一个16岁的少女当小妾。一个满嘴仁义道德,实际上满肚子男娼女盗的封建遗老。

"一派胡言!我触犯了哪条法律?"钟竹筠把告状信扔到办公桌上。

"你搞妇女解放,解放天乳,触犯了他们。他们是封建礼教的卫道士,当然容不得你。"沈石孚说。钟竹筠问沈夫人有没有束胸?沈石孚说有。钟竹筠问他赞成束胸吗?他说没什么不好。钟竹筠说:"错!沈局长,束胸只有害处,没有一点好处。"她从医学、哺乳等角度讲束胸的种种危害。沈石孚听得很认真,不时点头,"讲得好!原来束胸有这么多害处。看来解放天乳,很有必要。"

"谢谢沈局长理解!"钟竹筠很高兴,向他伸出手。

"但是,我不处置你,他们还会继续告状。"

"这么说,沈局长要把我关进监狱,讨那些封建卫道士的欢心?"钟竹筠抽回手。"你做的事对东兴有益,我抓你讲不过去。但不抓你,他们会继续闹。你说,这事怎么处理好?"沈石孚皱着眉头。

"沈局长，我想到一个办法了。"

"什么办法？请说。"

"我继续宣传解放天乳的好处，你颁发一道命令，禁止妇女束胸，违禁者罚款40银圆。如何？"钟竹筠说。罚款40银圆？沈石孚眼前一亮，一拍大腿，向她竖起拇指："这个主意好！我马上颁发命令！"

钟竹筠和麦球英，还有女子学校的女老师等积极分子，一起在街头巷尾发宣传单，贴束胸禁令。深受束胸危害的女子无不拍手称快。秦玉玲知道后破口大骂："我就不让我家女人放胸，看你们敢把老夫怎么样？有种就在太岁头上动土！"

就要在太岁头上动土！钟竹筠和麦球英设计抓住秦玉玲束胸的小妾，要她交罚款以儆效尤。秦玉玲得知后暴跳如雷，马上带几个凶神恶煞的大汉去找钟竹筠算账，扬言要打断她的腿。钟竹筠悄悄叫麦球英快去找麦雪堂。

"钟竹筠，她束胸关你什么事？你凭什么罚款？"秦玉玲用文明棍指着钟竹筠。

"凭束胸禁令！"钟竹筠把禁令给他看。秦玉玲一看果然如此。但是又不甘心，欺负她是个女的，对那几个大汉使眼色。他们把钟竹筠围起来。钟竹筠面不改色，警告他们打人犯法。一个黑汉子扬起手要打她的脸，钟竹筠抓住他的手，扭向后。他痛得嗷嗷叫。另一个男人举起拳头要打她的后脑勺。"住手！"麦雪堂带领工人及时赶到。秦玉玲的一个手下对他耳语一番。他看看麦雪堂，脸色大变，只好交了罚款，带走小妾侍。临走，扔下一句话"你小心一点！"

钟竹筠敢动"太岁"，此举起到非常大的震慑作用，加上钟竹筠的宣传深得人心，妇女们纷纷扔掉束缚胸部的乳布，解放天乳，回归自然。

解放天乳运动收到良好的社会效益，给钟竹筠很大的鼓舞。为了更好地开展妇女运动，团结各界妇女，解放妇女，加上本县有一批妇女积极分子，她觉得成立防城县妇女解放协会的条件成熟了。

金秋十月，广东妇女解放协会防城分会，在东兴镇女子学校成立了。妇协会明确提出"婚姻解放，奴隶解放，缠足解放，天乳解放，反对差奴使婢"的口号。钟竹筠任主席，麦球英任副主席。不少女教师、女学生都加入妇女协会。

第二十六章　解救青楼女

一

自从广东省妇女解放协会防城分会成立以来，天天有姐妹上门求助，地主、有钱人家的婢女、妾侍投诉主家，哭诉她们的不幸遭遇，要求摆脱主家的奴役，获得人身自由和解放。钟竹筠安排人每天值班、接待。她们求助、投诉的问题，妇协会尽最大的努力给予妥善处理，妇协会名声更是大振，被妇女们视作自己的"娘家"。

中秋节过后，一个十三岁左右的小姑娘来到妇女解放协会。她一见钟竹筠，"扑通"一声跪下来，磕头哀求道："救救我姐姐！"

"小妹妹，快起来，不要磕头！"钟竹筠赶快扶她起来，让她坐下，又倒一杯温水让她喝。小姑娘咕噜咕噜地喝光了水，似乎很渴。

钟竹筠打量着她。穿着草绿色的上衣，褐色的裤子，黑色的布鞋。留着辫子，头发看起来很脏，好像很多天没洗了。长相一般，面色蜡黄，严重营养不良。看见钟竹筠亲切地看着她，小姑娘放下杯子，又说"救救我姐姐"。钟竹筠叫她讲姐姐的情况。

"我叫阮秋花，我姐姐叫阮青花。她被卖到妓院了……"讲完阮青花的故事，秋花又哀求钟竹筠去救姐姐。

"放心，我们一定救你姐姐！"钟竹筠抚着她的手说。发现她的手臂有一块青紫色，钟竹筠便问秋花是怎么回事，秋花支支吾吾不肯说。钟竹筠问她住在哪里，她说在一有钱人家当婢女，趁出来买东西的机会，偷偷跑来妇女协会求助。

"秋花，你今天来找我们，姐姐知道吗？她为什么不亲自来？"钟竹筠问。

"她被管得很严，不能自由出入。她叫我先来探情况，看看你们愿不愿意帮助，怕被鸨母知道。"

"妇女协会就是帮助姐妹们的，你回去告诉姐姐，我们一定帮助她。看她什么时候方便，我和她见见面，了解清楚情况。"

"好！"阮秋花说着又跪地叩头。钟竹筠赶紧拉她起来，闻到她身上散发出来的一股酸味，看到她脏兮兮的头发上有虱子！当地有些女人，留长辫子，盘髻，不讲卫生，很少梳洗，肮脏，有的人满头生虱子。钟竹筠多次做宣传，妇女要讲卫生，勤洗头。

"秋花，你回去要洗洗身子，把头上的虱子弄掉。"

阮秋花不自觉地用手挠了挠头发，抓到一只虱子，看了看手里的虱子，放进嘴里用牙齿咬，嘴唇上马上印上一点虱子红。她伸舌头舔了舔虱子血，吞进肚子里去。"秋花，不要舔虱子血，不卫生！"钟竹筠忙说。阮秋花解释，咬虱子是因为它吃了自己的血，咬死虱子，把虱子血吞下，补偿被它们吃的血。血那么稀罕，虱子血再少也是血，况且是自己身上的血。

听到这种理论，钟竹筠不寒而栗，说："虱子传染疾病，被它咬伤容易得病。你回去洗干净头，用药杀死它。你的衣服也有虱子了，回去用开水煮衣服，尽量把虱子杀死。平时要用热水肥皂洗澡，勤换衣服，注意卫生。"

"主人不给我洗头，说浪费水。"阮秋花说。"你家主人这么刻薄！叫什么名字？"阮秋花不回答钟竹筠的问题，说时间不早了，要赶回去。

这天，太阳快落山的时候，有一个男子来到妇协会。他手提一个黑色布袋子，头戴一顶黑色帽子，帽檐压得很低，看不清他的眼睛。

"请问，钟竹筠主席在吗？"

钟竹筠说她就是。男子迅速从布袋子里拿出一封信给她，转身就走。信封上只写"钟竹筠主席收"几个字。这封信显然不是通过邮局寄出。这个神神秘秘的男子是谁？钟竹筠疑惑地打开信封，看见里面有一张粉红色的信纸。信的内容很简单：明天早上七点钟在溢香茶楼206房见面。花。

第二天，钟竹筠穿一件蓝色旗袍，手提一白色小包，一大早就赶去溢香茶楼。来喝茶的人，有的是一个人来，有的结伴而来。她推开206房门，没人。她刚坐下，房门开了，一个女子走进来。女子戴着帽子，遮住脸。钟竹筠马上从座位上站起来。对方说她叫阮青花。她解下帽子，是一个天姿国色的美人。阮青花、阮秋花两姐妹相比，长相天壤之别，让人简直不敢相信是同父母生的。

"我的情况，妹妹跟您讲了吧？"阮青花问。"讲了，但讲得很简单。"钟竹筠注视着阮青花说，"我想知道详细一点。方便吗？"

"好！"阮青花说。

二

阮青花是东兴京族人。京族人有一个盛大的传统节日叫"哈节"。每到这个节日，男女老少聚在一起欢庆，跳舞酬唱。对青年人来说，"哈节"是他们认识异性，相知相恋的好机会。阮青花与京族小伙子梁哥就在"哈节"时对上眼的。当时很多小伙子围着阮青花转，但她只瞧上梁哥。按照当地的风俗，就算青年自己认识，也必须要有"蓝梅"（即媒人）出面，用"蓝海"传歌对花屐的方式来完成程序，才能结合。"蓝梅"给阮青花和梁哥家传歌，各家送一只彩色屐。梁阮两家相互递送的本屐左右正好相配，认为他们有缘分，可以结合。于是，两家定亲，择日迎娶。阮青花和梁哥暗暗欢喜，期待"金风玉露一相逢，便胜却人间无数"那一天。

阮青花的家人以打渔为生。在一次台风中，她家的渔船被打沉了。为了谋生，父亲想租渔霸的船做海，但是没钱做抵押。渔霸阮有财要阮青花去他家做婢女抵押，趁机想霸占她。阮青花拿起剪刀，说如果他敢侵犯她，就和他同归于尽。渔霸又气又急，但又不想赔了夫人又折兵。

阮有财的老婆怕他迷恋阮青花，动摇她的地位，便想出一个一箭双雕的毒计。

"阮青花是一个烫手的芋，留着终是祸害。你要是吃了她，她不杀你，她那个梁哥也会杀你。到时候你人财两空不算，还要搭上老命。不如把她卖了赚点钱实在！"

"怎么赚钱？"一听说有钱赚，阮有财两眼马上放光。这个世界上他最爱钱财和美女。老婆接着说："秦梨花这个老不死的乌龟王八蛋，好色又贪财。七老八十的糟老头，一只脚都踏进棺材里的人了，还要找十几岁的小姑娘当小妾。我呸，恶心！"阮有财听得不耐烦，打断她的话："哪个男人不好色？你管得着人家那么多吗？讲了老半天都没有讲到重点。我到底要怎么样才能够赚钱？"

"你不是从秦梨花那里拿了一批货没给钱吗？把阮青花卖给他，不就两清了吗？"老婆撇撇嘴。阮有财两眼又放光："老婆，好主意！"

秦梨花的本名叫秦玉玲，因为他喜欢"一树梨花压海棠"，结果就得了这个外号。他也乐意别人叫他秦梨花，这证明他宝刀不老嘛！叫着叫着，时间一长，本名没有人叫了。

见到阮青花，秦梨花果然喜欢，要她当小妾。当晚，他又吟唱苏轼这首诗："十八新娘八十郎，苍苍白发对红妆。鸳鸯被里成双夜，一树梨花压海棠。"没想到，这回不是"梨花压海棠"，而是"海棠"压"梨花"！阮青花举起随身携带的剪刀，问他要人还是要命？秦梨花吓得屁滚尿流，从床上滚下来，闪了老腰，叫道："要命！别杀我！"

"算你聪明！"阮青花把玩着锋利的剪刀，故意说阮有财如何对她，她又如何对付他。秦梨花明白阮有财的险恶用意了。

"妈的，这条鲨鱼！吞了老子的货，还想要老子的命！"秦梨花暗暗骂道。他也学阮有财：得不到人就要钱。他比阮有财更狠，把阮青花卖到妓院，从鸨母那里得到了一笔钱。秦梨花虽然赚回本钱，还略有剩余，但仍抵消不了对阮青花的恨。谁叫她胆子生毛，敢向他举起剪刀！还把屁股摔成花，坏了他的好事。

"让千万人骑你吧！"秦玉玲恶狠狠地说。

鸨母答应秦梨花提出的条件：把阮青花培养成头牌妓女。她知道阮青花的性格刚烈，渔霸和秦梨花不是都很厉害吗？但结果都败在她的手里。这叫一物降一物。

"青花姑娘，你长得这么漂亮，我真是打心里喜欢。我没有女儿，你就当我女儿吧，以后你就叫我妈妈。妈妈当然心疼女儿。我不要你接客，还请人教你学琴棋书画、吟诗作对。你在我这里会过上美好的生活，你会成为既有美貌又有才华的女子的。"鸨母手舞足蹈，描绘着美好的未来。"但是，如果你不听话，妈妈可要生气了。我告诉你，妈妈心地善良，但又很严格。我以前也有一个长得跟你一样漂亮的女儿，可是她后来不听我的话，我只好让她去接客赚钱了！"

阮青花就这样留在妓院胭脂楼。鸨母果然请人教她学琴棋书画。她很聪明，也颇有艺术天赋，一学就会。不久，她就能够弹得一手好琴，并且画得一手好画，出口成章。好多达官贵人、富家公子、风流才子慕名而来，听她弹一曲，求得一幅画。求见她的人越来越多，鸨母坐地起价。但阮青花只卖艺，不卖身，否则玉石俱焚。鸨母也只好迁就她。阮青花的日子过得挺滋润。

阮青花特别喜欢宋代大文豪苏轼的《春宵》："春宵一刻值千金，花有清香月有阴。歌管楼台声细细，秋千院落夜沉沉。"她叫鸨母把胭脂楼改为千金楼，说胭脂楼太俗气了，没文化，让想起胭脂水粉。而千金楼就不同了，让人想起珍惜时光，好好读书，建功立业，或者让人联想起，春宵欢娱，歌舞升平，醉生梦死。鸨母觉得阮青花讲得有道理，为讨好她，就把妓院改名千金楼。众公子夸改得好。

去年一个姓邓的军阀看上了阮青花，不但欣赏她的才艺，还想要她的身子。鸨母开始不肯。他把一箱大银和一包炸药放在妓院，让鸨母选择。鸨母于是在阮青花喜欢喝的玫瑰花茶里放了一点白色的东西，阮青花喝了之后浑身无力，只好任由军阀摆布。邓军阀不准其他人碰阮青花，否则炸了千金楼。今年初，国民革命军打败反动军阀，那个姓邓的军阀落荒而逃。鸨母要阮青花接其他客，她不从。

"你不接客是吗？行！把你这几年吃的、用的、花的等各种费用还给我！你以为你是千金小姐？不是！你只不过是我养的一只鸡！有本事你就拿钱来赎身！"鸨母露出狰狞的本来面目。

阮青花无奈只好卖身。鸨母只想赚钱，根本不顾妓女的死活。不管是生理期，还是身体不适，甚至是生大病，只要有客人翻牌，她们都要迎接。因为阮青花是大牌，遇到这种情况更多。所以，她的身体被摧残得特别严重。梁哥想过救她，可是没钱赎身，还被鸨母叫人打成残疾。

三

讲到这里，阮青花的泪水哗啦啦地流。钟竹筠非常难过，掏出自己的手绢，想给她擦眼泪。阮青花摆摆手："我有，不要弄脏您的。钟主席，听说妇女协会是专门帮妇女的，请帮我跳出火坑！我要从良，跟梁哥在一起！"

"青花，我们一定帮你！我想了解一下千金楼的情况：其他姐妹是怎么进来的？想从良吗？鸨母压榨你们，你们反抗过吗？"

"她们有的像我一样是被骗卖进妓院的，有的是被生活所逼进妓院，有的是好吃懒做，认为卖身比干体力活好。我知道有几个姐妹像我一样想从良。去年，有一个叫金花的姐姐想逃出妓院，被鸨母整得很惨。她得了花柳病，鸨母叫人用烙铁烙她的下面，第二天又叫她接客。她也从头牌降到五等，一天接客几十人，没几天她就死了，被一把火烧掉了。鸨母恐吓我们，谁再敢反抗，下场比金花更惨！以后我们敢怒不敢言。她更加放肆，简直不把我们当作人，只是赚钱的工具。"

"这个鸨母太恶毒了！"钟竹筠很气愤，然后跟阮青花讲讲东兴等地妇女、工人、农民、青年都组织起来，反抗压迫他们的恶势力，进行不屈不挠的斗争，最后取得了胜利。阮青花听得非常认真，羡慕，向往。

"青花，命运掌握在自己手里。你不反抗，不起来斗争，永远被压迫；只有起来斗争，才能改变自己的命运。个人的力量是渺小的，但众人的力量加起来就是强大的。就如筷子，一根容易被折断，十根筷子就难折断！"

"我们应该怎样组织起来？"阮青花急切地问。"现在很多行业都有工会，你先把姐妹们组织起来，我跟东兴总工会联系，让你们加入女伶工会，跟鸨母做斗争，争取自己的利益。"钟竹筠说。

"可是，我不想再待在妓院！我要从良！"

"青花，加入女伶工会跟你从良不矛盾，而且对你有帮助。现在，工人阶级登上政治舞台，东兴总工会的权力很大，国民党开会都要有工会的领导出席。东兴地方法院判处案件，一定要有工人代表参加才有效，否则，就要重审。你回去尽快把千金楼的姐妹组织起来，还帮我做些调研。另外，我找鸨母谈你从良的事。咱们里应外合，多方推动。"

"好吧，我按照您的指导去做。"阮青花深有感触地说，"姐妹们一直以来都是逆来顺受，忍声吞气，以为这就是青楼女子的命，从来没有意识到，要争取自己的利益。"

"老虎不发威会被当作病猫。你们只有组织起来斗争才能改变自己的处境，改变命运。"钟竹筠说，"那个给我送信的人是谁呢？"

"梁哥！"阮青花突然有点羞涩，"他想救我，被人家打伤之后不甘心，在千金楼周围找工做，现在在药材店当店小二。以后有什么消息，我叫他传给您。时间不早了，我要回去了。再见！"

四

钟竹筠回到欧家，天色已晚。想起阮家两姐妹的故事，她感到非常难受，拿起笔给韩盈写信。

盈哥：你和道儿都好吗？真的很想你们。道儿会叫爸爸妈妈了吗？会走路了吗？如果方便，拍一张他的相片，慰藉一下我的思子之苦。

在东兴这些日子，我通过调研、座谈、看材料等方式，掌握了东兴各阶层的不少情况。这里的妇女地位普遍低，受教育的程度更低，受压迫的程度却很高。她们跟男人一样，受各种反动势力的压迫。此外还有各种社会陋习、枷锁压在她们的身上。封建思想和礼教禁锢她们的灵魂，她们苦不堪言。解放她们，让她们过得好些，并且把她们争取到自己的阵营中来，妇女解放任重道远。

写到这里，钟竹筠听到有人在楼下叫"筠姐"。她从窗户伸出头往下看，是麦球英。怕影响芳芳做作业，钟竹筠下楼，随球英去她家。

钟竹筠跟麦球英讲阮家两姐妹的故事。麦球英说："真巧，我今天到外面做宣传，有一户有钱人家的婢女也向我哭诉，说主人家虐待她，男主人还蹂躏她。她怀孕了，女主人要赶走她。男主人真坏，反咬这个姑娘，说她诬陷他，不但想赖掉工钱，还想把责任推得干干净净。她一个未婚的姑娘，就这么被赶走了，以后怎么嫁人？她不甘心。我找你就是想谈这件事。"

"真是没人性的畜生！你明天带妇协会的小张去找主家，妥善处理好。我明天去千金楼找鸨母。"

"筠姐，不要去那种肮脏的地方。我叫人去把鸨母带到妇协会来。"

"我还是亲自去一趟比较好，看看青楼女子的真实生活状况。我们不但要救她们跳出火坑，还要把她们组织起来。"钟竹筠说。"我跟你一起去。"麦球英说。

从麦球英家回来，钟竹筠一整夜都在思考最近的事情。国民党防城县党部左右派的斗争很激烈，她因为支持左派，得罪了右派，被他们陷害。幸好她机智处理好了。想起前几天发生的事情，钟竹筠又不寒而栗。她是坚决支持左派的，被国民党右派暗算的事，以后还会发生。怎么样做才合适。还有，怎么解救千金楼的女子。东兴的妓院、鸦片烟馆很多，且都是合法经营，根本不能取缔。像阮青花这种情况只能是去找鸨母同意其从良。

五

钟竹筠和麦球英去千金楼找鸨母，看门人阻拦不让进。钟竹筠让他传话。

鸨母不肯见："老娘绝对不让阮青花离开千金楼！想拿走老娘的摇钱树，门缝都没有！老娘连警察都不怕，还会怕你什么妇协会？不要管我千金楼的事！"

"好大的架子！连防城县党部的人都不肯见！你传话给她，让她明天去党部找我们！"钟竹筠说完，转身故意要走。"等一等！"鸨母叫道，让麦球英和钟竹筠进来。

鸨母是一个50多岁的老女人，描着细长的柳眉，涂着猩红的口红，抹着浓厚的胭脂水粉。她把她们领进一个接待室。钟竹筠开门见山就说起阮青花想从良之事："阮青花是被骗卖进妓院的。你强迫她接客，违背妇女的意志，这是不对的。她想从良，你反对，还恐吓，这是错上加错。我希望你尊重她的意愿，同意她从良。"

"钟主席，我花在她身上的钱可以建几个千金楼了，这怎么算？她是头牌姑娘，离开千金楼，我的损失又怎么算？"鸨母咄咄逼人。"这些年，她帮你赚了多少钱？你培养她花了多少钱？你把这些账算一算。还有，她被你们强迫接客，遭受摧残，毫无尊严，这些损失又怎么算？听说，这些姑娘，生病了，生理期都要接客，是不是？"

"钟主席听谁说的？没有……这回事。都是造谣！"

钟竹筠想杀去鸨母的气焰，故意说："我迟点拿证据给你看是不是造谣，我既然敢来你这里，就不会是毫无准备！"鸨母拿不准她到底掌握妓院多少情况，不像一开始那么嚣张了。

"我听说你也是穷人家出生，被骗卖进妓院，受过迫害，年纪大了才当鸨母。我们女人受的苦很多，被封建礼教、帝国主义、土豪劣绅等反动势力压迫。还有男人的压迫。种种压迫把女人压得气都喘不过来，所以妇女要解放！同样是女人，要同情、理解、帮助女人。就算不帮女人，也不能当帮凶迫害她们！有些人受过迫害，将心比心，想方设法帮助被迫害的人；有些人则当帮凶，反过来也迫害其他人。你是哪种人？"

"你是妇女主席想得多，我只是填饱肚子。"鸨母避开钟竹筠提出的问题不回答。"我不反对你填饱肚子，但是你也要给人活路！"钟竹筠拿妇女解放的宣传单给鸨母看，叫她允许阮青花从良。"我只是领班，做不了主。"鸨母说。"谁能做主？让我见见他。"钟竹筠说。鸨母说他现在不在东兴，也不知道他什么时候回来。钟竹筠说，"你和他商量好，我迟点再来。"

回去后，钟竹筠写了一封信，指导阮青花在妓院怎么做。然后，把信交给梁哥转交给阮青花。

沈石孚派手下李仔接钟竹筠去警察局，说是有事商量。自从解决了东兴女子束胸问题后，他遇到棘手的问题往往请她协助解决，或者听她的意见，让她出谋献策。借助这个平台，钟竹筠为工会、妇协、青会等做了不少实事，认识了东兴上流的一些人，提高了社会声誉。

钟竹筠上去沈石孚的办公室，他正在等她。她问："沈局长这次请我来是什么事？"

"没事你就不能来看看我，喝杯茶吗？"沈石孚拿出几封信说，"都是告状信，有婢女告主人虐待，有告主人强奸的……这些都应该是妇女协会管的事情，她们却告到警察局。看来你们妇女协会还要加强宣传力度，让她们知道妇协的职责，不要把状告到警察局，加重我们警察的负担。"

钟竹筠接过沈石孚的信，说："前一阵子，重点开展了解放天乳、婚姻解放、缠足解放等妇女解放运动。接下来，我们打算重点开展妓女解放、婢女解放运动，希望沈局长再支持我们的工作。"

"在沈某的能力范围内一定支持！听说你去过千金楼想解救妓女？"

"是的，希望沈局长出面解决。"

"钟主席，千金楼后台很硬，不是你表面看得那么简单。"沈石孚很严肃地说，"我劝你不要管那么多！"

"但是他们逼良为娼，违背妇女的意志，损害妇女的利益，是违法的。希望沈局长出面管一管。"看见沈石孚阴沉着脸，钟竹筠故意调侃，"沈局长不是等闲之辈，在东兴乃至防城县，都是数得上的人物，谁敢不给沈局长面子呢？"

"沈某的面子没有那么大！钟主席，我再说一次：这事你就不要再理了！"沈石孚还是阴沉着脸。

"那就不麻烦沈局长了！顺便告诉您一声：这事我管到底！告辞。"

钟竹筠去找麦雪堂商量，希望跟东兴总工会联手解决问题。

六

一个叫胭脂的妓女生病了，但是鸨母还是叫她接客。结果，胭脂被客人折磨致死。鸨母又想以妓女病重致死草草了事。阮青花把这件事告诉梁哥，让他转告给钟竹筠，并问她怎么办好。钟竹筠给了建议，并拟了请愿书给梁哥带去。

阮青花把已组织起来的妓女串联起来为胭脂讨说法："姐妹们，我们不能再沉默了。我们再沉默，胭脂的今天，就是我们的明天！鸨母刻薄、狠毒，不把我们当人看，只是把我们当作赚钱的工具，不顾我们的死活。我们要团结起来，争取我们的利益，为胭脂讨回公道！"

"可是怎么讨公道？怎么争取？"有人提出疑问。

阮青花说出钟竹筠给她的建议："第一，要鸨母厚葬胭脂，赔偿她的家人；

第二，要善待我们姐妹。每个月要有四天假，生理期、身体不适不准强迫我们接客；第三，把我们每个月的工钱算清楚，按时发放；第四，想从良的姐妹，不准阻挠。"

"可是，鸨母还是不同意呢？"

"她要是不同意，我们就罢工，不接待客人！让她自己去接吧！"阮青花说。

"对，罢工！大不了一死！姐妹们，这样活着也没什么意思。"李银花说。

"你们都回自己的房间，没有我的命令，谁都不要开工！"阮青花说。

阮青花带头把请愿书交给鸨母。鸨母一看，把它揉成一团，扔在地上，还用脚在纸团上踩了几下，叫嚣："做梦吧！你们马上给我开工！"

"你不答应我们的条件，我们就不开工！"阮青花怼她。

"阮青花，你这只白眼狼，恩将仇报！枉我把你当女儿疼！"

"你有那么好心吗？你不过把我当摇钱树！"

"你赶快叫她们开工，要不我叫警察抓你们！"

"你去叫吧！你要是不答应我们的条件，我就去叫总工会的人跟你评理！"阮青花回到自己的房间把门关上。

夜色降临，漆黑的天上，星星眨着诡异的眼睛。千金楼又流光溢彩，像往日一样发出暧昧的诱惑。那些惯于寻欢作乐的男人，又拥来这烟花之地。有的还没进门就迫不及待地叫着相好的名字："鸳鸯""鸯鸯"。

要是往常，这时肯定拥出一群"鸳鸯""鸯鸯"，花香扑鼻，春色满园，打情骂俏声此起彼落。可是这天晚上，除了鸨母，没有一个"鸳鸯鸯鸯"出来迎接客人。有些妓女虽然还不想从良，但觉得青花讲得很在理，提的四点建议对自己有利。加上不满鸨母的刻薄，所以也支持阮青花，不去接客。

"鸨母，怎么回事？千金楼不做生意了吗？你要是不欢迎我们，我们去其他家。"

"王公子、李公子，别走！你们先进来喝杯茶，刚从国外进口的花茶，非常好喝，今天全免费。她们还在梳妆打扮，很快就出来了。"鸨母堆着笑脸，拉这个，劝那个，那些要走的公子哥儿这才回头。

鸨母知道今日不同往时，阮青花们是王八吃秤砣——铁了心。要是不答应她们的条件，她们肯定不接客。算了，老娘不吃眼前亏，先答应她们，以后再想办法收拾她们！看她们大腿大还是我胳膊粗！

千金楼又恢复了往日的男欢女爱。

鸨母吞不下这口气，向沈石孚告状，叫他来收拾敢造反的妓女。可是，他却说："警察局警力有限，最近忙得焦头烂额。杀鸡哪里用得着牛刀？烟花女子这些手无缚鸡之力的女流之辈，哪用得着警察出面？你自己处理好。"

"都反了！我吞不下这口气！"鸨母越想越生气。

钟竹筠收到一个包裹，里面有两颗子弹壳和一张纸。纸上写道：别搞这么多事！否则叫你吃花生米！

七

鸨母把阮青花等几个带头的妓女关起来，命令其他妓女开工。有些人害怕了，赶快开门接客，也有人支持阮青花，要鸨母放人才开工。

得知阮青花被关起来，钟竹筠和麦雪堂带总工会几个人去千金楼交涉。鸨母态度强硬，钟竹筠历数她的罪行，并把阮青花等人暗中收集的证据拿出来，如强逼生病的妓女接客致死，勾结人贩子欺骗、逼迫年轻漂亮的姑娘当妓女，克扣妓女的工钱。这些都是事实，鸨母看得心虚，冒冷汗。没想到他们会来这一手，这真是要命。

"你强迫生病的妓女接客致死，就是间接杀人！是违法的，这事要交给警察局处理。"钟竹筠说，"现在你又把青花几个人关起来，非法关押，罪加一等。你马上放人！"

"这是我的家事！"鸨母说。"阮青花是我工会会员，你非法扣押我会员，这事我得管！"麦雪堂说，"你马上放人！"

鸨母听钟竹筠讲过东兴总工会，知道麦雪堂带领工人游行示威，反对资本家、工厂主克扣工人工钱，要求提高工人待遇。最后，工厂主同意他们提出的条件。

鸨母又心虚了，只好说："放……放人！"

"还有，青花提出的四个条件，你先前答应了，现在要兑现。"钟竹筠紧追不放。"这……"鸨母想，那晚答应阮青花是缓兵之计，要真的全部兑现，那我不是吃大亏了？"前面三条可以答应，第四条不行！"

"三岁的小孩都知道要讲信用，你堂堂千金楼的大领班，说话怎能不算数？"钟竹筠怒道。"从良不是小事，我只是个领班，做不了主。"鸨母说。"谁才做得了主？我们去找他！"麦雪堂说。"你们先回去，我去找他商量。"鸨母说。钟竹筠怕她又用金蝉脱壳计，坐下来说，"你现在去找他商量，我们在这里等答复！如果你们不同意青花她们从良，我们就不走！"

"对，我们带领总工会的几千会员来千金楼讨说法！再不行，就游行示威，直到你们同意。"麦雪堂说。"别！我们还要开门做生意！我这就去找他。"一个多钟头之后，鸨母回来了，悻悻地说同意阮青花从良。

"李银花她们呢？"钟竹筠紧问。"也……也同意！"鸨母无奈。

自由了！阮青花大步走出千金楼，挽着前来接她的梁哥，大口大口呼吸自由的空气。

第二十七章　防城宣传讲习所

一

这是周五下午，钟竹筠又到东兴冲濮学校，给青少年学生辅导学习马克思主义著作与进步书刊，讲《共产主义ABC》《少年漂泊者》等。早前，在她的领导下，这间学校建立了共青团组织以及学生会。她常给他们上辅导课，进行爱国主义教育。此外，她还组织了由李汉章领导的"儿童研究社"、傅琪任组长的学习小组。

民国初年以前，东兴的教育主要是私塾。直到1910年，东兴有识之士毛湘澄和父亲开始在东兴办新式学校。受传统的男女授受不亲的影响，男女校分开办，在冲濮村办男子二等学校。1912年，在文昌庙办东兴女子学校，由东兴乡绅集资办学。

从冲濮学校出来，钟竹筠拐到北仑河畔。这段时间，沈石孚以及其他妇女向妇协会投诉的问题，钟竹筠都做了处理，有的主家向婢女做了赔偿、道歉，并保证以后再也不敢欺负婢女；有的主家带婢女做了人流，给了她一大笔钱，并且按照婢女的意愿让她离开主家。但是有的主家表面答应，背地里却向钟竹筠放冷箭。

为了让更多婢女争取自己的利益，敢于起来与压迫她们的主家做斗争，钟竹筠又安排麦球英带妇女运动骨干和积极分子去做宣传，这天下午到北仑河畔做宣传活动。

钟竹筠不动声色地站在人群中看她们做宣传。一个叫阮小秋的积极分子一上台先是怯场，过了一会不那么紧张了，就说我们妇女开展运动。台下一个胖得像母猪的女人问她："我生活得好好的，为什么要参加妇女解放运动？你能解放我什么？你能给我什么？"阮小秋被问得哑口无言，干瞪眼，干着急，非常窘迫。胖女人说，"你自己都搞不清楚的问题，还来给我们做什么宣传？回家奶孩子吧！"

跟阮小秋一起做宣传的积极分子阮小夏提示她："妇女受压迫，我们要起来斗争。"她得到了启示，马上说："对对，我们妇女受压迫，要起来斗争！"那个胖女人又说，"谁压迫妇女呀？男人吗？哈哈！"阮小秋又是瞪目结舌，不知道怎么应对。这样的宣传效果可想而知了。

看到这一幕，钟竹筠很是自责，认为她们不懂怎么做宣传，自己负有很大的责任。她来东兴工作已经三个月了，取得了一些成绩，但也遇到不少阻碍和困难。人才是急需解决的问题。工运、农运、妇运、青运等人才都很欠缺，要用理论去武装他们，但也要让他们学习到更多的实践经验。

钟竹筠想起自己参加的广州农民运动讲习所，不就是为培养农民运动人才而举办的吗？自己正是通过农讲所的学习，掌握了理论，学习了别人的实践经验，在这个基础上迅速成长，并且成为一名光荣的共产党员。今年4月，韩盈哥、学增兄在梅菉、雷州举办宣传讲习所，为本地培训了一批开展革命运动的干部。

防城县没办过此类的宣传讲习所。如果在防城办这样的讲习所，不仅有利于提高干部的素养，造就宣传骨干，还能从参加培训的学员中培养建党建团对象，可谓一举多得。想到这里，钟竹筠觉得眼前一亮，立即去找跟她同来东兴工作的杨枝水商量。

杨枝水还是梳着大背头，很有型，颇有知识分子的风范。他比钟竹筠小一岁，也是雷州半岛人，跟她是老乡。又当过讲习所的教员，很有水平。

听了钟竹筠关于开设培训班的设想，杨枝水点头："很好，根据当前革命发展形势，我们很有必要培养开展各种运动的骨干，造就革命人才。"

"办培训班，我们还要争取国民革命军的支持。"钟竹筠说。"驻防城县的国民革命军，你认识谁吗？"杨枝水问。

"认识国民革命军某师一个姓何的指导员，但不是很熟。张甫碧跟他熟悉，我找她搭搭桥，牵牢线。"钟竹筠说。

"张甫碧？是不是你以前跟我讲过的芒街爱国华侨？"

"对，就是她。她是东兴人，家在越南芒街开有工厂。她是一个有追求的富家小姐。我一直在培养她，计划把她发展为共产党员。"

"很好！竹筠姐，我们近期要发展一些同志加入共产党。你认为哪些同志符合条件？"

"除了刚才说的张甫碧，还有妇女解放协会骨干麦球英等人，我一直在观察、培养他们。"

"发展华侨加入中共党组织是一个创举。张甫碧是富家小姐、爱国华侨，身份比较特殊，要谨慎。如果她各个方面都符合条件，她加入党组织肯定会产生很大的社会影响。"

"我同意枝水同志的看法。如果张甫碧加入我党，肯定会扩大我党在华侨中的影响力。再通过她到华侨中开展工作，宣传我党的方针政策，会起到事半功倍的作用。另外，还可利用我党参加涉外事务的机会，积累开展涉外工作的经验，有利于做好统一战线工作。"

"竹筠虽为女子，但见识令三尺男儿汗颜啊！"杨枝水赞赏道。"枝水同志，这话虽是赞我，可我听起来有点那个哦。男女平等，见识不分男女。"钟竹筠笑道。

"哈哈，不愧是妇女解放协会主席，三句不离本行。"杨枝水也笑了笑。"刚才跟你开个玩笑，"钟竹筠停了一下说，"办班的事，咱们分头准备，争取在这个月开班。我马上联系张甫碧。"

"行，我去做办班实施方案。"

三

张甫碧和何指导员联系上了，把钟竹筠希望他出面办培训班的事转告他。

"我们没有办过这类班的经验，怕办不好。既然是你的朋友，这个面子是要给的。你叫他们做好方案带过来,跟我详细谈,再决定能不能办。"何指导说。

钟竹筠和杨枝水去师部找何指导员。他看起来威武而严肃,见到他们不冷不热的。她介绍杨枝水,说他毕业于国立广东大学,文笔了得,人称"笔盖子"。还特意说他的名字,来自元代诗人张翥的《送谟侍者还江阴》的诗名:杨枝遍洒瓶中水,贝叶时翻笈内经。

何指导员听钟竹筠一字不差地念完张翥这首诗,不由高看她一眼,有点惊喜道:"看来钟部长诗词功底不错,连杨枝水的名字出自哪首诗都清楚。枝水同志,你的名字是不是取自张翥这首诗?"杨枝水答:"是这样的。"

"钟部长了解张翥吧?"何指导员来了兴趣,又像故意考钟竹筠。见他们两个都站着说话,他连忙说,"请坐!大家慢慢聊,请喝茶!"

钟竹筠说:"有些了解。我读过张翥的不少诗。他是山西人,经历很特别。年轻时放荡不羁,游荡四海,父亲很担心。阅尽千山万水之后,他收心养性,拜大文人李存为师,发愤读书。父亲调到杭州当官后,拜名家仇远为师。有人生经历,又得名家指点,他的诗文写得非常好,小有名气。后来,他在扬州隐居起来,继续做学问。在中书省任职的傅岩起以隐逸之士推荐张翥。于是,张翥入朝任国子助教,后升任翰林学士承旨。这时的张翥不像年轻时的恃才傲物,而是热心提携后辈,奖掖年轻学者,深得众人的尊重。"

"钟部长真是学富五车,佩服!我虽为一介武夫,但自小喜爱读书,非常尊重有学问的人。"何指导员转向杨枝水说,"在佛教中,'杨枝水'喻称能使万物复苏的甘露……"

"何指导真乃军中大才子,杨枝水一俗名被您从不同角度解读,真是博学多才,佩服至极!"杨枝水作揖说,"杨某大受教益!"

何指导员也很高兴,叫他们把办班方案给他看。看完之后,他说:"开办宣传讲习所,是为了唤起民众觉醒,开展国民革命运动,造就培养干部……你们的办班宗旨、理念、方式、课程设置等,我很赞赏。写得很有水平!我也希望能够培养多些革命人才,为党国作贡献。"

钟竹筠和杨枝水相视而笑。

"我喜欢跟你们这样的文化人合作,在防城举办速成宣传讲习所之事,我会出面向师里打个报告。这个应该没问题。至于招收学员、请教员上课等事就由你们去处理。"

"非常感谢何指导员的支持！"钟竹筠真诚地说。

"客气了。我们都是为党国培养人才。"

从师部出来，钟竹筠说："办培训班取得第一步胜利。枝水同志，你这个名字真是帮了大忙啊！"

"哪里！是你的功夫下得足，课备得好。这几天背了不少诗吧？"杨枝水说。"嗯，长进很多，得感谢你这个'笔盖子'。也得感谢张甫碧给我们交了底，知道何指导员喜欢诗词，知道他像年轻时候的张謇一样恃才傲物，也了解到他是个惜才之人，我们才扮了一回才子才女，用诗文把他攻下来。"

"还用扮？咱们本来就是才子才女嘛！哈哈！"杨枝水说。"'谦虚使人进步，骄傲使人落后'嘛。"钟竹筠一本正经地说。

"知道了。"杨枝水说，"咱们言归正传，你回去马上把招生计划发下去，我去联系上课教员。"

四

钟竹筠设想把宣传讲习所办成防城县的"黄埔军校"，叫工农协会等推荐积极分子报名参加。她还特意安排两个学习名额给京族地区。邱祥霞、黄胞民推荐了傅琪、欧寒松、陈略等进步青年为学员。芒街工会主席陈伦国，按她的要求在华侨工人中物色积极分子，推荐来宣传讲习所参加学习，以培养入党入团对象。

获知钟竹筠要在防城办宣传讲习所，韩盈写信鼓励和指导，并寄来自己以前在讲习所授课的讲义，供她参考。附信寄来儿子道儿的照片。钟竹筠多次写信要看儿子的照片，韩盈实在太忙抽不出时间拍照。最近，叫伯娘带道儿去拍了一张。

钟竹筠拿着儿子的照片，看了又看，亲了又亲，放在胸口，让他"聆听"母亲的心跳，感受母亲的思念。以后，她天天带着儿子的照片，仿佛他就在自己的身边。想念他的时候就拿出来看看，亲一亲，喃喃自语，或是跟他说上一会话。

钟竹筠刚回到住地,听到有人叫她。她出来一看,原来是阮青花和梁哥。梁哥的手里提着一袋子钟竹筠爱吃的鱼露。"青花!你什么时候来防城的?"钟竹筠惊喜。阮青花从良后跟梁哥回海岛生活了,结婚了,过上渔家人的生活。

"刚到。筠姐,我们又见面了。"阮青花拉着钟竹筠的手,十分高兴。

不久前,麦雪堂去京族地区建工会,请钟竹筠一起去。自从来防城县东兴镇工作,她去过东兴很多地区做调研,开展革命活动,但还没去过京族聚居地。京族以前叫越族,是少数民族。他们的祖先在公元十六世纪左右从越南涂山等地迁居中国,已经有五百年左右的历史了。京族主要聚居在巫头、三心、万尾三个海岛,统称"京族三岛",这是中国唯一的海洋民族聚居地,主要从事渔业、盐业等。

钟竹筠想,把少数民族人民发动起来开展革命活动,那是很有意义的事,而且她也想了解一下青花从良后的生活。于是,她跟麦雪堂到了京族聚居地,乘船到了"京族三岛"。这三个小岛构成"品"字形,面临南海的北部湾,背倚大山,跟越南只有一水之隔。

她望见有几十个渔民带着长长的高跷、大网、虾箩等工具到海边。其中就有阮青花和梁哥。青花用一块黑毡布把梁哥的膝盖团团包着,将高跷的上端用网绳紧紧捆绑在他小腿的上方。准备好之后,梁哥和男渔民,踩着高跷下海,用网箩捕捞鱼虾等海产品。网箩装满海货了,青花和女渔民收网,倒出活蹦乱跳的海产品,踩高跷的男人继续撒网捕捞。

钟竹筠是第一次见到高跷捕鱼。这种捕鱼技巧对力量和平衡都有很高的要求,既要脚下站得稳,又要手上力气沉。一旦失去平衡就会出问题。她看到有几个渔民摔倒,掉进海里。渔民真是辛苦!钟竹筠感叹道。她静静地看着,没有打扰青花。直到高跷捕鱼收队了,她才去找青花。

"筠姐,你什么时候来了?"见到钟竹筠,阮青花惊喜不已,叫竹筠到她家吃饭,用梁哥踩高跷捕的鱼虾招待他们。钟竹筠还吃到京族人叫作"鲶汁"的鱼露,大夸好吃。

那次,钟竹筠和麦雪堂在京族三岛住了几天,走遍了三岛,在渔民中广泛宣传。她了解到,从良后的阮青花和梁哥回到岛上,加入当地的工会,成为京族地区开展革命运动的积极分子。钟竹筠还指导阮青花建京族妇协分会，配合工会开展妇女解放运动。

五

"你们这次来防城是报名读宣传讲习所吧？"钟竹筠问。"对，也不对。"阮青花说。"为什么这样说呢？"钟竹筠不解。

"我们京族三岛只有两个名额，工会主席用了一个名额，另一个给了我，青花没有了。"梁哥说，"青花叫我带她来找您，想走您后门，给她一个名额。"

"是这样吗？"钟竹筠问站在一旁不好意思开口的青花。"是的。"阮青花说，"我想读书！"钟竹筠说没有名额了，阮青花立即急起来："筠姐，你再想想办法。我想和梁哥一起读书，长本领！"

"当旁听生，愿意吗？"钟竹筠问。阮青花马上说："只要能读上宣传讲习所，什么都愿意。"

通过招生宣传、推荐、考核等环节，速成宣传讲习所招收学员60多名，在防城开班。课室的布置，钟竹筠仿效广州农民运动讲习所，讲台背后的墙壁，正中挂孙中山头像。其他面墙上，贴工、农、青、妇等宣传标语，营造出浓郁的革命气氛。开设的课程主要是传播马克思主义思想，如何开展青工农妇运动等，还开设演讲技巧等课程。

钟竹筠、杨枝水兼任防城速成宣传讲习所教员。钟竹筠结合自己的实践经验，讲如何开展妇女、农民运动。

"同学们，在正式讲课之前，我提议全体学员起立，先向孙中山先生遗像三鞠躬。"钟竹筠从讲台下来，与学员一起鞠躬。礼毕，她再上讲台接着讲课。"国共合作后，全国工运、妇运、农运、青运等革命运动进入一个新时期。1925年2月24日，弥留之际的孙中山先生念念不忘国事家事，预立了三份遗嘱。十七天之后，孙先生去世。下面，我宣读孙先生其中的一份遗嘱。"

讲到这里，钟竹筠停下来，拿出她工工整整抄写的《遗嘱》，看了看听课的学员。他们都注视着钟竹筠，神情肃穆，又充满了期待。钟竹筠清了清嗓子，一字一句慢慢读。读完孙中山这份遗嘱，钟竹筠又停下来，注视着学员。教室里鸦雀无声，安静得仿佛能听见学员火热的心跳。

"孙中山先生说过，革命尚未成功，同志仍须努力。孙先生走了，但是他的精神永在，他的事业还在。他还没完成的革命事业，靠我们去实现……"接着，钟竹筠具体解释"三大政策"以及南路开展革命的状况。

钟竹筠给学员在讲如何开展农民运动时，特别讲到她推崇的"农运大王"彭湃。

"彭湃先生从日本留学回到家乡陆丰，刚开始搞农民运动的时候，还保留着留学生的习惯，白通帽、白洋服，十足白马王子的派头。他向农民做宣传，农民一脸不理解他，还跟他保持距离。所以一开始他的工作没有做好。他反思自己，找到了原因。一是衣服惹了祸。他的穿着打扮让农民感觉他们是两个世界的人。二是他说话太学生腔，太文雅，农民听不懂。于是，他穿上跟农民一样的衣服，说话也尽量用通俗、让农民听得懂的语言。他挑着粪，下到田地，边跟农民一起干活，边向农民了解情况，掌握一手材料。他就是用这种走近'民心'的土方法，得到了农民的支持，跟着他减税，斗地主，分田地，海丰的农民运动工作开展得轰轰烈烈。"钟竹筠还结合自己的实践讲怎么开展革命运动。

为了提高学员的演讲水平，钟竹筠和杨枝水结合《演讲须知与技巧》这门课程，设置情景让学员进行说服演习，举办演讲比赛。钟竹筠借鉴她在遂溪、信宜等地的经验、做法，倡导反帝反封建反迷信，领导讲习所学员开展革命活动。他们将防城三婆庙等代表封建迷信的神像、神龛推下台，打破。对这种反封建、破除迷信，打倒神权的行为，绝大部分市民拍手称快。但是，个别被封建思想荼毒很深的顽固分子，却是横加阻挠。

有一个神棍见反对无效，躺在三婆庙神像前耍赖："有本事就从我身上跨过去！"学员把他抬起来，扔到大街上。"哎哟，闪了我的老腰！"神棍摸着腰，从地上爬起来，又冲进庙堂，骂道，"你们敢动神像，神会收你的！"

"我们先收拾骗人的神！""噼里啪啦"，学员把神像推下来，用脚踩，扔进江海里。"你这骗人钱财的神棍，敢再阻挠，我们把你也扔进海里！"说着，学员就要抬他。"别把我扔进海里！"神棍赶快哀求。

他们没收庙产，清理干净庙宇，用来办班，让妇女进来识字、学文化。钟竹筠用教会收的钱作为妇女活动经费。

六

防城速成宣传讲习所的学员结业之后，全部回到原地，成为当地开展革命运动核心、骨干力量。

阮青花从讲习所结业之后，与京族地区的工会领导，多次组织京族群众和汉族学生，开展反帝反封建，反对渔霸的斗争。他们扛着蟹耙，手持鱼叉等工具，游行示威，高呼口号。

当年将阮青花卖给秦梨花的渔霸阮有财，作恶多端，群众意见非常大。工会通过召开群众公审会，没收他的全部财产，将他驱逐出京族地区。

阮有财对京族工会十分仇恨，向在防城警察局工作的侄子阮大有告状。阮大有是国民党右派分子，也仇视京族地区的工农运动，便借口京族工会聚众闹事，扰乱社会治安，开出工会领导及积极分子的名单，准备逮捕他们。其中就有阮青花的名字。这份名单被国民党左派获悉，告知钟竹筠。她马上联系东兴总工会主席麦雪堂，派人去京族地区通知阮青花和当地工会领导做好反击斗争。

想起钟竹筠跟她讲过的海战故事，阮青花有了点子，便告诉工会领导梁明甫。

这天，天色阴沉，寒意袭人，海天一色。阮青花用自制的望远镜发现，茫茫的大海上，有两艘大船向三心岛方向开来。这船明显不是渔船。阮青花叫梁哥传话，做好战斗的准备。船越来越近，阮青花看清楚了，船上全是武装精良的警察。

船开到码头刚想停靠，突然水底发出几声巨响，掀起巨浪，两艘大船摇摇晃晃。"有伏击！"船上的警察乱作一团，"扑通扑通"跳进海里，全身湿透。但他们怕岸上有伏击，不敢往岸上爬。一个警察发现海里有两条鱼向他们游来，"妈呀，有鲨鱼！快逃！"他们顾不得岸上有没有埋伏了，反正都比喂鲨鱼好。

他们狼狈不堪地向岸上爬。从码头进三心岛有一道必经的山口，大门紧锁。

陆续爬上岸的警察湿漉漉地站在门外，叫喊道："我们是警察，赶快开门！"这时的海风特别大，吹得他们直打哆嗦。见还没有人开门，警察不耐烦了，骂骂咧咧，用脚踢，用枪敲。

爬上岸的警察全部挤在山口，饥寒交迫，疲惫不堪。有的人累了，坐在地上，像一堆堆海泥。青花望见这一切，觉得时机到了，做了一个手势。

突然一张张渔网从山口高处抛下，恍如从天而降，把堵在山口的警察罩住了，好像罩住一群黑鱼。这群"黑鱼"在网里挣扎，越挣扎越紧。罩在渔网里的"黑鱼"被渔民拖走。"黑鱼"们看到，刚才袭击人的"鲨鱼"，从海里上来了。两个渔民拿着两个像鲨鱼尾的东西上岸，走到他们的跟前调侃："鲨鱼来啦！你们还不快逃？！""哈哈！"阮青花也大笑。为打败警察大笑，为自己设计的这一切大笑。她想，如果钟竹筠知道了，肯定也会大笑。

阮青花非常感激钟竹筠。是她把自己解救出来，并引上革命的道路。钟竹筠是她灵魂的"摆渡人"。没有筠姐，她还是一名青楼女。

第二十八章　北仑河畔

一

钟竹筠站在中越界河北仑河畔，不时张望着从越南芒街过来东兴的人。冬天的北仑河河水量大减，有些河段露出河床，河中招摇的水草、光滑各异的石头等，都清晰可见。跨过北仑河的寒风"嗖嗖"地吹，吹到她的脸上。她不由自主地用围巾挡挡脸部。这天，她外穿一件黑色的风衣，里面穿一件自己织的毛衣，脖子上围着自己织的红色围巾。在冬天的北仑河畔，红色的围巾就像燃烧的火焰。

从芒街过来东兴的张甫碧老远就望见这条醒目的围巾，认出钟竹筠，向她奔过来。

"甫碧！你的眼力真好，这么多人中，一下子就认出了我。"

"这条红围巾，很醒目！"

钟竹筠从手提袋里拿出一条粉红色的围巾，送给张甫碧，说："我织的，看看喜不喜欢。"

张甫碧披在肩上，就地转一个圈，拉着她的手说："好温暖！你怎么知道我喜欢粉红色？"钟竹筠得意地眨眨眼，叫她猜。张甫碧说，"粉红色是一种浪漫的颜色，又美又衬皮肤，我有不少衣服都是这种颜色。筠姐好细心啊！"钟竹筠微笑，注视着她，夸她是美丽与智慧并存。

张甫碧拿出两张过境纸，交给钟竹筠。"谢谢！以后，他们过去芒街那边就方便了。"钟竹筠的目光越过北仑河,注视着架在河上的铁桥。

这条中法合资修建的铁桥,桥的两头分别是中国、越南的边境口岸,互设关卡,戒备森严。要过这座桥,必须有被称为居民身份证的身税纸,或过境纸。

1885年,中法战争之后,清政府与法国签订《中法新约》,放弃了对越南的宗主权。从此,越南沦为法国殖民地,但东兴与一河之隔的越南芒街市来往依然密切。越南海宁省芒街市的法国的殖民者与东兴洋务局主任朱彩臣沆瀣一气,以加强桥头关卡管理为理由,要求边民办过境纸、身税纸等,通过诸如此类的方式敛财、压榨边民。

身税纸有两种。一种是由隶属中国驻越南海防领事馆的芒街华侨理事会与法方联合签发的华人纸,过桥、过渡都可以,有效期为三年;另一种是由法方直接发给住芒街的越南居民的社纸,限于在渡口过往东兴时使用,有效期是一年。而过境纸则是只限于当天使用的临时通行证,由法方与华侨理事联名签发,东兴警察局转发。

钟竹筠到东兴后,芒街陶瓷工会主席陈伦国多次邀请她去芒街指导工作,给工人讲课。她也想到芒街做些调研,了解工人的状况,以便开展宣传工作,发展共产党员、共青团员。像陈伦国、谭则歌等人就是很好的培养对象。她办了过境纸,从东兴关口,跨过国际铁路去芒街。可是,天天要去东兴警察局拿过境纸太麻烦。后来是张甫碧帮她弄到身税纸,她过去芒街就方便了。

二

钟竹筠清楚地记得第一次见到张甫碧的情形。那是她刚到东兴不久的事。陈伦国在关口那边等她,跟他在一起的还有一个年轻的姑娘。

"她叫张甫碧,也是一位华侨。"陈伦国介绍。

"钟委员好!我早就听陈主席讲过您,久仰大名,非常荣幸认识您。"姑娘彬彬有礼,说话得体,给她留下很好的第一印象。

陈伦国特意请假与张甫碧带钟竹筠了解芒街的情况。晚上,钟竹筠赶回东兴。第二天再从东兴到芒街。陈伦国请不到假,只有张甫碧作陪。

芒街有工厂，也有渔村。居民百分之九十左右是中国人。除了少数人打鱼为生，大部分人以历史悠久的陶瓷业为主，有裕丰、兆丰等十多家碗厂，被称为"越南陶都"。几千名碗厂工人中，大部分是华侨。碗厂工人每天工作时间长达十多个小时，生产的陶瓷销往各地，生意红红火火，资本家和厂主的腰包随之鼓鼓胀胀，而工人的收入依然低微，加上长期受法帝殖者、碗厂主等的压迫，处境很凄凉。有的工人家在东兴，早上从东兴过去芒街上班，晚上再从芒街回东兴。

防城县东兴赤色总工会领导东兴开展工农等运动，轰轰烈烈的革命运动吸引了芒街的华侨。就在钟竹筠到东兴工作的前两个月，在东兴总工会的指导下，在芒街碗厂成立了陶瓷工会，会员有3000多人，以华侨工人为主，陈伦国当选工会主席。

钟竹筠在芒街工人中做宣传工作，有一次太迟了，张甫碧要留她住在家里。张家在芒街开厂，经济宽裕，有几处住房。

"我还是赶回去吧。"钟竹筠挂着东兴那边的工作。"太晚了，边卡关门了。"张甫碧抬起手看看手表。"那好吧。"钟竹筠突然想起不久前发生在北仑河的枪杀案，的确是很危险。而且，她有意发展张甫碧为共产党员，正好借这个机会近距离接触她。

张甫碧带钟竹筠去只有她一个人住的地方。这是一栋小别墅，简朴而别致。钟竹筠进来就闻到一股香味，是法国香水的味儿。芒街好多家庭富裕的女性都爱用这种香水。

小客厅里摆着一个圆桌，两张白色的藤椅。张甫碧说："筠姐，请坐！我去泡茶。"

"谢谢！"钟竹筠坐在白色的藤椅上，看到玻璃桌上有一本《新青年》，便拿起来翻看。

"甫碧，你看这些书刊，参加革命活动，家人知道吗？"

"知道。他们说，女孩还是快点找个好人家嫁掉，少看这类书。今天叫我见张大少，明天让我跟王公子相亲，个个都是有钱的主儿，惹不起还躲得起。我干脆搬到这里住，求得耳根清净。"

"你是个有追求，有理想，有主见的女孩。我喜欢！"

"筠姐,我听说你当年在北海读书,好多有钱人追你哦,但你嫁给家境贫寒的韩盈哥。你们一定很相爱吧?"

"是的,我们很相爱!"想起韩盈,竹筠眼放亮光,心里暖暖的。"我选择革命,嫁给爱情。"

"筠姐,真羡慕您!我也希望像您一样找到志同道合的同志,嫁给爱情!"钟竹筠看到张甫碧非常向往的神色,又露出少女的羞涩。

"甫碧,你的理想一定会实现的!"钟竹筠放下茶杯,握住她柔软的手。她又问了一下张甫碧及家庭的有关情况,然后问起不久前发生的北仑河惨案。

"我当时就住芒街。事情是这样的。"张甫碧说。

边境口岸限定出入境时间,这就苦了家住在东兴的工人。因为经常要加班加点,误了过关卡的时间,回不了家,有些人只好露宿街头。有一天晚上,碗厂主又叫他们加班,加完班已十一点多钟,关卡已关门。想到母亲病在床,邱生焦急万分,拼命敲关卡的门,希望对方通融一下。

"这事没得商量!"法军警说。想起平时被资本家压榨,自己为了赚多点钱,不得不离开病重的母亲,而现在又不能回家看母亲,邱生悲愤交加,趁驻越方桥头的法军警不注意,跳进北仑河里,想涉水回东兴。河水"哗哗",他终于过了河,轻轻吐了一口气,伸手攀爬中方的河岸。"有人!"一个法军警指着邱生。"开枪!"一个军官模样的命令道。"呼呼"几声枪响,邱生背部中枪,应声倒进北仑河中,惨白的月光照着血染的"红河"。

"他们真残忍!"钟竹筠说,"后来怎么样?"

"得知邱生被打死,芒街的工人都很气愤。平时他们忍辱负重也就罢了,现在工人居然连命都没有!邱生的今天,就是他们的明天!在东兴总工的支持下,有人组织芒街陶瓷工会的工人举行罢工、游行。"

"是陈伦国组织的吗?"

"是的。东兴、芒街两地几千工人、群众组成的游行队伍同时到达北仑河畔。有一个人指挥,他喊一句口号,其他人也跟着喊:惩办凶手!打倒法帝国主义!"

法帝国殖民者开始以邱生偷渡违法为由,拒绝赔偿。后来东兴、芒街两地工人继续罢工，工厂瘫痪，他们才不得已坐下来谈判，答应工人代表开出的条件，给予赔偿。

"你参加游行吗？"钟竹筠问。"参加了。"张甫碧说。

"你对这件事怎么看？"

"工人只有团结起来才能取得胜利！"张甫碧想了想说。

"非常好！"钟竹筠很赞赏。张甫碧长得漂亮，与许多富家小姐一样也赶时髦，但是她有正义感而且善于思考问题。"你和陈伦国、谭则歌都很熟吧？觉得他们怎么样？"她想向张甫碧了解更多情况。

"嗯，是比较熟。他们……"

三

夜深人静的时候，钟竹筠又想起来东兴工作前，关于建立中共地方组织，盈哥和学增兄的叮嘱。她习惯把每一天的事情梳理一遍。

"筠妹，你去东兴的工作任务很艰巨，又很重要，其中一个是建党建团。国共两党合作后，三届中央执行委员会作出指示：凡国民党有组织的地方，我党党员、团员一并加入；凡国民党无组织的地方，我党则为之创设。在国民党中，我党党员和团员应成立秘密组织，一切政治性言论行动，须受我党指挥，努力争取站在国民党中心地位。还有，1925年1月，中共第四次全国代表大会通过《对于组织问题之决议案》，指出：'在现在的时候，组织问题为吾党生存和发展之一最重要的问题'，我党如果不迅速加强党的组织工作，那么绝不能前进。所以，大会做出决定，在全国范围内发展和建立党的基层组织。尤其是在农村、工厂等，吸收有阶级觉悟和革命精神的无产阶级、积极分子入党，建立党的支部，扩大党的队伍和影响力。目前，南路的阳江、廉江、遂溪等县，都建立了中共地方组织，而防城县还没有。你去防城县工作，尽快把党支部建起来。芒街有很多华侨，你要跟他们多联系，把进步华侨争取到我方阵地。"

盈兄这番话常常回响在钟竹筠耳边，她也按照他的指示认真执行。她与杨枝水到东兴工作已经几个月了，经过严谨的挑选，严格的考验，发展了麦球英、张甫碧等几个进步青年加入中国共产党。另外，还发展了傅琪、欧寒松等一批进步青年加入共青团。

按照中国共产党的组织章程，有三个以上的正式党员就可以成立党支部，东兴的党员数量完全符合要求。钟竹筠没有创建党组织的经验，只能摸着石头过河。她着手创建党支部的筹备工作，分派一些工作给党员同志做。她想，中共防城县第一个支部的成立会，要做得既隆重又简朴，还不能张扬。

广东妇女解放协会防城分会在东兴女子学校内有一个办公室。钟竹筠计划党支部成立会就选在这里，很方便，也相对安全。

一切准备就绪，只等东风。钟竹筠意气风发地迈进1927年，支部成立会如期进行。麦球英、张甫碧、麦雪堂、易一德、易永言、黄胞民都来了，还有芒街碗厂工人谭则歌、陈伦国从芒街赶来东兴开会。他们中有的是第一次见面；有的虽然认识，可不知道是自己的同志。天气寒冷，但大家的心里却是暖烘烘的。钟竹筠被选为党支部书记。

"同志们，今天东兴支部成立了，这是一个新的起点。我们要在以前的基础上，继续积极发挥党员的先锋模范作用，引领革命潮流，掀起空前的革命高潮！"钟竹筠的讲话铿锵有力，鼓舞人心。

中共广东南路地方委员会成立了，受中共广东区委领导，驻地在高州城，黄学增担任书记，钟竹筠和韩盈双双当选委员。

钟竹筠觉得自己的担子更重了，也更有工作激情。在她的领导下，东兴党支部加强与广州等地党组织的联系。为了培养干部，她选派出10多名党、团骨干到广州，进入广东省宣传讲习所学习，或是参加当地的革命活动。由邱祥霞带队前往广州。

临走前一天，麦球英与钟竹筠走在北仑河畔，在浩荡的二月春风中长谈，依依不舍。钟竹筠又给她很多鼓励："球英，你是东兴第一批女共产党员，今年才19岁，要走的路还很长。不管你在哪里，都要谨记自己的入党誓言，把一切献给党，永不叛党！"钟竹筠把自己亲手织的围巾给麦球英披上，拥抱她。

"非常感谢筠姐！您是我走上革命道路的引路人，是我入党的介绍人。我会谨记您的教诲，牢记自己是一名共产党员，用生命捍卫入党誓言。"

第二十九章　白色恐怖下的遂溪

一

1927年4月12日，蒋介石在上海叛变革命，大肆屠杀共产党人。各省纷纷组成清党委员会，全国笼罩在一片白色恐怖中。4月15日，广东国民党反动派，在广州发动反革命政变，向共产党员、进步青年、爱国群众、民主人士等举起屠刀。这股血雨腥风向整个广东蔓延。

早在本年初，国民党右派势力反革命活动已日益公开化，污蔑共产党人，镇压南路农民运动。国民党广东省部做出决定，改组全省各县、市党部，派出林云该为高雷党务视察员，在南路着手"清党"活动，排挤共产党员和国民党左派，破坏工农运动，不时发生擦枪走火事件。黄学增、韩盈等南路领导人，毫不客气地公开揭露他们破坏国共合作、违背孙中山先生的"三大政策"的恶劣行径。

所以，上海、广州一开杀戒，南路反动派就迫不及待地对共产党员、革命群众下手了。林云该成立了南路清党委员会，宣布开始清党运动，检举"共产分子"，重新登记国民党党员。被列入"共产首要分子"名单，遭通缉并开除党籍的有208人。遂溪县反共头目、人称"铁胆"的戴朝恩以及黄可沣等人，加入了其主子林云该的南路清党委员会。林应礼成为国民党遂溪县清党委员会首领，改组国民党党部机构，镇压各地工农运动；列出将要逮捕的"黑名单"，磨刀霍霍。白色恐怖下的遂溪，城乡不时警笛大作，枪声阵阵。

获悉国民党反动派捕杀共产党员和革命群众，韩盈顾不得肺结核病越来越严重，找到黄广渊，跟他商量对策。他们不敢在县部委商量，躲在离南门圩不远的甘蔗林里。此时的甘蔗，长势很好，密密匝匝，正好隐蔽，不容易被人发现。他们都戴着大草帽，打扮成农民的模样。万一被人发现，就说是农民在甘蔗林里劳作。

"我们必须召集县委委员、农运骨干召开秘密会议。当前的形势下，必须避开风头，隐蔽斗争，千万不能像以前那样公开活动了。"韩盈说完，猛烈咳嗽起来。他赶紧用手捂着嘴巴怕被人听见。

"韩书记，老毛病又发作了？"黄广渊关切地问。他知道韩盈积劳成疾，身体不太好。

"没事，我们继续谈工作。"韩盈缓缓气，平静下来。

"我尽快通知相关人员去开会。韩盈兄，开会的地点安排在哪里？"

"县城是国民党反动派的天下，太危险了，肯定不能安排在这里。要安排在离县城远、反动势力稍微弱的地方。"

"有道理。戴朝恩这帮反动分子都住在遂溪城。"黄广渊说，"会议安排在第二区杨柑，你看怎么样？"

"行！咳咳……"韩盈又咳嗽，上气不接下气。

"盈兄身体不好，跑不了那么远，杨柑会议，你就不要去参加了。"

"好吧！由你来主持会议。广渊，拜托你了。一定要注意安全！"

韩盈伸出手，黄广渊也伸出手，四目对视，互相鼓励。两人仿佛有一种预感，神情凝重，凝视着对方，双手紧紧地握在一起，怕就此一别就是永别。

"盈兄，您也要保重！我们一定要活着，跟国民党反动派斗争到底！"

"广渊，我的好兄弟！我们都是共产党人，不管在什么情况下，都要坚守革命信仰。就是死，也绝不向敌人低头！胜利是属于我们的！"韩盈紧握黄广渊的手，互相鼓励。

二

收到通知后，李志强准备从遂溪到杨柑去开会，但是一出门就被盯梢他的警察逮住。警察要他招供出同伙,李志强拒绝交代。"给他上刑!"两个警察用鞭子抽打,把他打得遍体鳞伤,再在他的伤口上撒盐。李志强痛得嗷嗷叫。警察停下来,换了一种语气说:"你要是交代,我们让你当乡长,赏你100两银子。你要是不交代,只有死路一条!"说完又扬起鞭子。"别打!我说!"李志强求饶,"黄广渊通知我们,准备后天在杨柑小学召开秘密会议!"得到这绝密消息,黄可沣笑道:"真是天助我也!我要把他们统统抓起来,一个不漏!"

4月24日,这天刚好是星期日,学校放假,校园里静悄悄的。邓成球、颜卓、何元余等人,从遂溪各地汇聚杨柑圩。路远的同志早一天就到了,晚宿杨柑圩。路近的当天早上才赶来。黄广渊事先通过九叔跟该校的进步教师李春联系好,借用一间教室作为会场,会场外安排两名农军把守。参会人员陆续到场。会议由黄广渊主持。他先讲目前白色恐怖的形势,传达韩盈书记的指示精神。

"快点!"国民党反动派的官兵包抄杨柑小学,持枪悄悄向会场靠近。

参加会议的人全神贯注听黄广渊布置工作,完全不知道危险正一步步向他们靠近。

几个国民党兵从后面捂住会场外的两个农军的嘴,把他们拖走。其他的国民党兵冲进会场,把枪对准开会的人:"把手举起来,统统不准动!"

"不好,大家快跑!"黄广渊大声叫道。坐在靠近门口处的颜卓、陈安中等人先被国民党官兵抓住,双方扭打起来。一个士兵从后面用枪托狠狠地敲打颜卓的头部。顿时,他鲜血直流。其他国民党官兵用枪打,用脚踢,扭打声、叫骂声,混杂在一起。会场弥漫着浓浓的血腥味,直呛人鼻腔。

邓成球被一个高个子兵抓住,反剪双手。黄广渊从后面抢过高个子兵的枪,狠命敲他的脑袋。高个子兵倒在地上。黄广渊又去打其他官兵,一个大头兵从后面抱住他,黄广渊和他扭打起来。邓成球拿起凳子敲大头兵的头,叫黄广渊快逃:"不能被他们抓住!"

两个国民党兵抓住邓成球,另外一个胖兵上来抓黄广渊。黄广渊拿起凳子猛敲胖兵,胖兵倒地。有两个兵从背后向黄广渊扑来。见此情形,邓成球对黄广渊大声喊:"快跑!"退到窗口的黄广渊用力踢破木窗,从窗口跳出去。紧接着,黄宗赐等人也破窗而出。

"抓住他们，一个都不让他们跑掉！"几个国民党官兵从后面追他们，"呼呼"子弹从黄广渊耳边呼啸而过，差点打中他的脑袋。他凭着从农讲所学来的军事本领，巧妙地逃出杨柑小学。有官兵跟着追，他东躲西藏，终于把他们甩掉了。他逃到杨柑河边，刚想喘一口气，突然发现几个追兵在身后。

"你逃不了了！快投降吧！"官兵举起枪步步逼近黄广渊。"想要我投降，做梦吧！"他抓起河岸的土块掷向追兵。"啊！"一个追兵惨叫一声。另一个追兵拉动枪栓。

"不准开枪！要抓活的！"

就是死都不能让敌人抓到活口！黄广渊毫不犹豫地跳进河中，沉到水下。"噗噗"官兵对着杨柑河开枪射击，溅起一朵朵水花。

大部分的官兵留在会场，抓捕与会者人员，颜卓、邓成球、杨庆、何元余、黄中模、陈安中、陈历经、陈克醒、金美荣等人不幸被捕，被他们五花大绑。

"全部押上车！"国民党官兵把颜卓等人押回遂溪县城，关进监狱。

三

官兵清点人数，发现不见韩盈。副书记黄广渊也逃脱了。黄可沣大发雷霆，扬言就是挖地三尺也要抓到他们。他又派人在县城及周围搜捕，一部人去南门圩抓韩盈，一部人去中共遂溪县部委、国民党县党部机关、县农会等处搜查。遂溪农协执委、中共遂溪县委委员、国民党县党部执委陈光礼，还有刘坚，在国民党官兵包围县党部时，爬上围墙，跳下去。在进步群众的掩护下，他们逃脱了国民党兵的追捕。陈光礼辗转回到了乐民。

这天，韩盈虽不能前往杨柑参加会议，亲自部署工作，但也没有闲着，喝完自己煮的中药，把儿子道儿送到伯娘家里，便立即开始工作，写一份报告，向曾延汇报近况。

这是暮春时节，遂溪的天气还有一些阴凉。韩盈半躺在床头，盖上被子，把一块小木板放在被子上面。他把白纸放在木板上面，拿出一支钢笔在纸上沙沙写起来。他不断咳嗽，甚至咳出血，实在撑不住才停下来。休息一会，他又继续写。他写写停停。

道儿在伯娘家玩久了，嚷嚷着要回家找爸爸。伯娘被他吵烦了，只好同意。她抱着道儿，打开自家的木门，望见一队荷枪实弹的国民党官兵，气势汹汹地向韩盈家的方向奔来。"不好！"伯娘暗暗叫道。她想起，昨天晚上韩盈跟她说，如果他遇到不幸，麻烦她照顾好道儿。

韩盈的家在伯娘的家前面，跑去通知他已经来不及了。她敲打韩盈屋子的后窗，叫他快离开。道儿吓得哭起来，伯娘怕人听到哭声，就抱起他，用手捂住他的嘴巴："道儿不哭，不哭！"

韩盈正半倚在床上写东西，听到敲窗户的声音，也听到道儿的哭声。他挣扎着想下床，可身子太虚弱了。"砰"一声，房间虚掩的木门被踢开，韩盈迅速把刚才写报告的纸揉成一团，放进嘴里，嚼一嚼，吞进肚子里。

"韩盈果然在家！带走！"一个军官模样的人说。"我是国民党遂溪县委部执行委员，你们没权不经我同意就闯进我家！"韩盈抗议。

"韩书记，你就别哄我们了！你是共产党，清党委员会的名单就有你的大名。带走！"军官一挥手，两个如狼似虎的士兵上前，扔掉木板，把韩盈从床上拖下来。看见韩盈虚弱得站不稳，就架起他，把他装进大竹筐里，抬出门。南门坪有不少人在围观，惊慌着，小声议论着："阿盈犯了什么事，被官老爷抓走？"

道儿望见爸爸被人拖走，哭喊着要爸爸。被装进竹筐里的韩盈听见道儿的哭声，忍不住回头看。他望见儿子哭得小脸涨红，眼泪、鼻涕混在一起，小手指着韩盈的方向喊"爸，爸"。伯娘用力捂住他的嘴巴，道儿用另一只小手推开她的大手，撕心裂肺地喊道："爸爸！"

韩盈听见，心如刀剜，但不敢回应儿子，只在心里默念道：道儿，我的儿子，别哭！要坚强！他想到，这一别可能就是永别，父子将再无见面之日，将是天人两隔生死两茫茫。他依依不舍地回望着儿子，把他可爱的模样铭刻在心中。

一个士兵走到伯娘的面前，问是不是韩盈的孩子。伯娘说："不是，是我的孙子！"说完，她抱着道儿跑开。韩盈感激地望着伯娘的背影，恋恋不舍地望着儿子的后脑勺。"走！"军官呵斥。两个士兵拖着大箩筐走。

这一天，在遂溪县城被逮捕的，还有吴协民、陈星焜等人。

得知韩盈等人被捕，黄可沣洋洋得意，立即向林云该报功："今天我们收获很大，抓了几十个人。他们的组织都被我们破坏了！在您的英明领导下，遂溪的清党取得了巨大的胜利，剩下的几个共党分子也逃不出如来佛的掌心！"林云该拍掌："干得好！逃脱的那儿个人，一定要把他们抓住，一个都不能漏！"

四

韩盈被关进一间房子，只有他一个人。很快，他被两个人架到另一间房。房子布置很简单，两张木椅子，一张木沙发，一张办公桌，墙上有一个书架。正中挂着孙中山遗像，两旁挂着国民党党旗。韩盈打量着房间时，一个壮实的中年男人走进来，打着"哈哈"说："我们又见面了！我叫周委。去年县党部改组的时候，我们一起开会，见过面。你还记得吗？"韩盈想起来了，这个人也是国民党遂溪县党部执行委员，至于担任什么职务，不记得了。

"既然我们都是国民党部的执行委员，都是为党国效劳，你们干吗抓我？！"韩盈试探。周委冷笑道："你不但是国民党，还是共产党！你的情况，我们都掌握了。我们不会乱抓人。别以为我们什么都不知道。你有很多职务，你是共产党头头！"

"你们想怎么样？"

"韩书记，很简单，你只要在这张纸上写份脱党声明，把你的组织招供出来，那就没事了。"周委把一张白纸放在韩盈的面前。"别浪费心机了！"韩盈把白纸推到周委面前。

"国共两党的关系已经恶化，蒋先生在全国清党，你如果不脱离共产党，只有死路一条。我劝你还是写吧！"他又把白纸推到韩盈的面前，絮絮叨叨说一大堆威逼利诱的话。

"我写！"韩盈想了想说。"识时务者为俊杰，韩书记果然是个聪明人！"周委大喜，站在旁边看。韩盈厌恶地看他了一眼说，"我写东西的时候不喜欢旁边有人！"

"明白！我在外面等你。"周委打开门说，"给韩书记倒茶！"一个男人进来，给韩盈倒茶后退出去。韩盈拿起笔在白纸上"沙沙"写起来。

一会，韩盈把笔扔到桌上，说写好了。周委马上从外面打开门进来，拿起韩盈的"我的声明书"读起来：

"以蒋介石为首的国民党反动派背信弃义，背叛孙中山先生，背叛三大政策，破坏国共合作，举起屠刀屠杀人民，我以曾是国民党员为耻！我郑重声明：坚决脱离国民党！我是一名共产党员，愿为共产主义奋斗终身！我忠于我的信仰，永不叛党！"

"韩盈，你乱写些什么！让黄可沣知道，马上要你的命！"周委把"我的声明书"卷成团，用火柴点燃烧掉。

"哈哈！被你们抓住了，我就没打算活着出去！"韩盈说。周委气得胡子一翘一翘的，转过身喝一杯茶，缓缓气说："韩盈，我也是最近才知道，咱们还有点亲戚关系。郑舅母是我的远房表姐，这样算起来，你是我的外甥，该叫我表舅。"

"表舅？高攀了！"

"韩盈，看在咱们是亲戚的分上，我再给你一次机会，重新写一份声明书。黄可沣他们不但不会杀你，还会给你高官厚禄。"

"谢谢你的好意！我再写千次万次，都是声明永远跟着共产党走！我也不会供出我的组织！你们的什么高官厚禄我不稀罕，你就别浪费时间了！"

"你……"周委指着韩盈的鼻子，又忍住，换一种语气说，"你就别固执了。现在是国民党的天下！我告诉你，蒋介石已经下令，宁可错杀千人，不可漏掉一人。国民党在全国清除异己，凡是共产党员都要清除掉！"他做了一个砍头的动作，"你很有才华，我十分欣赏你。我又是你的表舅，不想你被杀头。你上有老，下有小，妻子年轻又漂亮。你不为你自己着想，也得为家人想想，为郑舅父他们想想。他最疼你，供你读书，没有他，你可能早就饿死了！他想你给他送终，你难道忍心让他白发人送黑发人吗？"

韩盈的心猛地一紧。周委说得对，郑舅父对他恩重如山，不是父亲胜过父亲。周委盯着韩盈说："这样吧，你不用动笔写……"韩盈心想，他葫芦里又卖什么药？周委又拿出一张白纸，拍拍韩盈的肩膀说，"很简单，你只需在这张白纸上按上指模，签上你的名字就行了。声明书的内容，我们来写。"

"哈哈！"韩盈大笑道，"好一个'很简单'啊！再次感谢你的好意！我也再次声明：永远不会背叛中国共产党！我说完了，要砍要杀由你们！"

"韩盈呀……你怎么这么固执？！我想帮，都帮不了你！"周委恼羞成怒，"来人，把他送回监狱！"

第三十章　血染竹行岭

一

周委去清党委员会办公室，见黄可沣正在打电话，怒气冲冲地训斥对方："混蛋！让共党要犯溜了，我扒你的皮！""啪！"黄可沣挂上电话，余怒未消地问周委审讯韩盈的情况。"他……他不肯合作！"周委头冒虚汗。

"我早就说过，韩盈是共党头头，顽固得很。我跟他交手多次，都败在他手下。我太了解他了，他根本不会吃你那一套。对这种人，不要再浪费时间磨叽了！得给硬的！看他一个肺痨病人，能撑多久！"黄可沣咬牙切齿。

周委知道黄可沣仇恨韩盈，当年因为韩盈向省委写信揭露他的罪状，他当不上遂溪县县长。对这件事，黄可沣一直耿耿于怀，现在就是报仇雪恨的时候了。"周委，好好伺候韩盈，看他的骨头硬还是我的刑具硬！"黄可沣恶狠狠地说。"是！"周委恭恭敬敬地说，退出去。

韩盈被架到一个阴暗潮湿的地方，里面摆着各种刑具，几个凶神恶煞的刽子手，正给一个坐在老虎凳的人用刑。那人像一个血人，面容模糊。"血人"向刽子手喷出一口鲜血。"加料，看你能撑多久！"刽子手说。

"咔嚓"韩盈听到骨头折断的声音，"血人"没有呻吟一声，又晕死过去了。刽子手又端来一盆冷水，泼在那人身上。那人没有醒来，双眼紧闭。"韩盈，这是你的同伙颜卓。你要是不招，下场就跟他一样！"刽子手把颜卓从老虎凳上拖下来。一听到颜卓的名字，韩盈不由一颤。这一切没逃得过躲在旁边观察的周委。看来还是黄可沣说得对，没几个人能经得起严刑拷打，老虎凳一张嘴，什么共产主义，什么理想信念，通通见他妈的鬼！周委心想。他又叫人备好声明书、印泥，韩盈只需按指模。

原来是颜卓弟！颜卓，我的好同志！韩盈的内心波涛汹涌，看到刽子手在冷眼观察他，他马上镇静下来，面不改色。"给你最后的机会！"刽子手指着满屋各种面目狰狞的刑具，对韩盈说，"否则，它们会让你生不如死！"

"从干革命那天起，我就做好死的准备。我连死都不怕，还怕你区区刑具！"韩盈说。刽子手把韩盈扔到老虎凳上，捆绑住他的双手双脚，"上刑！"一阵阵钻心的痛像海浪一样不断涌上来，韩盈听到骨折的声响，痛得晕死过去。他不知道什么时候被拖回监狱。

伯娘背着道儿去找郑舅父。那天他亲眼看到韩盈被凶神恶煞的人抓走，就不停地哭喊着要爸爸。郑舅父正在给客人抓药。客人一走，伯娘拉着道儿到他面前，教他说："道儿，快叫舅公，叫他救你爸爸。"一岁多的道儿，才学会说话不久，跟着伯娘说："救爸爸！"郑舅父抱起抽泣的道儿，擦去他的小脸上的泪，问他爸爸怎么啦？道儿光会说"救爸爸"。

听伯娘讲韩盈被抓的经过，郑舅父的心阵阵抽搐，双腿一软，一屁股跌坐在凳子上。道儿又叫道："救爸爸！"

"郑舅父，您可别出事！阿盈还等您去救啊！"伯娘哭道。郑舅父咬紧牙，慢慢站起来。他马上筹钱，跟郑舅母一起去找久不来往的表弟周委，央求他出面把韩盈保释出来。"表姐夫，要是平时，我肯定能保释他出来。可现在正在风头上，韩盈又是共产党的大官，这事不好办！"周委说。

"韩盈是我妹妹的亲骨肉，我当他是我的儿子，这个忙你一定要帮！"郑舅夫说着把装着银子的袋子给他，"你认识的人多，去活动活动吧！"

"表弟，韩盈就是我们的儿子，你就帮帮老姐吧！"郑舅母也央求道，"我给你下跪了！"周委拉住郑舅母："表姐，千万不要这样！好吧，我去活动活动，但我不敢保证一定成功。"

第二天，周委捎来口信，说上面有令不能保释韩盈，因为韩盈是共产党的大官，被列入禁止保释黑名单。但他会继续想办法。过一天，周委又捎来口信，说还是不能保释，但可以探视，只允许一个人去探监。

郑舅父去探监，周委叮嘱他劝韩盈："你告诉他，现在共产党员被国民党杀得差不多了，叫他看清形势，不要做无谓的牺牲。回头，是高官厚禄，金光大道；不回头，只有十八层地狱，人头落地！"

郑舅父见到韩盈的时候，他正躺在木板上，伤痕累累，气若游丝。"阿盈，我的儿！"郑舅父心疼，心酸，忍不住哭了。"舅父，别哭！我没事的。"韩盈挣扎着坐起来。

"阿盈，你就认个错吧！签了名，我带你回家。我老了，不想见到白发人送黑发人！你就可怜可怜老舅吧！"

"舅父，对不起！您培养我长大，我可能不能给您送终了！感谢您的养育之恩！"韩盈挣扎着要给他磕头。郑舅父忙制止他。他们没聊多久，看守就催促："探监时间到！快走！"郑舅父向韩盈告别，蹒跚着走到门口，从口袋里摸出两个银圆，塞进一个看守手里，"多多关照我儿！"看守把大银放进口袋里，又催促，"走吧！"

二

来了一个新看守，叫苏星，是一个二十岁左右的青年，面容清秀。他对韩盈很客气，不像别的看守那样如狼似虎。

"我见过您呢！"苏星对韩盈说，"去年初，您在遂溪县人民代表大会上做报告，号召40万遂溪人民站在革命统一战线上。我当时是大会的警卫，从头到尾听了您的报告，非常感动。"

这些，苏星都记忆犹新。他是遂溪本地一个农民的儿子，吃过反动军阀、土豪劣绅的苦，非常同情农民，也尊重为农民做事的人。没想到，给农民讲话、做事的韩盈居然成为阶下囚，又那么巧，由他看守。

从交谈中，韩盈感觉得出苏星本质不错，是一个可以争取的对象。于是，他给苏星宣传革命真理，讲共产主义信仰。

苏星很敬佩韩盈，听得越多想得越多：共产党有什么魅力让韩盈愿意用生命去捍卫？国民党是执政党，韩盈也是国民党员，为什么要选择共产党？选择国民党，有锦绣前程；而选择共产党，很可能被杀头。他趁自己值班，看四下无人，悄悄问韩盈这些问题。

韩盈说："共产党信仰马克思主义，是为人民谋幸福的。你读过司马迁的《史记》吗？"苏星摇摇头。他家里很穷，只读过一年私塾。别说《史记》，他连司马迁是哪个朝代的人都不知道。

韩盈简单告诉他《史记》是一本什么书，然后说："司马迁说过，'人固有一死，或重于泰山，或轻于鸿毛。'每个人都会死的，但死的意义，价值不同。人生短短几十年，要做对国家、对民族有利的事情，不枉这一生。一个人只要坚持自己的信仰，用生命用鲜血来捍卫共产主义，捍卫革命真理，就是牺牲生命也在所不惜！"

苏星听得入神，频频点头，给韩盈倒白开水，叫他歇歇再说。韩盈喝了开水，忍着痛，挺起精神接着讲。

"做人，要讲信用，要有操守，要坚持信仰。《论语》有句话，'人而无信，不知其可也。'一个人不讲信用，会失去人心；一个政党不讲信用，会失去民心，最终会失败。国民党反动派背信弃义，公然违背孙中山联俄、联共、扶助农工的三大政策，屠杀共产党人、进步群众和国民党左派。你说这样的政党值得信赖吗？值得我们去追随吗？"

苏星被韩盈的话深深打动了，甚至为自己是一名国民党兵感到耻辱。他真诚地说："您是条汉子，我敬佩您。需要我帮什么尽管说，我一定尽力！"

韩盈暗暗高兴，为有这种觉悟的国民党士兵感到欣慰："谢谢小兄弟！你帮我了解国民党反动派最近逮捕了多少人，都关在哪里。还有，你转告我的同志，不要轻易暴露自己的身份，有社会关系的想方设法保释出去。"

有苏星的帮助下，与韩盈同一天被捕的人中，后来有三个人被保释出去。

三

黄广渊、黄宗赐、陈光礼等人九死一生最终逃脱敌人的追杀，回到了乐民。

听说韩盈也被捕的消息,黄广渊马上找陈光礼等人商量,如何营救韩盈书记和其他被捕的同志。

陈光礼是遂溪县乐民人,1924年到广州读书与韩盈认识。陈光礼在粤军讲武堂受过训,在黄学增的引荐下,考入广东省甲种工业学校,成为黄学增的校友,走上革命的道路。1925年加入中国共产党。同年,被中共广东区委派遣,回遂溪与韩盈、黄广渊等人开展革命工作。

"到处都是敌人的兵马,我们去营救不是羊入虎口吗?千万不要做飞蛾扑火的事,等我们强大了再反扑敌人。"周真义首先反对。

"我们不营救,他们就会被敌人杀害!你忍心看着韩书记和其他同志被敌人杀害吗?"黄广渊马上反驳,"当然,我们的营救要讲究策略,做好谋划。"

"我赞成广渊兄的意见。就算只有一丝的希望,我们都不能放弃!"陈光礼说,"我们来谋划一下……"

"你们谋划吧。反正我不赞成去送死!"周真义拂袖而去。"懦夫!"黄广渊指着他的背影骂。陈光礼拉住他说:"人各有志,随他去吧!"

按计划,黄广渊首先去找郑舅父探听情况。现在遂溪城笼罩在白色恐怖中,国民党布下天罗地网,要斩草除根,别说共产党人,就是同情共产党的群众,也会被抓捕,被杀头。黄广渊在这种情况下进遂溪城,颇有"风萧萧兮易水寒,壮士一去兮不复还"荆轲刺秦王般的悲壮。

黄广渊打扮成入城进货的小商贩,找到怡兴药店,见到店里面有几个顾客,便装作看药材。等店里的人少了,他才问郑舅父:"请问郑老板有当归卖吗?"

"客官要多少?"郑舅父一惊,赶快戴上老花眼镜问。"有多少就要多少!"黄广渊看看周围没有人,解下大草帽,压低声音说,"郑舅父,是我!"

"是你!"郑舅父认出了黄广渊。韩盈在乐民开展革命活动的时候,正值邓本殷黑暗统治之时,只能秘密开展革命活动。上面有文件都是先寄到他的药材店,韩盈派人来店里取,黄广渊和黄广荣都来取过信件。暗语就是:郑老板,有当归卖吗?如果有文件到了,就说有;如果没有,就说当归还没到店。后来国民革命军克复雷州半岛,革命活动公开化,就不需用暗语了。蒋介石叛变革命之后,"当归"这个暗语重新使用。

"我有很多当归，请进里面仔细看！"郑舅父说。黄广渊随他进到里间。郑舅父关上门，把韩盈被捕，他去探监，不能保释韩盈等情况都讲给他听。

四

黄广渊原来打算找人保释韩盈，现在这条路走不通了，只有一条路可走：劫狱！"这敢情好！"郑舅父很高兴，但马上转忧，"里面戒备很严，苍蝇飞进去都别想出来。"

"世上无难事，总会想到办法的。如果监狱里面有人配合我们就好办了。盈兄跟您提过谁吗？"黄广渊说。"没有。"郑舅父停了一下说，"对了，我外家表弟周委，是国民党官员。这个人可以吗？"

"可以争取，但是先别让他知道我们的计划。"黄广渊说。

韩盈又被敌人打得遍体鳞伤，几次昏厥过去，又被救醒。他的肺结核病很严重，需要吃药，但敌人故意不给他治肺结核病的药。看见他吐血，苏星很难过，要给他买治咯血的药。韩盈告诉苏星，他舅舅在遂溪城开药铺，叫怡兴药店。

苏星趁换岗去怡兴药店买药，郑舅父一眼认出他。他又去探监时见过苏星，韩盈跟他说过，苏星对他很好，很照顾他。郑舅父看得出这个年轻人很敬佩韩盈，也很有正义感，心中暗暗高兴。他想起黄广渊说过劫狱之事，假如苏星肯帮忙，策划周全，韩盈就有救了。

"我想保释阿盈，可他们不同意。还有什么办法救他吗？"郑舅父试探道。"唉，韩哥被当作重犯关押，救他很难。除非是……"苏星说。"除非是什么？"郑舅父见苏星欲言又止，脱口而出，"劫狱？"

"嗯！"苏星看了看四周，"但这很危险！搞不好要掉脑袋的！"

"反正都是要死！试试还有希望。救出阿盈，我不会亏待你的！还有，"郑舅父压低声音说，"阿盈的朋友也想救他。我们里应外合，这事能成！"

苏星面露难色，说上级要求严加看守韩盈，昨天又增加看守了。但韩哥是他尊重的人，不救，他就会被杀死。"我先拿药回去给哥吃。"苏星说。"这事拜托你了！"郑舅父又把银子塞进苏星的口袋里。"这钱我不能要！"苏星推辞。

"你去疏通疏通，活动活动，摸清楚监狱里的情况。"郑舅父按住他的手。

回到监狱，苏星见韩盈躺在床上动弹不得。苏星给他药吃，并悄悄告诉他郑舅父提的劫狱之事。

"万万不可！"韩盈急了，又咳嗽起来，喘着气说，"你转告他们，目前的形势非常危险，组织遭到严重的破坏，剩下的同志要保存下来，要留下革命的火种！让他们把主要精力用于打击敌人，不能劫狱！"

苏星又趁换岗来到怡兴药店，郑舅父假装卖药，悄悄对他说："这里不安全。你什么时候有空？""今晚十点。"苏星说。

"那好，今晚十点在孔庙后面那棵荔枝树下见面，我侄儿在那里等你！"郑舅父多了一个心眼，不直说黄广渊的名字，"我侄儿叫郑广。你们的暗语是：下个月荔枝就熟了。"遂溪盛产荔枝，到了六七月，绿色的荔枝果成熟了，红彤彤的挂满枝头。所以，有6月荔枝丹之说。

晚上，黄广渊来到孔庙后面的荔枝树下，见到一个年轻人站在树下。他摸摸树上绿色的荔枝果，喃喃自语："这荔枝还没有成熟，下个月就熟了。"那个年轻人向他走过来，接腔道："是啊，现在是5月了，下个月荔枝就熟了，可以摘来吃。"

两人对上暗号后，黄广渊急切地问苏星监狱里的情况。苏星说："韩哥不同意劫狱，叫我转告你们，要保持剩余的力量，继续革命。还说监狱戒备森严，没有周全的计划，万万不可让同志们冒险，叫你们不要做无谓的牺牲。"

"不，我们一定要救出韩书记！只要我们布置周密，里应外合，劫狱是可以成功的。你有监狱地图吗？"黄广渊问。"有！"苏星拿出自己绘的地图给"郑广"看，"我把你们的意思转告韩兄，明天晚上这个时候我们再在这里见面。"

五

郑舅母瞒着郑舅父去找周委的大姐帮忙营救韩盈。当年周家穷困潦倒的时候，郑舅母经常接济他家。两人虽是表姐妹，却情同亲姐妹。

"这个忙一定要帮！"周大姐满口答应。

周大姐找到亲弟弟周委。周委说他有心，但是无力。韩盈太死心眼了。他是共产党的大官，黄可沣不会放过他。"明的不行，那就来暗的，劫狱！"周大姐说。"劫狱？！"周委瞪大眼睛，"老姐，你是看戏看得多了吧？你以为是小孩子玩泥沙那么容易吗？监狱里戒备森严，连一只苍蝇都飞不出去，你怎么劫？到时，狱劫不成，倒把自己的小命劫了！"

"你官越做越大，胆子却是越来越小，都不如我一个老太婆！"

"莫非是老姐有办法？"见她不说话，周委轻蔑地说，"我看你也是嘴上快活，你一个老太婆能有什么办法劫狱？据我所知，韩盈很快会被枪毙，他活不了多久。"周大姐大声叫起来："韩盈不会死的！你不救他，会有人会去救他！"

"我不是不想救他，可我一个人救不了，要有人配合我才行啊！"周委口气软了。"你答应救韩盈就有人配合你！"周大姐说。"好，我答应你！"周委这回很痛快。她叫周委发毒誓不得告密。他说，如果告诉别人，天打雷劈！她觉得心安了，把她所知道的劫狱计划和盘托出，末了还叮嘱一定他要救韩盈，"委弟，你当年读书的钱还是我给你的，你不能做对不起我的事！你敢忘恩负义，小心天收你！"

周委十分震惊，胡乱应付老姐，叫人送走她。他没想到，在黄可沣屠城血洗之下，居然有人要来劫狱！这些人真是不知道死字怎么写！劫狱之事，要不要向黄可沣报告？周委在办公室踱来踱去，手中的香烟烧到手指也不知道。告密，把共产分子抓起来，黄可沣定会奖励他，但韩盈必死无疑，还会连累老表姐和老姐夫。老姐肯定骂他恩将仇报，良心喂狗了，会遭雷劈。"轰隆隆"，他感到有雷在头上炸开。但是知情不报，将来黄可沣查出必定会治他的死罪。

周委把手中的香烟扔到地上，用脚踩了几下。他去找黄可沣，说他经过明察暗访，发现有人要劫狱。黄可沣连连说好："我正想搜捕漏网之鱼，他们却主动送上门来！周委，这事交给你办理，务必一网打尽。干得漂亮一点，我定有大赏，否则……"

一个叫秦强的士兵转来看守韩盈。他也是农民的儿子，知道韩盈的故事，和苏星一样敬佩、同情韩盈，跟苏星也很聊得来。苏星很高兴，叫他加入劫狱之列。秦强一口答应，成为劫狱的同伙。他很有能耐，策划线路，布置人马，本来一筹莫展的劫狱之事进展很快。大家大喜过望。

苏星给韩盈送晚餐，悄悄告诉他，一切都安排好了，今天晚上十二点动手。"颜卓和其他同志关在哪里？都知道了吗？"韩盈关切地问。"都关在你的隔壁房，都知道了。"苏星说。

"哦？他们什么时候转来我的隔壁？"韩盈感觉有点不对劲。"今天上午从别的监房转来集中在一起。真是天助我们，这样逃跑就方便了。"苏星很兴奋。

"除了你，还有谁知道这个计划？"韩盈问。"郑广、郑舅父、秦强……"苏星说。"不好，我们的计划可能泄密了！苏星，你马上通知郑广取消今晚的行动！"

"不行！今晚不行动，以后就没机会了。他们计划这两天杀你！韩哥，你放心，我们的计划万无一失，不会暴露的。"

"苏星，你也可能暴露了，不能再跟郑广联系了！"苏星疑惑："你怎么知道？"韩盈破万分焦急，"没时间解释了！快找信得过的人通知郑广取消行动！"

苏星从韩盈的监房出来，准备去找郑舅父。突然，有人从背后拍了他一巴掌，把他吓了一大跳。原来是秦强。"我们的行动可能泄密了！"苏星把秦强拉到一旁悄悄说。"你听谁说的？"秦强惊讶道。

"以后再跟你解释，现在我得赶快出去通知郑广。"

"苏星，你来我办公室一下，我给你拿点东西带给郑广。"秦强把苏星带到他的办公室，马上把他扣押下来，反锁在房间。苏星如梦初醒，韩盈的分析是对的。"秦强，你这个叛徒！快放我出去！"苏星心急如焚。

按原计划，"郑广"带人到监狱后面的门等候，苏星打开门，让部分人进来，把韩盈等人带出监狱，由在监狱外面等候的人接应。因为韩盈他们都受重伤，自己走不了路，需要人背着走。秦强已部署好人马在监狱各处，负责牵制敌人。

秦强早已打开监狱后面的小门，像老虎张开血盆大口，等待"猎物"。监狱已布好重兵，劫狱者一旦现身必定插翅难飞。周委、黄可沣已做好庆贺的准备。

这次劫狱由黄广渊当外围总指挥。他找一个看甘蔗的旧房子作为临时指挥所。这里离关韩盈的监狱不远,周围有一片甘蔗地,方便躲藏。他已经联系好李土强等农军,做好劫狱的准备。母亲黄凌氏带来的10多人这天下午到达遂溪城。黄广渊多了一个心眼,叫母亲去监狱周围刺探情况。

天已经全黑了,地上黑咕隆咚。韩盈从门缝里望见各监房增加了看守,焦心如焚,心想不知道苏星有没有通知"郑广"取消行动。

跟黄凌氏一起出去的探子回来向黄广渊报告,陆续有很多车开进监狱,增加了重兵把守。黄广渊说:"继续监视,有新情况马上回来报告!"他不断看手表。按原计划,这晚十点钟,苏星派来的人和"郑广"在孔庙接头,交流情况。十点多钟,黄广渊派去的人回来报告,不见有人来接头。黄广渊叫他继续等。

郑舅父来找黄广渊,说周委的大姐刚才来他家,说她求过周委帮忙,也将他们的营救计划告诉周委了。

"不妙!"黄广渊心中掠过一丝不安。种种情况综合起来看,今晚的劫狱计划暴露了,不得不取消劫狱计划。"快撤!"他下令。幸好他留有一手,没有将自己在狱外的藏身之处告诉苏星他们。"韩盈书记,我的好兄弟!"黄广渊向监狱的方向仰天长叹,连夜离开遂溪城。

按照预定的劫狱时间已过,秦强左等右等不见有人,走到小门外面,鬼影都没见一个。他和周委周密策划的计划居然流产,在哪个环节出了问题?

六

韩盈知道自己的生命进入倒计时了,更加想念妻儿和同志。回忆起和爱人钟竹筠相识相知相爱的时光,那是他一生最甜蜜的幸福时光。结婚两年多,为革命工作,他们奔赴南路各地,聚少离多,在一起的日子屈指可数。

"白色恐怖下,东兴那边情况怎么样?筠妹,你可好?"想起自己亲爱的妻子,韩盈心里充满了甜蜜,又满是心酸和担忧。

"你本来可以嫁得很好,过上衣食无忧的富贵生活,可是选择了我,走上艰辛的革命道路。如今,很快面临失夫之痛!我亲爱的筠妹,这一生欠你的太多,无法偿还,下辈子再还你吧!"从不迷信的韩盈,这时却强烈希望有所谓的来生。这一生太短，只有26年，还没活够。很多工作还没有做，好多梦还没有圆，实在是太遗憾了！幸运的是，他加入中共党组织，对党忠诚，为年轻的共产党做了很多工作。虽然他只有短短26岁，但生命不在于长短，而在于有没有为人类作出贡献，有没有价值。他做出了很多人一辈子都做不到的事，人生有附丽，有意义。从这点来看，他又颇感欣慰，觉得今生无悔。

韩盈咧嘴想笑一笑，却牵动了还没愈合的伤口，顿时又是一阵钻心的痛。他闻到了一股血腥味，用左手摸一摸嘴边，手成了鲜红色。进监狱以来，每天，旧伤口没好，新伤口又出现，伤口涌出的血从没停过。他口渴，想喝水，可是嘴唇肿胀，张不了。他想给妻儿写封遗书，可是他的右手被打断了，抓不住笔。

"道儿！"韩盈有好多话要跟年幼的儿子说，可是咫尺天涯。想起他被捕那天，儿子撕心裂肺的哭喊，韩盈强大的内心，不禁柔软起来，眼泪涌出来。谁言男人有泪不轻流？只是未到伤心时。

"儿子，爸爸平时忙于革命工作，早出晚归，就算是在家里，也是干自己的事，没时间跟你玩，也很少认真地看你。有时工作忙起来，爸爸甚至过家门而不入。爸爸愧对你太多！从今以往，爸爸将不能陪你成长，不能看着你笑、看着你哭，不能看着你娶妻生孩子……你的爸爸妈妈都是共产党员，反动派不会放过你的！没有爸爸的日子，你的生活会更加艰难，爸爸希望你坚强，不管在什么环境下，都要像你的名字一样，行之有道，做一个对国家对社会有用的人。道儿，我亲爱的儿子，我最宝贝的儿子，你听见爸爸说的话吗？"

韩盈艰难地把左手抬起来，放在胸口，仿佛是搂着儿子，心里默默地跟他说话。他想再看一眼儿子，但是很遗憾，没有儿子的照片，一家三口也没合照过，留下终身的遗憾。

七

本来明媚的5月天，突然变得阴沉沉的，监狱里杀气冲天。那些浓重的杀气，把遂溪的天空染成黑压压的，空气污浊，令人喘不过气来。

韩盈、颜卓等14人被国民党反动派从监狱里提出来。他们遍体鳞伤，衣衫褴褛，被反剪双手在背后，用绳子捆绑着。韩盈本来就有病，被关在监狱里天天折磨，更是虚弱不堪。他被装进大竹筐押上车。

押送车经过县城的主要街道，道路两旁围着观看的群众。韩盈和其他人挺直腰板，目光坚毅，正气凛然。

押送车在县城旁边的竹行岭停下。遂溪县城像一个盆地，中间低，三面高一面流淌着西溪河。竹行岭就在县城旁边的高处，离韩盈的家南门圩很近。竹行岭有树木，有野藤，最多的是青竹。密不透风的竹林，竹子苍翠欲滴。竹林间有黑压压的乌鸦惊飞起，又战战兢兢地落在鸟巢里、树枝上。它们本来在竹林间悠闲地觅食、飞翔，突然间来了好多人。乌鸦们伸出脑袋，看着来到竹行岭的人，有荷枪实弹的官兵，有被绳子捆绑的人，有表情不一的围观者。有14个人被官兵从车上拉下来，其中一个人被从竹筐里提出来。行刑的士兵举起枪对着他们。他们没有一丝的恐惧，个个视死如归。

韩盈朝南门圩的方向看最后一眼，用尽最后的力气，喊出最强音。其他人也跟他一样高呼："中国共产党万岁！""打倒国民党反动派！"

"呼呼呼呼"，竹行岭上枪声大作，鲜红的血从他们的身上溅出，喷到竹子上，把青翠的竹子染得鲜红。乌鸦们又一次被惊吓，"哇哇"，从鸟巢、树枝间惊飞起，飞出竹林。

伯娘混在围观的群众中，看到韩盈倒在血泊中，双眼圆睁，嘴张开仿佛要说什么。她转过头，咬着食指，噙着泪水，压抑着不敢大声哭，内心哭道："阿盈，你才26岁！我白发人送你黑发人哪！"

第三十一章　海山举事

一

黄广渊和母亲黄凌氏赶去广州湾赤坎，参加中共南路党组织秘密召开的南路农民代表会议。会议的目的是集结革命力量，部署南路农民武装暴动。

由于国民党反动派的大肆屠杀，血雨腥风笼罩整个广东省，南路各地的党组织、农民协会遭到严重破坏，大批共产党员、农会干部、骨干分子等被逮捕、遭杀害。原定十五个县的南路农民代表，实际到会的只有八九个县。会议期间，遭到敌特跟踪追击，被迫几次转换开会地点，后来转到海上的一条船上开。

黄广渊、朱也赤、陈信材三人主持会议。经过讨论，会议决定，成立南路农民革命委员会，朱也赤、陈信材分别为正副主任，黄广渊为委员；参加会议的同志立即回到所在地，大力发动南路地区的农民武装斗争，部署农民武装暴动，以反击国民党反动派制造的白色恐怖。

黄广渊回到遂溪县乐民区，马上召集相关人员，在海山村秘密召开会议，传达关于组织农民武装暴动的决定，讨论研究组织遂溪农民暴动的事宜。会议正在进行时，农军黄小军气喘吁吁跑进来："报告，潘木雄……缴了新圩仔农军枪支！"李志敏一听火冒三丈："潘光头那鸟人胆生毛，敢缴我农军的枪？！"

"光天化日之下抢枪，太过分了！"黄广渊也很愤怒，一巴掌拍在桌子上。桌上盛着白开水的粗碗摇晃了几下，碗里的水溅出来。"小军，你先喝口水缓缓气，再把情况讲给大家听。"他指着桌上的一碗水说。"遵命！"黄小军端起那碗水"咕噜咕噜"几口喝完,放下碗,开始讲起当天的情况。

这天是新圩仔集市,附近各乡村都有人来这里趁圩(赶集),人来车往,非常热闹。第六区区长潘木雄腰别一支驳壳枪,腆着大肚腩,又到新圩仔来敲诈勒索,随意提高农副产品的捐税了。七个区兵跟着他后面狐假虎威。一个卖海干品的渔民不服,不肯多交税,跟他们争论起来。潘木雄掏出枪要打渔民,渔民吓得跪地求饶。他用枪敲击渔民的头部,导致渔民鲜血直流,最后还没收了渔民所有的货物。"潘区长,你打人又抢东西,这是不对的!赶快把东西还回给渔民!"在圩里值勤的农军黄宝军前来论理。"丢你老母!我堂堂区长做事哪轮到你来管?你的枪是哪里来的?"潘木雄指着黄宝军手中的枪对区兵说,"检查他的枪证!"区兵立即上前缴去黄宝军的枪,并把他扣押。其他农军纷纷指责潘木雄,要求他把枪还给农军。他不理不睬,扬长而去。

"事情的经过就是这样。我趁他走了,赶快回来报告。"黄小军说。

"太欺负人了!我们要灭灭他的火焰!"黄广渊又一巴掌拍在桌子上。黄广渊和陈光礼交换一下意见,达成共识,马上派出区农协领导、农军中队长黄宗赐,带领一小队农军奔赴新圩仔,处理事变。黄广荣协助。

黄宗赐、黄广荣带领的农军来到第六区区署,找到潘木雄,跟他论理,指出提高捐税是违反区署的协定。"请潘区长马上释放扣押的农军,交回枪支!"黄宗赐说。"你要我交回我就交回?你们凭什么?"潘木雄态度傲慢。"凭这个!"黄宗赐从腰间拔出手枪,在旁的黄广荣也举起手中的土制枪。"你们这些泥腿子反了!"潘木雄虚张声势,"我要告你们!"

"好啊,带潘区长去告状!"黄宗赐一把抓住潘木雄。从外面冲进来的区兵还来不及开枪,就被农军缴了枪。当潘木雄和区兵被押送回海山村时,海山村的农军爆发出胜利的欢呼声。

二

黄广渊没有被眼前的胜利冲昏头脑,估计敌方不会善罢甘休,肯定会反扑。凭借海山村当前的力量是难以对抗敌人的进攻。于是,他马上下令,调集余村、乐民城、纪家、田西等地的部分农军到海山村，进行战斗操练，加强防御，做好反击来犯之敌的准备。

调来的农军集中在海山村后，黄广渊亲自训练农军。黄凌氏射击技术高，会双手开枪，由她教农军练习射击。

夏夜，天气特别炎热，黄广渊光着上身，只穿一条土布做的短裤子还是热。他用大葵叶扇子扇，扇出的风也是热的。睡不着，他干脆披衣起床，点燃防风煤油灯。他正要出门，被母亲发现了，问他三更半夜的去哪里。

黄广渊说睡不着去村里看看。母亲说和他一起去。黄广渊说："我一个人走走。等会娃儿醒了不见奶奶，又会闹着找你。"

"好吧，你小心点！我们抓了潘光头，国民党反动派不会放过我们的。"

"妈，你放心，我会武功，反动派敢来，我叫他们有来无回！"黄广渊拍拍别在腰间、用衣服遮盖住的驳壳枪。

黄广渊提着煤油灯独自走在村里。海山村静悄悄的，天上没有月亮，也没有星星。村民们都熄灯睡觉了，到处漆黑一片。他先到关押潘木雄和区兵的地方，听见他们还在吵嚷。大概叫喊久了，声音有些嘶哑。黄广渊交代看守潘木雄的农军几句，然后提着煤油灯继续在村子里巡查。

海山村是一个近海的渔村，村民多靠打鱼为生。村里到处有白花花的海沙。古时候，海盗在村庄周围出没，烧杀抢掠。为抵御海盗袭击，村民在村子四周筑起围墙，现在围墙还在。围墙的外面布满簕竹，"啾啾"，夏虫在簕条间声嘶力竭地叫着。村外的东面和南面与港汊相隔，而西面和北面都是大面积的海沙滩与坡田。

黄广渊先后检查村子的东、南、西、北四个出入口，看见每个大门口的大闸门、大门两旁所建的炮楼，都有破损，炮楼里配备的点火抬枪也陈旧了。他想，明天得赶快叫人修补一下破损的设备，还要增建不可缺少的防御工事。睹物思人，黄广渊想起韩盈，想起他在海山村，两人一起干革命的日子。想起他被关在监狱里而自己无能为力，黄广渊不由阵阵心痛，更加仇恨反动派。

第二天，黄广渊又召集海山乡农协会领导、骨干分子等人，在海山村召开会议，针对当前的形势商讨对策。参加会议的人不多，黄广渊改在自己家里的一间房子里开。一张四方形的木桌子摆在中间,桌子四边放着长凳子、短凳子。大家围桌而坐。黄广渊主持会议,先学习中共广东区委的讲话精神。接着,他分析当前乐民乃至遂溪的敌我情况、海山村的防御设置。

"我们抓了潘光头,敌人肯定不会放过。同志们,一场恶战在等待我们!我们不怕敌人,并且响应广东区委的号召:必须坚决地鼓动农民起来有计划地暴动!我们也来一场海山农民暴动!"黄广渊站起来,挥舞拳头。

"我们坚决支持海山农民暴动!"与会者摩拳擦掌。黄广渊叫大家对下一步怎么做,谈谈自己的看法。

"海山村农运基础好,地理位置也好,容易守,很难攻,我建议以海山村作为据点,来反击敌人的进攻。"薛文藻首先发言。

众人觉得他这个建议不错。黄凌氏补充:"打起仗来,子弹是不长眼睛的,要把村里的老人、病残人、妇女、孩子疏散、集中安排好。"

"我们要设立总指挥部、前沿指挥点。要考虑呼叫其他地方的农军来增援。胜负乃兵家常事,我们还要考虑撤退的路线。"薛经辉说。

"目前,村里有两条暗沟。一条在村西水井附近,一条在村北黄氏宗祠北角。农军万一失利,就马上从这两条暗沟撤退。"黄宗赐说。

"我提议,广渊兄任总指挥,具体的火力布置由黄宗赐和薛文藻负责。"余道生说。

黄广渊认真听每一个人的发言,不时点头称赞,偶尔插一两句话点评一下。他综合众人的意见,加上自己的思考,做出作战安排:"前沿指挥点就设在东、西、南三个入村关口,负责人分别是黄宗寿、黄宗赐、薛经辉。余道生、黄安扬你们去纪家,联系黄雨农,战斗打响之后,从后面袭击敌人。总指挥所就设在村里的黄氏宗祠内,我任总指挥。大家还有什么要补充的?"

"没有了。"众人说。"那就分头行动,做好战斗的准备!"黄广渊说。

三

话分两头。获悉潘木雄和区兵被农军扣押在海山村,遂溪和海康两县的国民党右派都十分震惊，马上做出回应。遂溪县县长林应礼、海康县县长谢莲航，都将此事致电国民党广东省特别委员会、广东省政府等，指控黄广渊等人，在乐民煽动农民、图谋不轨，要求上面迅速派兵前来镇压。另一方面，林应礼、谢莲航调集遂溪、海康两县的反动势力、驻雷防军等，共近1000人的兵力，开往乐民圩。他们倚仗武装精良，兵强马壮，气焰甚嚣。两大县长亲自坐镇指挥，发誓要给这帮泥腿子一点颜色看。

"等着瞧吧，我们要像捏蚂蚁一样捏死这帮泥腿子！"谢莲航咬牙切齿地做了一个捏的动作。林应礼接腔："对，我们要把黄广渊和他的农军作祭品，杀鸡儆猴，以此杀杀两县农军的气焰。"

5月18日晚上，联军住在乐民圩休整。第二天，天刚蒙蒙亮，林应礼就催促官兵起床。大家还没吃早餐，他就命令官兵分成两路，从东、西两面进攻海山村。他的如意算盘是速战速决，好向上级邀功请赏。

官兵气势汹汹地扑向海山村。一个肥头大耳的指挥官手持望远镜，望见海山村只是一座孤零零的村庄，冷笑两声道："丢他老母鸡！不过是一个小渔村，还敢这么嚣张！真是一群不知天高地厚的土包子。兄弟们，铲平这条村仔，我请大家吃海鲜早餐！"众人高呼："铲平海山村，再吃早餐！"肥头军官高举着枪，"给我狠狠打！"

联军集中火力向南关口发动进攻，"哒哒哒"农军借助有利的地势立即反击，枪口喷出猛烈的火舌。经过几个回合的较量，联军均没能占上风，反而被农军打死几个士兵。肥头军官额头上渗出大滴大滴的汗珠，再也没有一开始的嚣张了，"丢他老母鸡，没想到这些泥腿子这么厉害！"

他们更没想到的是，黄广渊早已调集了余村、乐民圩、敦文、田西、调神、海角等村的农军到了海山村。他按照作战的需要，把这300多名农军，分成三个中队，分别守在村东、西、南关口；一个预备队，留在村里的祠堂中，作为增援兵力备用。

村西的情况也是如此。一直打到中午，联军都遭到农军的激烈反抗，几次进攻都大败而退。他们饿得肚子咕咕叫。一个士兵忍不住饥饿，到番薯地里偷番薯吃。一个眼尖的农军，发现这个士兵，立即扣动扳机，呼的一声，正中其脑袋，敌兵倒在番薯地里。

当前方传来这个消息，黄广渊大赞："打得好！"

联军围攻海山村两天两夜，都没能得逞。黄广渊指挥农军借助有利地势，用灵活的作战方案，打退了敌军一次又一次的进攻。此时的海山村对敌军来说就像鸡肋，攻又攻不下，撤兵又不甘心。林应礼和谢莲航更是又气又觉得丢面子，暴跳如雷。因为，无论是武器装备和人数，农军都比不上他们。可堂堂正规军却打不过农军。

"黄广渊是广州农民运动讲习所毕业的，有两刷子。两位县长，是我们运气不好碰到他。"林连长安慰两位气急败坏的县长。林应礼又向上面要求增加援兵。硬的不行，就来软的！谢莲航心生一计。

四

傍晚时分，晚霞满天，霞光映在海水中，红红黄黄的一片。海波微漾，推揉落在海波中的霞光。海风吹荡，吹走了白天的热气腾腾，农军们都觉得舒服多了。

联军不敢进攻，只是在前沿阵地虎视眈眈海山村。突然，他们接到命令撤兵，撤到月墩坡上。"敌人撤军了！"一个小农军高兴得呼喊起来。"大家不要麻痹大意！敌人狡猾得很，不会轻易撤兵。"黄广渊正觉得奇怪时，刚才那个小农军又叫起来："看，海堤上来了一个人！"

只见海堤上有一个人挥舞着白毛巾，向海山村南闸门方向走来，扯着鸭公似的嗓子喊："乡亲们，我是黄兆日，是来讲和的，大家不要开枪！"黄兆日是海山村人，是海康县乌石盐区署区长。

"这时来讲和？恐怕是来当探子吧？先问问老子的枪同不同意！"一个农军点燃抬枪，"呼"一声，子弹打在黄兆日的脚边。"哎哟哟，别开枪！"黄兆日跺着双脚，抱着脑袋求饶。"不要开枪！两军作战，不杀来者。"黄广渊对刚才开枪的农军说，"让他过来，看他葫芦里卖的是什么药，我们见机行事。"

黄兆日来到南闸门口，两名农军用黑布蒙上他的眼睛，带他到总指挥所见黄广渊。黑布被扯下后，黄兆日一见到黄广渊，马上点头哈腰。"广渊兄弟，好久不见了！"他掏出一支烟套近乎，黄广渊拒绝了，说他不抽烟。"我们都是同村人，是亲人呢！我和你爸爸是同龄人，跟你爷爷也很熟。你小时候，我还抱过你，给你把过尿尿呢！你小时候啊，很……"

"有什么事就直接讲！"黄广渊打断他的话。

"作为兄弟，我很关心你们，不想你们有什么差错。"看见黄广渊听得认真，黄兆日收起刚才的讨好，语气生硬地说，"潘区长是政府官员，你们扣留他，犯上作乱，是犯法的！兄弟我告诉你们一个秘密，遂溪、海康两县县长都向上面搬援兵了，援兵很快就到。你们的鸟枪鸟炮打不过他们的坚枪利炮。海山村不过是一个孤立的小渔村，跟国民党军斗那是以卵击石。趁重兵未来之前，跟他们讲和，放了潘区长和区兵，争取宽大处理。"

黄广渊忍着怒火，让黄兆日把话说完，然后驳斥："犯上作乱的是国民党反动派！蒋介石违背孙中山的三民主义政策，破坏国共两党合作，公然大肆屠杀共产党人，逮捕韩盈等同志。请黄区长转告林县长，马上释放韩盈等同志！"

"这个，我可以转告。现在，你们先释放潘区长，不要错上加错。"

"错的是潘区长。农军执勤，维护社会治安，是合法的，而潘区长却缴了我们的枪。我们扣押他是正义的，没有错！"黄广渊义正词严。

"广渊兄弟，我们就不再谈谁对谁错了。我今天来的目的就是要你们放了潘区长。"

"答应我们的条件就放人。"黄广渊说。"请讲！"黄兆日暗喜。

"第一，你们马上释放被扣押的农会干部、革命群众；第二，你们马上撤出乐民、江洪、纪家一带；第三，你们要赔偿农民的损失。"黄广渊说。"这事我做不了主，要回去跟林县长他们商量。"黄兆日说。"行！"黄广渊说，"送黄区长出去。"两名农军又用黑布蒙上黄兆日的眼睛，带他出到南闸门外才扯下黑布。

不久，黄兆日又来见黄广渊。他说："林县长要我转告你们，后两个条件接受，第一条暂时不考虑。"黄广渊摆摆手："那就免谈了！潘区长继续待在海山村！"

"黄广渊，你们是打不过国军的！"黄兆日说，"我告诉你，林县长他们的态度也很强硬，你这样坚持下去，是没有好果子吃的！你不要执迷不悟，不要敬酒不吃吃罚酒。你要为海山村的乡亲想想！"

"黄区长，请你转告林县长，不答应我们的所有条件，我们坚决不放潘木雄！"

"那就等着瞧，看胳膊大还是大腿粗！"

海山村里的土豪劣绅被人收买，唆使不明真相的群众找黄广渊闹事，要求答应黄兆日的条件，放潘区长和区兵回去。黄广渊被他们闹得心烦。他冷静分析，跟敌军对峙了几天几夜，几百号农军，每天的费用很大，粮食不够吃了，弹药也缺乏了。留得青山在，不怕没柴烧！从长计议，不如先放了潘区长。

"不行，放他们回去就是放虎归山，再捉就难了！"农军黄中强坚决反对。有个别农军也站在他这边。薛经辉说："现在敌军包围乐民、江洪、纪家，我们放潘木雄作为交换条件，他们才撤兵。我赞成广渊兄的意见，先放潘木雄回去。"最后少数服从多数，放潘木雄和区兵回去。

第三十二章　北部湾的枪声

一

月光下，黄广渊又研读韩盈送给他的《孙子兵法》。天太热，他脱下上衣，光着膀子，不时抽两口大碌竹（水烟筒）。去遂溪城办事回来的陈光礼，顾不得吃晚饭，先赶来向黄广渊汇报情况。实际上他也没有胃口吃。

"韩盈书记牺牲了？！"黄广渊放下手中的《孙子兵法》，"嚯"地站起来，抓着陈光礼的肩膀。陈光礼沉痛地说："消息千真万确。韩书记、邓成球、颜卓等14位同志，被国民党反动派集体枪杀了！"

"狗日的国民党反动派！"黄广渊咬牙切齿。陈光礼转告上级领导的通知："韩盈书记牺牲了，由你接任中共遂溪县部委书记。"

陈光礼走后，黄广渊走出家门，走到村旁边的轭曲塘。韩盈创建的翠琅圩"社员之家"已被敌人破坏了。坐在茅草上，他回想起和韩盈一起革命，出生入死。两年前，他们恢复雷州青年同志社，建起了这几间茅草房。韩盈讲马克思主义，讲革命斗争……他激情昂扬，才华横溢，旁征博引，讲课深入浅出，深得社员的喜爱；为了改善同志们的生活，韩盈学会了捕鱼，夜晚跟着他去海里钓鱼；两人被通缉，东躲西藏，冒着生命继续革命……过去的一幕一幕像过电影似的在他脑海里涌现，泪水溢满黄广渊的眼眶。

黄广渊召集陈光礼、薛文藻等中共党员、骨干分子开会，商讨下一步要进行的革命斗争。他先跟大家学习中共广东特委颁发的《广东各县破坏工作纲领》和第三号《通告》。

"同志们，省特委十项工作纲领中，有一条是'夺取反动军警、土豪劣绅、地主武装'。第三号《通告》也指出，'各地的暴动表面上虽被反革命派镇压摧残，但已给反革命派重大打击，各级党组织必须坚决地鼓动农民起来进行有计划的暴动，即使是斗争艰难的地方，也必须设法建立各种形式的农民秘密组织，开展对敌斗争。'海山暴动给反动派沉重的打击，大振我农军的威风。但那是被动的迎战。根据省特委的指示精神，目前我们遂溪的武装斗争应该由被动转为主动！"黄广渊说到这里停下来，看看在座的人，"大家说说自己的看法。"

"黄书记说得对，我们以前太被动了，今后要主动出击，举行武装起义，给反动派狠狠的打击！"陈光礼首先表态。

"不，我们的力量太薄弱了，没办法跟他们相比。海山暴动侥幸得胜，下一次还能有这么好命吗？我们就守着，不主动进攻！"黄军不赞成。

"我不赞成黄军的看法。海山暴动不是碰运气，而是我们的实力战胜敌人。"薛文藻说，"我赞成广渊书记的意见，主动出击，武装起义，狠狠打击敌人！"

除了黄军和少数几个人反对，其他人都赞成武装起义。

黄广渊把一张自绘的雷州半岛地图铺在木桌子上，让大家看，讨论作战路线和方案。

经过一番激烈的争论，黄广渊说："我们先把乐民、江洪、纪家一带的农会、农军、工会等组织起来，集结武装力量，在米昌塘整训、编成作战队伍。我们的第一站就在这里，"黄广渊的手指移到写着"纪家"的地方说，"我们的进攻目标首先是纪家民团局。这个民团局不是什么好鸟，勾结盐商周森仁，欺压百姓。我们攻打民团局也是顺民意。根据派出密探的农军汇报，民团局有两座炮楼，南炮楼只有5个人住，而北炮楼住有40多人。攻打民团局之后，第二站是江洪港，最后返回乐民。这次暴动我们分东、西线两路，西路线是主力，由我和光礼同志负责。东线主要是配合西线，牵制敌人，然后向乐民靠拢，支援西线，必要时起着围魏救赵的作用。东线由苏天春、黄杰两位同志在海康县东海仔带领农军暴动。"

二

　　距离乐民圩两公里左右的米昌塘是一口山塘，由雨季积水形成。平时人迹罕至，山塘里不多的鱼虾寂寞地看蓝天白云，经受风吹雨打。但6月25日，米昌塘周围热闹起来，有很多人相继在这里集合。他们举着农旗，扛着枪炮，瘦削的脸上充满渴望。这些工农武装来自遂溪县第六区乐民、第七区纪家。他们在这里整训和编队。黄广渊把这500多人整编为一个大队，宣布由他担任大队长，陈光礼担任副大队长。大队下辖五支中队，薛文藻、黄宗赐、余道生、黄安扬、黄雨农分别任第一、二、三、四、五中队长。

　　"立正！稍息！"黄广渊站在临时搭起的指挥台上，慷慨激昂地说："农友们！兄弟们！海山暴动揭开了遂溪人民反击反革命武装的序幕，打响了南路革命的第一枪！但那是被动的迎战。今天，我们在这里举行乐民起义誓师大会，是按照中共广东特委的指示精神，由被动的迎战转为主动的进攻，进行有计划的暴动。同志们，今年4月份，以蒋介石为首的国民党反动派叛变革命，捕杀共产党员和革命群众，手段实在是太残忍！我们的韩盈书记，还有很多同志也被国民党反动派杀害了。我们再不揭竿起义，向敌人开枪，他们就会继续向我们开炮！兄弟们！我们不能当被人宰的羔羊，我们要当撕咬敌人的雄狼！我们要真刀真枪地跟敌人拼命，杀出一条血路。"

　　听了黄广渊的战前动员，起义军群情激愤，举起武器，跟着他高呼：

　　"打倒国民党反动派！""为韩盈书记报仇！为牺牲的同志报仇！""胜利是属于我们的！"6月的阳光照在他们的脸上，细细的汗珠子渗出来。由于情绪高涨，汗珠越来越密，在阳光的照耀下发出晶莹的亮光。

　　起义誓师大会结束后，黄广渊等人立即率领起义军，按原定计划赶到纪家，包围纪家民团局。这时是凌晨时分，天黑得伸手不见五指。

　　"你们被包围了！赶快开门投降，缴枪不杀！"起义农军喊话。从睡梦中醒来的民团兵，急忙穿衣服，走到窗前往下面看。"是几个屙番薯屎的在闹事，成不了气候。想叫我们投降，问我的枪同不同意！"李炳拿起枪，其他人也拿起枪，从炮楼往下扫射。"哎哟！"起义军中队副黄耀轩被打中腿部，鲜血直流。

"这班契弟太嚣张了！打！"黄广渊下令。"呼呼"双方枪声大作。起义农军虽然作战勇猛，但民团的北炮楼固若金汤，易守难攻，打了一昼夜，还是没办法攻下来。起义军一开始就受挫，有些人信心大失。

黄广渊考虑到，北炮楼强，南炮楼弱，要避强打弱，树起信心。于是改变计划，下令转攻南炮楼。经过一番激战，起义农军攻下南炮楼，缴获它和盐商哨船的枪支弹药一大批，还捣毁了鸦片公司，暂时获得小胜利。

有探子前来报告黄广渊，敌人派来的援兵从海康赶来了。黄广渊马上命令："我们再去进攻北炮楼，在援兵赶来之前拿下它！"

起义农军又赶到北炮楼。此楼高又坚固，难以攀爬，起义军先前失利。"北炮楼易守难攻，我们没有爬楼工具，黄队长，怎么办？"苏秋问。"人梯！"在一旁的黄安扬自告奋勇，"让我来爬楼！"

"不行，这太危险了！"黄广渊不同意。

"广渊队长，只有这个办法了！敌人的援兵快到了，我们再不攻下北炮楼，就会成为敌人的炮灰！"黄安扬着急。黄广渊想，目前没有别的好方法，只能是冒险拼一拼。"安扬兄弟！"黄广渊紧握他的手，"注意安全！"

黄安扬把炸药包捆在腰间，计划爬到炮楼的窗口，将炮楼炸毁。他和一个叫李虾的农军，在其他农军的掩护下来到炮楼下。他踏在李虾的肩膀上，徒手爬到了窗口，解下腰间的炸药包。就在这时，炮楼上的敌军发现了黄安扬，向他举起了枪。黄安扬听到了枪栓拉动的声音，知道被敌人发现了，但没有退缩，赶快拿出火柴要点燃炸药包。

"呼呼！"敌人向黄安扬开枪。他从楼上掉下来，当场牺牲。"安扬兄弟！"黄广渊痛心不已。

炮楼里的敌兵喊话："你们这群泥腿子嫌命长，敢拿鸡蛋碰石头。来吧，老子手正痒呢！"又有起义军攀爬北炮楼，结果都失败了，鲜血四溅，场面壮烈。

"敌人的援兵已经到纪家了，还继续攻打北炮楼吗？"陈光礼问黄广渊。黄广渊摇摇头，命令道："撤！按原计划进攻江洪港！"

江洪港濒临北部湾，是遂溪县一个重要港口。这里的人大部分靠捕鱼为生。由于受盐霸奸商、民团、土豪等的剥削，渔民生活艰苦。黄广渊从广州回到遂溪后，多次来这里宣传发动，渔民觉悟起来。在他的主持下，成立了江洪港渔业工会，任何元余为主席。黄广渊、何元余组织江洪渔民，开展反捐抗税斗争，处决盐霸周森材，惩办一批盐务奸商，降低盐价一半，渔民纷纷拍手叫好，跟着他们闹革命。这里的群众基础比较好，所以，黄广渊选择江洪港。

在江洪港，黄广渊指挥的起义军很快攻克鸦片公司、民团缉私队等反动武装，缴获了五响、十响、双筒步枪等一批武器。他们乘胜追击，赶到江洪北边的烟楼仔，进攻敌人的据点。双方驳火，激战一昼夜，各有胜负。眼看起义军就要胜利的时候，海康、遂溪两县的反动武装，像蝗虫一样压来。黄广渊考虑到敌我力量对比悬殊，三十六计，走为上计。他带领起义军从江洪港撤到乐民城。

三

乐民城内有一所书院，是为纪念宋朝时苏东坡来过此地而建，名叫文明书院，或东坡书院。此处濒临北部湾，常有海盗出没。为防御海盗，保民众平安，明洪武年间，朱元璋下令在此修建千户防御所城。此外，乐民城还负有采南珠、供皇家享用的责任。所以又叫作珍珠城。城外有两条护城河，有东、南、西、北四面城墙。城墙三面临海，一面连接陆地。

黄广渊、陈光礼率领起义军撤到乐民城，以文明书院东坡楼作为指挥所，部署四个中队分别扼守东、西、南、北城门。海康、遂溪两县的地方反动武装力量，加上国民党反动派两个营的驻军，共1000多人的兵力，把乐民城包围得水泄不通，重炮轰炸，利枪猛打，扬言要把乐民城夷为平地。300多起义军奋起抵抗，几次打退敌人的进攻。敌人昼夜攻打都没办法攻下乐民城。

起义农军弹药告救，没有援兵，支撑不下去了。按原计划，苏天春、黄杰带领的东线军，这时来支援西线。可是火烧眉毛了，还不见他们的人影。"到底怎么回事？"黄广渊很是着急。敌人的火力越来越凶猛，险象环生。有几十名起义农军牺牲了。"快投降吧！饶你一死！"外面的敌军不断喊话。

在黄广渊急得团团转的时候，苏天春、黄杰也焦急万分。他们赶向乐民的路上，遭遇敌人的埋伏，损失惨重，幸存人员分散躲避。

起义军苦战三天三夜，弹尽粮绝，黄广渊只好下令撤离。7月1日夜晚，一片黑暗。黄广渊带领起义农军，摸黑从城墙的西北角涵洞秘密撤离乐民城。

撤离乐民城的起义军，分散在乐民沿海一带继续革命。黄广渊考虑到，国民党反动派的"围剿"不断升级，农军必须保存革命力量，休养生息。他和陈光礼商量之后决定，他带领小部分农军以水妥、应亮、吾良等村为据点，在第六、第七区一带秘密开展革命活动。因为母亲的娘家就在水妥村，黄广渊小时候跟随她来这里走亲戚，比较熟悉这里。而陈光礼率领农军撤到徐闻大山开荒、练兵，等待时机再返回遂溪。

"光礼兄弟，我们再会！"黄广渊紧握陈光礼的手。"广渊兄弟，希望早点回遂溪，跟你一起作战！"两人就此告别。他们没想到从此就是永别。

四

黄广渊领导的乐民武装起义，在南路影响深远，廉江、海康、吴川、信宜等地的中共地方组织发动农民武装起义。国民党反动派视黄广渊为眼中钉，发出通缉令通缉他。

1927年9月20日，当选中共广东南路特别委员会委员的黄广渊，为传达南路特委的指示精神以及布置下一步的革命斗争，召集农军部分负责人在水妥村秘密召开会议。与会者热烈讨论，完全不知道，危险正向他们袭来。

水妥村的反动分子陈文应向六区警署陈河林告密，陈河林马上带领警察、驻河头防军，气势汹汹地向水妥村扑来。假装在村边看牛的小农军发现敌情，马上跑回来向黄广渊报告。

黄广渊镇定自若。他想，如果大家都往同一个方向逃离，都有危险，必须有人引诱敌人，掩护其他同志才能脱险。他对黄凌氏说："妈妈，你和广荣带领大家从村后撤离。我往村前的二溪方向冲。"

"敌人就是从二溪的方向扑来水妥村，渊儿，这太危险了！你跟荣儿带领大家从村后撤，我来引诱敌人！"黄凌氏拔出别在腰间的枪，"别忘了你妈是'双枪老太婆'！"

"不行，敌人是冲着我来的！见不到我，他们是不会死心的！妈妈，听我的话，带领大家赶快撤！"黄广渊举起手中的枪。"渊儿，注意安全！"黄凌氏有不测的预感，深情地看儿子一眼，然后转身带领队伍撤离。

黄广渊故意弄出声响，吸引敌人。敌人发现二溪方向有人，都转向这边，开枪射击。黄广渊躲在密林中，回击敌人。他的枪法很准，几个敌人应声倒下。当敌人发现只有黄广渊一个人时，才知道上当了，另一边的黄凌氏已经带领其他人撤离了。

敌人从四面包抄黄广渊，他的子弹打光了，就搬起石头砸向前来捉他的敌人。"呼！呼！"几颗罪恶的子弹射中黄广渊。

黄广渊壮烈牺牲了。

"黄广渊被我们击毙了！"敌人狞笑，残忍地砍下他的头，提到河头、乐民、城月、遂溪县城等地"示众"，恐吓群众。"这就是闹革命的下场！谁要是敢跟我们作对，下场就跟他一样！"

陈文应去河头领赏钱，顺便去圩里买了小酒和最爱吃的狗肉庆祝。回到家门前，他心虚地看看后面有没有人跟踪。见没情况便马上关上门，放下狗肉，迫不及待地掏出钱，手沾口水，数起来。"发财喽！"

逃离水妥村的黄凌氏听说黄广渊被敌人杀害后，内心悲痛不已，但在众人面前她强忍泪水。她看着黄广渊的遗物，默默跟他"说话"："渊儿，你为革命而死，死得光荣！妈为你骄傲！你的血不会白流！"

经过简短的研究，黄凌氏和黄广荣带领几个农军潜回水妥村，悄悄去陈文应的家，发现他正在喝酒，吃狗肉。"陈文应，你这个砍头仔，做的折寿事太多了！今天，我来取你的狗命！"黄凌氏用枪指着陈文应的头。陈文应见是黄凌氏，怕得屁滚尿流，吃到嘴里的狗肉一下子卡在喉咙里，想说："双枪婶，饶命！"也说不出。怕被人听见枪声，黄凌氏拿起陈家的砍柴刀，结束了陈文应的性命。

听说陈文应被杀死了，群众拍手叫好。黄凌氏马上召开群众大会。在大会上，她说："我儿广渊为了掩护同志被敌人杀害了！我非常悲痛！地主劣绅压榨我们，我们穷人只有跟着共产党闹革命才有出路！共产党人是杀不完的！兄弟姐妹们，广渊说过：胜利是属于我们的！"

"胜利是属于我们的！"众人高呼。

五

黄广渊牺牲后，母亲黄凌氏接过他手中的枪，带领农军继续跟反动派做斗争。大弟黄仲义，广州黄埔军校毕业后，参加张太雷、叶挺、叶剑英等人领导的广州起义，壮烈牺牲。小弟黄广荣和母亲，均因叛徒告密，先后为革命献出了宝贵的生命。遂溪乐民"一门四烈"，浩气长存。

再说，陈光礼与黄广渊分别后，率领大部分起义军先撤到徐闻荒山。后与薛经辉、余道生率领100多农军，转移到位于北部湾的一座孤岛——斜阳岛。这座由火山喷发形成的岛屿，面积很小，不到两平方千米，东西长，南北窄，呈长条形，像一个绿色的乌龟。清朝以前属于遂溪县管辖。

上岛的农军一方面顽强地与国民党反动派作战，一方面改造岛上的海盗。经过教育，海盗首领符振岳主动与共产党领导的农军合作，把他的人马改编为农民自卫军，同陈光礼在斜阳岛并肩作战，共同对抗国民党反动派的一次次围剿。

1928年4月，陈光礼离开斜阳岛，重建惨遭破坏的中共遂溪县委并任县委书记。后来，他又重返斜阳岛，带领农军继续以岛为营抗敌。国民党反动派多次出动飞机、船艇，围岛轰炸，均遭到军民的奋力抗击，始终无法攻下斜阳岛。但是，由于反动派不间断地大规模封岛轰炸，农军困难重重，难以生存。为了给农军寻找出路，谋求发展，陈光礼离开斜阳岛，前往海南岛联系琼崖党组织。不幸的是，他一上岸就被敌人盯住了。被捕后，陈光礼坚贞不屈，于1931年被敌人杀害于海口，年仅27岁。

在陈光礼就义之前的1929年，他的战友黄学增被敌人杀害于海口，年仅29岁。

尽管环境如此险恶，他们的战友们继续留在斜阳岛，北部湾的枪声从未停歇。从1932年夏天开始，国民党第一集团军总司令陈齐棠，多次调动海陆空力量攻打斜阳岛，轮番轰炸，均遭农军英勇抵抗，无法登陆斜阳岛，直到11月才攻下这个巴掌大的小岛，几十个农军在战斗中献出宝贵的生命。薛经辉率领40多名农军，在羊咩洞与敌对抗九天后被捕，押到北海。在西炮台刑场，他们高呼"中国共产党万岁"，集体慷慨就义。活着的农军决不向敌人投降，以惨烈的方式做最后的对抗，余道生等人把枪支摔坏，高呼"打倒国民党反动派！"从悬崖上跳进波涛滚滚的大海，舍生取义。

第三十三章　乌云密布

一

夏日，一丝儿风都没有，人们热得无比烦躁。天气也变得很奇怪，天空常常灰蒙蒙，难以看到蓝蓝的天，白白的云，令人心情压抑。

这天又是乌云压顶，钟竹筠从芒街回到家不久，就有人来找她。来人是一个中年男子，自称老王。"竹筠同志，有一个不幸的消息告诉您，您一定要坚强！"老王见她站着，指着凳子，叫她坐下。听到这话，钟竹筠心里咯噔一下。但她马上镇静下来，经过出生入死的革命斗争，她已经学会了冷静。她深呼吸一下说："放心吧，不管遇到什么情况，我都会坚强面对！"

"您的爱人，我们的好同志，韩盈书记……被敌人杀害于竹行岭！"老王缓缓说完，望着钟竹筠。

"盈哥！！！"钟竹筠喃喃道，双肩微微颤抖。她眼前一黑，几乎晕倒。她闭上双眼，怕自己支撑不住摔下来，双手紧紧抓住凳子。她内心的泪哗啦啦地流。她早已知道，干革命就会有流血，有牺牲；也见过无数革命同志为捍卫真理，为崇高的革命信仰，献出了宝贵的生命。她早已做好了为革命牺牲的心理准备，可是，一听到自己最亲密的爱人牺牲了，她还是无法抑制痛苦。革命尚未成功，不能在同志的面前流露出悲痛！她强忍着悲痛，缓缓从凳子上站起来，对老王说："我知道了！韩盈同志，用生命捍卫信仰！他是我学习的榜样！"

"竹筠同志，韩盈同志牺牲了，您一定要保重！"老王紧握钟竹筠的手。

"杀了一个韩盈，还有千万个韩盈站起来！共产党人是杀不完的！"钟竹筠神情激愤。

"您说得对，我们共产党人是杀不完的！"老王说，"广东清党委员会正加紧行动，清除异己，重点捕杀国民党队伍里的共产党员。据说，不少同志都上了'黑名单'，您要特别注意安全！如果没有什么重要的事情，近期不要轻易行动。要保存实力！"

"谢谢组织的关心！敌人越是疯狂，我们越是要坚强，不能退缩！"钟竹筠把手放在胸口，缓缓气，平息一下心情说，"请老王转告组织，我会保护好自己，也会保护好其他同志！"老王要离开了，钟竹筠走到门口，看看四下没有可疑的人，才挥手示意他赶紧走。

此时，天空还是乌云密布，白天如同黑夜。"噼里啪啦"闪电像利剑刺破乌云，几道亮光从乌云中射出来，瞬间燃亮了乌沉沉的天地。"轰隆隆"，响起一道雷声，两声，三声……雷声一声比一声紧，如同战鼓齐鸣，万马奔腾。"哗啦啦"，紧接着，暴雨如注，像千万条利箭从高空射下来，射在人的身上，如同刀割一样疼。街上的行人慌乱万分，纷纷避雨。

钟竹筠没有躲避，站在门外，任雷鸣电闪，任暴雨肆虐，全身湿漉漉像落汤鸡。雨鞭抽打在她的脸、她的身，她不觉得痛。跟内心的痛苦相比，这算得了什么？她要让暴风雨洗刷内心的痛苦，洗刷这悲苦的世界。

"盈哥，我的爱人！我的好同志！"钟竹筠在雨中呼喊道，"暴风雨，你这魔鬼，我不怕你！！！"

"阿筠，你怎么啦？下雨了还不进屋？"婆母见状，忙撑起竹雨具，拉钟竹筠进屋。进到屋里，婆母忙用毛巾擦干她的头发、她的脸。见她神态呆滞，两眼圆睁，嘴唇咬破，露出红色的牙痕，婆母慌了。她搂着钟竹筠，叫道："阿筠，你今天怎么啦？别吓妈妈啊！"

"阿妈！"钟竹筠伏在婆母肩上，终于忍不住哭出来。但她不敢告诉婆母盈哥牺牲的消息。她这辈子已经够不容易了，不能让她再忍受中年失子的悲痛。"刚才，我做了一个梦，梦见道儿被豺狼追赶！"钟竹筠撒了一个谎。

"你又想道儿了！找个时间回去看看儿子吧！"婆母叹道，"我也常想阿盈。可恨我这双脚有毛病，哪里都去不了。前段时间，听遂溪来的亲戚说他得了结核病，不知道现在怎么样了？"

"阿妈，盈哥……他……"一听到盈哥的名字，钟竹筠的泪水不自觉地涌出来。她用力咬住嘴唇，把悲痛拼命吞下去。"阿盈怎么啦？快告诉我！"婆母又紧张起来。

"盈哥，他……没事呢！"钟竹筠又强忍悲痛，挤出笑容，"妈妈，你想吃家乡的咸鱼煲大蒜，我做给你吃！"

二

当天晚上，钟竹筠病倒了，发高烧，昏睡，说胡话。婆母用冷水浸湿毛巾，拧干，放在竹筠的额头。这是遂溪人治发高烧的土方法之一，婆母改嫁到东兴后，家里谁发高烧，都是用这种土方法，效果还不错。用这种方法还是不能退烧的话，才吃药。湿毛巾被钟竹筠滚烫的热气烘热了，婆母又拿到冷水里浸，拧干，再敷在她的额头上。如此反复多次，钟竹筠的高烧退了一些。她张开眼睛。

"阿弥陀佛，阿筠，你终于醒了！"婆母的脸上露出笑容，"你刚才不断叫阿盈的名字。唉，你们很久不见面了，找个时间回去看看他，也看看道儿吧！"

"我除了叫盈哥，还说什么吗？"钟竹筠慢慢坐起来，生怕自己发高烧说胡话暴露了秘密。"说了很多，支支吾吾的，我听不大清楚。"婆母说。

沈石孚又请钟竹筠到警察局议事。她硬撑着病体前往警察局。沈石孚一见到她忙起身迎接，还是像以前那么热情，亲自给他倒茶。钟竹筠一连打几个喷嚏，"昨天淋了雨，感冒了，不好意思。"她从口袋里掏出手绢捂住鼻子和嘴巴。

"这天气变幻莫测，跟我们现在的时局一样啊！钟主席一定要注意安全，保重贵体！"沈石孚说。钟竹筠觉得他的话里有话，心想，是不是我们的同志被他发现了？"谢谢沈局长关心！您今天请我来是什么事？"她问。

"蒋介石先生在上海发动政变了。您是国民党广东南路特委派来的，也是防城妇女解放协会主席。我想请您配合我们警察局……"沈石孚停下来，静静地看钟竹筠。她微微一惊，心想，沈石孚今天说话吞吞吐吐的，请我来难道是鸿门宴？葫芦里卖的是什么药？"我当然会配合沈局长的工作，不知道您要我做什么？"钟竹筠问。

"我想钟主席协助我明察暗访哪些人是共产党、国民党左派、同情共产党的，给我提供名单。"沈石孚坐在太师椅上，跷起二郎腿，从口袋里掏出一包香烟，抽出一支点燃，放进嘴里，然后张开嘴巴，烟雾从鼻腔里飘出来。他眯缝着眼看钟竹筠。闻到香烟味，钟竹筠又一连打了几个喷嚏。她的鼻子过敏，最闻不得烟味。

"报告局座！"一个高个子警察推门进来，看见钟竹筠在，点了点头，就不说话了。

"钟主席，沈某失陪一下。"沈石孚跟高个子警察出去。钟竹筠警惕地站起来，望见他办公桌上有一份文件，她迅速拿起来，翻开看。这一看，她惊出一身汗。"黑名单"上有好多名字，其中有麦雪堂。听到外面的脚步声，钟竹筠迅速把文件放回原处，坐回座位上，装着喝茶的样子。沈石孚回来了，脸色阴沉："钟主席，不好意思，我现在有点急事要出去处理。我刚才说的事，您要记住。"

离开警察局回来的路上，钟竹筠想着上了警察局"黑名单"的同志，心急火燎地想马上通知他们离开东兴。她把今天发生的事情回想一遍，觉得有些蹊跷。这么机密的文件，沈石孚竟然放在桌面上，又凑巧离开，他是不是在怀疑我，故意试探？那张名单是真的还是假的？会不会是一个诱饵？如果我通知名单上的人离开，那就证明我是共产党员，我的处境就很危险；如果我不通知他们离开，他们就会被警察局抓捕。不想那么多了，救同志要紧。想到这里，钟竹筠加快脚步。

钟竹筠身体虚弱，走路飘飘的。她去找麦雪堂，将情况告诉他，叫他赶快离开东兴，转移到外地活动。"钟书记，您也很危险，跟我到外地躲避一下吧！"麦雪堂说。钟竹筠摇头："不，这个时候我不能走！我是党支部书记，支部要有人留下来方便跟同志们联系。"

"您刚才说得对，先躲起来，以退为进。您跟我走吧！一起去广州找麦球英或去芒街找张甫碧都行。"见麦雪堂还想劝她离开东兴，钟竹筠斩钉截铁地说：

"麦雪堂同志,不要再说了,时间紧,我命令您离开东兴,越快越好!"

三

国民党广东省政府,致函广东省清党委员会,开具名册,要求"认真缉拿,归案究办"。这份军字五〇〇号函,开具的名单中就有钟竹筠。

9月的一天,沈石孚收到"钦廉清党委员会"的密令,指令他逮捕钟竹筠。"她是共产党员!"沈石孚把密令看了一次又一次,震惊。他早就有些怀疑她是共产党员,但是又不敢肯定。他点燃香烟,猛烈地抽着,眉头蹙着。钟竹筠是个不可多得的人才,碰到群众纠纷之类的事情,警察局解决不了,只要她出面做群众的思想工作,事情就容易解决了。从个人感情讲,他应该回报她,让她逃走。但是,现在国民党和共产党势不两立,人不为己天诛地灭,不能感情用事,一定要把她抓起来!也是为自己的仕途铺路。想到这里,沈石孚阴阴一笑,把香烟从嘴里拔出来,扔到地上,用脚狠狠地碾着:"来人!"

"报告,沈局长!"一个警察进来沈石孚的办公室。

"你带人去抓钟竹筠!"沈石孚马上改口,"慢点!"他突然想到,钟竹筠在东兴很有威望,群众基础好,在东兴的上层社会也有不少好朋友,对她这种有头有脸的人,公开逮捕恐怕会引起恐慌,甚至遭到阻挠。不能公开逮捕钟竹筠,得想个两全其美的办法。

沈石孚的手下李仔来找钟竹筠,笑容可掬地说沈局长请她到警察局议事。"有什么事?"钟竹筠问。她认识李仔,以前沈石孚请她去警察局议事,多是他开车来接。"他说是很重要的事。"李仔说。到了警察局门口,门卫热情地跟她打招呼,给她开门。一切都跟往常一样。李仔像平时那样带她直接去沈石孚的办公室。

沈石孚一见钟竹筠,脸色舒展,赶紧过来跟她握手。钟竹筠感觉他握住她的手比平时要紧,生怕她逃走似的。她感觉有点不对头,不卑不亢地说:"沈局长,找我有什么事?"她要抽出自己的手,却被沈石孚抓得更紧,像铁钳似的钳住她。

"钟主席,我不想跟你兜圈了,我实话跟你说吧,你上了钦廉清党委员会的通缉名单,我今天要执行命令逮捕你!"沈石孚彻底撕下伪装,露出真实面目。

"放肆!我是国民党广东党部派来东兴的!"

"你就别装了!你表面上是为国民党做事,实际上是共产党,是东兴支部的书记,钟书记!"

"沈局长,你有没有搞错啊?"

"钟书记,没有搞错!"

"沈石孚,你很无耻!"

"你有你的革命信仰,我也有我的行事准则。"沈石孚拍拍手掌,"来人!"几个全副武装的警察从暗室出来,围上来抓住钟竹筠。

"放手!"钟竹筠喝道,面无惧色。"哈哈!"沈石孚狞笑,又拍掌,"钟书记不愧为钟书记呀,果然是女中豪杰!我开始还担心你不敢来我警察局,没想到你还是勇敢地来了!"

"我光明磊落,不像你阴险毒辣,专门在背后插刀!"钟竹筠痛斥沈石孚。一个胖警察扬起"熊掌"要掌她的嘴。"住手!"沈石孚制止他,"钟书记是共产党大官,对她要客气一点!她要是掉了一根汗毛,我扒你的皮!"沈石孚道,"先请钟书记到房间休息一下。"

钟竹筠被关进一个房间软禁起来,门外有几个警察看守。

四

沈石孚马上向钦廉清党委员会汇报,邀功请赏。他怕有人来营救钟竹筠,夜长梦多,不敢让她留在东兴,决定趁天黑,连夜用船把押送到另一个地方。他们用黑布蒙上钟竹筠的眼睛,用布堵住她的嘴,以免她喊话。他们把钟竹筠押进警车,开到码头,再押上轮船。

月色惨白,照在海面上。听到"嘀嘀嗒嗒"的马达声,"哗啦啦"的波涛声,钟竹筠知道自己是坐在船上了。她感觉这船开得飞快,像逃命。波涛汹涌,船一会高,一会低,颠簸不已。她被船摇晃得头晕目眩,内心翻江倒海。

钟竹筠估计自己是被敌人转移了,但是不知道是转到何方。她也估计,这一次离开东兴,将是永别了。她想最后看一眼东兴,看一看她洒下青春热血、奉献革命激情的地方,可是她眼前一片黑暗,什么都看不见。

"再见了,东兴!再见了,同志们!我走了,你们一定要坚持战斗!"钟竹筠内心呼喊着。"哗啦啦",黑夜中的波涛汹涌,一阵比一阵激烈,像是千军万马在奔腾,在呼喊。

把钟竹筠抓走之后,沈石孚派人去欧家搜查,把钟竹筠的东西和欧家铭都带走。他见审讯欧家铭审不出什么,加上有众多名流联名保释,沈石孚只好释放欧家铭,却暗中派人监视他。这叫放长线钓大鱼,沈石孚阴阴地想。

第三十四章　又见北海

一

钟竹筠被押送到北海清党委员会。当时,清党委员的李玉岗、劳达真、朱鹗龄因犯案被第二游击司令部扣留,清党会没人负责。于是,钟竹筠被转移,关押在北海警察局。

狱警扔给钟竹筠一套衣服,叫她换上后,带她到审讯室。"钟竹筠,还认得我吗?"一个脸泛油光、鼻子红亮的男人问。钟竹筠觉得很眼熟,但是又一时想不起是谁。

"真是贵人多忘事!四年前,你用金蝉脱壳计,从北海逃走。想起来没有?"那个男人凑近她。看着他那张油光滑亮的脸,钟竹筠想起他是谁了:"廖局!"

"真是冤家路窄。不,真是有缘分!我一听说你到北海了,马上来见你!"这话是真的,廖局一听说钟竹筠被关在北海,马上审讯她。

廖局站起来,走在钟竹筠的旁边,拍拍她的肩膀,说:"你还是那么漂亮!不,比以前成熟,更加漂亮了。这些年,我一直没有忘记你。本来嘛,你那样对我,丢我面子,我应该恨你才是。可是,我恨不起来,反而更喜欢你。我是一个大老粗,从来没有对一个女人这么用心过,只有对你才这么用情。我都为自己感动了!你想过我吗?"他想,杀人容易,感化一个人才难。难的事情做成功了,那才叫本事。他要感化她。

"不想！"钟竹筠直截了当。"这多不公平啊，我整天想你，你却不想我。"为掩饰自己的尴尬，廖局从烟盒里抽出一支烟，问钟竹筠要不要。她说不要。他自己点燃香烟抽起来，眯着眼睛注视着她，问她这些年过得好不好。钟竹筠厌恶地扭过脸去，不想回答他。

"你不想回答，我来帮你说。你从北海逃出去，嫁给韩盈。你去读广州农民运动讲习所，任国民党广东南路特别委员会委员兼妇女部长。为方便给共产党做事，你加入国民党做掩护。你创建中共防城县第一个支部，当支部书记。刚刚被东兴警察局逮捕押送到北海。这是你这四年多的简历，对不对？"

"背得真流利，谁写给你的？"钟竹筠打着哈欠。"告诉我，你的同党在哪里？"廖局紧盯着她看。

"在我面前！"钟竹筠故意说。

"在你面前？"廖局看了看周围说，"这里只有你和我，我怎么是你的同党？"

"你是国民党党员吗？"

"当然是！"廖局意识到自己上当了，大声道，"不，你不是我的同党！你已经被清党委员会清除出国民党了！"

钟竹筠拍手称好，怒斥以蒋介石为首的国民党反动派背叛孙中山，叛变革命。"住口！"廖局怕她再说下去，赶忙制止。觉得自己失态了，他马上换了一副笑脸，"钟书记是共产党的要人，我们应该好好招待。我们的要求也很简单，你只要宣布脱离共产党，供出你的组织、你的同党就行。"

"你刚才不是说了吗？我农讲所毕业之后，就在'南特'工作，这个组织是国民党，是他们派我到东兴党部工作。"

"你别装了。我说的是共产党组织。你的上司是谁？谁指使你建东兴支部？支部还有哪些人？"

"你说我建了东兴支部，证据在哪？"钟竹筠故意叫他拿出证据，想了解他们到底掌握了东兴支部多少情况。"在这，你仔细看！"廖局指着一密函，说钟竹筠是东兴支部书记。"看到了吧？"廖局收起那张密函说，"你还是老老实实交代，我才能帮到你。"见钟竹筠不愿开口，他拿出纸和笔叫她写，叫人打开她手中戴着的镣铐。

钟竹筠开始不肯写，廖局一定要她交代。她想了一下说："我写！"廖局窃喜。一会，钟竹筠扔下笔说："写好了！"廖局拿起来一看，整张纸，只有一个名字：钟竹筠！

廖局气得脸发紫，手不自觉地摸了摸衣服下的手枪。要是平时，他早就瞪眼睛，拍桌子骂人了，甚至掏枪杀人。他已经捕杀不少共产党员和进步人士。但是今天，他努力克制着。因为，钟竹筠是共产党要人，有价值，他要从她的身上打开缺口。他还想用她做"饵"，诱捕她的同党，如有同党劫狱，正好可以一网打尽。此外，他对她又爱又恨。四年前，这个女人从他的手里逃走，现在落在他的手里，无论如何都要征服她！就是处死她，也不让她死得痛快，得慢慢把她折磨死。

"钟书记，不要开玩笑了。你们共产党员要成立一个支部，起码要三个人以上。你怎么说只有你一个人？你还是老实招供！"

"你既然都知道了，还问我干什么？你再怎么问，我都是刚才的答案！"

"啪！"廖局实在忍不住了，一拍桌子，原形毕露，"我告诉你，你老公韩盈就是不肯招供，被我们枪毙了！"

一听到韩盈的名字，钟竹筠的心又像被刀剜一样痛。廖局看见她痛苦的表情，换一种口气说话："你老公已经死了，儿子还小，你不为自己着想，也要为儿子想想嘛。我还是那句话，你只要宣布脱离共产党，供出同党，还可以像以前那样在国民党任要职，并且升官加禄。还能马上回去跟儿子团聚！"

"你不要说那么多了！"钟竹筠目光坚毅，"我永远不会背叛共产党！"

"钟竹筠，你要看清形势，现在不再是国共合作时代了。蒋介石下令要把共产党赶尽杀绝！"廖局点燃了一支烟，抽起来。"哼！你可以枪毙我，但是不可以让我屈服。你可以消灭我的肉体，但消灭不了我对共产主义的信仰！"钟竹筠一字一板。

"为了信仰，牺牲自己的生命，值得吗？我劝你放弃什么鬼信仰！"

"你忠于自己的信仰吗？"钟竹筠问，"当然！"廖局吐出一口烟。

"我也忠于我的信仰！既然我们都忠于信仰，你为什么要我放弃？要我做信仰的叛徒？自己不想的事情，为什么要强迫别人去做？"钟竹筠说，"你不要再白费口舌了！"

廖局像泄了气的皮球，但是又不甘心失败。他从来没有碰到过像她这么漂亮，又这么坚定的女人。"你回去想清楚！"廖局放几张白纸在钟竹筠面前，叫她写自白书，交代同党。"我没有什么好交代的了！"钟竹筠把纸扔回去。

二

廖局故意叫人把钟竹筠被关在北海监狱的消息告知莲姑和张姑丈。张姑丈无动于衷，仿佛钟竹筠跟他毫无瓜葛。莲姑则急得团团转，背着张姑丈偷偷筹钱，去找廖局，求他帮助把钟竹筠保释出来。"我和张总是多年的朋友，在情在理，这个忙我都是要帮的。可是钟竹筠是共党要犯，又不肯合作，上面很生气，这事不好办啊！"见莲姑一再哀求，廖局才装着勉为其难地收了她的钱，"好吧，我去活动活动。不过，我不敢保证一定成功。你要配合我，去劝说她。"

莲姑按照廖局的安排去监狱里见了钟竹筠，带了几件衣服给她。"阿筠，你的情况廖局长都跟我讲了。你就跟他们合作吧！韩盈死了，道儿没有爸爸了……"莲姑说着就哭起来。"莲姑，别哭！"钟竹筠把手绢递给她，"万一我死了，麻烦你照看一下道儿！"

"你不能死！小道不能没有妈妈！你不能这么硬心肠！你低一下头，跟他们合作好不好？"莲姑说，"就当是我求你了！"

"莲姑，我不能低头，我还要高昂追求真理的头！我宁愿死，也不跟豺狼合作！我知道你从小疼我，把我当女儿般疼爱。在我心里，我早就把你当作母亲了。请原谅，阿筠忠孝难两全！"

"阿筠，不要说死这么不吉利的话。我的话，你好好想想，你还这么年轻！我不懂你说的什么真理，什么国家民族。但是，我知道没有命了，什么都没有了。没有什么比生命更宝贵！"

"莲姑，在阿筠的心目中，有些东西比生命更加珍贵！我宁愿失去生命也不会屈服，我要用生命去捍卫我的信仰！"

"你呀,一根筋!你跟韩盈都是死脑筋!"

"盈哥是我的榜样,是我的亲密爱人!我敬佩他,我也会像他那样宁死不屈!莲姑,我不想多说了,有空帮我看看道儿,他长高了没有,会叫妈妈了没有。"一说起儿子,钟竹筠的眼睛就红了,声音哽咽。莲姑的眼眶也红了,用手绢擦着眼泪:"阿筠,我刚才说的话,你好好考虑。你的命不只属于你。有道儿的消息我就告诉你。"躲在一旁偷听他们讲话的廖局,把这一切都看在眼里。

莲姑又去找廖局,想保释钟竹筠出去。他说:"你刚才都看到了,她顽固得很,我想帮她都难。我会再想办法,你先回去。"

"廖局长,你一定要帮我家阿筠啊!"

三

廖局回到家,正在玩玩具手枪的儿子牛牛扑过来,用手枪对着他说:"不准动!赶快投降,不投降毙了你!"这是儿子最喜欢玩的游戏。按照套路,这时候的廖局就举起双手说:"我投降,牛牛饶命!"牛牛用手枪对着他的脑袋,呼的一声,廖局就倒在地上,四脚朝天说:"我死啦!"然后,牛牛一只脚踩在廖局的身上,一手叉腰一手举着枪,仰天大笑。可是,今天廖局不按套路跟儿子玩了,推开他。牛牛扁着嘴,向妈妈告状。杨安妮这时正在卸妆,叫保姆调好牛奶给她准备洗澡。她刚参加一个官太太召集的宴会回来。

"牛哥啊,你今天怎么啦?"杨安妮撒娇道。见他阴沉着脸,便叫保姆带儿子出去玩。

廖局属牛,四十八岁那年生了儿子,跟他一样也属牛。老婆生的都是女儿,只有杨安妮肚子争气,生了一个"带把的",可以给廖家传宗接代了。他本来对杨安妮不是很满意,自从有了儿子,就改变了对她的态度。杨安妮母凭子贵,恃子傲物,在廖家呼风唤雨。

廖局坐在红木椅上不说话,看着杨安妮。这天她穿一身旗袍,梳高高的发髻。脖子上戴着一条巨大的钻石项链,两只手腕各戴一只金镯子,右手的无名指上戴着金戒指,脚穿缀着珍珠的高跟鞋。浑身珠光宝气,金光闪闪。她保养得极好,跟她这一身打扮一样,也是珠圆玉润,一看就是一个养尊处优的富太太。看到杨安妮,廖局不由想起钟竹筠。如果钟竹筠当年嫁给他,过上富太太生活的就是她,就没杨安妮什么事了。可是钟竹筠有福不会享,偏偏选择劳碌奔波的路,现在脑袋随时都会搬家。

杨安妮看见廖局盯着她,以为他有想法了,便扑过来,坐在他的大腿上,搂着他又粗又短的脖子,抚弄着他光秃秃的脑袋上那几根毛。"牛哥啊,你是不是又想我了?"杨安妮嗲声嗲气,听得廖局骨头都酥麻了。"你还记得钟竹筠吗?"廖局捏着她肉肉的手问。

"北海女子学校的同学呀,怎么不记得?"杨安妮问,"你看见她了,还是又想她了?"她知道廖局对钟竹筠有想法,不免生了几分醋意。

"她在北海。"廖局说。"她什么时候来北海的?你去见她了?"杨安妮紧张起来。

"见了。"廖局说。"啊!你们在哪里见面的?为什么不带我一起去?她现在还漂亮吗?"杨安妮神经兮兮地连珠炮似的问。"还是那么漂亮!"廖局见杨安妮不高兴便说,"她跟你是两个不同世界的人,你吃哪门子醋!"

"人家还不是紧张你嘛!"杨安妮亲一下他油光光的脸说,"我想见见她,牛哥,安排一下。我想看看我们是哪两个世界的人。"

"我会安排你们见面。"廖局说,"她现在是共产党的大官,我今天上午劝她,她顽固不化,死都不肯招供。你去劝劝她,叫她放弃跟随共产党。只要她肯跟我们合作,高官厚禄任她选,荣华富贵任她享受。"

"我……我不想见她了。"杨安妮不高兴,"不想当你的说客!万一她肯跟你们合作,你不是又有机会追她吗?我才不会那么傻把老公送给人!"廖局摔开杨安妮的手,站起来说:"妇人之见!她要是肯跟我们合作,我就能升大官,发大财!我会大大奖赏你!"

四

钟竹筠又被提审几次,还是像以前那样态度鲜明,不和国民党反动派合作。

她不但不肯供出其他同志，反而慷慨陈词，宣传共产党，痛批国民党反动派制造白色恐怖。廖局气急败坏，几次想对她下刑，到最后又忍住了。他用敲山震虎的办法，当着她的面对被捕的人用刑，有些人经不起酷刑，招供了。

廖局之所以迟迟不对钟竹筠动刑，是有他的想法。对一个女子用刑是很容易的，也是最下策的，但在精神上、灵魂上折磨她、战胜她，让她屈服，这才是最高级的，才是真正的胜利。所以，他让钟竹筠"听刑""观刑"了好几次，每次看到她比自己受刑还痛苦的样子，廖局就感到在精神上战胜她了。

审讯毫无进展，北海市市政筹备专员、反动头子廖国彦对廖局的所谓"精神审讯"非常不满，下令尽快从钟竹筠的身上打开缺口，得到他们所要的东西。廖局向廖国彦表态，马上对竹筠采取新的行动。

廖国彦写《呈报拘获共逆钟竹筠一名情形由》邀功请赏："……计抄开通缉人黄学增等50名籍贯一册。奉此，查册内钟竹筠一名，向在防城东兴办理妇女解放协会，本年9月经钦廉区清党委员会电饬防城清党特派员拘解来北海……该钟竹筠一名为职处代为收押，现尚押在处，奉令前因所有拘获钟竹筠缘由，除呈报民政厅外，理合备文呈请。"

钟竹筠又从贴身衣服里拿出儿子的相片看。这是她每天的必修课，也是她的精神支柱。这张相片是莲姑前几天送来的。

狱警打开门，叫竹筠穿上最漂亮的衣服，还给她口红、胭脂、眉笔，叫她化一个漂亮的妆。进监狱以来，第一次有人叫她化妆，打扮漂亮。"是要枪毙我？还是放我回去？"钟竹筠故意问狱警。

"不知道！"狱警说。看见他神情凝重，不想多说话的样子，钟竹筠猜肯定是没什么好事。像她这种被视为"共党要犯"又不肯屈服的人，国民党反动派肯定会下毒手，但是没想到会这么快。既然如此，那就要漂漂亮亮、体体面面地离开这个世界。她穿上莲姑探监时送来的衣服，化好妆，要狱警拿来纸和笔。她想写一封遗书给儿子。狱警不同意，说没时间了。她很后悔没有早点给儿子留下什么。

钟竹筠出门，看见有几个穿便服的男人在等她，有一个手里还带着相机。她提出要回监狱拿帽子戴，他们商量一下，同意了。几个穿便服的男人把她带到一辆黑色的车上。车开了，她发现有几辆车跟在黑色车的后面。"你们带我去哪里？"钟竹筠问。他们不回答她。

钟竹筠坐在车后排中间，左右各有一个便衣。他们腰间微鼓，她"不小心"碰到微鼓的腰部，硬硬的，是枪！她透过车窗玻璃望着外面的世界，万分留恋地看着，心头涌起波涛。楼房鳞次栉比，街上车来车往，路人行色匆匆。这是她熟悉的北海，熟悉的街道。

很快，车子离开街市，开到一条陌生的路。狂奔一会后，车子开进一座大院。钟竹筠从车上下来，两个便衣在左右贴身"保护"。这座大院四周有高墙围着，院内种着花草树木。在偌大的院子中有一栋三层楼的别墅，外面装饰豪华，在阳光下发出金灿灿的光芒，把钟竹筠的眼睛刺得几乎睁不开。她不自觉地抬起手挡一挡眼睛，悄悄地看看四周。跟着他们后面的车子，有的开进院内，有的停在院外。车里的人也下来了，大部分人穿便衣，也有穿警服的，站在门口。有两个便衣人胸前挂着相机。钟竹筠不自觉地把帽檐拉低。

门口站着一个女人，梳着高高的发髻，一看就是个富太太。富太太一见钟竹筠便热情地拉着她的手，张开怀抱，要拥抱她。钟竹筠本能地闪了一下，没有接受她的拥抱。有两个人冲上前给他们拍照，钟竹筠把帽子拉低，遮住大半个脸。

"竹筠，还记得我吗？我是杨安妮啊！"富太太又要拥抱她。钟竹筠认出杨安妮了。她闪开杨安妮拥抱："杨安妮！你太富态了，生活很滋润啊！"

"竹筠，全是托你的福！没有你，我怎么会有今天的生活？"杨安妮拉着钟竹筠的手说，"竹筠是我的同学，好姐妹！今天我很高兴她来参加我的生日宴会，也很高兴各位来捧场。"

"难得啊！好同学，好姐妹！你们来拍张合影吧！"两个带相机的人举起相机。这时廖局走出来，迅速站在钟竹筠的身旁。"别拍！"竹筠把帽檐拉得更低，遮住脸。她别过身子，背对着他们。

"好，不拍不拍！进我家。"杨安妮想搂着她的腰，钟竹筠闪开，隔了些距离，"安妮，我刚从监狱出来，别碰我，沾了我的晦气！"

"我叫用人给你调好牛奶，洗个牛奶澡，洗掉晦气。"杨安妮说。"我不要洗牛奶澡。现在很多人穷得连牛奶都喝不上，你叫我洗牛奶澡，简直是犯罪！再说，我怎么洗牛奶，洗得再白都洗不掉监狱味！"钟竹筠拒绝。

五

"牛哥，快把我的好姐妹放出来！"杨安妮转身对旁边的廖局说。

"我当然想！"廖局对钟竹筠说，"就看她的态度了！"见钟竹筠不开口，杨安妮赶快打圆场："你看我家布置得怎么样？都是我设计的呢！"她挽着钟竹筠的手进楼房，有两个高大威猛的男子跟在后面。

一楼是会客厅，装修豪华，富丽堂皇，大得可以开舞场。廖局叫随行的人员在一楼玩，搓麻将、玩扑克、跳舞、吸大烟，想怎么玩都行。杨安妮拉着钟竹筠上到二楼。二楼的装修，比一楼更豪华，像宫殿。她们走进一间漂亮的房间。一个用人正陪一个小男孩玩。

"小牛牛，给妈妈抱抱！"那个小男孩扑到杨安妮的怀里。她在他的小脸上亲了好多下，然后指着钟竹筠说，"阿姨是妈妈的同学，来看你喽，快叫阿姨好！让阿姨也抱一抱。"那小男孩一点也不认生，真的扑到钟竹筠怀里，奶声奶气地叫"阿姨好！"钟竹筠情不自禁地抚着他的小脸，问他叫什么名字。"我叫……叫小牛牛。"他的口水流出来，流到围在他脖子前面的那个口水胶上。钟竹筠想起道儿。她紧闭的心被这个跟儿子一样大的小男孩萌化了。

"竹筠，你有孩子了吗？多大了？男孩还是女孩？哦，也男孩呀。真巧，我的儿子也属牛。我一天不见小牛牛，心里就特别难受。睡觉的时候，我要亲他好多遍，要握着他的小手才睡得着呢！"杨安妮抱着儿子，满脸的幸福，"儿子是我的世界，我的上帝！没有他，我简直活不下去。竹筠，儿子不在你身边，你想他吗？"

"想！"想起儿子，钟竹筠心疼不已。"咱们都是做母亲的人，将心比心，都希望看着儿子长大成人，给他娶媳妇，帮他带孙子，过上天伦之乐。"杨安妮放下儿子，拉着钟竹筠的手，说得深情款款。

"安妮，刚才你说今天是你的生日。我记得你的生日是春天，现在怎么变成冬天了？你做生日，他们叫我来祝贺，也不事先说一声，我空着手来，真是失礼了！他们从监狱里提我出来，我还以为是要枪毙我呢！"

杨安妮略为尴尬一下，说："你记性真好！我的生日原来搞错了。其实我才不喜欢什么生日的，过生日就证明我老了一岁嘛，不过我家老牛说，生活要有仪式感，一定请亲朋好友来庆祝一下。我说，你一定要请竹筠来。要不，这个生日我就不搞。我特意给你一个惊喜，也怕你破费，所以没有提前告诉你。别看老牛这个人外表粗鲁，其实啊，内心细着呢，也特别爱我。你是我的好姐妹，谁敢动你，我叫牛哥先毙了他们！你是我的贵人，没有你就没有我的今天！需要帮什么忙你尽管说！"

"是吗？那你叫他放我出监狱！"钟竹筠故意说。"他说只要你配合就放人！竹筠，女人嘛，不要追求什么真理，不要讲太多虚的东西，过实实在在的生活最好。"杨安妮说。

"有谁不想过实在的生活？可是，不是每一个人都有条件，过上像你这样的好生活。还记得北海女子学校的同学吗？我们都是来自贫苦人家。安妮，你说我们为什么穷？是我们愿意穷吗？谁有头发愿意当秃子？"

"这些问题你当年也跟我们讲过。我们穷是因为受帝国主义者、资本家、土豪劣绅等反动势力的压迫。所以我一直说，我不能再穷，我一定要改变自己的命运。对我们这种没背景的穷人家的女子，选择嫁给有权有钱的人是最好的出路。你看我现在的生活，要房有房，要车有车，衣食无忧，起居有人照顾，还有一个可爱的儿子，我非常知足。竹筠，这一切本来是你的。可是，你却选择了另一条路。我听老牛说，你现在被关在监狱里，而且有生命危险。我知道你读书的时候就讲什么信仰，我们还辩论过。你口才好，我辩不过你。但是，现在跟当年的情况不同了。竹筠，听我的话，告别以前的生活，不要再讲什么理想信仰，革命真理了。过上实实在在的好生活就是真理！"杨安妮抓着钟竹筠的手。钟竹筠轻轻抽回自己的手："安妮，我不会改变自己的信仰！"

"竹筠，难道信仰比你生命还重要吗？比你儿子还重要吗？你不为自己着想，也要为你的儿子着想！做母亲的人，不能那么自私！"杨安妮越说越激动。

钟竹筠大声道："安妮，不要再说了！"停了一下，她深情地说，"我当然爱我的儿子！做母亲的人，哪有不爱自己的孩子？我天天都想他，做梦都梦见他！"

"竹筠，我明白你内心的痛苦和矛盾。我们都是做母亲的人，将心比心，都想小孩子好！咱们又是同学、姐妹，竹筠，我不想你出什么事，我爱你！"

"但是，我更爱真理！安妮，不要再劝我了，叫他们送我回监狱吧！或者送去刑场！国民党反动派什么事都做得出来的，他们杀了我的盈哥，我和他一样绝不会屈服！"

"竹筠，你不要再当茅坑的石头——臭硬！他们就算不杀你，也会让你坐一辈子牢！"杨安妮说。

"我不怕把牢底坐穿！"钟竹筠说。"竹筠，在你面前，我总是失败。"杨安妮沮丧地说，"老牛让我去监狱说服你，而我选择让你来我家，是想让你看到我现在富裕的生活，让你羡慕我，而改变你的信仰。可是，我错了，你宁可丢掉性命也不会屈服。"

"安妮，你的确是做错了。你今天不应该请我来你家。你是官太太，富太太，而我是一个囚徒，我们是两个世界的人！"钟竹筠说完推开房门，大步走出来，走到大厅。那些在大厅里玩的人，立马站起来，紧紧跟在她后面。杨安妮对廖局摇摇头。"把她送回监狱！"廖局怒不可遏。

第三十五章 归来

一

廖局想，高官厚禄都引诱不了她，作为一个有坚定信仰的女共产党，什么才能够击中她的软肋？孩子！所以，当莲姑又找上门要见竹筠的时候，他提出带上钟竹筠的儿子一起去。莲姑答应，赶快差人去遂溪找到道儿，把他和伯娘一起带到北海。

莲姑、韩妹和伯娘、道儿一起去监狱探望钟竹筠。廖局先让莲姑一个人去见竹筠，劝说她。伯娘和道儿在外面等。他的如意算盘是，如果莲姑劝说成功，就不让钟竹筠见孩子。莲姑的劝说又不成功，钟竹筠的态度没有改变。廖局叫伯娘抱着道儿进来："钟竹筠，你的儿子来看你了！"

"儿子？"钟竹筠猛地抬头，看到伯娘站在门外，手里抱着的孩子，正是她日思夜念的儿子！韩道这时差不多两周岁，会叫人了。深秋了，他还是穿着薄薄的衣服。"道儿，我的孩子！"竹筠冲到门口，伸手要抱。可是，那里隔着一扇铁门，她只能透过门上的铁格子看他，而不能抱他，亲他！一扇铁门把他们隔成两个世界，咫尺似天涯。

"道儿，她是你妈妈，快叫！"伯娘指着钟竹筠。道儿只是望着钟竹筠，没有叫。他很久没见过妈妈了。钟竹筠眼巴巴地望着儿子，不断叫他的小名："道儿，我是你妈妈！"她从口袋里掏出他的照片，从门的格子间递给他看。伯娘接过照片，给道儿看，又拿出钟竹筠的照片给他看。

"你平时不是念妈妈吗?她是你妈妈,快叫!"伯娘指指照片,又指指钟竹筠。道儿终于认出妈妈了:"妈妈!我要妈妈!"他向钟竹筠伸出手,哭喊着要妈妈抱抱。他哭得气都喘不过来,眼泪和鼻涕混在一起,弄花了整张小脸。"道儿!我的儿子!"钟竹筠手握铁门格,拼命伸手。她想给儿子擦干眼泪和鼻涕,亲一亲他可爱的小脸。"快给我抱抱我的儿子!"她把手伸得老长。

看着这一幕,廖局暗暗高兴。"打开门,让她抱抱自己的孩子吧!我们都是做父母的人,怎么忍心看着他们母子这样!"莲姑央求道。

"刚才那一幕我也很感动,就是石头也会开花。我也是做父亲的人,也懂得疼爱自己的孩子。"廖局说,"但我必须执行上级的命令,也是没办法啊!"他拿出早已拟好的"自白书",伸到竹筠面前说,"你只需签上你的名字,按上手指模,马上可以抱着儿子回去,一家人团聚。"

钟竹筠伸出去的手像被火烫一样,缩回来了。他们这么好心让她见儿子,原来是演一场亲情苦肉计!

"阿筠,你签名啊!"莲姑劝道。"快签啊!"伯娘跺脚。"妈妈,抱抱!"道儿又叫道。廖局又趁机把"自白书"伸给钟竹筠,递笔给她。"不,我不能签!"钟竹筠痛苦地摇头。"你……你真是铁石心肠!"莲姑怒道。

"钟竹筠,你不肯跟我们合作,神仙都救不了你!你的结局会和韩盈一样!"廖局换一种语气说,"你不为自己着想,也要为孩子想想!"

"韩盈已经死了,道儿没有爸爸了。你要是也没了,道儿就成孤儿了!一个没爹没娘的孤儿,今后谁抚养他?谁给他读书?你说有多可怜!"莲姑号啕大哭"阿筠,求你了!"

"妈妈!"道儿哭得撕心裂肺,小手伸向钟竹筠。看着儿子哭花的脸,她的心被铰成碎片。"我几十岁了,一把老骨头的人,还能熬多久?我死后谁养道儿?"伯娘也放声大哭,"天啊,道儿这侬仔好凄凉!"

"莲姑、伯娘,让你们失望了,对不起!"竹筠心如刀绞,泪如雨下,"拜托你们帮我照顾道儿!"

廖局无法征服钟竹筠,气急败坏,请求省里派人来审讯她。省里派人来了,结果也是一无所获。各方陆续派人来,不断提审钟竹筠,每一次都用酷刑,把她折磨得死去活来，体无完肤，依然没办法从这个柔美的女子嘴里得到他们所要的东西。

二

"呜呜！"一艘邮轮停在北海港码头，旅客从游轮中鱼贯而出，走上甲板，登上码头。一个西装革履的青年，提着简单的行李箱，走出码头。这里有很多人在迎候自己的亲朋好友，一旦接到自己等候的人，便发出欢呼声，热烈拥抱。穿西装的青年面无表情地看着这一切，他知道不会有人来迎接他的。他离开北海已经四年了。在英国留学的四年里，他没有回过家，仅仅靠邮件维系跟家里的关系。其实他也极少写信。他这次回来是给奶奶奔丧。在家里，他和奶奶的感情最深。他并没有告诉谁，他要回北海。

寒风中，他看到有一个人向他招手。"吕医生！"那个人走近他，热情地向他打招呼。他实在想不起这个富太太是谁。"我是杨安妮，当年和钟竹筠一起在女子学校读书，你在普仁医院当医生。还记得吗？"

"钟竹筠？！"吕医生想起来了，他当然记得这个让他念念不忘的美丽女子。

"你从哪里来？一个人吗？有没有人接你？没人接的话就坐我车回去。"杨安还是像以前那样，抛出的问题还没等人家回答，就抛出后面的问题。她指指身后的车，很是得意。吕医生是富家子弟，杨安妮十分喜欢他，可是他只对钟竹筠有感觉。如今她飞上枝头变凤凰，有资本向他炫耀了。

"我一个人从英国回来。谢谢你的好意，我自己回家。"杨安妮本想再向吕医生炫富一下，可是他却拒绝了自己的好意。

"这些年你跟钟竹筠有联系吗？知道她现在在哪里吗？"看见吕医生一一摇头，杨安妮叹息道，"你当年那么喜欢她，现在对她的情况却一无所知！唉，人都是善变的动物。我告诉你吧，她现在被关在北海监狱！"

"她犯了什么罪？"吕医生十分震惊。"说来话长。你如果想知道，我带你去咖啡店，坐下来，再详细告诉你。""走！"吕医生提起行李，坐上杨安妮的豪车。

杨安妮叫司机把车开到"君来"咖啡店。这是她家开的咖啡店。在一间静谧的房间里，杨安妮喝着咖啡，慢悠悠地从钟竹筠离开女子学校讲到她被关进北海监狱，绘声绘色地讲她和廖局怎么绞尽脑汁帮钟竹筠："吕医生，你找个机会去劝劝她吧，我可以叫老牛安排一下。"

"行，我找个时间去看看她。"吕医生说。

"吕医生，坐了那么久，讲来讲去都是讲钟竹筠，你都没有讲一下自己的情况，也不问一下我幸福不幸福。"

"看你出入有豪车，穿着打扮珠光宝气，不用问，就知道你生活得很好。"

"哈哈！"杨安妮洋洋得意地讲自己婚后的奢华生活，如何幸福美满。又连带讽刺一下钟竹筠的固执。

"吕医生的情况呢？这些年过得比我好吧？"杨安妮的问话带有明显的挑战性。"人各有志，没办法比。你所追求的奢华生活，未必是人人都追求的。到国外留学是我梦寐以求的事，我实现了夙愿。我很好。"吕医生简单介绍一下自己在英国留学的情况，然后与杨安妮告别。

三

廖局早就从杨安妮的口中得知吕适的情况，知道吕家在北海很有名望，有这样的人帮忙劝说，真是天上掉下的好事。他马上安排吕适去监狱探视钟竹筠。

"钟竹筠，有人来看你！"狱警对躺在床上的钟竹筠喊。这是刚换的狱警。她用手支撑着床沿，慢慢起床。一个星期前，敌人又对她用刑了，她卧床不起。

钟竹筠用梳子梳梳蓬乱的头发，用清水擦拭脸上的血痕，整理一下身上穿的囚服。不管来人是谁，她都尽力把最美的一面留给对方。梳妆打扮好之后，她随狱警来到一间房。她刚坐下，探望她的人来了，站在门口。她朝门口望，来人是一个三十岁左右的男子，个子瘦高，戴一副眼镜，穿西装，打着领带，脚穿皮鞋。儒雅秀顾，风度翩翩。

"竹筠，是我，吕适！"

"吕医生？"钟竹筠惊讶，脑海里浮现出那个穿白大褂、戴口罩的吕适，而眼前的他西装革履，文质彬彬，显得更成熟儒雅。两人面对面坐着，狱警站在门口踱来踱去。"你怎么知道我在这里？"钟竹筠问。"杨安妮告诉我的。你离开北海后，我也离开了，去英国留学。前几天才回北海。"

"你终于实现了梦想。祝贺你，吕医生！"钟竹筠说。"你也一直为你崇尚的理想而奋斗……你的事，杨安妮都告诉我了。"吕医生说。两人一时沉默不语。吕医生注视着钟竹筠，美丽的大眼睛还是如一泓秋水，苍白的脸上有些伤痕，嘴唇带着英气。她还是像以前那么漂亮，但多了几分刚毅。

"如果当年，你肯跟我去英国留学，你的境况就不是现在这样！"他的语气里带着不满。"如果再给我选择，我还是选择今天这条路！"钟竹筠说。

"你的爱人牺牲了，孩子还小，需要你。我要保释你出去，带你离开北海！我和廖局沟通过，他同意了。"说到这里，吕医生停下来望着钟竹筠。"他们不会放过我的！"钟竹筠摇头。"是的，是有条件的，"吕医生说，"你只需要……"

"吕医生是来给他们当说客的吗？如果是这样，就不必浪费时间了！我的态度，相信杨安妮已经跟你讲过了，不必重复。我唯一接受的就是无罪释放。"

"我不是说客！我对你……你不是不知道！从前喜欢你，现在更加怜爱你！看着你身陷囹圄，如果我不伸出援助之手，那就亵渎了我对你的真情！我不能看着你牺牲！你这么年轻，这么优秀！"

"人迟早都会死，那要看为什么而死，怎么样死，死得有没有价值。我为真理而死，为革命而死，死得有价值！"钟竹筠决绝地说。"竹筠，不要那么早说死。你说得对，人迟早会死。但是首先要想方设法活下来，活着才有希望，才能做你想要做的事情。活着，不仅是为你自己，也是为你爱和爱你的人。"吕医生看见钟竹筠情绪有所缓和，便问，"我能为你做些什么吗？"

钟竹筠看着吕医生，他的态度很诚恳。他们认识好多年了，她了解他，虽然出生于豪门之家，但没有纨绔子弟的习气。他是社会精英，高贵又高傲，有追求有自私，鄙视权贵，一心做一个拯救病人的好医生。当社会出现问题，他不是去改良社会，而是采取逃避的方式。但他的本质不坏。

"如果方便，你去东兴看一下我继父欧家铭。他也是医生，帮我打听一下东兴的同志。还有女子学校的沈卓青、大张……她们现在都好吗？"

吕医生爽快地答应。钟竹筠指了指在门口走来走去的狱警，小声说："做这些事情，一定要保密，不要让别人知道。你刚才说不知道共产党有什么魅力，让我心如磐石，志如坚铁，就是牺牲生命也绝不放弃。你有空去看一看《共产党宣言》之类的书，了解一下共产党人吧！吕医生，我告诉你，共产主义的理想信念，共产党人的初心使命，已经化为我身体流动的血液，骨架，骨髓，灵魂。融为一体，密不可分。"

"当年，你也叫我看这些书，我没有看。现在，我一定要看！我要'解剖'共产党人，看看你们的骨头为什么这么硬，是什么材料做的！"

四

吕医生决定留在北海，不再去英国留学了。他回到普仁医院，特意去钟竹筠就读的女子学校看看。这里有他满满的回忆，只是离开四个年头，这里已经发生很大的变化。

他去找张老师。她原是北海女子学校的老师，丈夫是普仁医院的医生。他们住在医院内。张老师正好在家，吕医生向她了解沈卓青、大张等人的情况。他们边聊边向女子学校原来的教学楼走去。女子学校在1926年停办了，那栋二层教学楼已改作医院的产房，一个个新生命从此处来到人世间。吕医生停在楼前，听到新生婴儿的啼哭，宣告他（她）来到了人世间，来到二十世纪二十年代末的中国。

"校长等人被赶回英国后，女子学校便停办了。大张、卓青等人，租民房为教室，办了超光女子小学，招收原北海女子学校的女生以及社会上失学的儿童。不久，超光女子小学被迫停办，大张把主要精力放在妇女解放协会。"张老师的记性很好，说起她们口若悬河。

沈卓青是吕医生的亲戚，他很快了解到她的一些情况，加上张老师的讲述，吕医生知道她的故事多些。1926年的冬天，沈卓青到广东妇女解放协会工作，兼任秘密交通员。收到蒋介石叛变革命的消息，她想办法通知同志们转移，连夜坐一辆黄包车到中山大学宿舍找陈铁军。当时邓颖超正在西关一家医院住院，必须通知她离开。沈卓青灵机一动，自己假扮女佣，而陈铁军假扮孕妇。两个人走到医院门口被特务拦住，陈铁军假装肚子痛，快生了，沈卓青趁机给特务钱。于是，特务放行。邓颖超知道情况后，立即叫她们去买船票，在码头等她。她去找院长王德馨，装扮成出诊看病的医生，离开医院，直奔码头，见到了正在等她来拿船票的沈卓青和陈铁军，终于登上轮船离开广州到达香港。沈卓青后来随省机关去了香港工作。

吕适又通过廖局进监狱探望钟竹筠，将了解到的情况偷偷告诉她。他不再劝她放弃共产主义，反而趁狱警不注意的时候，跟她谈他读她推荐的书的心得体会。

杨安妮不死心，去监狱探钟竹筠，劝她："像吕医生这样真心对你，有钱有地位有名望的人，打着灯笼都难找。为了你，他不再去国外留学，为你的事跑断了腿。以前有韩盈，你不接受他。现在韩盈死了，你成了寡妇，吕医生还爱着你，想娶你。你就嫁给他，带着儿子去过幸福的生活吧！这样，你没有生命危险，儿子也安全，有父爱母爱陪他长大，这是多么好的事！"

"吕医生的确很优秀，我很敬重他。他会找到属于自己的爱情。盈哥是我一生的爱人，他走了，也带走我的心，我不会嫁给第二个男人。"

"钟竹筠，吕医生这么好的男人，你都不接受，我真不理解你！"杨安妮说，"难道你心里只有共产党？只有你的信仰？"

"杨安妮，你说对了！我生是共产党人，死也是！杨安妮，你死了这条心吧！你不必再来劝我！"但廖局不死心，故意告诉钟竹筠，或是给她看报纸，让她知道，哪些党组织遭受破坏，哪些共产党员被杀害，哪些人叛变了。想用这些来击垮她的防线，最后缴械投降。他没想到这些消息，不但没有让她害怕而投降，反而更激起她对国民党反动派倒行逆施的愤怒，更坚定她的革命斗志。

对于革命战友的牺牲，在廖局面前，她不动声色，但内心是痛苦的。比如，她获知，中共南路特委在广州湾遭破坏，朱也赤和黄平民等人被捕，坚贞不屈，被敌人杀害。朱也赤牺牲前以诗言志："为主义牺牲，为工农死节。不负天地生，无辜父母血。何呜咽，何呜咽！壮哉十六再回头，碎破山河待建设。"

第三十六章　永远的贞筠

一

廖局和省派来的专员卜志一起审讯钟竹筠。她正气凛然地驳斥他们。卜志十分恼火："听说她已经受过很多次刑，都不屈服，对这种硬骨头的人，要加大力度，从心里、身体上多管齐下摧垮她。听说有个叫吕适的医生很喜欢她，这个人有点同情共产党，你叫他来看行刑。"廖局赞成这个一箭多雕的策略。

廖局叫人把钟竹筠和一个30多岁、皮肤黝黑的女人押进行刑室，让她们坐在一旁。行刑室里有一个中年男人正在受刑，他看起来老成持重。"贾强，招不招？"施刑的是一个近二米高的汉子。他满脸横肉，凶神恶煞，又黑又壮，像一座铁塔。光是外形就叫人望而生畏。叫贾强的男人被扒光衣服，胸部被烙铁烙得"滋滋"响，血肉模糊，发出难闻的气味，叫人恶心。

看到贾强被烙红的身体，黝黑女人微微一怔。看到他吐出辣椒水，她大叫受不了，要跑出去，被一个男人抓回来强迫看。

"禽兽！你们不是人！"钟竹筠骂道，闭眼。一个男子用布堵住她的嘴，把她绑在椅子上，掰开她的眼睛，逼她看下去。

"快说出你的组织！"黑汉用手抠贾强的伤口。"不知道！"他毫不犹豫地说。"继续用刑！"黑汉把一条湿毛巾放在贾强的鼻孔上，往他的嘴里灌辣椒水，辣得他直咳嗽。很快，贾强的肚子胀如鼓，黑汉用脚踩他的肚子，混着各种味道的东西从他的嘴巴、鼻腔等地方流出来，臭气熏天。钟竹筠反胃得直想吐。

贾强咬紧牙关不开口，身子像筛糠一样哆嗦。他的脸痛苦得严重变形，看起来很可怕。一会，黑汉用竹签刺进他的手指甲肉中。"啊！"一直忍住疼不叫的贾强，发出凄厉的叫喊。"招不招？"黑汉继续用力把竹签推他的指甲肉里。贾强痛苦万状，精神恍惚，断断续续说："啊！痛……我……受不了……我招……"黑汉狞笑道："贾书记，我一开始就跟你说，还没有哪一个人硬得过我的酷刑！你不相信。迟早都是要招，早招就不用受那么多苦嘛！"贾强被拖下来，架到另一个室。

"轮到你了！"黑汉过来抓黝黑女人，把她双手吊起来，准备给她灌辣椒水。想起刚才那个中年男人的惨状，她害怕了，连忙说："别用刑！我全招！"黑汉冷笑道："算你聪明！"

吕医生被带到行刑室，让他观看审讯钟竹筠。黑汉解开钟竹筠身上的绳子，打量着她说："你长得这么漂亮，我真不忍心下手。刚才的情形你都看到了，你就直接招了吧，免得受皮肉之苦。"

"你们禽兽不如！想要我招……"钟竹筠平复一下激愤的心情，"你们做梦吧！"

"等着瞧吧！看你的嘴硬，还是我的酷刑硬！"黑汉把钟竹筠绑到老虎凳上，双臂张开绑定，像受难的耶稣。他把锋利的竹签一根根刺进她的十个手指甲肉中，再用力往里推，血涌出来。十指连心，她感到钻心的痛，但紧咬牙关，不叫一声。

"住手！你们太残忍了！"吕医生冲上去要救钟竹筠，被两个男人抓住，按在椅子上强迫他继续看。"钟竹筠，吕医生这么爱你，你忍心看一个爱你的人痛苦吗？招不招？"卜志说。

"我没什么好招的，你们就死了这条心吧！要杀要剐随你们的便！只要我有一口气，我都不会放弃共产主义信仰！"钟竹筠斩钉截铁地说。

"钟竹筠，只要你答应脱离共产党，现在马上放你。"卜志不死心。"我早就说过我永不叛党！"钟竹筠视死如归。

"我看你能硬多久！"黑汉说，"还没有哪个人硬得过我！"他拔出竹签，换上特制的洋钉，一根根插入她的十指。这比竹签更痛，她痛得直哆嗦，浑身冒汗，咬破嘴唇。她的手指血肉模糊，痛得晕过去了。

"吕医生，你劝劝钟竹筠吧！"卜志说。"你们不是人！"吕医生骂道。一个男人用布堵住他的嘴。吕医生不忍看下去，闭上眼睛。卜志见状，用枪顶着他，逼他看下去。

黑汉见钟竹筠还是不肯屈服，觉得有失面子，更是愤怒，用夹板夹住她的膝盖，用脚猛踩。"咔嚓"，吕医生听到断裂声，他想说："魔鬼！你把她的骨头踩断了！"他挣扎，可是他的嘴被堵住，手被两个男人抓住。他心痛、愤怒，浑身冒汗。黑汉把钟竹筠膝盖的皮肤割开，露出白森森的骨头。吕医生发出"呜呜"的痛哭声。

折磨了几个小时，黑汉用冷水将昏迷的钟竹筠泼醒，她还是不屈服。黑汉累了，怕她死去，晦气，便找个下台阶："她的骨头已被我踩断了，今天先暂停。"昏死过去的钟竹筠被抬到医院，廖局派人跟着监视。卜志叫吕医生给钟竹筠驳骨。他不会让她轻易死去，还想从她的嘴里得到他们想要的东西。

吕适是一个学贯中西的医生，知道人能够承受多大的痛苦。钟竹筠所承受的痛苦已经超过正常人，可是她忍住痛苦，就是不肯屈服，这需要多坚强的意志！她以柔弱之躯去对抗敌人的千斤顶，她比钢铁还要硬。共产主义信念真的有这么大的力量吗？当初同样有理想信念的人，为什么有些人叛变以求活命，而她坚持以生命守护初心，坚守誓言？吕医生想得很多，对钟竹筠更是敬佩，也更爱慕。

二

钟竹筠伤势有所好转，从医院出来又被关进监狱，跟一个叫张小静的姑娘关在一起。姑娘才18岁，看起来很单纯，问钟竹筠为什么被关进监狱？她还摸不准张小静是一个什么样的人，会不会是敌方安排的探子。她讲自己当年在北海读书，还有一些敌方已掌握的信息，然后问张小静是什么原因进来的？

"江刺横是我表哥的朋友。江哥给我做过很多宣传，我也希望加入党组织。江哥和其他几个人被国民党反动派抓住了。表哥设法营救他们，不成功，组织群众准备劫法场。他们埋伏在北海西炮台刑场，谁知道江哥他们被押到审判厅附近的牛车沟，被杀害了。我表哥后来也被反动派抓住了，被杀了。不久，我也被抓进来投进监狱。他们要我招供出中共组织，打我。我连党员都不是，哪知道什么组织呀？我倒是希望自己是像筠姐一样的真正共产党人。"

"只要你努力，总有一天会实现理想的。"钟竹筠鼓励她，"小静，我有点不舒服，想休息一下。"

听说江刺横被杀了，钟竹筠万分痛苦，闭上眼睛，不禁想起自己跟北海有关的人和事。她走上革命这条道路，与北海息息相关。北海，韩盈哥……她在心里默念着。过往几年的一幕幕，像浪潮一样，一浪高过一浪向她扑过来。江刺横深受钟竹筠的影响，当年是她和韩盈建议抽到北海筹建北海地方党组织。他建立了中共北海党支部并任支部书记。她再度来北海时，自己深陷囹圄，与韩盈、江刺横已是天人两隔。

吕医生又在煤油灯下看钟竹筠推荐的《共产党宣言》以及其他书刊。她还在女子学校读书的时候，就向他推荐过一批进步书刊，但是他一本都没有看，只看跟医学有关的书。在他的眼里，不断提高医术，做一个举世无双的高明医生，才是他的理想信念。

中国共产党1921年才成立，只有短短几年时间。钟竹筠既是共产党员，也是国民党员。国民党是执政党，如选择国民党，她会像以前那样有社会地位，而且还会升官加禄。趋利避害是人的本能，可是，她宁愿牺牲生命，也不放弃共产主义信仰，共产党到底有什么魅力？

钟竹筠曾对他说过，医生不仅要解剖人的身体，还要解剖人的灵魂；不仅要医治人的身体，还要拯救人的灵魂。吕医生觉得，解剖、医治人的身体，他已经驾轻就熟。但是，解剖人的灵魂，他目前做不到。他需要找到"手术刀"。现在，他就在她推荐的进步书刊里寻找，也在现实中寻觅。

"笃笃"，吕医生听到敲门声。他打开门，见到一个男子站在门外。对方自称叫李生，是钟竹筠的朋友，听说吕医生在营救她，特意找他商量。吕医生把钟竹筠在狱中的近况全告知李生。

自从钟竹筠被捕后，东兴党支部停止活动。邱祥霞带去广州的那批党团员，在蒋介石的大屠杀后，转入秘密活动。麦球英参加广州起义，不幸被捕。她承认自己是共产党员，坚决不肯供出党组织和出卖同志，就义于广州红花岗。1928年1月，为对抗蒋介石的反革命罪行，中共广东省委做出决定，在全省范围内发动夏收暴动。于是，易一德、邱祥霞等10多名共产党员在白色恐怖中冒险回到东兴，准备开展重建党组织、兵运、暴动等工作。他们策划，派部分人去北海营救钟竹筠。这时，吕医生到东兴找欧家铭打听麦球英和东兴支部的情况。李生发现后跟踪他，经多方了解，知道吕适的情况，确认他是可以帮助他们营救钟竹筠的人选。这些情况，吕医生一点不知情，李生只是有选择地告诉他一些。

最近，没人提审钟竹筠，对她的看管似乎松了很多，也允许她在牢房外的天井自由活动，还对她说需要什么尽管提出。对她提出要看书报、要针线和毛线的要求，他们都尽量满足。她给儿子织毛衣，让母爱裹在他的身上，温暖他幼小的心灵。

钟竹筠觉得张小静虽为富家小姐，但追求进步，有心培养她，给她讲共产主义，理想信念，革命故事，还叫吕医生想方设法帮忙把张小静保释出去。

杨安妮又问起钟竹筠的事，廖局洋洋得意："这回干一票大的！有人策划营救她！我们将计就计！"杨安妮惊讶道："你们怎么知道他们要营救钟竹筠？"

"到处都是我们的耳目，地上的蚊子嗡嗡叫，我们都听得到，何况是人呢？他们插翅难飞了！"

"这些共产党员像韭菜一样割了又长出来，他们真不怕死！难怪共产党只是成立几年时间就这么厉害。"

"住口！傻女人，长别人的威风，灭自己的志气！睡觉！"廖局捂住杨安妮的嘴，吹灯。

吕医生来探望竹筠，带了好多好吃的东西，将打听到的麦球英等人的情况告诉她。他看到四下无人，悄悄告诉她，党组织要营救她，要她做好准备。钟竹筠马上联想起监狱最近的反常：给她换了一间牢房，正对炮楼，楼上的卫兵日夜巡逻，人数看起来还不少呢。有几次，她望见远处有人盯梢她。吕医生也想起来了，廖局找过他，向他打探消息，还主动叫他过来探望钟竹筠。

"营救计划很可能走漏风声了！你叫他们马上取消计划！现在敌强我弱，不能用鸡蛋碰石头。"钟竹筠严肃地说，"请转告我的话，以后都不要策划营救我！同志们要保存实力，替我多为党工作！切记！"

得知营救钟竹筠的计划取消后，廖局大发雷霆，把怒气迁在吕医生身上，把他抓起来关了几天。吕医生一口咬定是廖局派他来劝说竹筠的，其他事情一概不知道。吕医生的家人来保释他。由于吕家在北海有头有面，加上他的确不是共产党，廖局只好把他放回去。随后，在吕医生的帮忙下，张小静也被家人保释出去了。

不久，莲姑来探监，告诉钟竹筠，杨安妮出车祸死了。那天她和廖局、儿子去赴宴，车开得好好的，司机突然撞向大桥，连人带车掉进海里。只打捞到她家三口的尸体。他们的死，各种传说都有，有的说革命党人报复廖局，派司机做文章；有的说是司机酒后驾驶。最奇怪的是，司机生不见人，死不见尸，成了悬案。"还有，你托我打听去南洋的小哥的消息。唉，什么消息也没有。可能死了吧。"莲姑叹气。

三

转眼到了1929年的夏天，钟竹筠被关在北海监狱快两年了。国民党反动派对她用尽各种方法，始终无法使她屈服。他们想用钟竹筠当"诱饵"诱捕营救她的人，阴谋也破产了。对她，他们可谓黔驴技穷，只有最后一招——杀！

钟竹筠知道自己在人间的日子屈指可数了。她老梦见盈哥，拉着他的手说："盈哥，我们曾经约定，不求同年同月同日死，但求都忠于共产党，忠于我们的爱情，为共产主义信仰流尽最后一滴血。您做到了，我也做到了。"盈哥夸她是好样的。醒来，她想起儿子，最放心不下的是年幼的儿子。她要给儿子写信，给他将来看。

道儿：

我亲爱的孩子，这是妈妈第一次给你写信，也是最后一次！当你读到这封信的时候，你的妈妈已经不在人世了。

妈妈为了革命工作离开你，致使你没有什么机会像别的孩子一样在妈妈怀里撒娇。可是，道儿！我亲爱的儿子，妈妈爱你，无时无刻不想念你！只是妈妈把这份爱压在心底！望你能理解妈妈的苦心。

你已经没有了爸爸，如今妈妈也要走了！我和你爸爸都是为革命而牺牲，你会为有这样的爸爸妈妈而骄傲的。妈妈没能陪你成长，分享你的点点滴滴，给你爱和温暖，妈妈感到很遗憾！

道儿，快点长大吧！你要做一个对国家、对社会有用的人，完成爸爸妈妈未完成的事业，安慰九泉之下的爸爸妈妈！

记住啊，爸爸妈妈永远爱你！

永别了，我亲爱的儿子！

你的妈妈钟竹筠绝笔于北海

钟竹筠把织满母爱的毛衣叠好，留给儿子。把写给儿子的绝笔信放进毛衣里。趁在放风时，她跟难友告别，把自己的衣服、梳子等东西送给他们，鼓励他们继续斗争。

"中国共产党是有伟大信仰的政党，是为人民谋幸福的政党。共产党人有坚定的信仰，坚强的意志。虽然我们的党现在还处于幼年期，但我相信，她一定会壮大，强大！低潮只是暂时的，革命高潮一定会再来。最后的胜利一定属于我们！"

行刑那天，钟竹筠换上最干净的衣服，把乌黑的头发梳得一丝不乱，她要把最美的一面留在人世间。刽子手把钟竹筠押到车上。在开往西炮台的路上，她挥手向沿路送别的群众致意。

西炮台到了，在大海旁边的一片空地上。本是炎热的夏天，但阳光被乌云遮住，天阴沉沉的。海潮冲上来，黑森森的礁石用力一推挡，海浪缓缓退去。

钟竹筠被刽子手从车上押下来。她昂首挺胸，微笑着向送别的群众告别。"再见了，同志们！"她朝家乡遂溪的方向，心里默念道："再见了，亲人！"

"预备！"刽子手发出索命令。

"中国共产党万岁！"钟竹筠用尽最后的力气高呼。

"呼呼！"钟竹筠年轻而顽强的生命倒在海边，鲜血染红了这块土地，生命定格在26岁！两年前，她的爱人韩盈同志也献出年仅26岁的生命！这对南路伉俪践行诺言，都为革命流尽最后一滴血，奉上最美的芳华。

苍天无语，怒涛拍岸！

人群像潮水一样退走了，悲痛的亲人和同志偷偷掩埋她的遗体。人们都离开了，只剩下她的坟墓静静地面对苍天和沧海。吕医生走来了，在钟竹筠坟墓的周围，种上她钟爱的青竹，让翠竹伴她长眠。她喜欢"贞筠"，他叫这里为"贞筠园"。

吕医生仰望天空看到，原本被沉沉乌云挡住的阳光奋力撕开乌云，而乌云依然毫不相让，跟阳光搏斗。阳光不屈不挠地刺射，终于撕开层层乌云的一条缝，从缝隙中挤出来。裂缝越挤越大，最后，乌云全被阳光撕破了。太阳光从最初的微弱到渐渐明亮，最后亮得耀眼。曾被乌云笼罩的人世间，因为这光、这亮，变得光明、温暖。

阳光照在钟竹筠长眠的"贞筠园"，也照在吕医生的身上。他看着身后的大海，海浪像一头头雄狮，从远处一路奔来，愤怒地撞击阻挡其前进的黑礁石，溅起的浪花直冲苍天，发出的阵阵怒吼，不绝于耳，数公里远都听得到。

吕医生目光坚毅，缓缓离开。有人说他又到国外留学了，有人说他改名换姓，与张小静一起参加了革命，决心完成钟竹筠没完成的革命事业。

附录

钟竹筠生平简历

钟竹筠（1903—1929）原名钟秀贞，又名祝君，出生于广东省遂溪县杨柑忐忑塘村的贫苦农民家庭，父亲早亡，随家人到过北坡、安铺、广州湾等地谋生。

1921年—1924年

在亲戚的资助下，进入北海市女子学校求学。读书期间，与广州学生运动骨干韩盈相识并受其影响，接触进步书刊，学习马列主义，参加学生运动，主张妇女解放，婚姻自由。

1925年

年初，不顾亲人反对，与韩盈结成革命伴侣。5月，由农运特派员黄学增推荐，参加第四期广州农民运动讲习所学习，取名"祝君"；结识周恩来、彭湃、阮啸仙等共产党人，思想有质的飞跃。6月，军阀刘震寰、杨希闵叛乱，占领所址，讲习所要求学员回原籍指导农民运动。7月—8月，重返农讲所学习，在广州加入中国共产党，成为南路最早的女共产党员。9月，从农讲所结业，在国民党广东党部妇女部工作。为方便工作，以个人名义加入中国国民党。冬，随南讨的国民革命军到梅菉，在国民党广东南路特别委员会任委员兼妇女部长。12月，生下儿子韩道。

1926年

2月—3月，遂溪县开展反基督教（天主教）、反封建迷信活动，把教会办的遂溪乐道明办学校，改为遂溪女子初级小学，钟竹筠任校长；3月，广东省农协南路办事处在梅菉成立，与国民党南路特委合址办公。她与黄学增、韩盈等共产党员在以上两机构任职，任妇女部长。4月，与韩盈等人协助改组国民党遂溪县党部，被推选为县党部执委；开展反基督教（天主教）、反封建迷信活动，把教会办的遂溪"乐道明办"学校，改为遂溪女子初级小学，任校长；成立遂溪县妇女解放协会，任主席，开展妇女解放运动。5月，与黄荣负责整顿茂名县国民党党务。

10月，被推选为中共遂溪县部委委员；受中共南路特派员黄学增委派，与杨枝水到防城县东兴，开展建党建团工作，加强对工、农、青、妇等运动的领导；成立防城青年运动委员会；在东兴镇冲濮小学建立共青团组织和学生会，组织"三人学习小组"和儿童研究会；整顿国民党防城县妇女部，成立广东妇女解放协会防城分会，任主席，提出"婚姻解放、奴隶解放、缠足解放、天乳解放、妓女解放"的口号，开展妇女解放运动。同月，被推选为中共遂溪县部委委员。11月，与杨枝水联系国民革命军第十一师指导员何仲维，在防城主持举办速成宣传讲习所，培养宣传骨干和建党建团对象。

来东兴几个月，加强党的统一战线，指导工农等运动，发展中越两国友谊，培养发展了多名进步青年加入中国共产党，其中有爱国华侨、富家小姐张甫碧，越南芒街工人两名。

1927年

1月，中共广东南路地方委员会成立，被推选为委员，仍留在东兴工作。创建中共防城县第一个支部——东兴支部，任支部书记。支部共有9人，领导东兴支部掀起空前的革命高潮。2月，与广州党组织密切联系，派邱祥霞带领10多名党、团骨干到广州学习及参加革命活动。3月，东兴建党工作向防城发展，吸收防城总工会主席陈廉颂入党，由他在防城发展党组织。9月，在东兴被国民党秘密逮捕，连夜押送到北海，关禁在北海审判厅。

1927年9月到1929年5月，被关押在北海监狱。

1929年5月31日，被国民党反动派杀害于北海西炮台，年仅26岁。

注：以上参考《中共南路党史大事记》《中国共产党东兴党史》《南路农民运动史料》《中国共产党北海历史》《中国共产党防城港历史》《黄学增研究史料》等。

韩盈生平简历

韩盈（1901—1927）笔名寒萤。出生于广东省遂溪县南门圩一贫民家庭。10岁丧父，母亲改嫁到东兴，随舅父在遂溪城生活、读书。

1920年—1921年

1920年考入广州铁路工程专科学校。与杨石魂等结为挚友，接触进步书刊《新青年》等，追求革命真理，学习马克思主义，参加社会活动。

1922年

3月，在广州加入中国社会主义青年团，成为广州地区青年学生运动骨干。与彭湃、谭平山等人一起活动，并结识了陈独秀、邓中夏等人，思想有了很大的飞跃。春，参加爱国者在广州成立的交还广州湾期成会、讨论会，策划收回法租界广州湾；写了时评，表达爱国青年对广州湾的极大关注，发表在广东党组织机关报《广东群报》等。

1923年

夏，与阮啸仙、刘尔嵩等组织广东新学生社，领导广州地区学生进行反帝反封建斗争。7月，与黄学增、黄广渊等人在广州发起成立雷州留穗同学会，团结雷州半岛以及高州六属、琼崖地区的旅穗青年学生，学习革命理论，投身革命活动。10月，中国社会主义青年团广州地区执行委员改选，被选为候补委员。11月，补充为团广州地委执行委员，兼任会计和出版物经理。冬，在广州由团转入中国共产党。

1924年

1月，中国国民党第一次全国代表大会召开后，实行国共合作，韩盈以个人身份加入国民党。夏，从铁专毕业后，由党组织安排在广州工作，协助阮啸仙、罗绮园等人开展广州地区的党、团工作和学生运动。8月，黄学增在广州主持召开雷州青年同志社大会，韩盈当选主任。

1925年

年初，与钟竹筠结婚，继续留在广州工作。夏，受中共广东区委和共青团广东区委的派遣，回到被反动军阀邓本殷统治的雷州半岛，秘密开展革命活动；恢复雷州青年同志社在雷州地区的活动，任主任。10月，在遂溪建立中国共产主义青年团雷州特别支部（代号"雷枝"），管辖雷州地区（主要是遂溪、海康两县）的党、团员，任书记。

10月—12月，领导"雷枝"，秘密成立农民协会及农民自卫军。为配合南下的国民革命军，成立遂溪县除暴安良会；派人打入敌军内部，搞秘密策反工作，争取蔡春林部队2000多人造反。年底，南路克复，任中国国民党广东省南路特别委员会委员。

1926年

1月，主持遂溪县人民代表大会，作政治报告，宣传"政权归诸人民"，号召遂溪40万民众站在革命的战线上。2月，到界炮处理农民暴动事件；带领2000多农民到遂溪城游行示威、请愿，迫使县长答应减免煤油税和猪牛捐。3月，任广东省农民协会南路办事处书记，同时继任南路特委委员。4月，与钟竹筠、黄广渊等人协助改组国民党遂溪县党部，被推选为县党部执委。5月—6月，代表国民党南路特委到钦廉整顿党务。在他的指导下，成立了国民党合浦县党部；进一步加强了对东兴工、农、青、妇运动的领导，取缔反对国民革命与工农运动的东兴改造社。

7月—9月，兼任《高州民国日报》总编辑；与黄学增等人举办高州农民干部训练学校、雷州宣传讲习所等，主持校务班务及亲自授课，为南路培养革命干部。10月，组建中共遂溪县部委，辖遂溪、海康、徐闻的党、团组织，任书记；处理遂溪县法官勾结土豪围殴省罢工委员事件，呈请省政府严办。11月，出席茂北区农民协会成立大会并讲话。

1927年

1月，当选中共广东南路地方委员会委员，继任中共遂溪县部委书记。4月，蒋介石发动反革命政变，在家养病被捕。5月21日，与颜卓等，共14人被国民党反动派集体枪杀于遂溪竹行岭。由黄广渊接任中共遂溪县委书记。

注：以上参考《中共南路党史大事记》《南路农民运动史料》《中国共产党遂溪县地方史》《中国共产党高州地方史》等。

后记　追寻先烈足迹，书写红色传奇

濒临北部湾和南海的广东省遂溪县，遍布了红色印记。黄学增、韩盈、钟竹筠、黄广渊等革命先烈，从这里出发，走向广州等地，走进风起云涌的革命斗争，献出20多岁的年轻生命。

钟竹筠敢为人先，成为广东南路最早的女共产党员，妇女解放运动先驱；创建中共防城县第一个支部——东兴支部。她与向警予等人被称为中国共产党早期优秀女党员，其革命史迹被央视介绍，入选广西"我是红色传人"，红色故事进校园活动等。其丈夫韩盈是中共南路早期领导人之一，中共遂溪县党组织的创建者。

钟竹筠和韩盈都牺牲于二十世纪二十年代蒋介石制造的白色恐怖中。1980年，钟竹筠的遗骨才从北海移回遂溪，与韩盈及战友颜卓合葬。"三烈士墓"位于现黄学增纪念中学内的滂沱岭上。我曾是这间中学的学生，每到清明节，学校组织我们到"三烈士墓"前拜祭革命先烈，缅怀其丰功伟绩，进行爱国主义教育。学校也曾请过先烈的遗孤韩道先生讲述父母的革命故事。由此，我对钟竹筠和韩盈的史迹有所了解，对他们肃然起敬。

我进行文学创作后，与本地管文艺的宣传部副部长南亭先生，对文艺创作进行交流。他多次对我说，钟竹筠作为那个时代的女性太伟大了，革命情、亲情、爱情、友情等都很感人，形象太丰满了，要好好写写她。我知道他是文化人，对本土红色文化情有独钟。这样的创作建议，他也向其他作家、艺术家提出过。

凭我少女时代对钟竹筠的零散了解，我是不敢贸然去创作的，加上我当时的创作实力，还难以驾驭这样大的题材。但我把这件事记在心里，并悄然搜集资料。

后来，我参与中共遂溪县委党校的红色文化研究课题，专题研究钟竹筠和韩盈。为获取真实的材料，我和课题组成员沿着他们生活和革命活动的足迹一一寻访，首站杨柑钟竹筠故居，然后到广西北海、防城港、东兴等地，又回到广东的湛江、遂溪、麻章、吴川、高州等地。我还独自到广东省档案馆查阅文献资料。每到一处，我们都进行深入调研，采访相关人员，或者查阅文献。所到之处，得到当地党史及地方志研究室、党校、档案馆、博物馆等的热情接待，并赠送相关书籍。在他们的大力支持，课题研究进展顺利。我作为撰写课题的主笔之一，在梳理材料的过程中，发现各地的史料有些出入。比如，钟竹筠的独子韩道是哪年出生的。为此，我到韩盈的出生地南门圩，拜访韩盈和钟竹筠的儿媳妇、90多岁的梁惠莲老人，还走访两位烈士的孙女韩女大姐、孙女婿、孙子等人，获知韩道的准确出生年月及其他信息，解决了党史上一些有争议的问题。也听到外人少听到的故事。在调研中，我发现韩盈的家，离我娘家曾经住过的椹川路南门街很近。我的青少年时代，每天走在他当年从坎上下来、进遂溪县城必经之路上。他的牺牲之地竹行岭现成了居民区，我的婆家就在旁边，那条路我也常常经过。原来，我曾经天天踏着先烈的足迹前行！

"一切向前走，都不能忘记走过的路；走得再远、走到再光辉的未来，也不能忘记走过的过去，不能忘记为什么出发。"是的，革命先烈为共产主义信仰，为推翻旧世界，为人民谋幸福，献出了宝贵的生命，留下丰富的红色文化，珍贵的精神财富。我们应该为革命先烈做些什么，为当今和未来的中国做些什么，弘扬红色文化，传承革命精神。

我被革命先烈的精神所感召，用心用情做好钟竹筠和韩盈研究。我还把整个调研过程、到过的地方用纪实手法写下来。如今，关于钟竹筠和韩盈的课题研究成果和学术论文已发表在《湛江研究》等权威刊物。

这些年，我已创作以雷州半岛为背景的海洋题材文学"三部曲"。此外，还创作了红色题材长篇小说《地火》《琼花》。这些书入选国家新闻出版署全国农家书屋重点出版物推荐书目、吉林省中小学暑假阅读推荐书目等。

严谨的钟竹筠与韩盈课题研究背景，红色题材文学的创作经验，给我很大的信心和勇气。在南亭先生再次提起钟竹筠文学创作时，我有底气进行这部红色纪实小说的创作。我尊重历史事实，遵循"大事不虚，小事不拘"的原则。在真实的历史基础上,进行合理的想象。以钟竹筠和韩盈成长、相识相爱、红色传奇为主线,塑造了敢为人先、把一切献给党的革命伉俪形象。同时,以相关的人和历史事件为副线。以纪实手法,反映广东南路革命从寂静到高潮,再从低潮到星火闪亮的历史过程。

无论是做钟竹筠和韩盈等革命先烈的研究,还是写《竹魂》的过程,我都为他们的革命事迹及精神感动,数度哽咽落泪。这些过程也是我自己受教育的过程,我也在不断思考,风雨百年的中国共产党有哪些魅力?成功的密码是什么?为什么使得无数的共产党员牢记初心使命,抛弃一切用生命捍卫真理?这些感动和思考都化为我的行动力。相信读者读完《竹魂》也会找到答案。

从钟竹筠和韩盈的专题研究,到《竹魂》的写作,得到了广东、广西相关人员和单位的关心和帮助。衷心感谢南亭先生等人,感谢湛江、遂溪、高州、吴川、北海、防城港、东兴等市县宣传部、党史研究室、党校、档案馆、文联、作家协会、政协、开放大学等单位的大力支持。

一百年恍如只是一瞬间。但愿流逝的是时间,永存的是革命先烈的精神!